高职高专教育国家级精品规划教材
普通高等教育“十一五”国家级规划教材
中国水利教育协会策划组织

水轮机调速器运行及故障处理

（第3版）

主　编　蔡燕生　陈炳森
副主编　孟宪影　陈韶光
　　　　段正忠　李国晓
主　审　龙建明

黄河水利出版社
·郑州·

内 容 提 要

本书是高职高专教育国家级精品规划教材，是普通高等教育“十一五”国家级规划教材，是按照教育部对高职高专教育的教学基本要求和相关专业课程标准，在中国水利教育协会的精心组织和指导下编写完成的。本书是依据我国现行的《水轮机控制系统技术条件》（GB/T 9652.1—2007）、《水轮机控制系统试验》（GB/T 9652.2—2007）和《水轮机调节系统及装置运行与检修规程》（DL/T 792—2013）等编写。全书共分6个项目，主要内容为水轮机调速器的认知与操作、微机调速器的电气运行及故障处理、电液伺服系统的使用与维护、微机调速器的试验、调速器的参数调整、双调节微机调速器等。

本书可作为高职高专和职大水利水电类专业课程的教材，亦可作为从事水电站、水泵站调速器安装、运行维护和检修方面工作的有关人员的继续教育教材。

图书在版编目（CIP）数据

水轮机调速器运行及故障处理/蔡燕生，陈炳森主编.
3版.—郑州：黄河水利出版社，2016.12
高职高专教育国家级精品规划教材
ISBN 978-7-5509-1640-1

Ⅰ.①水… Ⅱ.①蔡… ②陈… Ⅲ.①水轮机-调速器-运行-高等职业教育-教材②水轮机-调速器-故障修复-高等职业教育-教材 Ⅳ.①TK730

中国版本图书馆CIP数据核字（2016）第321094号

组稿编辑：王路平　电话：0371-66022212　E-mail：hhslwlp@163.com

出 版 社：黄河水利出版社　网址：www.yrcp.com
地址：河南省郑州市顺河路黄委会综合楼14层　邮政编码：450003
发行单位：黄河水利出版社
发行部电话：0371-66026940、66020550、66028024、66022620（传真）
E-mail：hhslcbs@126.com
承印单位：河南承创印务有限公司
开本：787mm×1 092 mm　1/16
印张：15.25
字数：350千字　印数：1—3 100
版次：2016年12月第3版　印次：2016年12月第1次印刷

定价：32.00元

第3版前言

本书是贯彻落实《国家中长期教育改革和发展规划纲要(2010~2020年)》、《国务院关于加快发展现代职业教育的决定》(国发〔2014〕19号)、《现代职业教育体系建设规划(2014~2020年)》和《水利部教育部关于进一步推进水利职业教育改革发展的意见》(水人事〔2013〕121号)等文件精神,在中国水利教育协会的精心组织和指导下,由中国水利教育协会职业技术教育分会高等职业教育教学研究会组织编写的高职高专教育国家级精品规划教材。该套教材以学生能力培养为主线,体现出实用性、实践性、创新性的教材特色,是一套理论联系实际、教学面向生产的精品规划教材。

本书第2版教材自2009年7月出版以来,因其通俗易懂、全面系统、应用性知识突出、可操作性强等特点,受到全国高职高专院校水利类专业师生及广大水利类专业从业人员的喜爱。随着我国水轮机调速器技术的不断发展,为进一步满足教学需要,应广大读者的要求,编者在第2版的基础上对原教材内容进行了全面修订、补充和完善。

全书按项目式教材编写,主要内容包括水轮机调速器的基本原理、微机调速器的结构原理和运行维护、微机调速器的参数调整、微机调速器的试验等。本书所采用的计算公式、符号等,主要依据《水轮机调节》(沈祖诒主编)、《水轮机控制系统技术条件》(GB/T 9652.1—2007)、《水轮机控制系统试验》(GB/T 9652.2—2007)和《水轮机调节系统及装置运行与检修规程》(DL/T 792—2013)等编写。

在第2版教材中,我们已按照水轮机调速器技术的发展,引入了各类新型微机调速器,以满足教学的需要。本次第3版教材放弃了原学科体系的课程模式,将原教材名称《水轮机调节》更名为《水轮机调速器运行及故障处理》,同时,对课程内容体系进行了重构,对教材的结构形式做了重大改变,以适应项目式教学的需要。在教材中,每个项目为一个大的工作任务,每个项目开始设置"工作任务""学习任务"2个栏目,项目结尾设置"任务实施""效果评价""思考问题"3个栏目,项目下分为2~3个任务,每个任务下设"教学目标""相关知识"栏目。全书共有六个项目。

本次修订对第2版教材中的陈旧内容和已经淘汰设备的相关内容进行了删除。本教材的六个项目内容如下:

项目1:水轮机调速器的认知与操作。该项目以机械液压型调速器为实例,介绍了调速器的基本原理,通过实际设备的部件图和系统图训练学生的识读图能力,学会调速器的基本操作。

项目2:微机调速器的电气运行及故障处理。该模块介绍了微机调速器控制部分的组成、基本原理,并以某型微机调速器电气控制介绍了其初装检查和常见故障处理。

项目3:电液伺服系统的使用与维护。该项目对几种典型电液/电机转换装置,常见元件、液压系统以及两种油压装置的原理、维护方法进行了介绍,通过任务训练学生的实际操作和维护能力。

项目4:微机调速器的试验。该项目概要地介绍了水轮机调速器技术标准的主要内容,以某型调速器仿真测试仪为例,介绍了水轮机调速器试验的相关内容、试验报告的编写方法等。

项目5:调速器的参数调整。该项目把调速器主要参数调整和调保参数计算的方法进行了简化和介绍。

项目6:双调节微机调速器。该项目介绍了双调节调速器的原理和相关图纸。

本书在编写过程中,充分考虑了各校本课程教学学时和实验实训设备的现状,项目1至项目3为重点内容,其余内容各校可根据本校的实际情况选取。另外,“任务实施”的内容也是可选的,“效果评价”供各校老师参考。总之,在实施过程中各校可根据学时和教学设备对内容和实施任务进行灵活选择。

本书编写人员及编写分工如下:四川电力职业技术学院蔡燕生编写项目1,项目5任务5.1;广西水利电力职业技术学院陈炳森编写项目2任务2.2中2.2.5、任务2.3;四川电力职业技术学院孟宪影编写项目2任务2.1、任务2.2中2.2.1~2.2.4,项目3任务3.1、3.2,项目4;广西水利电力职业技术学院陈韶光编写项目3任务3.3,项目5任务5.2、项目6任务6.2;重庆水利电力职业技术学院段正忠编写项目5任务5.3;广东水利电力职业技术学院李国晓编写项目6任务6.1。本书由蔡燕生、陈炳森担任主编,蔡燕生负责全书统稿;由孟宪影、陈韶光、段正忠、李国晓担任副主编;由杨凌职业技术学院龙建明担任主审。

本书在编写过程中,参考和引用了国内同行的著作、教材及有关资料,在此,谨对所有文献的作者深表谢意!

由于编者水平有限,不足之处在所难免,恳请读者批评指正。

编 者

2016年9月

目　录

项目1　水轮机调速器的认知与操作

【工作任务】

1. 能识读机械液压型调速器各种元件的结构图及调速器系统图。
2. 能完成机械液压型调速器开停机等基本操作。
3. 能进行机械液压型调速器的维护与检查。

【学习任务】

1. 掌握调速器型号及参数的意义。
2. 掌握测量元件、放大元件、反馈元件结构及工作原理。
3. 熟悉机械液压调速器系统结构,掌握其工作原理。

任务1.1　水轮机调节任务与类型的认知

【教学目标】

1. 技能目标

能初识水轮机调速器的外观及其机械柜、油压装置等主要部件。

2. 知识目标

掌握水轮机调节的任务、途径和调节方法;

掌握识读水轮机调速器类型及型号意义的方法。

【相关知识】

1.1.1　水轮机调节的任务和方法

1.1.1.1　水轮机调节的任务

水力发电的生产过程示意如图1-1所示,其过程是由水轮机将水能转变为机械能,再由发电机将机械能转变为电能,送入电力系统供给用户使用。

电能是一种特殊的商品。在电力系统中,发电、供电和用电是同时完成的,而电力系统的负荷是随着时间不断变化的,其负荷变化的周期为几十秒至几十分钟不等,变化幅值可达系统总容量的2%~3%,例如一日之内存在上午、晚上两个用电高峰和中午、深夜两个用电低谷等。电力系统负荷的变化必定导致频率的变化。用户除要求供电安全、可靠和经济外,还要求电能的频率、电压保持在额定值上下的某一范围内。如果频率和电压的波动值过大,将会造成机械加工工件达不到需要的精度,纺织产品会出现次品和废品,此

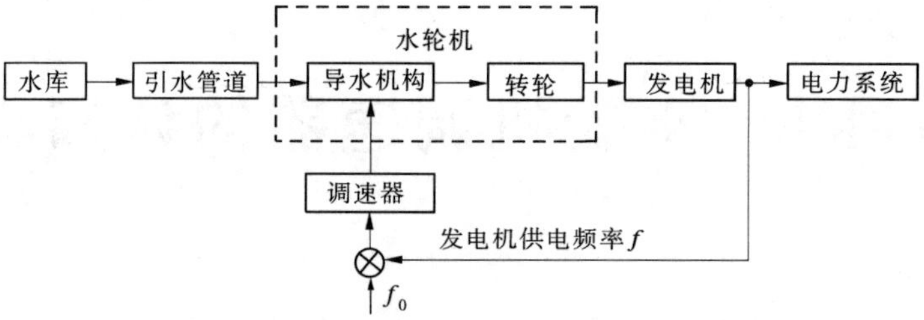

图1-1　水力发电过程示意

外还会影响到水轮发电机组和电力系统自身工作的稳定等。因此,我国电力系统规定:电力系统的频率应保持 50 Hz,允许偏差 ±0.2 Hz。容量小于 3 000 MW 的地方电网,偏差不得大于 ±0.5 Hz。此外,还应保证电钟指示与标准时间的误差在任何时候不超过 1 min,大容量系统不超过 30 s。工业发达国家对频率的偏差范围提出了更高的要求。

在电力系统中,为了使水轮发电机组的供电频率稳定在某一规定的范围内而进行的调节,称为水轮机调节或称水轮机控制。

根据《电机学》(吴大榕,水利电力出版社,1979 年)可知:发电机发出的交流电压的频率与发电机组转速之间的关系可用下式表示:

$$f = \frac{pn}{60} \tag{1-1}$$

式中　f——发电机输出交流电压的频率,Hz;

p——发电机的磁极对数;

n——发电机的转速,r/min。

发电机的磁极对数取决于发电机的结构,对已制造好的发电机,p 是一个常数。由式(1-1)可知,发电机输出的频率与转速成正比。因此,要保证频率在规定的范围内,就要根据电力系统负荷的变化不断地调节水轮发电机组的有功功率输出,并维持机组转速在规定的范围内。这就是水轮机调节的基本任务。

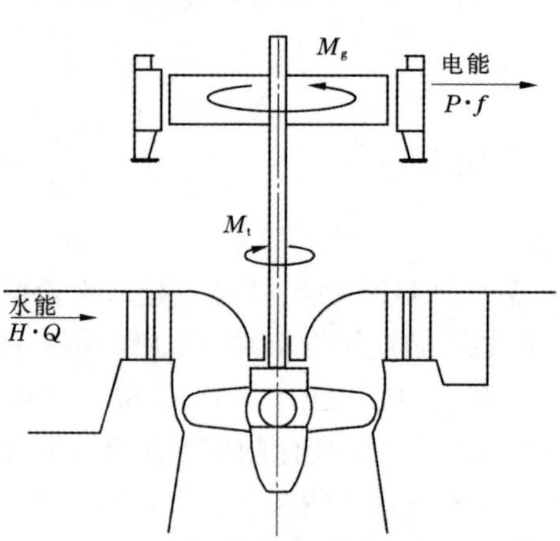

图1-2　水轮发电机组示意

1.1.1.2 水轮机调节的途径和方法

在图1-2中，水轮机和发电机连成一个整体，称为水轮发电机组。我们可以把机组转动部分看成一个绕定轴转动的刚体，根据理论力学可得：

$$J\frac{d\omega}{dt}=M \tag{1-2}$$

式中 J——机组转动部分的转动惯量；

$\frac{d\omega}{dt}$——机组角加速度；

M——作用于机组转动部分的合外力矩。

作用于机组转动部分的合外力矩包括两部分，一是水流推动水轮机的主动力矩，用 M_t 表示；二是发电机阻力矩，用 M_g 表示，故式(1-2)可用下式表示：

$$J\frac{d\omega}{dt}=M_t-M_g \tag{1-3}$$

发电机阻力矩 M_g 随着用电负荷的变化而变化。当动力矩和阻力矩失去平衡时，机组转速就会随之而变化。根据式(1-3)，转速的变化有三种情况：

(1)当 $M_t>M_g$ 时，$\frac{d\omega}{dt}>0$，说明电网负荷减少，机组转速上升，电网频率升高，这时需要减小水轮机动力矩，使动力矩与阻力矩相等，电网的频率恢复到正常范围。

(2)当 $M_t=M_g$ 时，机组转速保持不变。

(3)当 $M_t<M_g$ 时，$\frac{d\omega}{dt}<0$，说明电网负荷增加，机组转速降低，电网频率降低，这时需要增大水轮机动力矩，使电网频率恢复到正常范围。

由上可知，当发电机阻力矩发生变化时，如果不对水轮机动力矩进行调节，就会引起机组转速或电网频率改变。下面分析怎样对水轮机动力矩进行调节。

水轮机动力矩与水轮机工作水头、水轮机导叶开度或者说流量和角速度等有关，根据水轮机出力公式 $P=9.81HQ\eta$ 和 $P=M_t\omega$ 可得

$$M_t=\frac{9.81HQ\eta}{\omega} \tag{1-4}$$

由式(1-4)可知，从理论上讲，通过改变水轮机流量 Q、工作水头 H 和效率 η 等途径都可以改变水轮机动力矩，但在实际工程中用改变工作水头 H 和效率 η 来改变动力矩不仅十分困难，而且非常不经济，只有通过改变流量来调节水轮机动力矩才是最可行的途径。另外，不同型号的水轮机其调节流量的机构是不相同的，例如反击式水轮机中的混流式水轮机和斜流式水轮机通过调节导叶开度来改变动力矩，冲击式水轮机通过改变喷针行程来调节水轮机动力矩。而对于反击式水轮机中的轴流转桨式、斜流转桨式和贯流转桨式，则是通过协调控制导叶开度和桨叶转角来改变动力矩的。综上所述，水轮机调节的主要途径是改变导叶或喷针开度来调节负荷或频率，或者是通过协调控制导叶开度和桨叶转角来调节负荷或频率。其具体方法是按照负荷变化所引起的机组转速或频率的偏差，调整水轮机导叶或喷针开度，或协调控制导叶开度和桨叶转角，使水轮机动力矩和发电机阻力矩及时恢复平衡，从而使转速和频率保持在规定的范围内。

1.1.1.3 水轮机调节的特点

水轮机调节系统与其他原动机调节系统相比有以下特点：

(1)水轮发电机组是以水为工作介质发电的,而水能开发要受自然条件的限制,与其他原动机相比,其单位工作介质的能量较小,要发出同样的电能需要通过较大的流量,因此水轮机的导水机构也相应较大。这就要求水轮机调速器设置多级液压放大元件,并具有较大的液压操作机构,而液压元件的非线性和时间滞后性会影响水轮机调节系统的动态品质。

(2)因开发方式的不同,一些水轮机需要采用双重调节。例如,转浆式水轮机不仅要调节导叶开度同时还要调节转轮浆叶的转角(对水斗式水轮机,不仅要调节喷针,还要调节折向器),这要求调速器中多设置一套调节机构,从而增加了调速系统的复杂性。同时,也增加了水轮机出力调整的滞后。

(3)受自然条件的限制,有些水电站具有较长的引水管道。管道长,水流惯性很大,水轮机突然开启或关闭导叶时会引起压力管道中产生水击。而为了抑制管道中的水击压力上升值,往往要限制导叶的关闭速度,即延长关机时间,这又可能会使机组转速过高,这些都会对水轮机调节系统的动态品质产生不利的影响。

(4)随着电力系统容量的扩大和自动化水平的不断提高,对水轮机调速器的稳定性、速动性、准确性提出了越来越高的要求,调速器的操作功能、自动控制功能不断完善,已经成为水电站综合自动化必不可少的自动装置。

1.1.1.4 水轮机调速器的发展过程

最早的调速器是蒸汽机调速器。它是机械型的,利用测速元件直接控制进汽阀。水轮机调速器是20世纪前期随着水电建设发展起来的,19世纪末出现了用液压放大元件作为功率放大的液压型调速器,到20世纪30年代出现了相当完善的机械液压型调速器,并延用至今。

随着电子技术与液压技术的进步,解决了电气－液压转换问题,20世纪40年代中期出现了电气液压型调速器。电气液压型调速器发展初期,仅以电气回路替代一些机械元件,直到电子调速器型调速器的出现,电液调速器才有了独立的模式。在采用的元器件方面,其发展经历了电子管、晶体管、集成电路等发展阶段。从调节规律来说,由比例－积分调节规律发展到比例－积分－微分调节规律。我国生产的电液调速器品种繁多,全国各大中型水力发电设备厂几乎都有产品,但是其不同时期和不同厂家的产品都有所不同,比较典型的产品有DT－100型、JST－100型、YDT－1800A型等。

模拟式电液调速器的发展,使水轮机调速器的性能有了较大提高。但是其故障率仍然较高,根据中国电力企业联合会对40个水电厂的134台水轮机调速器的调查显示,调速器故障累计达827次。此外,模拟电液调速器在动态特性、调节性能方面等还存在着较大缺陷。随着大容量水电机组的出现,其运行的稳定性和对系统负荷变化的跟随性,直接影响着电力系统的安全稳定运行,这就需要性能更加优异的水轮机调速器来担任调节任务。

随着计算机技术、液压传动技术的发展,为水轮机调速器技术发展创造了条件。自20世纪70年代末,世界上许多技术发达国家就开始致力于将计算机技术引入水轮机调节领域的研究。80 年代是水轮机调速器迅速发展的时期,一些国家的著名水轮机调速器制造公司都先后开始了微机调速器的研制。

我国从事微机调速器的研制开发的步伐与国外大体相同。华中理工大学于 1979 ~ 1981 年进行了微机调速器的理论研究,并与武汉水电控制设备公司、天津水电控制设备厂协作,于 1984 年 11 月研制成功了我国第一台微机调速器,并在湖南欧阳海电站投入运行。此后,许多科研院所、高等院校和制造厂都进行了微机调速器的研究、制造工作。截至目前,微机调速器已经历了工业控制机、可编程控制器(PLC)、可编程计算机控制器(PCC)等几代;电液转换装置也呈现了多样化的发展趋势,控制功能、控制精度、可靠性等得到了很大的提高。微机调速器在各种类型的大中小型水电机组上得到了广泛应用,技术上已趋于成熟和完善。

1.1.2　调速器的分类和型号

1.1.2.1　调速器的分类

调速器按以下方式分类:

(1)按照元件结构不同,调速器可以分为机械液压型调速器、电气液压型调速器。

①机械液压型调速器的元件都是机械元件和液压元件。机械元件有离心摆、调差机构、局部反馈;液压元件有配压阀、缓冲器、接力器等。

②电气液压型调速器的一部分元件是电气回路,如测频回路、缓冲回路、硬反馈回路、放大回路等;还有一部分是液压放大元件,如配压阀、接力器等。而微机调速器的液压放大部分与电液调速器完全相同,只是用微机代替了电气回路而已。此外,电液调速器还增加了将电信号转变为机械液压信号的元件——电液转换器和将位移信号转变成电信号的反馈元件——位移传感器。

(2)按照调速器容量的大小分为特小型调速器、中小型调速器和大型调速器。

①特小型调速器、中小型调速器的容量用接力器的工作容量表示。所谓工作容量,是指设计油压与活塞有效面积、接力器全行程的乘积,单位是牛·米(N·m)。

例如:中型调速器的接力器工作容量为 15 000 ~ 50 000 N·m;小型调速器的接力器工作容量为 3 000 ~ 15 000 N·m;操作功在 3 000 N·m 以下的称为特小型调速器。

②大型调速器的容量用主配压阀的直径表示。国家颁布的等级标准有 80 mm、100 mm、150 mm、200 mm、250 mm 五级。

(3)按照调速器执行机构的数量分为单调节调速器和双调节调速器。

①单调节调速器只有一个执行机构,用于混流式、轴流定浆式水轮机。

②双调节调速器有两个执行机构,主要用于轴流转桨式、贯流转桨式、冲击式水轮机等。

(4)按照调速器调节规律可分为 PI 和 PID 两类。

(5)按照调速器所用油压装置和主接力器是否单独设置分为整体式和分离式。

整体式一般为中小型调速器,它将机械液压柜、油压装置、主接力器做成一个整体;分离式用于大型调速器,其机械液压柜、油压装置、主接力器均独立设置。

1.1.2.2 调速器的系列型谱

1. 调速器型号编制说明

我国机械行业标准《水轮机调速器及油压装置型号编制方法》(JB/T 2832—93)规定调速器产品型号由产品类别、规格代号、额定油压、制造厂代号和各厂产品特性或系列代号及改型代号等四部分组成。各部分代号用“-”分开。其排列形式如下:

1 2 - 3 - 4 - 5 6

各方框中数字含义如下:

(1)第一部分产品类别由基本特征、基本代号两部分构成:

1——Y 表示带油压装置;

T 表示通流式。

2——T 表示单调节调速器;

ST 表示双调节调速器;

CJT 表示冲击式调速器;

DT 表示集成电路模拟型调速器;

WT 表示微机型调速器。

(2)第二部分为规格。

3——对于不带接力器调速器,表示主配压阀直径(mm);

对于带接力器调速器,表示接力器容量(N·m)。

(3)第三部分为代号。

4——额定油压 2.5、4.0、6.3(MPa)。

(4)第四部分为制造厂代号、各厂产品特性或系列代号及改型代号。

5——制造厂代号,例如 SK 表示天津水电控制设备厂;HDJ 表示哈尔滨电机厂等。

6——各厂产品特性或系列代号及改型代号。

型号示例:

YDT-18000-4.0-SK05A 表示带压力罐的模拟式电气液压调速器,其接力器工作容量 18 000 N·m,额定油压 4.0 MPa,为天津水电控制设备厂 05 系列第一次改型产品。

YT-6000-2.5 表示带压力罐的机械液压调速器,统一设计产品,接力器容量 6 000 N·m,额定油压为 2.5 MPa。

WST-100/50-4.0-HDJA 表示不带压力罐的微机型双调节电气液压调速器,主配压阀直径为 100 mm,许用输油流量为 50 L/s,额定油压 4.0 MPa,为哈尔滨电机厂 A 型产品。

2. 反击式水轮机调速器系列型谱

我国机械行业标准《水轮机调速器及油压装置系列型谱》(JB/T 7072—93)将调速器分为带压力罐及接力器的调速器、不带压力罐及接力器的调速器、通流式调速器三类。

根据容量可划分为大型、中型、小型和特小型四个基本系列,如表 1-1 所示。

表1-1　调速器容量划分系列表

类别	不带压力罐及接力器的调速器①	带压力罐及接力器的调速器	通流式调速器
系列	接力器容量范围(N·m)		
大型	>30 000		
中型	>10 000～30 000②	>10 000～30 000	
小型	>1 000～3 000②	>1 500～10 000	
特小型	170～3 000②	170～1 500③	170～3 000

注:①系指调速器能配置的接力器容量。
②系指单喷嘴冲击式水轮机调速器。
③特小型不推荐采用调速器。

调速器额定油压等级为2.5 MPa、4.0 MPa、6.3 MPa。

不带接力器的调速器按主配压阀直径和许用输油流量表征,如表1-2所示。带接力器的调速器按接力器容量表示,如表1-3所示。

表1-2　不带接力器调速器的参数

主配压阀直径 d(mm)	许用输油流量范围 Q(L/s)	额定油压 p_r(MPa)
12①	0.5	2.5、4.0
35	≤5	2.5、4.0
50	5～10	2.5、4.0
80	10～25	2.5、4.0、6.3
100	25～50	2.5、4.0、6.3
150	50～100	2.5、4.0、6.3
200	100～150	2.5、4.0、6.3

注:①一级放大系统用引导阀直径表示。

表1-3　带压力罐及接力器的调速器的参数

形式		接力器容量(N·m)	接力器最短关闭时间(s)	额定油压(MPa)
带压力罐及接力器的调速器	恒压接力器	30 000	2	2.5
		18 000	2	2.5
		10 000	2	2.5
		6 000	2	2.5
		3 000	2	2.5
	差压接力器	3 000	2	4.0
		1 500	2	4.0
		750	2	4.0
		350	2	4.0

任务1.2 机械液压调速器元件的认知

【教学目标】

1. 技能目标

能够识读小型机械液压型调速器主要元件结构图。

2. 知识目标

掌握机械液压型调速器基本框图中各元件的相互关系。

掌握测量元件离心摆的输出量与输入量的关系、离心摆静特性及动作原理。

掌握放大元件引导阀、辅助接力器、主配压阀、接力器的动作原理,熟悉接力器速度特性和接力器关闭规律的物理意义。

掌握反馈元件的作用、动作原理,熟悉其输出量与输入量的关系。

【相关知识】

1.2.1 调速器的基本元件

本节先以机械液压型调速器为例介绍水轮机调速系统的基本原理,以帮助读者对微机调速器工作原理的理解和学习。

图1-3是单调节水轮机调节系统框图。该系统由被控对象、测量元件、液压放大元件和反馈控制元件等组成,其调节过程是:当用户负荷变化时,引起被控对象水轮发电机组转速改变,测量元件——离心摆检测到转速的变化后发出调节信号,并按照一定的调节规律控制导水机构,改变导叶开度,调节进入水轮机的流量,使机组转速恢复稳定。为了讲清楚调速系统的工作原理,下面先介绍其主要元件的结构及工作原理。

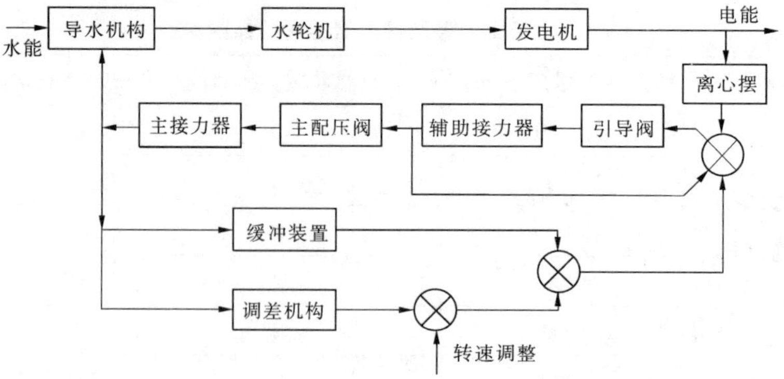

图1-3 水轮机调速系统框图

1.2.1.1 转速测量元件

调速系统中的测量元件是离心摆,其结构如图1-4所示,由上支持块1、下支持块8、菱形钢带2、两个重块4、弹簧7和调节螺母6等组成。离心摆由交流电动机带动旋转,交流电动机的电源来自与发电机同轴的永磁发电机,其频率反映了机组的转速,当机组转速变化时，离心摆转速也随之而变化，并将转速变化量转化为位移量，去控制液压放大元件。下面说明离心摆测量转速的原理。

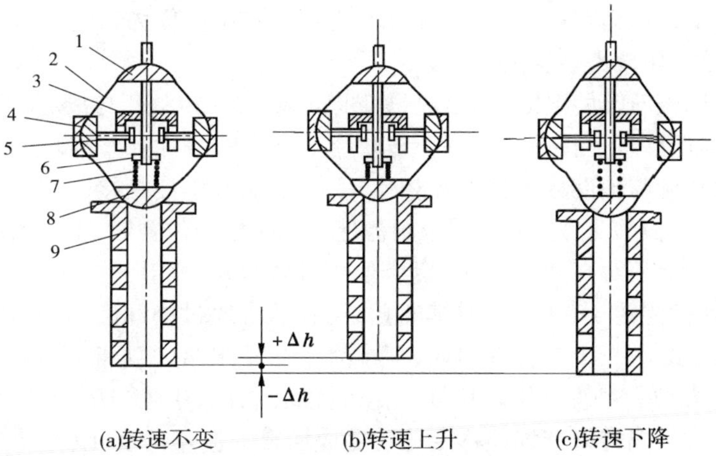

1—上支持块；2—菱形钢带；3—导板；4—重块；5—限位螺杆；
6—调节螺母；7—弹簧；8—下支持块；9—转动套

图 1-4　离心摆动作原理图

离心摆有左右两个重块，经钢带、上支持块与电动机转轴相连，钢带下部与下支持块连接，下支持块与转轴之间有一弹簧和调节螺母，下支持块又与引导阀转动套连为一体。当机组以额定转速运行时，电动机带动离心摆转动，离心摆的重块产生离心力使钢带张开，下支持块上移使弹簧压缩，并在某一位置达到平衡状态，即作用于离心摆的离心力、液摩阻力、弹簧阻力和重力等相平衡，离心摆处于某一转速稳定运行。这时转动套也处于某一相对中间位置与离心摆一起转动，如图 1-4(a)所示。若此时转速上升，重块的离心力也随之增大，于是克服弹簧阻力带动下支持块上移，如图 1-4(b)所示；若此时转速下降，重块的离心力随之减小，由于弹簧的回复力作用，下支持块下移，如图 1-4(c)所示。由此可见，下支持块随转速的变化而上下移动。所以，离心摆的输入信号是转速，输出信号是下支持块的位移。

如果忽略惯性力和液摩阻力，离心摆的输出信号与输入信号之间成正比关系。可用下式表示：

$$\Delta L = K_f x \tag{1-5}$$

式中　ΔL——下支持块的位移量；

K_f——离心摆放大系数；

x——转速变化量的相对值，$x = \Delta\omega/\omega$。

式(1-5)称为离心摆静态方程式，它表明，若把下支持块的位移量 ΔL 看成离心摆的输出量，而把转速变化量的相对值 x 看成输入量，则离心摆的输出量与输入量成比例。在稳定工况时，离心摆的转速 n 与转动套的行程 L 之间的关系曲线如图 1-5 所示，称为离心摆静特性曲线。

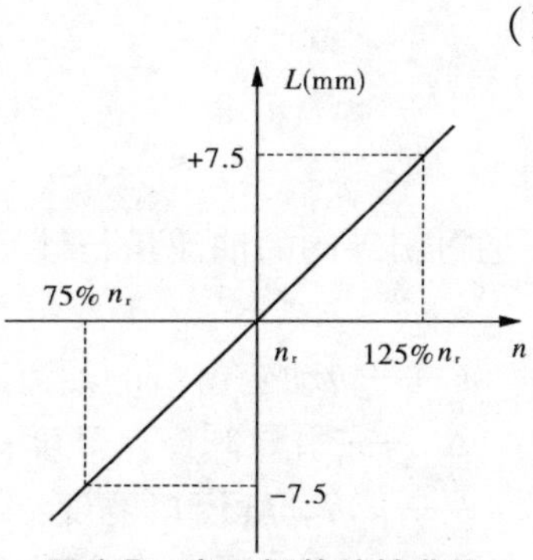

图 1-5　离心摆静特性曲线

1.2.1.2　液压放大元件

1. 引导阀

测速元件的操作力很小,需要液压放大装置对微小操作力进行放大再去操作导水机构,引导阀就是液压放大装置的元件之一。

引导阀由阀壳、转动套和针塞组成,如图1-6所示。转动套与离心摆下支持块连成整体,其位置的高低反映了转速的大小。转动套上开有三排油孔,上排油孔与压力油相通,中排油孔通过油管与辅助接力器上腔相连,下排油孔与排油相接。引导阀针塞与转动套窗口的配合如图1-7所示,当上下两个阀盘处于相对中间位置时,上阀盘所处相对高度 h_1 等于上排油孔所处相对高度 h_2,下阀盘所处相对高度 h_3 等于下排油孔所处相对高度 h_4,上、下阀盘恰好封住转动套的上、下排油孔,没有油流通过中间腔B;当转速上升时,转动套上移,$h_1 < h_2$、$h_3 < h_4$,上排油孔封闭,下排油孔打开,B腔与排油相通;当转速下降时,转动套下移,$h_1 > h_2$、$h_3 > h_4$,上排油孔打开,下排油孔封闭,B腔与压力油接通。由此可见,引导阀的作用就是把转动套的位移变化转变成压力油流量的变化(这个压力油流量的变化是指压力油经中排油孔流向辅助接力器上腔,或辅助接力器上腔的油经转动套中排油孔从下排油孔排出的油流变化量),从而去控制辅助接力器和主配压阀活塞的运动。

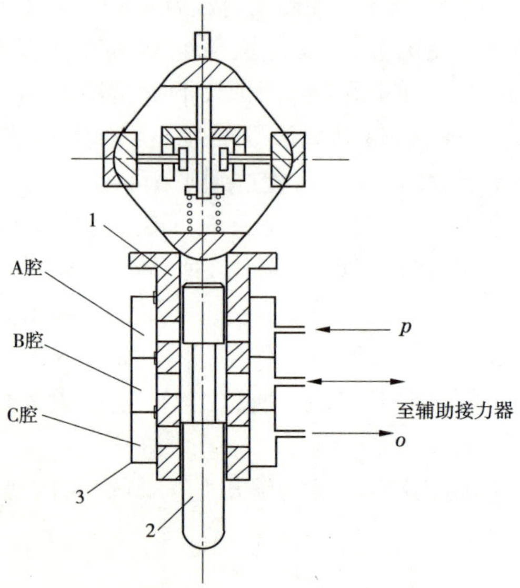

1—转动套;2—引导阀针塞;3—阀壳

图1-6　引导阀结构组成

通过引导阀的油流量与针塞阀盘和转动套的相对位移量有关,其关系如下:

$$Q = v\Delta S = vb\Delta h \tag{1-6}$$

式中　v——转动套窗口的油流速度;

ΔS——引导阀窗口开度;

b——转动套窗口宽度;

Δh——针塞阀盘与转动套窗口的相对位移。

式(1-6)表明,引导阀输出流量 Q 与引导阀窗口开度 ΔS 成正比。

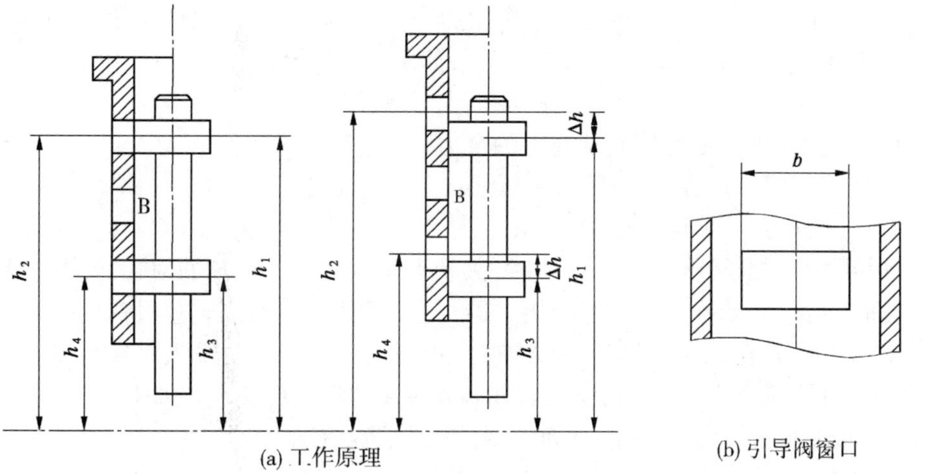

图 1-7　引导阀工作原理

2. 辅助接力器与主配压阀

辅助接力器与主配压阀装在同一阀壳内，其结构如图 1-8 所示，由阀壳、辅助接力器活塞和主配压阀活塞组成。

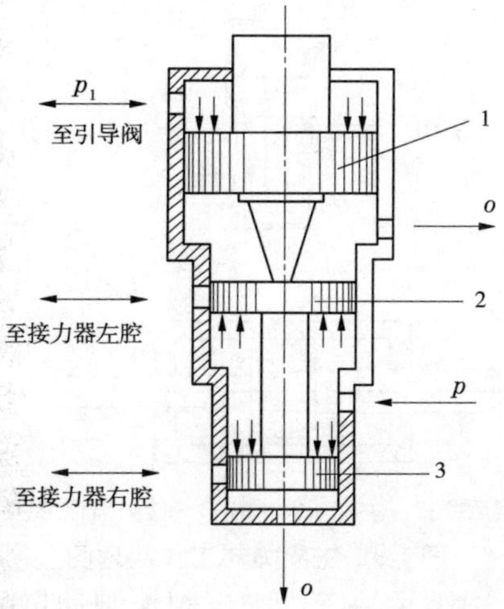

1—辅助接力器；2—主配压阀上阀盘；3—主配压阀下阀盘

图 1-8　辅助接力器与主配压阀结构原理

辅助接力器活塞是差动活塞，即活塞上、下表面积不同，活塞的下腔接排油管，压力为零，其上表面的环形面积 A_1 受来自引导阀的油压 p_1 的作用，因此活塞受到一个向下的作用力，其值等于

$$F_1 = p_1 A_1 \tag{1-7}$$

式中　F_1——作用于活塞上表面的油压力。

主配压阀壳体上开有三排油孔，中排油孔与压力油源相连，上、下油孔与主接力器活塞左、右油腔相通。主配压阀活塞有上、下两个阀盘。压力油从壳体中间油孔进入，使两个阀盘均受到油压作用,上下阀盘所受作用力方向相反,因上阀盘的下表面积 A_2 大于下阀盘的上表面积 A_3,所以总作用力方向朝上,如图1-8所示,其值为

$$F = p(A_2 - A_3) \tag{1-8}$$

式中 F——为作用于主配压阀活塞上的合力;

p——为上下阀盘之间的压力油压强;

A_2、A_3——上、下阀盘的受压面积。

辅助接力器与主配压阀连为整体时,其状态取决于 F_1 和 F 的对比。当引导阀处于平衡状态时,$p_1A_1 = p(A_2 - A_3)$,辅助接力器与主配压阀不动;当转速升高时,引导阀接通排油时 $p_1 = 0$,在 F 作用下辅助接力器与主配压阀上移,压力油进入主接力器左腔;当转速降低,引导阀接通压力油时,$p_1 = p$,因 $A_1 > A_2 - A_3$,所以 $F_1 > F$,辅助接力器与主配压阀下移,压力油进入主接力器右腔,从而控制主接力器活塞左、右移动。

3. 主接力器

主接力器由接力器缸体、活塞、活塞杆等组成,其活塞两端的油孔分别与主配压阀上下控制油孔连接,受主配压阀活塞控制,如图1-9所示。若主配压阀活塞向上移动,主接力器左腔进压力油,右腔通排油,接力器活塞向右(关闭侧)移动,导水机构关小导叶开度。若主配压阀活塞向下移动,则接力器向左移动,导水机构开大导叶开度。

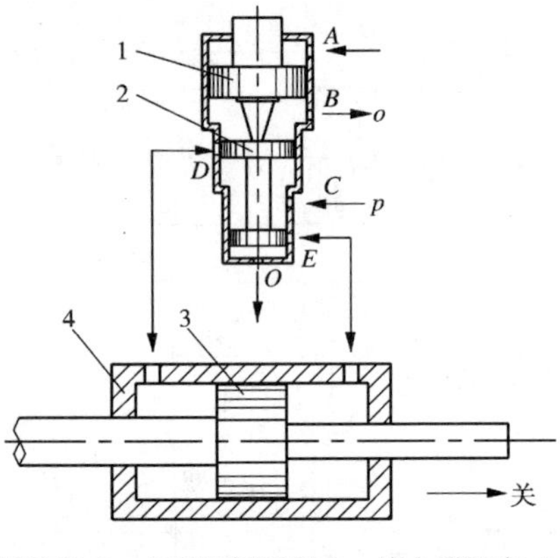

1—辅助接力器活塞;2—主配压阀活塞;3—接力器活塞;4—接力器缸体

图1-9 主接力器工作原理图

接力器活塞移动速度的大小,取决于主配压阀控制油口的开度大小和时间长短。设接力器位移为输出量,主配压阀控制油口的开度为输入量,则二者之间的关系式如下:

$$y = \frac{1}{T_y}\int u\mathrm{d}t \tag{1-9}$$

式中 y——接力器位移量的相对值,y 等于接力器活塞位移量 ΔY 与接力器活塞最大位移量 Y_M 的比值;

T_y——接力器反应时间,它表明当频率变化 $100\% f_r$ 时,配压阀对应的最大开口下,接力器活塞走完全行程所用的时间;

u——配压阀控制油口开度相对值,它等于配压阀活塞行程 ΔS 与配压阀最大行程 S_M 的比值。

式(1-9)表明,接力器位移量的相对值 y 与配压阀控制油口开度相对值 u 的积分成

正比。

主接力器是开启或关闭导水机构的重要部件，其工作特性对导水机构关闭有一定的影响，因此下面就来介绍接力器的工作特性。

1）接力器的速度特性

将式(1-9)微分，得到：

$$\frac{\mathrm{d}y}{\mathrm{d}t} = \frac{1}{T_y}u \tag{1-10}$$

该式表明，接力器活塞的移动速度取决于主配压阀窗口开度相对值，这一特性称为接力器速度特性。从理论上讲活塞移动速度与主配压阀窗口相对开度之间是正比例关系，即是一条倾斜直线，如图1-10中虚线所示。

但实际的接力器速度特性不是严格的直线，而是图1-10中实线所示。造成这个现象的原因是配压阀的进出油口与配压阀阀盘之间存在遮程。配压阀进出油孔高度与阀盘厚度不一样，我们把阀盘对油孔的遮挡部分称为遮程。

由于主配压阀有正遮程，当活塞离开中间位置但行程小于遮程时，窗口尚未打开，接力器只会在漏油的作用下缓慢移动，直到主配压阀行程大于遮程以后，接力器的移动速度才与主配压阀行程成正比，从而形成图1-10中实线所示的规律。

接力器反应时间常数T_y是反映接力器速度特性的参数，它受结构、尺寸等多种因素影响，一般要求为0.05～0.2 s。由式(1-10)可知，对应相同的主配压阀行程u，T_y越小则接力器移动速度越大，这有利于调速器及时动作。但过小的T_y值可能会给调节系统的稳定性带来不利的影响。

2）接力器关闭规律

接力器从全开到全关的过程中，要经过启动、加速、匀速移动和减缓等几个阶段，实际的关闭规律如图1-11所示。

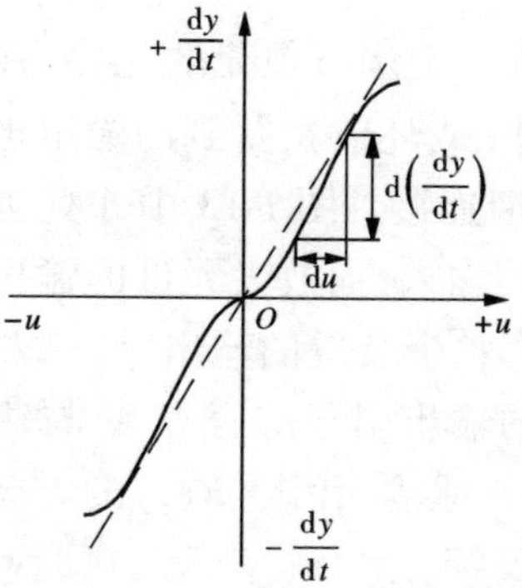

图1-10　接力器速度特性

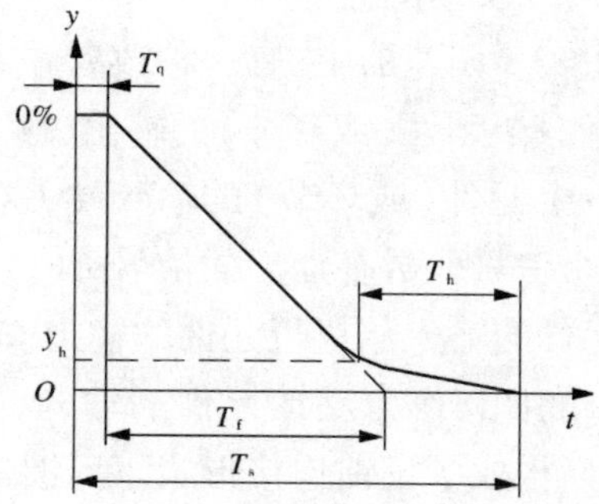

图1-11　接力器关闭规律曲线

A. 接力器不动时间T_q

导水机构及调速器运动部件都有惯性，接力器启动后需要逐步加速至正常速度，液压油的流动也需要一定时间，因此主接力器的动作总是滞后于离心摆。我们把主接力器滞后及加速所用的时间称为接力器不动时间，用T_q表示，如图1-11所示。

B. 接力器最短关闭时间 T_f

由图 1-11,接力器以匀速由全开位置关至全关位置所用的时间称为接力器最短关闭时间,用 T_f 表示。T_f 是机组安全的重要的参数。T_f 过长,机组甩负载后流量不能及时减小,转速会上升过大,有损害机组的危险;T_f 过短,则导叶关闭过快而引起过大的水锤压力,有使压力管道爆裂的可能。飞车和爆管都是水电站不允许发生的,实践中 T_f 须根据机组及电站的具体条件,由调节保证计算来决定。

C. 延缓关闭时间 T_h

通常在主配压阀与接力器油管连接处的油缸壁面上开有三角形油槽,活塞移到接近端盖时,会遮挡管口,靠三角形油槽通油,减小活塞的移动速度,防止活塞与缸体碰撞。这段减缓关闭过程的时间称为延缓关闭时间,用 T_h 表示。T_h 可能占到全部关闭时间 T_s 的 1/3 左右,但所关的开度不大,一般为全行程 10% 以下。

3)接力器分段关闭

为了减小水锤压力、抬机和振动,实际工程中常采用分段关闭,即采用先快后慢的分段关闭规律,如图 1-12 所示。图中第一阶段关闭曲线斜率较陡,表明导叶关闭速度较快,使导叶开度迅速减小,防止机组转速过快上升;第二阶段关闭曲线斜率较平缓,关闭速度较慢、时间较长,可防止压力管道内水压力过快上升。如何实现分段关闭将在后续章节介绍。

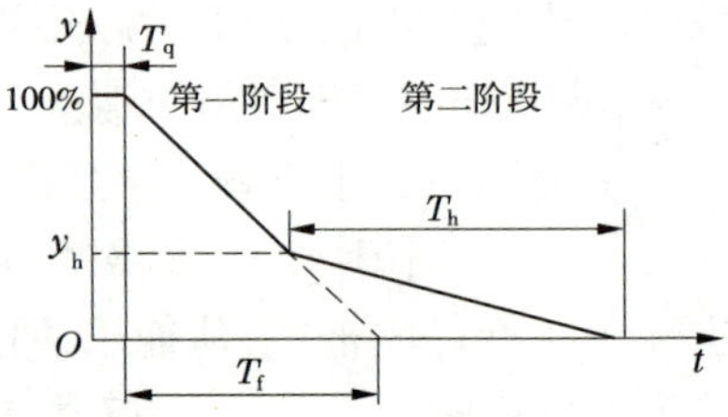

图 1-12　接力器分段关闭曲线

1.2.2　反馈元件

1.2.2.1　反馈的概念

在实际调速器中,有一种改善系统稳定性并形成一定调节规律的元件,称为反馈元件。将一个元件(或环节)的输出,输入到另一个元件(或环节),得到的输出再返回作用于前一个元件(或环节)的输入端,这种结构称为反馈连接。图 1-13 中 A 处为信号综合点,两个信号代数叠加后的信号 $E(t)$ 作为放大元件的输入,而放大元件的输出信号作为执行元件的输入。执行元件的输出 $C(t)$,一方面作为整个装置的输出,另一方面经 B 点将 $C(t)$ 引出,作为反馈元件的输入,并将反馈元件的输出引至综合点 A,与输入信号叠加,从而构成了反馈连接形式。反馈信号的作用方向与原输入信号 $R(t)$ 的方向相反的反馈称为负反馈,用"－"表示;方向相同的反馈称为正反馈,用"＋"表示。在调速器中一般

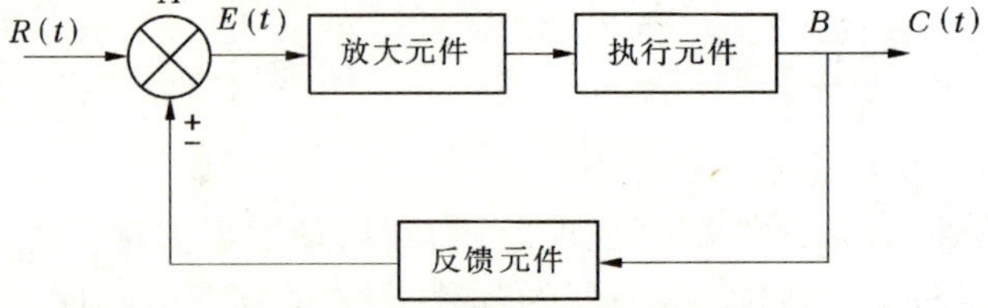

图 1-13　反馈连接框图

把输出信号与输入信号成比例的反馈称为硬反馈或比例反馈,硬反馈一般为负反馈;把反馈信号按照指数规律衰减的反馈称为软反馈。

1.2.2.2　硬反馈

在一般机械液压调速器中硬反馈有两种形式,一种是局部反馈;另一种是调差机构。

1. *局部反馈*

下面用杠杆来说明比例反馈的原理。如图1-14所示,设杠杆的A端为输入端,B端为输出端,且输入量、输出量都是位移量。当A端发生Δh_1位移时,B端会发生相应的位移Δh_2,则输入量与输出量有如下关系式:

$$\Delta h_2 = \frac{l_2}{l_1}\Delta h_1 \tag{1-11}$$

令$k=\frac{l_2}{l_1}$,则有

$$\Delta h_2 = k\Delta h_1 \tag{1-12}$$

式中　k——比例系数。

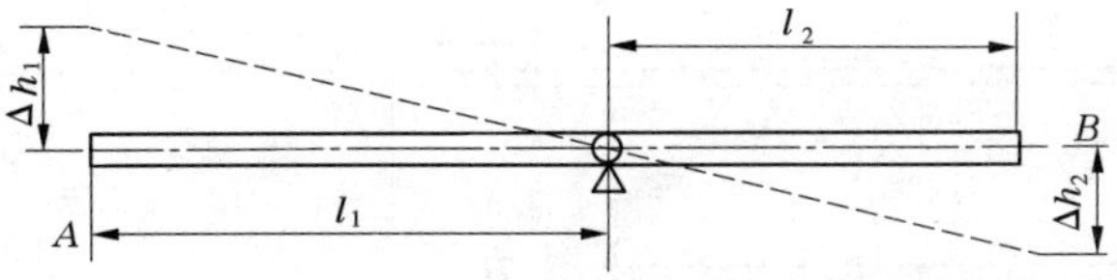

图1-14　杠杆反馈原理

在图1-15中,机械液压调速器的第一级液压放大元件的校正反馈就是利用杠杆来实现,一般称为局部反馈,其输出量为引导阀针塞的相对位移ζ,输入量为辅助接力器活塞的相对位移y_1,按照上面的方法可得二者的关系式如下:

$$\zeta = \frac{L_4L_2}{L_3L_1}y_1 = \alpha y_1 \tag{1-13}$$

2. *调差机构*

调差机构是一种可调整反馈量大小的硬反馈。如图1-15所示,调差机构由杠杆ij、拉杆m、反馈框架9、转轴10、滚轮11等零件组成。现分析其工作原理:当离心摆1随机组转速上升时,转动套2随之一起上升,使辅助接力器13的活塞上腔与引导阀下排油孔连通而排油。主配压阀14活塞受压差作用,使辅助接力器活塞与主配压阀活塞一起上移,则压力油经主配压阀D孔进入接力器左腔,其右腔的油液经主配压阀E孔排油,接力器15向右(关)移动。由于反馈锥体12与接力器杆连在一起,故随之也向右移动,使滚轮11向上移动,通过拉杆带动反馈框架9绕转轴10顺时针转动,使与螺母7相连的拉杆m输出一个位移jj',该输出位移的大小可转动螺杆8来进行调节,即通过调节螺母7与转轴10之间的距离,实现反馈量大小的调整。该反馈量经拉杆m和杠杆ij的k点传递至引导阀针塞3,使其上移,并使排油孔减小。

由上面分析可知,转速上升可使转动套上移,从而作用于接力器向关闭方向移动,而反馈则作用于引导阀针塞上移使排油口减小,接力器关闭速度变慢,直到排油口减小到零时,接力器停止继续关闭,这说明该反馈为负反馈。

转速下降时的工作过程与上述类似,仅仅是方向相反。由上述分析可知,调差机构的反馈作用总是使引导阀针塞跟随转动套的移动,并削弱转动套的作用。也就是说,它起到了负反馈的作用。

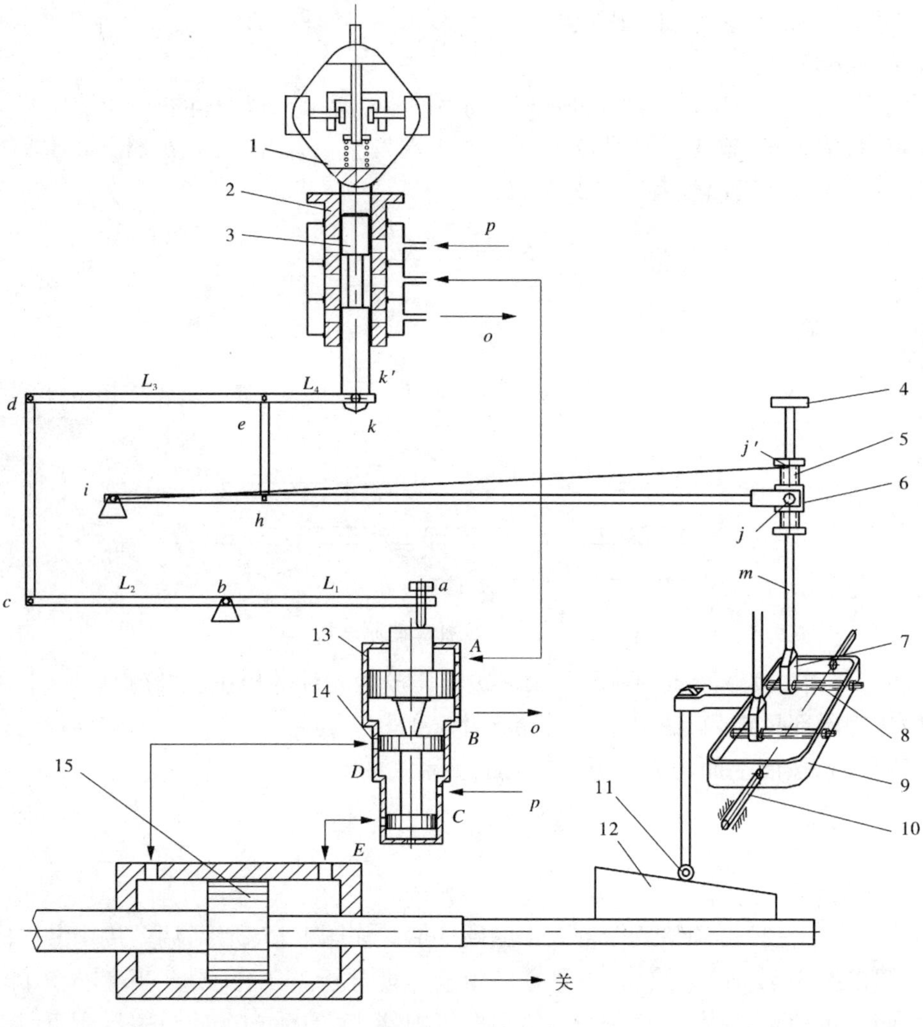

1—离心摆;2—转动套;3—引导阀针塞;4—转速调整手轮;5、8—螺杆;6、7—螺母;
9—反馈框架;10—转轴;11—滚轮;12—反馈锥体;13—辅助接力器;14—主配压阀;15—接力器

图1-15 调差机构原理图

在机械液压型调速器中,调差机构的反馈量很小,对调节过程的稳定作用很微弱,其主要作用是改变调速器静特性斜率,以合理分配并列运行机组间的负荷。为了弄清这个问题,先来说明什么是调速器静特性。

调速器静特性是指在稳定运行工况下,离心摆转速与接力器行程之间的关系。如果以相对值表示,则二者之间的关系可用下式表示:

$$x = -b_p y \tag{1-14}$$

式中 x——离心摆转速变化的相对值;

y——主接力器相对位移，其值为 $y=\Delta Y/Y_M$；

b_p——永态转差系数，其值可在 0 ~8% 调整。

调速器静特性曲线如图 1-16 所示，它有两种情况，一种是当 $b_p=0$ 时，称为无差静特性，静特性曲线为水平线，这时不论接力器行程为多少，离心摆转速均保持不变，如图 1-16(a)所示；另一种是当 $b_p\neq0$ 时，称为有差静特性，它表示当接力器开启行程小时，离心摆转速较高，接力器开启行程大时，离心摆转速较低，如图 1-16(b)所示。结合图 1-15 和图 1-16可看出，接力器关闭行程越大，引导阀针塞 3 的 k 点位置越高，则达到稳定转速时的转动套相对位置也越高；反之，对应的稳定转速越低，这就是形成有差静特性的原因。

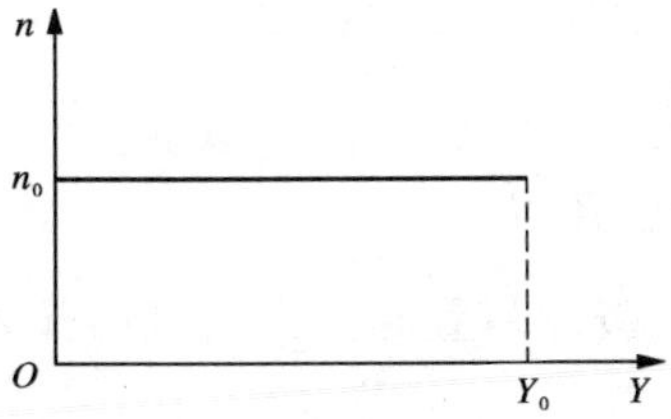

(a)无差静特性

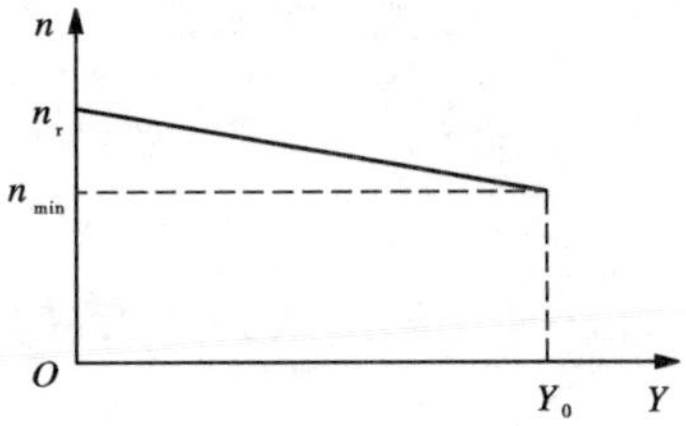

(b)有差静特性

图 1-16　调速器静特性曲线

静特性的斜率可用调差机构的螺母 7 来调整，当反馈螺母 7 距框架转轴 10 越远时，在相同的接力器位移情况下，引导阀针塞的相对位移越大，则 b_p 值也越大，静特性斜率越大；反之，b_p 值越小，静特性斜率越小。

用调差机构来改变静特性斜率，从而改变并列运行机组之间的负荷分配的原理将在 1.3.3 部分中介绍。

1.2.2.3　缓冲装置

缓冲装置又称为软反馈，它主要用于调速系统的反馈校正，其性能好坏直接关系到调速系统的稳定，是调速器的重要部件之一。缓冲装置的结构如图 1-17 所示，由壳体 1，主动活塞 2，弹簧 3、6，节流孔 4 和从动活塞 5 等组成。缓冲装置的壳体分为上、下两腔，其内部充有油液，节流孔是上、下两腔之间的唯一通道，调整节流孔的大小可以调节油流阻力。主接力器活塞杆通过杠杆、拉杆等作用于主动活塞，从动活塞通过拉杆、杠杆作用于引导阀针塞。

当主动活塞没有受到来自接力器的反馈作用时，主、从动活塞都处于相对中间位置，从动活塞 5 的上端没有位移输出。当主动活塞 2 受到来自主接力器反馈锥体的作用力而向下移动时，由于油是不可压缩液体，且活塞下腔的油不可能马上通过节流孔 4 进入上腔，所以下腔的油压升高，迫使从动活塞 5 上移，该输出位移作用于引导阀针塞，同时压缩弹簧 6，于是下腔的压力油经节流孔进入活塞上腔，在弹簧恢复力作用下，上、下腔压力逐渐恢复平衡，从动活塞 5 也逐渐回到中间位置，使输出位移消失。反之，当主动活塞 2 受力向上移动，主动活塞 2 下部产生真空，由于上腔的油来不及通过节流孔到下腔，从动活塞 5 被向下吸引，产生一个向下的位移，并作用于针塞向下移动，随后，在弹簧 3 恢复力作用下，上腔的油通过节流孔 4 流入下腔，从动活塞 5 回复中间位置，其输出位移消失。

由此可见，缓冲装置的输出位移只在调节过程中存在，调节过程结束后，反馈位移自

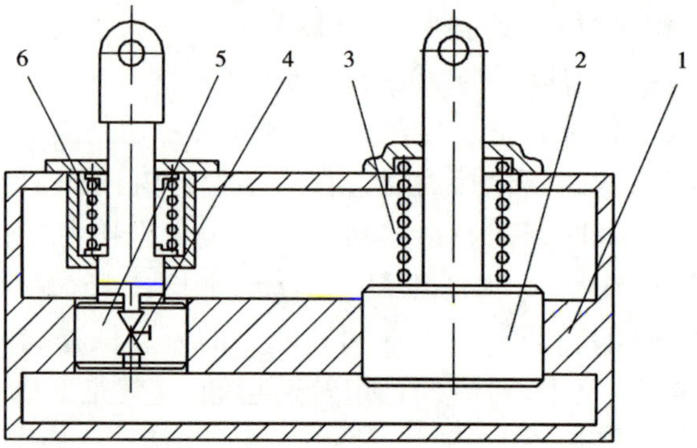

1—壳体;2—主动活塞;3—主动活塞回复弹簧;4—节流孔;5—从动活塞;6—从动活塞回复弹簧

图1-17　缓冲装置的结构

动消失。所以称这种反馈为软反馈或暂态反馈。缓冲装置的输出信号与输入信号之间存在以下关系：

$$T_{\mathrm{d}}\frac{\mathrm{d}Z_2}{\mathrm{d}t}+Z_2=T_{\mathrm{d}}\frac{f_1}{f_2}\frac{\mathrm{d}Z_1}{\mathrm{d}t} \tag{1-15}$$

式中　T_{d}——缓冲装置时间常数,T_{d} 与节流孔对油流的阻力系数等参数有关;

Z_2——缓冲装置输出信号,即从动活塞的位移量;

Z_1——缓冲装置输入信号,即主动活塞的位移量;

f_1——主动活塞面积;

f_2——从动活塞面积。

式(1-15)为缓冲装置运动方程式,等式的右端表示输入信号的变化率,等式的左端表示输出信号与输出信号变化率之和,该式表明输出量与输入量之间不再是一个简单的比例关系。下面是缓冲装置的两种特殊情况：

(1)当 $T_{\mathrm{d}}=0$ 时,节流孔全开,可以近似认为油流阻力系数为零,节流孔对油流几乎不产生阻力,这种情况无论输入信号怎样变化,都不产生输出信号,即 $Z_2=0$。

(2)当 $T_{\mathrm{d}}\to\infty$ 时,节流孔全关,节流孔对油流的阻力趋于无穷大,当给主动活塞一个位移 Z_1 时,从动活塞也产生一个位移 Z_2,由于节流孔堵住,从动活塞无法回复,则缓冲装置相当于硬反馈的情况。

任务1.3　机械液压型调速器的运行与维护

【教学目标】

1. 技能目标

能看懂机械液压型调速器系统图,能对其工作过程进行分析。

能进行调差机构、缓冲装置和转速调整机构等主要元件的调整。

学会进行机械液压型调速器常规检查的方法。

能进行机械液压型调速器开停机等基本操作。

2. 知识目标

掌握调速器静态品质指标的意义，了解动态特性参数的意义和品质指标。

熟悉水力机组并列运行时的静态分析方法。

掌握调差机构、转速调整机构的作用和工作原理。

掌握并列运行机组负荷分配的原理。

【相关知识】

1.3.1　机械液压调速器工作过程分析

按照被调节对象的执行元件的多少可分为单调节调速系统和双调节调速系统，先来介绍单调节调速系统工作原理。

1.3.1.1　单调节调速系统的动作原理

单调节调速系统如图1-18所示。在调节前，设机组单机带负荷运行，水轮机动力矩与发电机阻力矩处于平衡状态，转速为 n_0。下面分三个阶段来分析。

第一阶段：当负荷突然减少时，水轮机动力矩大于发电机阻力矩，机组开始增速，离心摆电动机转速也随之增速，离心摆下支持块6上移，与下支持块相连的转动套7跟着上移，转动套上排孔封闭，下排孔打开，中间油孔经下排油孔接通排油，辅助接力器活塞17上腔油压降低。在主配压阀内向上作用的油压驱动下，辅助接力器活塞17与主配压阀活塞19一起上移，并通过局部反馈杠杆 ed、拉杆 dc、杠杆 ca，使引导阀针塞8上移，针塞8与转动套7回复到相对中间位置，辅助接力器油压恢复原来的数值，辅助接力器活塞17与主配压阀活塞19停止上移。由于主配压阀活塞19上移，使其上排油口 D 接通压力油，下排油口 E 接通排油，使主接力器活塞28左腔进压力油，右腔接通排油，于是主接力器活塞28向右移动，关闭导叶，水轮机过流量减少，动力矩减小，使机组转速停止加速。

第二阶段：接力器推拉杆29右移，使反馈锥体26也向右移，作用于滚轮25及拉杆向上移动，使反馈框架23绕转轴24顺时针转动，带动拉杆 qj、gm 上移，杠杆 fg 的 f 端下移，缓冲器主动活塞13下移，活塞下部油压升高使从动活塞15上移，引导阀针塞8在杠杆 ij、拉杆 bk、杠杆 ca 的作用下上移，到达相对平衡位置以上，引导阀上排油口打开、下排油口封闭，压力油经其中间油口进入辅助接力器活塞17上腔，使辅助接力器活塞17和主配压阀活塞19一起下移，逐步回复到中间位置，主接力器活塞28也停止右移，由于导叶开度关小，机组转速逐渐下降。

第三阶段：由于转速下降，离心摆转速随之下降，转动套下移，同时，缓冲装置上下腔的油经节流孔14流动逐步平压，而回复到中间位置，并通过杠杆使引导阀针塞8下移，与转动套恢复到相对中间位置，使调速系统进入新的平衡状态。

1.3.1.2　双调节调速系统动作原理

双调节调速系统就是同时输出两个满足一定协联关系的调节动作的调速系统，它主要用于轴流转桨式和水斗式水轮机。

具体地说，对轴流转桨式水轮机，不仅要控制导叶开度，同时要控制桨叶开度，二者要满足一定的协联关系；对水斗式水轮机，要控制喷针开度和折向器位置等。双调节调速系

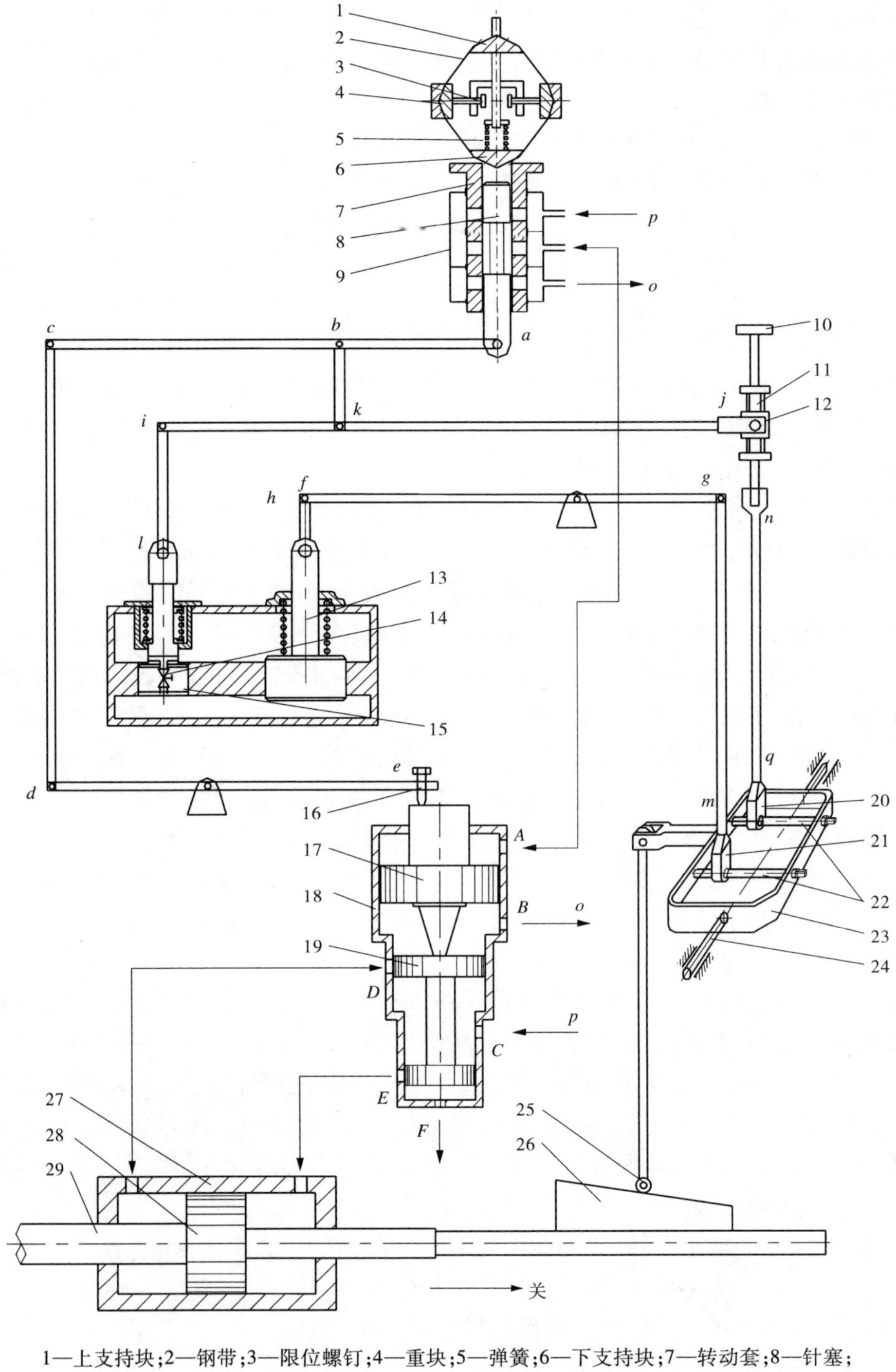

1—上支持块;2—钢带;3—限位螺钉;4—重块;5—弹簧;6—下支持块;7—转动套;8—针塞;9—引导阀体;10—转速调整手轮;11—螺杆;12—螺母;13—主动活塞;14—节流孔;15—从动活塞;16—反馈螺钉;17—辅助接力器活塞;18—阀体;19—主配压阀活塞;20、21—螺母;22—螺杆;23—反馈框架;24—转轴;25—滚轮;26—反馈锥体;27—接力器缸;28—主接力器活塞;29—推拉杆

图1-18　单调节调速系统

统的测量、液压放大、反馈和操作控制机构的工作原理与单调节调速系统基本相同，主要差别是如何得到按一定要求互相配合的两个输出动作。下面分别说明两种双调节调速系统的工作原理。

1. 转桨式水轮机双调节调速系统

转桨式水轮机双调节调速系统如图1-19所示，是由两套系统联系而成的。左面1～6是跟随负载变化调整水轮机导叶开度的调速系统。而右面7～11是控制转轮轮叶角度的系统，其中轮叶配压阀10经过杠杆*CDE*与轮叶接力器11相连，又受协联凸轮8操纵。当凸轮逆时针转动使*C*点下降时，配压阀活塞随之下移，轮叶接力器活塞下腔接通压力油，造成轮叶接力器11活塞上升，从而减小轮叶安装角。而接力器上升又经过杠杆*CDE*使配压阀向上回复，直到中间位置封住油孔。杆*CDE*既是轮叶配压阀10的操纵机构，又是轮叶配压阀10和轮叶接力器11组成的放大系统的硬反馈机构，它们构成一个能稳定运行的液压系统。

协联凸轮8由拐臂7带动，将随导叶接力器的移动而转动。协联凸轮表面按特殊曲线制成，正好反映转桨式水轮机轮叶角度与导叶开度相互配合的最优规律。因此，轮叶角度的大小，以及轮叶角度变化的规律，都是根据水轮机特性事先规定的，由协联凸轮的形状来体现。协联凸轮8与传动拐臂7、滚轮9、杆件等组成协联机构。协联机构是按预定规律实现双调节动作的关键部件。为了适用于不同的工作水头，沿协联凸轮轴线方向，其各断面尺寸依次递增以适应不同水头工况，在运行中可根据实际水头情况加以调整。

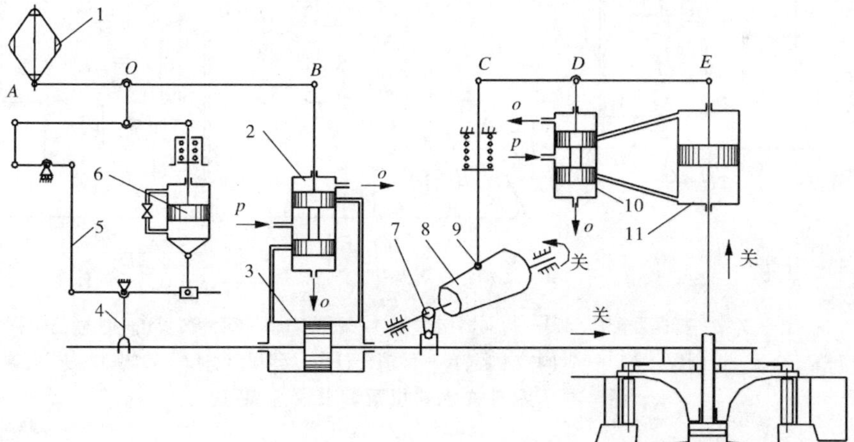

1—离心摆；2—导叶配压阀；3—导叶接力器；4—反馈杆；5—硬反馈；6—缓冲装置；7—拐臂；8—协联凸轮；9—滚轮；10—轮叶配压阀；11—轮叶接力器

图1-19 转桨式水轮机双调节调速系统

2. 水斗式水轮机双调节调速系统

水斗式水轮机的流量由针阀开度决定，针阀处在不同位置时，水由喷嘴喷出会形成不同直径的射流，其流量也相应不同。但是，由于水斗式水轮机用在高水头下，输水管道往往较长，如果突然关小针阀，会在管内形成巨大的水锤压力。为此，必须先快速动作折向器切断射流,再缓慢减小针阀开度减小流量。这就须有一快、一慢两个互相配合的调节动作。图1-20所示就是水斗式水轮机的双调节调速系统。由图可见,它仍由两个部分联系而成。1~5是由离心摆、液压放大、硬反馈、软反馈组成的调速系统,在负载变化时快速动作折向器13。而8~11是具有硬反馈的液压放大系统,能随C点的升、降调整针阀12的开度。针阀的开、关,以及动作的速度取决于协联凸轮6的形状和油流的快慢,这可以事先按水轮机特性及电站条件来规定。

综上所述,两种双调节调速系统,它们都只有一个测量元件——离心摆,根据机组转速的变化而使液压放大机构动作,在输出一个调节动作的同时,经过协联器驱动另一套液压放大系统,再输出一个与之配合的调节动作。第二套液压系统只有硬反馈机构,是跟随第一个调节动作而动作的。软反馈机构及操作控制元件都设在第一套机构内,以便形成一定的调节规律并实现多种功能。其中,协联器是两种调节动作互相配合的关键,必须根据水轮机特性和电站实际运行条件来设计、制作。但是,从调节原理上说,双调节调速系统与单调节调速系统没有本质的区别。

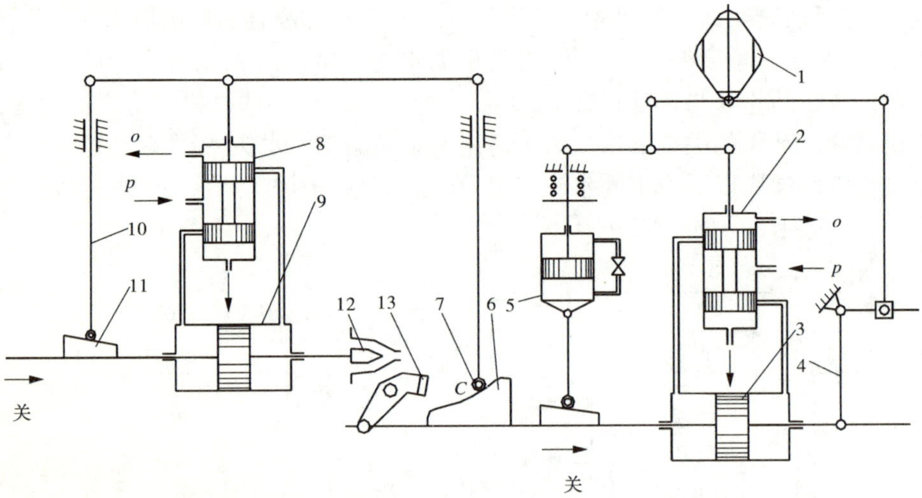

1—离心摆;2—折向器配压阀;3—折向器接力器;4—硬反馈;5—缓冲装置;6—协联凸轮;7—滚轮;8—针阀配压阀;9—针阀接力器;10—反馈杆;11—反馈凸轮;12—针阀;13—折向器

图1-20 水斗式水轮机双调节调速系统

1.3.2 调节系统的静态与动态特性

水轮机调速器是水轮发电机组最重要的控制设备之一,担负着机组转速和有功负荷的调整,以及机组开停机、并网等控制任务。调速器除具有上节所介绍的元件外,还有调差机构和转速调整机构。这些元件主要用于并列运行的水力机组之间的负荷分配和转速调整等,是十分重要的内容,本节将介绍其工作原理和调整方法,并介绍调节系统的静态特性和动态特性指标。

1.3.2.1 调节系统静态特性

1. 调节系统的静态特性

调节系统静态特性(也称静特性)是指调节系统处于平衡状态时,机组转速与发电机出力之间的关系,其关系曲线如图1-21(a)、(b)所示。前者称为无差静特性,即随着发电机出力P改变,机组转速始终为n_0,此时,调节系统无静态偏差。后者称为有差静特性,即随着发电机出力P增加,机组平衡转速n随之减小,这时系统有一定静态偏差。

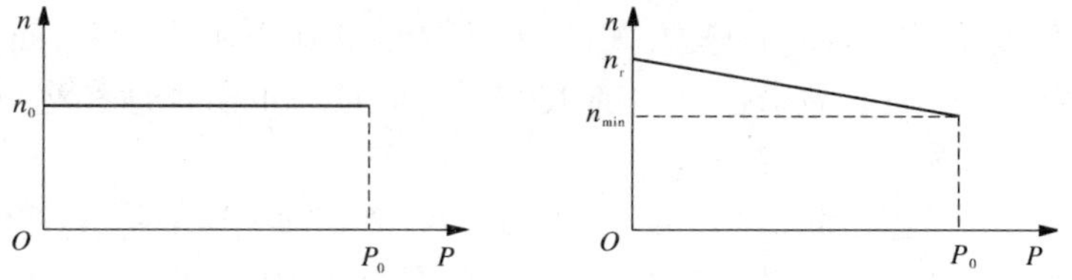

(a)无差静特性　(b)有差静特性

图1-21　调节系统的静态特性

调节系统静态特性用调差率表示,其定义为用相对量表示的调节系统静特性某一规定运行点处斜率的负数,用e_p表示。

$$e_p = -\frac{dx}{d\left(\frac{P}{P_r}\right)} \tag{1-16}$$

式中　x——转速变化相对值;

$\frac{P}{P_r}$——发电机出力相对值。

当$e_p = 0$时,调节系统为无差静特性,即不论机组出力为多少,转速均不变;当$e_p > 0$时,调节系统为有差静特性,机组转速随出力增加而减小。

最大功率调差率定义为:机组空载时的转速n_{max}与额定功率时的转速n_{min}之差与额定转速n_r的比值,用e_s表示,即

$$e_s = \frac{n_{max} - n_{min}}{n_r} \tag{1-17}$$

式中　n_{max}——输出功率$P = 0$时的转速,r/min;

n_{min}——输出功率$P = P_r$(P_r为额定功率)时的转速,r/min;

n_r——额定转速,r/min。

在简化分析时,可将调节系统静特性近似看成是一条直线,则$e_p = e_s$。

2. 调速系统静态特性

在1.2.2节初步介绍了调速器静特性的概念,即调速系统静特性,它在标准中的定义是:在调速系统处于平衡状态下,转速相对值与接力器行程相对值的关系曲线。永态转差率b_p是表示调速系统静特性的参数,其定义为用相对量表示的调速系统静特性某一规定运行点处斜率的负数。

$$b_p = -\frac{dx}{dy} \tag{1-18}$$

为了便于分析,常用调速系统最大行程永态转差率b_s表示,b_s定义为

$$b_s = \frac{n_{max} - n_{min}}{n_r} \tag{1-19}$$

式中　n_{max}——接力器行程 $Y=0$ 时的转速;

n_{min}——接力器行程 $Y=Y_{max}$ 时的转速,Y_{max} 为接力器最大行程。

显然,当调速系统静特性为近似直线时,则 $b_p=b_s$。

综上所述,b_p 与调速系统的构造有关,与机组特性和运行水头无关;而 e_p 是调节系统静特性的一个参数,它不仅与调速系统的构造有关,而且与机组特性和运行水头有关。

3. 调速器转速死区

在《水轮机控制系统技术条件》(GB/T 9652.1－2007)中还有一个重要指标,即转速死区。由于调速器是由多个环节组成的,特别是一些机械液压环节都不同程度地存在一定的死区,这就使调速器开、关两根静特性曲线实际上是不重合的,而是由两根曲线围成的曲线带,如图1-22所示。带子的宽度为 n_1-n_2,在这个区域调速器不起调节作用,故称为调速器的转速死区。

调速器转速死区用 i_x 表示,并按下式计算:

$$i_x=\frac{n_1-n_2}{n_r}\times 100\% \tag{1-20}$$

式中　n_r——额定转速。

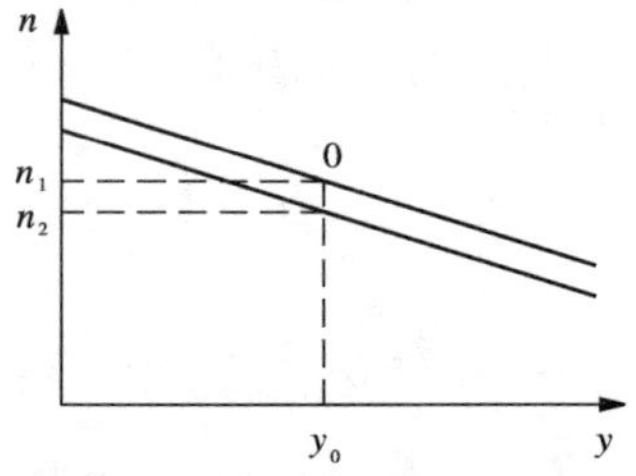

图1-22　调速器的转速死区

4. 调速系统静态品质指标

《水轮机控制系统技术条件》《GB/T 9652.1—2007》规定,调速系统静态特性应符合:

(1)调速系统静特性应近似为一条直线。

(2)测至主接力器的转速死区和在水轮机静止及转速信号恒定条件下接力器摆动值不超过表1-4所示规定值。

表1-4　转速死区、接力器摆动规定值

项目	大型调速器	中型调速器	小型调速器		特小型调速器
	电调	电调	电调	机调	
转速死区(%)	0.02	0.06	0.10	0.18	0.20
接力器摆动值(%)	0.10	0.25	0.40	0.75	0.80

(3)转桨式水轮机调速系统中,轮叶随动系统的不准确度 i_a 不大于1.5%。实测协联曲线与理论协联曲线偏差不大于桨叶接力器全行程的1%。

(4)冲击式水轮机调速系统静态品质应达到:①测至喷针接力器的转速死区符合表1-4所示规定值;②在稳态工况下,对多喷嘴冲击式水轮机的任何两喷针之间的位置偏差,在整个范围内均不大于1%。

水轮机调节系统品质的好坏,除要看它在稳定工况下能否满足上述要求外,还要看在各种扰动信号作用下能否快速收敛,满足动态品质的有关指标。

1.3.2.2　调节系统的动态特性

静态指标是衡量调速系统稳定性的指标。当调节对象遇到电力系统负荷突变或正常调节负荷时,会出现不稳定现象,调节系统从一个稳态到另一个稳态的调节过程称为调节系统动态过程。调节系统动态品质的优劣,常用下述动态特性品质指标衡量。

1. 动态特性的有关参数

(1)转速摆动相对值。是指任一转速 n 与稳态转速 n_0 之差和 n_0 比值的百分数。

(2)调节时间。是指从阶跃扰动发生时刻开始到调节系统进入平衡状态为止所经历的时间,用 t_E 表示。

(3)波峰次数。是指调节时间内出现的振荡波峰个数的一半。

2. 动态特性品质的有关规定

《水轮机控制系统技术条件》(GB/T 9652.1—2007)中关于动态特性规定如下:

(1)调速器应保证机组在各种工况和运行方式下的稳定运行。在空载工况自动运行时,施加一阶跃型转速信号,待稳定后记录转速摆动相对值,对大型电调不超过 ±0.15%,对大型机调、中小型调速器不超过 ±0.25%,对特小型调速器不超过 ±0.30%。

(2)机组甩100%额定负荷后,在转速变化过程中,稳态转速超过3%额定转速的波峰,不得超过2次。

(3)如图1-23所示,从机组甩负荷时起,到机组转速相对偏差小于 ±1% 为止的调节时间 t_E 与从甩负荷开始至转速升至最高转速所经历的时间 t_M 的比值:对中低水头反击式水轮机不大于8;桨叶关闭时间较长的轴流转桨式水轮机不大于12;对高水头反击式水轮机和冲击式水轮机应不大于15;对从电网解列后给电厂供电的机组,甩负荷后机组的最低相对转速不低于0.9。

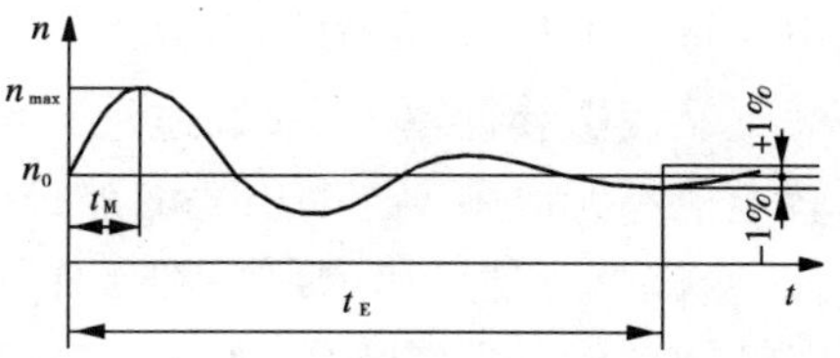

图1-23　动态过程参数示意

(4)转速或指令信号按规定形式变化,接力器不动时间:对电调不大于0.2 s,机调不大于0.3 s。

1.3.3　水力机组并列运行的静态分析

1.3.3.1　转速调整机构

转速调整机构是一种频率(功率)给定机构,由转速调整手轮10、螺杆11、螺母12等组成,如图1-18所示。其作用是:当机组单机运行时,用于改变机组转速;当机组并列于无穷大电网运行时,用于改变机组所带的负荷。下面说明其调节原理。

1. 单机带负荷运行时调整转速的调节过程

单机带负荷运行是指单台机组向负荷供电,为了便于分析,我们假设负荷不变。当操作转速调整手轮10,使螺杆11按俯视顺时针方向转动时,螺母12上移,通过杠杆 ij 和 ac 带动引导阀针塞8上移,压力油进入辅助接力器活塞17的上腔,主配压阀19下移,压力油进入接力器右(开启)腔,主接力器活塞28向开启方向移动,增加导叶开度,水轮机动力矩增加。与此同时,调差机构和缓冲装置使引导阀回到中间位置。这时外界负荷并没有发生改变,水轮机动力矩大于阻力矩,从而引起机组转速上升。这又会引起转动套7上移,辅助接力器活塞17上腔排油,主配压阀活塞19上移,接力器又向关闭方向移动,通过调差机构和缓冲装置使引导阀针塞8上移,经过调节使主配压阀活塞19回复中间位置。

调节结束时,引导阀针塞8稳定在较高的相对中间位置上,即转动套7也处在较高的位置,机组转速也相应增加。反之,若操作转速调整机构螺母12向下移动,则机组转速减小。

下面来说明用转速调整机构平移静特性的原理。不论接力器行程在哪个位置,转速调整机构都能人为地增加或减少调差机构的起始作用点,使引导阀针塞8产生一个预先的附加位移,接力器活塞的位移并不能改变转速调整机构的螺母和丝杆之间的相对位移,而针塞产生的附加位移会改变稳态转速值,在静特性曲线上表现为平移,其平移数值取决于转速调整机构螺母上下位移量的大小。当机组单机带负荷运行时,假设机组转速为n_0,负荷为P_0,操作转速调整手轮10使引导阀针塞8上移,则图1-24中静特性曲线向上平移到虚线的位置,因为负荷P_0不变,所以机组转速n_0增加至$n_0+\Delta n$。同理,转动转速调整手轮10使引导阀针塞8下移,静特性曲线向下平移,机组转速下降至$n_0-\Delta n$。

2.并网运行时调整机组负荷的调节过程

当机组并列于无穷大电网运行时,机组容量占电网容量的比重趋于零,机组的转速取决于电网频率。操作转速调整手轮10,使螺杆11顺时针转动,螺母12上移,通过杠杆带动引导针塞上移,使接力器活塞向开启方向移动。与此同时,接力器作用于调差机构和缓冲装置又使引导针塞下移,经过反复调节使主配压阀回到中间位置。若电网频率不变,机组转速也不能改变,导叶开度增加,水轮机动力矩增加,使机组所带负荷增加。即操作转速调整手轮顺时针转动时,图1-24中静特性曲线向上平移到虚线位置,机组转速仍为n_0,而机组所带负荷从P_0增加到$P_0+\Delta P$当操作图1-18中转速调整手轮,使螺杆逆时针转动时,螺母下移,图1-24中静特性曲线向下平移到虚线位置,机组所带负荷减少到$P_0-\Delta P$。

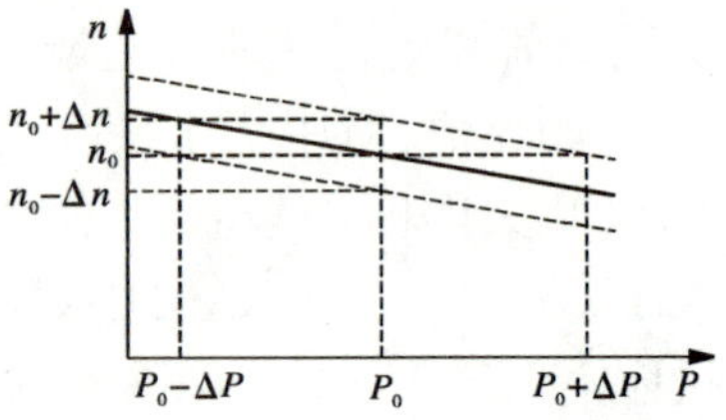

图1-24 静特性曲线平移

1.3.3.2 并列运行机组之间变动负荷的分配

一般情况下,在一个电网中有若干台水轮发电机组并列运行,这就涉及电网上的所有负荷如何分配到每台机组上的问题。前面提到,机械液压型调速器是用调差机构改变调速系统静特性斜率,从而实现并列运行机组之间负荷的合理分配,并人为地改变机组所承担的变动负荷量,下面说明其原理。

先来分析无差静特性条件下机组间负荷的分配。如图1-25所示,设有3台机组并列在一个电网中运行,由于不可能把各台机组与其调速器构成的调节系统的静特性调整得完全一致,若2号机转速为n_0,1号机整定转速为n_1高于n_0,3号机整定转速n_2低于n_0。此时,1号机离心摆总感到机组转速(系统转速)低于它本身的整定值,因而要求增加导叶开度,直到1号机带到满负荷。3号机情况恰好相反,它的离心摆总感到机组转速高于它

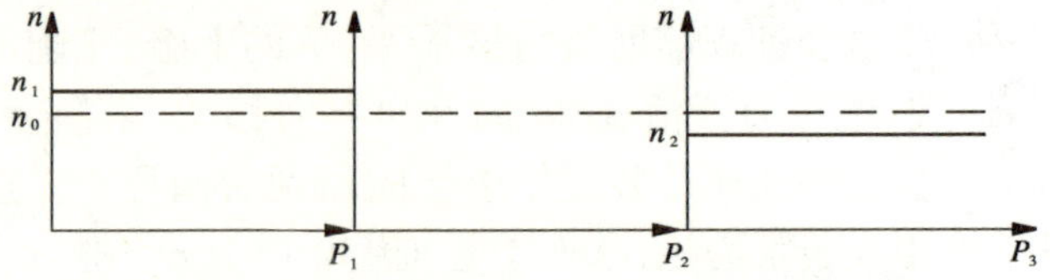

图1-25 具有无差静特性的机组的并列运行

本身的整定值,因而要求减小导叶开度,直到机组空载。运行人员发现后,为了减小 1 号机负载就把转速调整机构的螺母向下调整,一般来说不可能调整的正好,可能会调整的比 n_0 低一些,而 3 号机可能会调整得比 n_0 高一些。这样 1 号机的负荷又全部转移到了 3 号机,从而造成负荷分配的不稳定性。因此,在同一个电网中并列运行的机组不能采用无差静特性。

下面分析调速器为有差静特性时,并列运行机组之间变动负荷的分配问题。

设系统中有 n 台机组并列运行系统转速(频率)为 n_0,各台机组承担的负荷分别为 P_1、P_2、P_3、…、P_n,调差率分别为 e_{p1}、e_{p2}、e_{p3}、…、e_{pn},运行工况点分别为 a_1、a_2、a_3、…、a_n,如图 1-26 所示。假设系统负荷增加了 ΔP,此时系统频率下降,调速器动作,经过调节后达到新的平衡工况点。在新的平衡工况点,系统转速为 n_0',各台机组的负荷分别为 P_1'、P_2'、P_3'、…、P_n',即每台机组静特性曲线与 n_0' 水平线的交点。

由图 1-26 中 1 号机静特性曲线可知,$\Delta a_1b_1c_1$ 与 ΔABC 相似,则有

$$\frac{n_0 - n_0'}{P_1 - P_1'} = \frac{a_1b_1}{b_1c_1} = \frac{AC}{BC} = \frac{n_{\max} - n_{\min}}{P_{r1}} = \frac{e_{p1}n_{r1}}{P_{r1}}$$

$$\Delta P_1 = \frac{n_0 - n_0'}{n_{r1}}\frac{P_{r1}}{e_{p1}}$$

同理

$$\begin{cases} \Delta P_2 = \dfrac{n_0 - n_0'}{n_{r2}}\dfrac{P_{r2}}{e_{p2}} \\ \quad\vdots \\ \Delta P_n = \dfrac{n_0 - n_0'}{n_{rn}}\dfrac{P_{rn}}{e_{pn}} \end{cases} \tag{1-21}$$

式中　P_{r1}、P_{r2}、…、P_{rn}——各机组额定出力;

n_{r1}、n_{r2}、…、n_{rn}——各机组额定转速;

ΔP_1、ΔP_2、…、ΔP_n——各机组所增加的变动负荷。

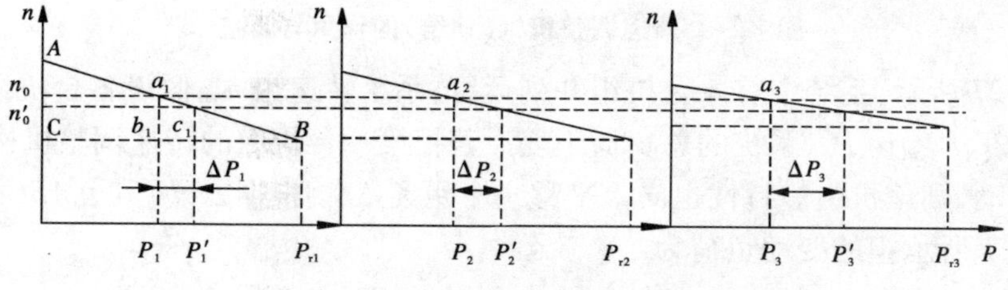

图 1-26　变动负荷在并列机组之间的分配

如果认为各机组和系统转速(频率)均相等,则系统总变动负荷为

$$\Delta P = \Delta P_1 + \Delta P_2 + \cdots + \Delta P_n = \frac{n_0 - n_0'}{n_r}\sum_{i=1}^{n}\frac{P_i}{e_{pi}} \tag{1-22}$$

由式(1-21)和式(1-22)式可得

$$\Delta P_1 = \frac{\Delta P}{\sum_{i=1}^{n} \frac{P_i}{e_{pi}}} \frac{P_{r1}}{e_{p1}} \tag{1-23}$$

$$\Delta n = \frac{\Delta P}{\sum_{i=1}^{n} \frac{P_{ri}}{e_{pi}}} n_r \tag{1-24}$$

式(1-23)和式(1-24)可知:

(1)当系统中机组台数和容量一定时,各机组承担的变动负荷与额定出力成正比,与调差率成反比。若使机组承担较大的变动负荷,应使调差率较小,一般为2% ~4%;若使机组少承担变动负荷,应采用较大的调差率,如大于4%。

(2)若系统中某台机组调差率为零,则它将在本身出力允许范围内,承担全部变动负荷。

(3)系统转速的变化与各机组的额定功率 P_{ri} 与调差率 e_{pi} 比值的代数和成反比。说明当系统总变动负荷一定时,各机组调差率 e_{pi} 值越小,系统转速变化 Δn 越小;反之,则越大。因此,在系统负荷变化时,要减小系统转速偏差就必须有一部分机组调差率整定的较小。

如何调整机械液压型调速器静特性的斜率,请参阅前面1.2.2部分的有关内容。

1.3.3.3 转速调整机构(功给)的作用与调整

前面已经讲到转速调整机构用于调整并列运行机组的负荷和系统转速,图1-27给出了并列运行机组承担负荷的关系。

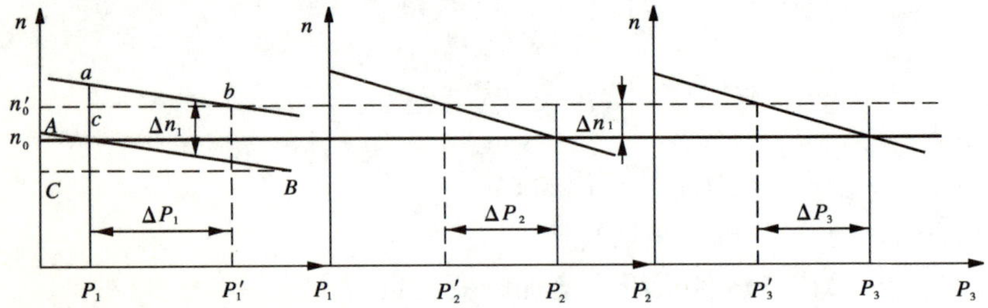

图1-27 转速调整机构(功给)的作用与调整

如图1-27所示,系统中有 n 台机组并列运行,系统转速为 n_0,假设各台机组所带负荷分别为 P_1、P_2、P_3、…、P_n,系统的总负荷不变。若把第一台机组的转速调整机构(功给)向增大方向移动,则该机组静特性也向上平移一个距离 Δn_1,根据△abc 和△ABC 相似关系,可导出机组1所承担的变动负荷为

$$\Delta P_1 = \frac{\Delta n_1 P_{r1}}{e_{p1} n_{r1}} \left[1 - \frac{\frac{P_{r1}}{e_{p1}}}{\sum_{i=1}^{n} \frac{P_{ri}}{e_{pi}}} \right] \tag{1-25}$$

$$\Delta n_0 = \frac{\Delta n_1}{\sum_{i=1}^{n} \frac{P_{ri}}{e_{pi}}} \frac{P_{ri}}{e_{p1}} \tag{1-26}$$

由式(1-26)知,机组额定出力越大,调差率越小,则该机组增减的负荷越多,即承担的变

动负荷越大,由于系统总负荷没有变,1 号机组增加的负荷等于其他机组减少的负荷之和。

当电力系统很大时

$$\sum_{i=1}^{n} \frac{P_{ri}}{e_{pi}} \gg \frac{P_{r1}}{e_{p1}} \quad \Delta n_0 \approx 0$$

故

$$\Delta P_1 = \frac{\Delta n_1 P_{r1}}{e_{p1} n_{r1}} \tag{1-27}$$

在电站运行中,运行人员通过操作转速调整机构(功给)来改变机组所带的负荷,在有调频任务的电站,运行人员也是通过操作转速调整机构(功给)来不断校正系统频率的,这充分说明转速调整机构(功给)的作用非常重要。

下面讨论如何确定转速调整机构(功给)的范围以满足生产要求。

(1)为使机组在系统中正常运行时能把所带负荷从零调至机组最大出力,即使 $\Delta P_1 = P_{r1}$,由式(1-27)得 $e_{p1} = \dfrac{\Delta n_1}{n_{r1}}$。也就是说,若使机组能从空载到满载,需要用转速调整机构(功给)来变动 e_{p1} 的距离。一般调速器的永态转差系数 b_p 的最大值为8% ~10%,按这个要求,功给的变动范围应为8% ~10%。

(2)在运行中系统转速(频率)还会发生偏差。对小系统一般最大允许偏差为 ±0.5 Hz,即1%。为使机组在系统出现频率偏差时也能带满负荷,对于机械液压型调速器就要把转速调整行程加大2%,对于微机调速器可通过频给来实现。

(3)当系统发生事故时,要求水电机组迅速并入系统,这时系统频率可能很低,但为了顺利并车,要求调速器能把机组转速保持在相应的数值上。因此,对于机械液压型调速器还要往低速方向增加转速调整行程8% ~10%。

(4)转速调整机构还应有一定余量,为2% ~3%。所以国产机械液压调速器的转速调整机构行程为 -15% ~ +10%,总共为25%。

综上所述,转速调整行程的整定应根据在各种运行工况下都能保证机组正常运行来设置。

1.3.3.4 调速器在系统调频中的作用

由上可知,电网中并列运行的机组都以有差静特性参加工作,使各机组之间负荷分配明确。但是否采用很小的 e_{pi} 值就能使系统频率变化控制在规定的范围内呢? 实际上这是很难做到的。因为调节系统具有一定的转速死区,即静特性曲线是具有一定宽度的带子,而不是一条直线,当机组转速为某一值时,负荷在 P' 至 P'' 的范围内,如图 1-28 所示。

如果机组处于稳定运行状态,机组工作点由 n_0 和 P_0 决定。当系统频率发生波动时,由于存在死区,工作点将在平行四边形所包括的区域内任意变动,接力器不动作,因此机组负荷也不发生改变,这就给调整或重新分配机组负荷带来误差。显然,e_p 值越小,机组出力的误差范围越大,例如,b_p = 1% ~1.5%(调速器)时负荷分配误差可达5% ~10%,这对稳定运行非常不利。为了减小转速死区带来的机组出力波动,一方面要设法减小转速死区,另一

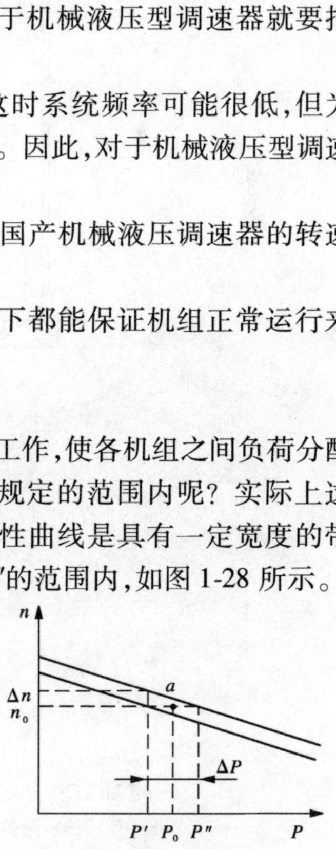

图 1-28 转速死区对负荷分配的影响

方面在系统频率超过规定值时,运行人员应用人工或自动方式调整转速调整机构,使频率回复规定值。

【任务实施】

以YT型机械液压调速器为任务实施设备,可根据教学条件、学时数选择。

任务1:识读机械液压型调速器主要部件结构图和系统图

下面是YT型调速器主要部件的实际结构图,请根据需要组织识读图。

(1)离心摆与引导阀结构图识读。

图1-29是离心摆与引导阀的结构图,请对照图和文字说明其结构。

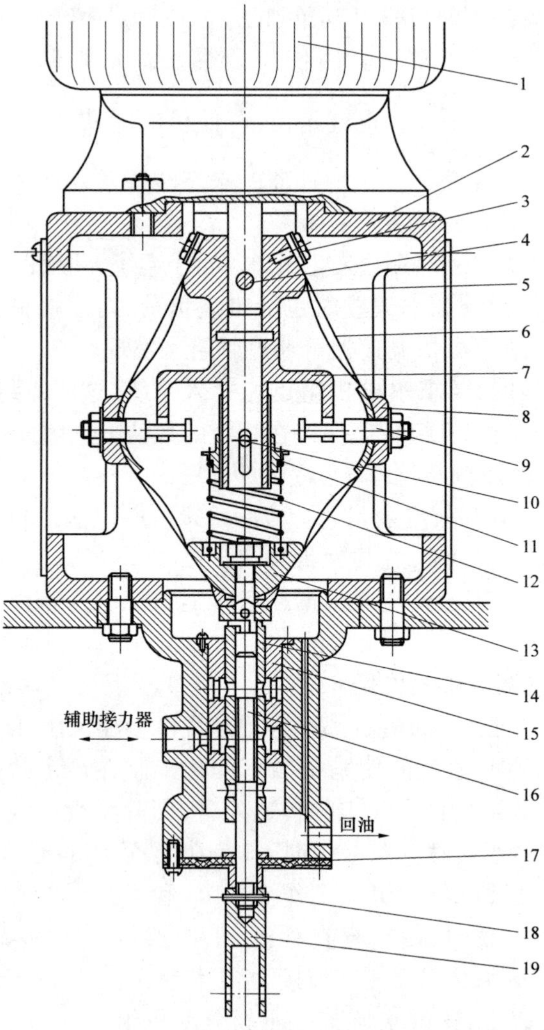

1—电动机;2—外罩;3—螺钉;4—固定销钉;5—上支持块;6—菱形钢带;7—导板;8—重块;9—限位螺钉;10—开口销;11—调整螺母;12—弹簧;13—下支持块;14—转动套;15—固定套;16—针塞;17—橡皮膜;18—销钉;19—叉头

图1-29 离心摆与引导阀的结构

(2)识读辅助接力器与主配压阀结构图。

图1-30是YT型调速器辅助接力器与主配压阀的结构图,请对照图和文字说明其结构。

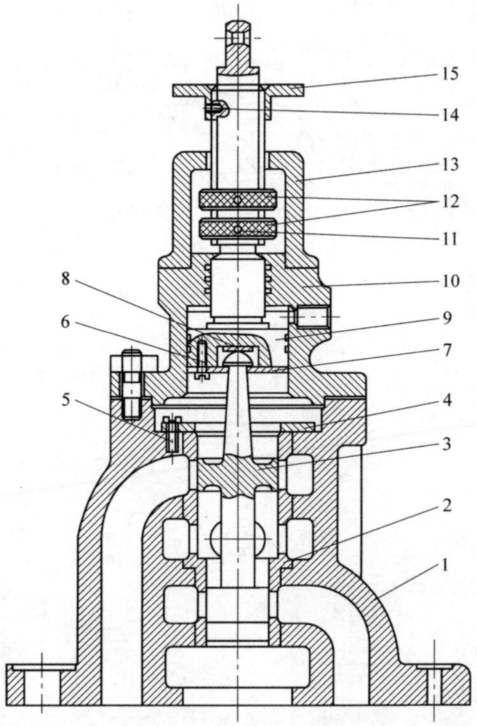

1—主配压阀壳体;2—主配压阀衬套;3—主配压阀活塞;4—压环;5、6、11—螺钉;
7—开口盖;8—垫片;9—辅助接力器活塞;10—辅助接力器壳体;12—限位螺母;
13—限位架;14—锥销;15—局部反馈圆盘

图1-30　YT型调速器辅助接力器与主配压阀的结构

(3)识读主接力器结构图。

图1-31是主接力器的结构图,请对照图和文字说明其结构。

(4)识读缓冲装置结构图。

图1-32是缓冲装置的结构图,请对照图和文字说明其结构。

(5)识读YT型机械液压调速器系统图。

图1-33是YT型机械液压型调速器的系统图,参考图1-18,试分析其工作原理。

任务2:在机械液压型调速器上进行手动开停机、自动开停机和事故紧急停机等基本操作

机械液压型调速器的基本操作包括以下三个方面。

(1)手动开机。

手动开机前,应先检查机电设备是否满足开机条件,检查内容如下:

①机组无事故。

②发电机出口断路器处于断开状态。

③机组制动系统无压力,制动闸处于未顶起状态。

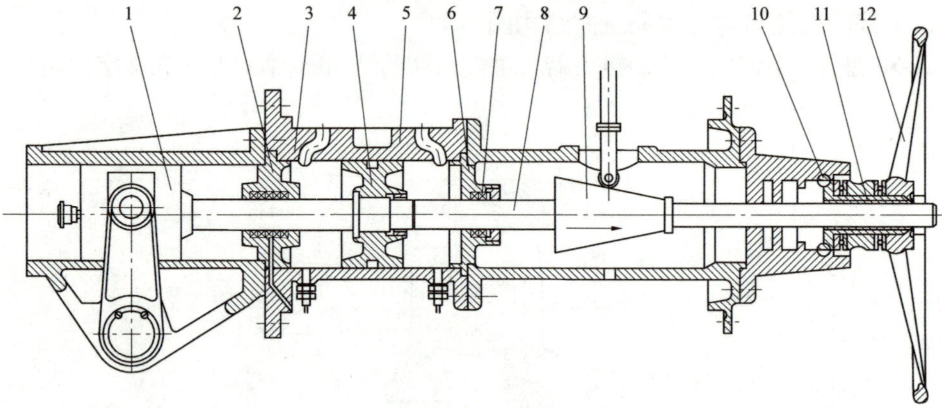

1—滑块;2—端盖;3—三角形油槽口;4—主接力器活塞;5—接力器缸体;6—端盖;
7—止漏密封;8—活塞杆;9—反馈锥体;10—锁锭;11—螺母;12—手轮

图 1-31 主接力器的结构

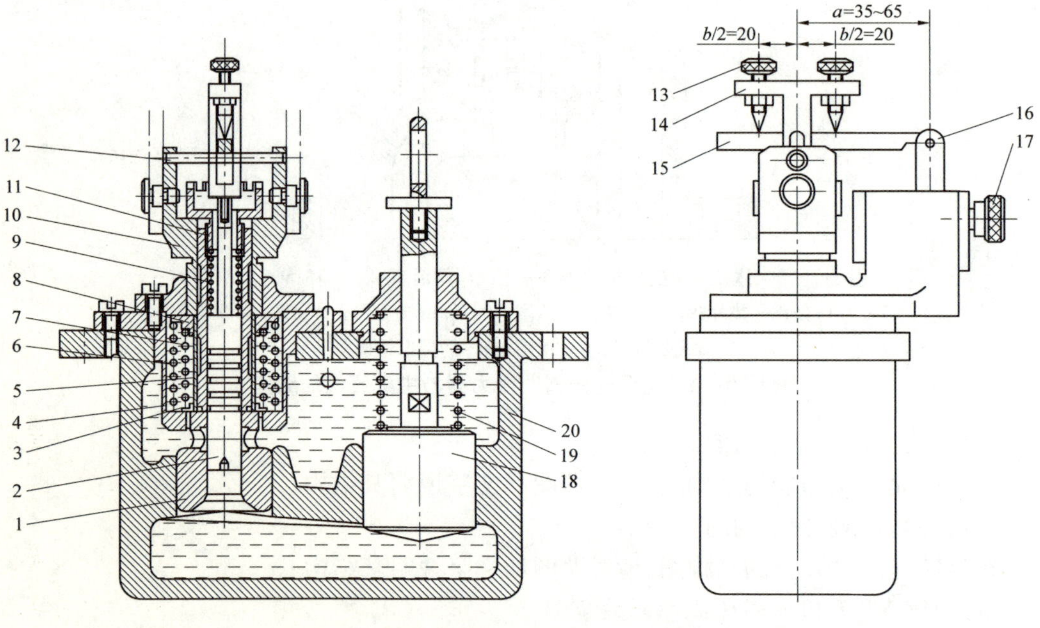

1—从动活塞;2—节流针塞;3—下弹簧座;4—弹簧盒;5—定距套;6—外弹簧;7—内弹簧;
8—上弹簧座;9—小弹簧;10—活塞吊架;11—螺套;12—销子;13—调节螺栓;
14—针塞吊架;15—托板;16—小轴;17—手钮;18—主动活塞;19—弹簧;20—壳体

图 1-32 缓冲装置的结构

④调速器油压装置工作正常,压力油罐总供油阀已经打开,机械柜内压力表指示正常。

⑤接力器锁锭应在拔出状态,手自动切换阀处于手动位置。

⑥压力钢管主阀已全开。

检查完毕,缓慢将开度限制机构手轮按顺时针方向转动,机组转速开始逐渐上升,直至达到额定转速。若转速超过额定转速,则适当反方向转动开限手轮。

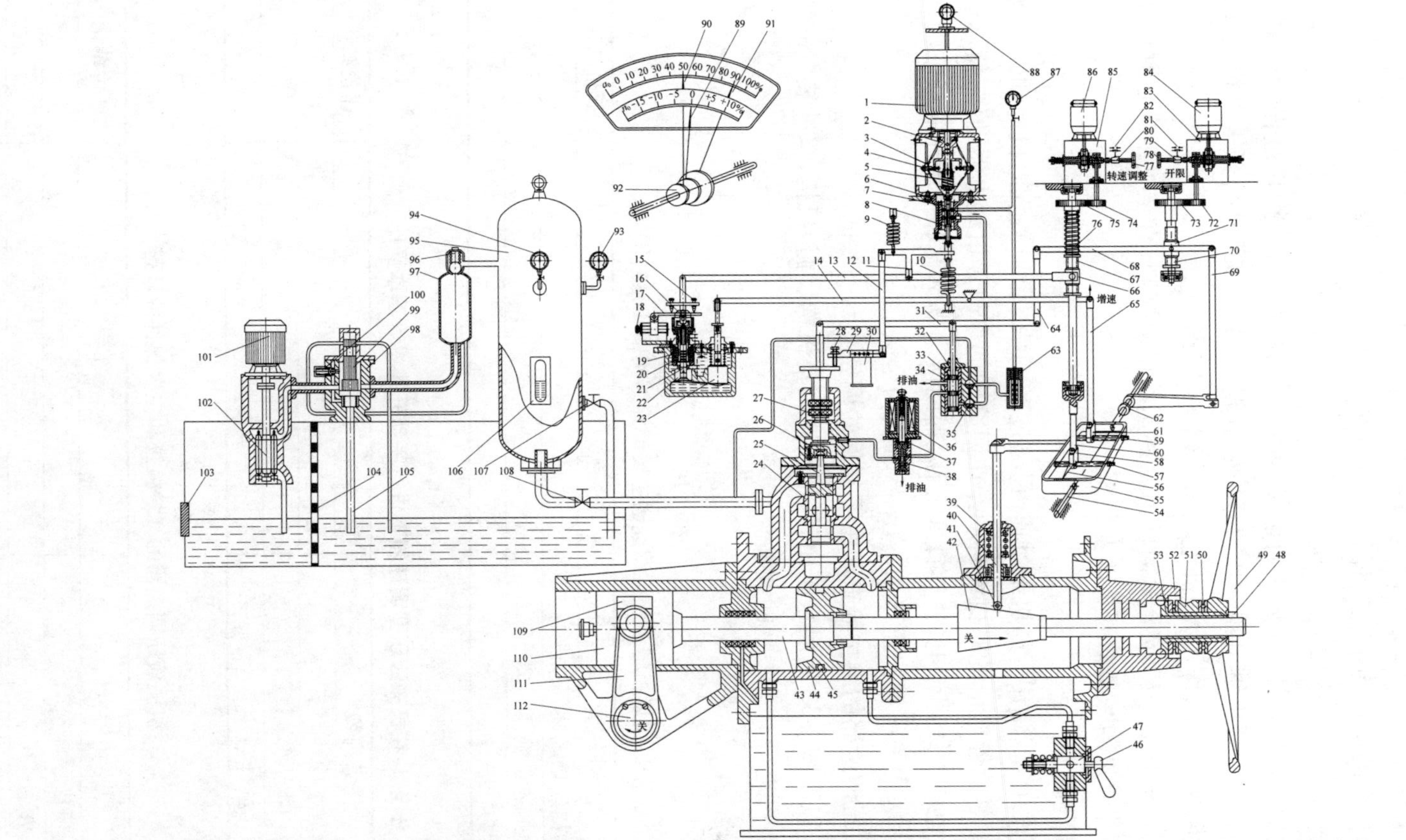

1—离心摆电动机;2—上支持块;3—重块;4—调整螺母;5、9、10、37、39、76—弹簧;6—引导阀座;7—转动套;8—引导阀针塞;11、12、13、14、29、31、64、65、68、69—杠杆;15、28—调节螺钉;16—销钉;17—托板;18—手钮;19—外弹簧;20—内弹簧;21—节流针塞;22—从动活塞;23—主动活塞;24—主配压阀衬套;25—主配压阀活塞;26—辅助接力器;27—限位螺母;30—支座;32—上盖;33—开限阀针塞;34—开限阀套;35—切换阀;36—紧急停机电磁阀;38—阀芯;40—反馈杆;41—滚轮;42—反馈锥体;43—活塞杆;44—接力器活塞;45—密封环;46—手柄;47—连通阀;48—螺帽;49、77、78—手轮;50—轴承;51—滑环;52—法兰;53、58、61—螺母;54—轴;55—反馈框架;56—指针;57、59—调整螺杆;60—连杆;62、92—滑轮;63—滤油器;66—转速调整螺母;67、70—螺杆;71—开限螺母;72、73、74、75—齿轮;79、80—限位档块;81、82—限位开关;83、85—减速器;84—开限电动机;86—转速调整电机;87—压力表;88—转速表;89—转差表指针;90—导水机构开度指针(黑);91—限制开度指针(红);93—压力信号器;94—接点压力表;95—压力油灌;96—止回阀;97—中间油罐;98—阀座;99—补气阀;100—安全阀;101—油泵电动机;102—螺杆油泵;103、106—油位标尺;104—滤网;105—吸气管;107—回油阀;108—油阀;109—油动;110—十字头;111—臂柄;112—调速轴

图 1-33　YT 型机械液压型调速器系统图

机组转速稳定在空载额定转速后,投入发电机励磁,当机组频率与系统频率一致,发电机输出电压与系统电压一致,且相位差符合要求时,即可操作同期装置使机组并入系统运行。机组并网后,继续操作开限手轮,增大导叶开度,机组所带负荷逐渐增加。

减负荷或停机过程的操作与上述过程相反。

(2)自动开机。

在满足上述手动开机条件下,应使手自动切换阀处于自动位置。操作过程可在中控室进行,即操作开机把手,开机继电器动作,自动接通开限电机控制回路,开限电机动作,代替人工操作开度限制手轮的作用,使机组转速达到空载额定转速。

当转速达到85% n_r 时,投入励磁,这时转速由调速器自动控制,直至机组满足并网条件,即可并网运行,并通过增减负荷开关改变负荷。

(3)事故紧急停机。

当机组运行中发生以下情况,如机组过速、瓦温过高、事故低油压、发电机差动保护动作等事故时,则需要紧急停机。此时机组自动操作回路中的事故停机继电器动作,使调速器柜中的紧急停机电磁阀线圈带电,使其针塞上移,辅助接力器活塞和主配压阀活塞随之上移,使主接力器活塞向关闭侧快速移动,直至导水机构全关。

任务3:机械液压调速器的维护检查和主要部件的调整

可结合图1-18以及图1-33所示系统图,弄清转速调整机构、调差机构、缓冲装置的结构组成和工作原理,再进行有关参量的调整。

【效果评价】

任务1:识读机械液压型调速器主要部件结构图和系统图

序号	任务内容	结果	评价结论
1	零件结构描述正确性		
2	动作原理描述正确性		
3	识读图能力		

任务2:在机械液压型调速器上进行手动开停机等基本操作

序号	任务内容	结果	评价结论
1	操作票填写正确性		
2	操作前的检查		
3	操作过程正确性		

任务3:机械液压调速器的维护检查和主要部件的调整

序号	任务内容	结果	评价结论
1	维护检查项目		
2	调整操作方法		
3	调整结果		

【思考问题】

1-1　频率波动对用户有何影响？我国电力系统规定的频率波动的允许值是多少？

1-2　发电机的频率和转速之间有什么关系？

1-3　水轮机调节的任务是什么？

1-4　水轮机调节的途径和方法是什么？

1-5　水轮机调节的特点有哪些？

1-6　什么是水轮机调节系统？用方框图表示水轮机调节系统的组成。

1-7　简述调速器的分类方式，有哪几种型号？

1-8　试说明 YT－10000－2.5、DST－100A－4.0 调速器型号的含义。

1-9　离心摆的作用和工作原理是什么？

1-10　引导阀的作用是什么？画简图说明引导阀的动作原理。

1-11　辅助接力器和主配压阀的作用是什么？试说明动作原理。

1-12　什么是反馈、硬反馈、负反馈？

1-13　杠杆反馈元件的输出信号与输入信号之间有什么关系？

1-14　什么是软反馈？试说明缓冲装置的动作原理。

1-15　*试分析没有反馈的水轮机调速系统动作原理，这种系统存在什么问题？造成该问题的原因是什么？

1-16　*叙述具有硬反馈的水轮机调速系统动作原理和存在的问题。

1-17　试分析图1-18所示单调节调速系统的动作原理。

1-18　试分析图1-19所示双调节调速系统的动作原理。

1-19　画图说明调差机构的结构组成。

1-20　画图说明转速调整机构的结构组成和作用。

1-21　试分析在单机运行时，用转速调整机构调整转速的动作原理。

1-22　试分析在并网运行时，用转速调整机构调整负荷的动作原理。

1-23　试分析在并网运行时，因机组负荷变化而引起的转速调节动作原理。

1-24　试说明并列运行机组之间的变动负荷分配与调速系统有差静特性的关系。

注：带“*”的思考题选做。

项目2 微机调速器的电气运行与故障处理

【工作任务】

1. 识读微机调速器的电气原理图。
2. 识读微机调速器开关量输入/输出、模拟量输入/输出、测频、电源等回路接线图。
3. 能进行微机调速器的电气安装及其与相关外部设备的接线。
4. 微机调速器常见故障的分析与处理。

【学习任务】

1. 掌握微机调速器的组成及电气原理图分析。
2. 掌握开关量输入/输出、模拟量输入/输出、显示和电源等控制回路的作用和分析。
3. 掌握微机调速器测频的方式、测频回路的工作原理。

任务2.1 微机调速器的认知

【教学目标】

1. 能力目标

能区分微机调速器的类型;学会分析微机调速器工作原理的方法。

2. 知识目标

了解微机调速器的发展过程;掌握微机调速器的总体结构及特点;熟悉微机调速器的分类及组成;掌握微机调速器的工作原理。

【相关知识】

2.1.1 微机调速器的认知

2.1.1.1 微机调速器的发展过程

微机调速器的应用和发展,与计算机技术、液压技术的迅速发展密不可分。从20世纪70年代初,Intel公司推出第一个微处理器开始,70年代末,国内外调速器专家就及时将微机控制技术引入水轮机调节领域。80年代是水轮机调速器迅速发展的时期,世界上发达国家的著名水轮机调速器公司都先后研制了微机调速器。例如,日立公司研制的微机调速器样机于80年代初应用于抽水蓄能机组;ABB公司也起步较早,其产品在我国和其他一些国家的电站得到应用;此外还有法国奈尔皮克(NEYRPIC)公司、德国、奥地利西门子(SIEMENS)、伏依特(VOITH)公司、美国伍德华德(WOODWARD)公司等都先后推出了自己的产品。我国从事微机调速器的研制开发的步伐与国外大体相同。华中理工大学于1979~1981年进行了微机调速器的理论研究,并与天津水电控制设备厂协作,于1984年11月研制成功我国第一台微机调速器,在湖南欧阳海电站投入运行。此后,许多科研院所、高等院校和制造厂都进行了微机调速器的研究、制造工作。

微机调速器制造技术发展体现在以下几个方面:

(1)水轮机调速器的系统结构采用电子调速器+电液随动系统的结构代替了传统的缓冲式系统结构(包含缓冲电路的反馈回路包围了放大器、电液转换部件、配压阀、主接力器组成的主通道,所构成的闭环系统)。这种新结构由主接力器的电气反馈构成闭环,主接力器没有机械反馈,或者有机械反馈但不参与自动调节,因而性能指标优越,适用范围广。该系统结构是当前和今后一段时期内水轮机调速器的主导模式。其次,电子调速器+电液随动系统+机械液压随动系统的结构,该系统具有手自动切换与手动操作方便、可靠的优点,适合于中小型调速器和主接力器反馈距离较短的大型调速器。

(2)现代控制理论在水轮机调速器中得到了广泛应用。近年来新开发的微机调速器,多数采用不同形式的智能PID调节(即变结构、变参数PID调节),其基本调节规律仍是PID调节规律,但它可以根据不同的运行工况,自动改变调速器的结构和参数,因而能更好地满足电站的运行要求。除PID调节规律外,高等院校和科研单位还开展了许多不同类型的高级调节规律及控制策略的研究,如适应式变参数变结构控制、模糊控制、最优控制、状态反馈控制、遗传算法控制和神经网络智能PID等。上述研究均取得了一定的成果,有些已经在生产实践中得到应用。

(3)采用了性能更优越、更可靠的计算机系统。在硬件方面,调速器分别采用过单片机、工业控制机、可编程控制器(PLC)等,近年来,可编程计算机控制器(PCC)在调速器的研制中也开始得到应用。目前,各种可编程控制器(PLC)在电液调速器产品中应用最为广泛。在编程语言方面,采用可编程控制器(PLC)所特有的梯形图编程方式,也有部分工业控制机采用不同类型的高级语言。

(4)采用了标准液压元件、新型的电机转换装置和电液转换装置,提高了电液随动系统的可靠性。电液随动系统取消了杠杆机构和管路系统,代之以液压集成块和标准液压元件,用步进电机、交直流伺服电机和比例伺服阀等取代电液转换器,较好地解决了因油污而引起的电液转换器发卡,导致机组溜负荷的问题。标准液压元件使机械柜结构变得十分简单、可靠,维护非常方便。

(5)高油压在调速器上得到了应用。现代液压技术的重要特征之一是具有较高的工作油压。1994年,我国开始研制以电液比例控制及标准液压件为特征的高油压电液调速器。1997年初,第一台工作油压达16 MPa的高油压微机调速器在四川都江堰的双柏电站投入运行,并迅速得到推广,显示了蓬勃的生命力及良好的发展前景,代表了现代调速器机械液压部分的发展趋势。

(6)微机调速器的综合性能不断提高,功能日趋完善。微机调速器可根据机组单机运行、并网运行等不同工况的需要,采取不同的控制方式,并能按水位自动调节启动开度、空载开度,实现了故障在线报警、自诊断功能、通信功能等。

目前,我国自行研制的微机调速器,已经在各型电站得到了广泛的应用,运行情况良好。与电气液压调速器相比,微机调速器具有以下特点:

(1)调节规律用软件程序实现,可实现更复杂的调节规律。

(2)调节参数的整定和修改方便,状态的查询和转换灵活。

(3)控制功能日益完善,具有灵活性大、调节性能好、控制功能强等特点。除常规的频率跟踪、功率跟踪、无扰动手自动切换功能外,还有按水位设定启动开度、空载开度功能,容错控制功能、故障诊断功能等。

(4)开、停机规律可方便地用软件程序实现,简化了操作回路,提高了可靠性。

(5)便于直接与计算机监控系统进行信息交互,有利于实现全厂的综合控制,提高水电厂的自动化水平。

2.1.1.2　微机调速器的总体结构

如图2-1所示,微机调速器的总体结构可分为微机调速器、电机/电液转换装置及机械液压系统三部分。

图2-1　微机调速器的总体结构

微机调速器以高性能的微机控制器为核心,采集机组频率、功率、水头、接力器位移及开/停机控制等信号,经过算术或逻辑运算形成一定的调节和控制规律,输出对应导叶开度的数字或电气信号,该信号经电机/电液转换装置转换为机械位移/液压信号,再经机械液压系统功率放大后去推动水轮机导水机构,从而控制导叶开启或关闭,进而实现对机组的控制和调节。

此外,通常还将电机/电液转换装置与机械液压系统合在一起,统称为电液/数液伺服系统,即微机调速器由微机调速器和电液/数液伺服系统两大部分组成。

2.1.1.3　微机调速器的类型

微机调速器依据各组成部分采用的元器件的不同,又可分为不同类型的微机调速器,现分别加以说明:

(1)按微机调速器采用的微机控制器不同,可分为工业控制机(IPC)式、单片机式、可编程控制器(PLC)式、可编程计算机控制器(PCC)式等类型的微机调速器;按其所采用微机的数量不同分为单微机、双微机调速器等类型。

(2)按电液/电机转换装置不同,可分为步进电机式、交/直流伺服电机式、电液比例阀式、数字阀式微机调速器等类型。

(3)按机械液压系统中液压放大元件不同,可分为主配压阀式、插装阀式、主液动阀式、电液比例阀式微机调速器等类型。

2.1.2　微机调速器的工作过程分析

2.1.2.1　微机调速器的组成

微机调速器的组成包括硬件和软件两大部分,由前面的介绍可知,硬件包括微机调速器、电机/电液转换装置及机械液压系统三部分;软件则是通过编程的方法来实现各种控制算法和规律,这部分内容将在后续章节介绍。现主要对微机调速器的硬件组成进行进一步的说明。

微机调速器组成的原理框图如图 2-2 所示。

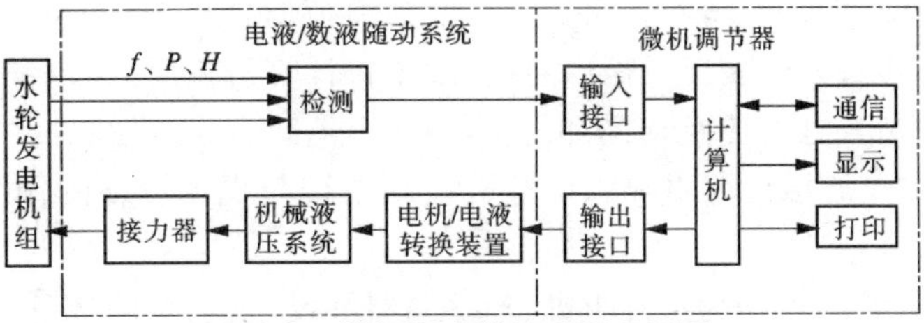

图 2-2 微机调速器组成原理框图

如图 2-2 所示,水轮发电机组是被控制对象,其频率f或转速n、功率P及水头H等信号,经输入接口电路送入计算机内,经比例－积分－微分等运算,形成导叶的控制规律并得出导叶开度的数字量 Y_{pid},该数字量又经输出接口电路送至电机/电液转换装置转换为电气量/机械位移量,再经机械液压放大系统进行功率放大,从而推动接力器控制导叶/桨叶的开度/转角,实现对机组的控制调节。

1. 微机调速器

微机调速器由微机控制器、开关量输入/输出回路、模拟量输入/输出回路、测频回路、电源回路及人机界面等其他部件或回路构成。其中,微机控制器为核心,主要由中央处理器 CPU、内存储器 RAM、只读存储器 ROM、输入输出接口、检测电路和外部设备等组成。它们通过地址总线、数据总线、控制总线连接成一个整体。

CPU 与存储器 RAM、ROM 组成微机调速器的主机部分,在 PLC 中 CPU 主要采用通用微处理器、单片机和位片式微处理器。RAM 为读/写存储器,它用于储存用户程序,为防止用户数据丢失,需要配备一个锂电池。ROM 只能用来读出,不能写入,一般用来存放 PLC 的系统程序。检测单元和输入接口电路将调速器输入信号转换为数字信号后,送入主机部分,按照预先存储在 ROM 中的软件程序,自动进行运算和处理,做出相应的控制决策,同时将控制数据(数字量)经输出接口电路发出,经电机/电液转换为机械位移/液压信号,再经机械液压系统进行功率放大后推动执行机构,也即接力器动作,进而改变导叶、桨叶开度和喷针开度。

输入/输出接口是计算机与被控对象之间进行信息传递、交换的接口电路。按照控制信号相对于计算机的流向可分为输入通道和输出通道。输入通道把过程信号送入计算机,输出通道则把计算机的输出信号送往被控对象。按照输入信号种类的不同,又分为模拟量信号和开关量信号等。

开关量输入回路,又称开关量输入通道,用于接收外部开关、按钮或触点的接通或断开信号,并将这些信号经隔离、滤波后送入计算机中。在水轮机调速器中,开机、停机、油开关位置、功给增加、功给减少、调相、导叶机械手动、导叶电手动等信号均为开关量输入信号。

开关量输出回路,又称开关量输出通道,是将计算机输出的数字信号经隔离、放大后送去驱动电磁继电器、指示灯、接触器及数字阀。在水轮机调速器中,故障报警、自动切手动、球阀的开关信号等均为开关量输出信号。

模拟量输入回路,又称模拟量输入通道,用于将模拟信号经传感器/变送器、模数(A/D)转换模块转换为数字信号后送入计算机中。在水轮机调速器中,检测的机组转速、有功功率、导叶开度、桨叶转角、水头等一般为模拟信号。

模拟量输出回路,又称模拟量输出通道,用于将计算机输出的数字信号转换成模拟信号,驱动电液比例阀等电液转换装置,再去驱动接力器。

此外,输入、输出通道还起着隔离计算机控制系统与现场设备的作用,以消除外部信号的干扰。

外部设备包括键盘、显示器、打印机、外存储器等设备,经专用接口与计算机相连。键盘为常用输入设备,主要用于输入外部命令以及整定和修改参数;显示器、打印机为输出设备,显示器用于显示经过计算机运算处理后的信息,以便运行人员对运行状态的监视(包括故障情况)或对可修改运行参数的修改;打印机用于试验时打印测试结果;微机调速器通常不用外存储器。

通信接口电路用于微机调速器和现地控制单元交换信息。

2. 电机/电液转换装置

微机调速器输出的数字/电气信号,要经过电机/电液转换装置转换为机械位移信号、液压信号,才能驱动机械液压系统,并进一步控制导叶、桨叶开度。

其中,电机转换装置,由步进电机(直流/交流伺服电机)、驱动器及其配套机构组成,将计算机输出的电脉冲信号直接转换为机械位移信号;电液转换装置将微机调速器输出的控制信号转换为压力油的流量变化及油流方向变化,如电液伺服阀、电液伺服比例阀等就是完成这种转换的典型部件。

3. 机械液压系统

机械液压系统由液压控制元件、液压放大元件和执行元件等组成,主要将电机/电液转换元件输出的信号进行功率放大,进而驱动执行元件——接力器,控制水轮机导水机构,调节进入水轮机的流量,实现对机组转速或频率的调节控制。

液压控制元件采用液压传动的标准元件,主要有电磁换向阀、电液换向阀、电磁球阀、行程阀、单向阀、节流阀、溢流阀和插装阀等,用于构成紧急停机、手动操作、泄压等控制回路。

液压放大元件主要有主配压阀、液动阀、插装阀及电液比例阀等。

2.1.2.2 微机调速器的基本工作原理

上面介绍了微机调速器的组成,现仅以开机过程(按频率调节模式开机)为例说明其基本工作原理。

调速器接收到现地控制单元/操作员工作站发出的开机信号,微机调速器通过测频环节连续实时地测量机组频率(简称机频),与频率给定值(简称频给,是微机调速器的内部整定值,可在45~55 Hz内调整,机组并网运行前,一般整定为50 Hz)进行比较,并将其差值送入CPU,并自动调用PI或PID调节规律子程序进行运算处理,判断出导叶接力器应达到的相对开度,产生一个与相对开度成比例的电气调节信号,经输出通道发出控制指令。该电气调节信号与位移反馈装置的电气反馈信号比较后,将差值信号送入放大电路,放大后的信号经电机/电液转换装置转变为机械位移信号、液压信号,再经机械液压系统功率放大后,推动接力器动作,改变导叶开度,调节进入水轮机的流量,从而调节机组转速、频率。

当实际频率低于给定频率时,放大电路输出的差值信号使接力器向开启方向移动而开大导叶开度;反之,则使接力器向关闭方向移动关小导叶开度。同时,位移传感器将接力器的位移转变成电气信号,反馈至综合放大电路,若实际开度值等于上述相对开度,则电气调节信号与电气反馈信号大小相等、方向相反,输入综合放大电路的信号为零,频率稳定在 50 Hz,在其他并网条件也满足后,机组迅速并网,调节过程结束。

任务 2.2　微机调速器控制电路的分析

【教学目标】

1. 能力目标

能识读开关量输入/输出回路、模拟量输入/输出回路图,并能据此进行相关回路的查线、接线及故障排查工作。

能识读测频回路图,并能据此进行相关回路的接线、查线及故障排查工作。

能识读电源回路图及反馈装置接线图,并能据此进行相关回路的接线、查线及故障排查工作。

2. 知识目标

掌握微机调速器的组成、作用,掌握电气原理图的分析方法及其信号流向。

掌握微机调速器开关量输入/输出回路、模拟量输入/输出回路的组成及分析方法。

掌握微机调速器测频的方式、测频回路的组成,熟悉工作原理及分析方法。

掌握电源回路的组成及分析方法。

了解人机界面、反馈装置的功能及使用方法。

【相关知识】

2.2.1　微机调速器结构原理

目前,大多数微机调速器采用可编程控制器(PLC),也有部分微机调速器采用可编程计算机控制器(PCC)。依据可编程控制器的结构形式,又将其分为整体式 PLC 和模块式 PLC 两大类。所谓整体式(又称为单元式或箱体式)PLC,就是指其 CPU 模块、I/O 模块和电源模块装在一个箱状机壳内,结构非常紧凑、体积小、价格低,小型 PLC(如三菱公司的 FX_{1N}、FX_{2N}、FX_2 系列等)一般都采用这种结构。而模块式 PLC 则采用积木搭接的方式组成系统,其 CPU 模块、输入模块、输出模块、电源模块等都是独立的模块(有的 PLC 的电源包含在 CPU 模块之中),各模块插在相应插槽上,并通过总线连接在一起,用户可以选用不同档次的 CPU 模块、I/O 模块和特殊功能模块,硬件配置灵活,维修时模块更换也很方便,大中型 PLC(如西门子的 S7－300 和 S7－400 系列,施耐德的 M340 系列等)一般采用模块式结构。

本节以 FX_{2N} 可编程控制器构成的微机调速器为例,介绍微机调速器的构成及工作原理。由 FX_{2N} 构成的微机调速器有两种系统配置型式:一种是模拟量输出型调速器;另一种是开关量输出型调速器。

2.2.1.1　模拟量输出型调速器

模拟量输出型调速器,其原理框图如图 2-3 所示,它主要由基本单元、通信单元、模拟量输入模块、模拟量输出模块、操作显示终端和交直流电源等组成。模拟量输出型调速器主要用于电液转换器和液压元件组成的电液伺服系统,由于电液转换器需要电量驱动,而计算机输出为数字量,需要把数字量转换为电量,所以调速器需配置模拟量输出模块 FX_{2N} - 2DA。在这种系统中,FX_{2N} 的基本单元是数据信息处理的核心;通信单元 FX_{2N} - 232 - BD,用于和现地控制单元进行信息传递,如果电站没有监控系统也可以不设置该模块;测频模块用于将电压互感器(TV)送来的频率信号转换为 PLC 可以处理的脉冲信号;模拟量输入模块 FX_{2N} - 4AD 用于将导叶接力器行程、桨叶接力器行程机组实际功率、电站水头等模拟量转换为数字量供给基本单元运算决策。

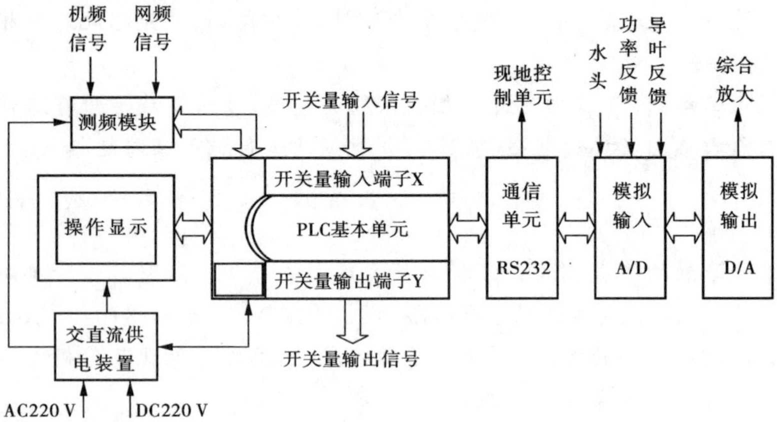

图 2-3　模拟量输出型可编程微机调速器原理框图

需进一步说明的是,导叶反馈信号的引入是为构成电液伺服系统或具备容错功能;功率信号是作为功率调节模式的反馈信号;水头信号是用于确定机组启动运行时的空载开度和并网运行时的电气限制开度所要限制的位置。

2.2.1.2　开关量输出型调速器

开关量输出型调速器,其原理框图如图 2-4 所示。这种调速器主要用于步进式电液转换的伺服系统,调速器可直接输出数字量经驱动电源控制步进式数液伺服系统。这种调速器与前一种的差别在于它没有通过模拟量输出模块去控制输出,而是直接通过开关量对数字阀进行控制或通过脉冲输出模块(定位模块)对步进电机、伺服电机进行控制。

2.2.2　微机调速器用控制器

本节仅以小型 PLC 为例介绍控制器的结构组成。FX_{2N} 是 FX 系列中一款高性能、高速度、小型化的可编程控制器,由基本单元、扩展单元和特殊功能模块等组成。作为一个

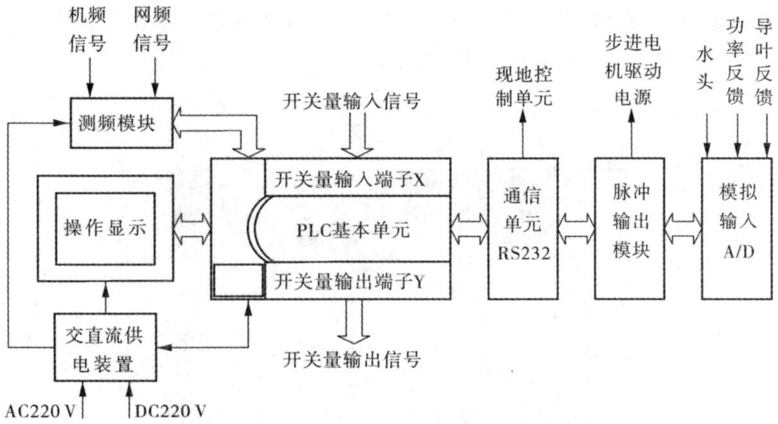

图2-4 开关量输出型可编程微机调速器原理框图

可编程控制器，基本单元是必须的，而扩展单元或特殊功能模块需视具体情况选用。无论是扩展单元还是特殊功能模块都必须通过扁平电缆与基本单元相连，否则，控制器不能正常工作。

2.2.2.1 基本控制单元

FX_{2N}PLC 的基本单元由 CPU 模块、输入/输出模块、电源模块和编程接口四部分组成，它们组装在一个箱体内，其外形如图 2-5 所示。

基本单元中的 CPU 模块相当于人的大脑和心脏，它不断地采集输入信号，执行用户程序，刷新系统的输出。其输入模块的作用是将外部信号的通断，如机组的开机、停机、手动、自动等电气信号经输入模块处理后转变为数字信号，以 0、1 代码的形式送入到 CPU 模块中进行处理。输出模块的作用是将 CPU 模块输出的数字信号转换为电气开关信号，经隔离、功率放大后，控制外部的指示灯、接触器等负载的通或断；输出模块按照功率放大元件的不同，又分为继电器输出型(R)、可控硅输出型/双向晶闸管型(S)和晶体管输出型(T)三种类型，其中继电器输出型输出模块既可驱动小功率的直流负载，又可驱动小功率的交流负载，在水电站计算机控制系统的现地控制单元中做顺序控制用；双向晶闸管型输出模块驱动大功率的交流负载；晶体管输出型输出模块驱动大功率的直流负载，在水轮机微机调速器中常采用该类型输出模块。可编程控制器通过编程口进行程序的上传或下载，该编程口也可作为触摸屏与 PLC 的通信接口。

FX_{2N}可编程控制器含有丰富的编程元件，如输入继电器 X、输出继电器 Y、辅助继电器 M、数据寄存器 D、定时器 T、计数器 C 等，这些元件不是真实存在的物理继电器，而是 PLC 存储器中的一个存储单元，理论上这些软件元件的接点可被无限次调用。

FX_{2N}系列 PLC 的基本单元按照输入输出继电器的总点数可分为 16 点、32 点、48 点、64 点、80 点、128 点等，其输入输出点数各占一半。图 2-5 中，FX_{2N} -32MT 型号含义如下：FX 表示三菱系列 PLC，2N 表示该模块为 2N 子系列；M 表示基本单元，与此相对应的还有，EX 表示输入扩展单元，EY 表示输出扩展单元，E 表示输入输出混合扩展单元；T 表示输出模块的类型为晶体管型。因此，该型号就表示该模块为三菱系列中 2N 子系列的 PLC 基本单元，其开关量的输入输出总点数为 32 点，输入输出各 16 点，输出模块类型为晶体管型，电源为交流（AC）100 ~ 240 V。FX_{2N}系列可编程控制器基本性能及技术规格见表 2-1。

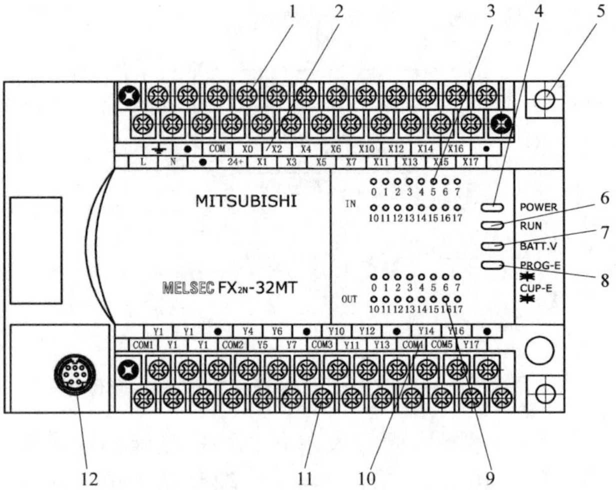

1—输入端子；2—输入端子号；3—输入信号指示灯；4—电源（POWER）指示；5—安装孔；6—运行（RUN）指示灯；7—锂电池电压（BATT. V）下降指示灯；8—程序错误（PROG-E）指示、CPU 错误 CPU－E 指示；9—输出信号指示灯；10—输出端子号；11—输出端子；12—触摸屏 GOT 连接线插座

图 2-5　FX_{2N}小型可编程控制器外部结构图

表 2-1　FX_{2N}系列可编程控制器基本性能及技术规格

型号			输入点数（DC 24 V）	输出点数（R、T）	扩展模块可用点数
继电器输出	可控硅输出	晶体管输出			
FX_{2N}－16MR－001	FX_{2N}－16MS	FX_{2N}－16MT	8	8	24 ~ 32 点
FX_{2N}－32MR－001	FX_{2N}－32MS	FX_{2N}－32MT	16	16	
FX_{2N}－48MR－001	FX_{2N}－48MS	FX_{2N}－48MT	24	24	48 ~ 64 点
FX_{2N}－64MR－001	FX_{2N}－64MS	FX_{2N}－64MT	32	32	
FX_{2N}－80MR－001	FX_{2N}－80MS	FX_{2N}－80MT	40	40	
FX_{2N}－128MR－001	—	FX_{2N}－128MT	64	64	

FX_{2N}系列基本单元内置 8k 备用电池的 RAM 存储器，可供程序调试使用；最多可连接 8 台扩展模块或特殊功能模块；可以安装外部机能扩充板，与计算机进行通信或 PLC 之间通信；此外，还具有很强的自诊断功能，如故障监视、定时器自检、CPU 出错、内存出错和电池故障自诊断等。

2.2.2.2　特殊功能模块

特殊功能模块主要指模拟量输入输出模块、高速计数模块、定位控制模块和通信模块等，其种类繁多，下面仅介绍微机调速器常用的模块。

1. 模拟量输入模块

FX_{2N} -2AD、FX_{2N} -4AD 是 FX_{2N} 的模拟量输入模块,用于将模拟信号转换为数字信号,再送入可编程控制器的基本单元中进行计算或处理。这里的模拟量为标准的电压信号或标准的电流信号,如 0 ~ 10 V、0 ~ 5 V、-10 ~ +10 V DC、4 ~ 20 mA 及 0 ~ 20 mA 等,一些非标准的电信号或压力、流量、位移等非电量要经传感器或变送器等转变为标准的电信号后才能送入模拟量输入模块进行模数转换。

FX_{2N} -2AD 有 2 个 12 位模拟量输入通道,输入电压为 0 ~ 10 V、0 ~ 5 V DC 或 4 ~ 20 mA,转换速度为 2.5 ms/通道。

FX_{2N} -4AD 有 4 个 12 位模拟量输入通道,输入电压为 -10 ~ +10 V 和 4 ~ 20 mA DC,转换速度为 15 ms/通道或 6 ms/通道(高速)。它们的模拟电路和数字电路之间有光电隔离,占用 8 个 I/O 点。

模拟量输入模块 FX_{2N} -4AD 技术规格见表 2-2。

表 2-2 模拟量输入模块 FX_{2N} -4AD 技术规格

项目	电压输入	电流输入
	根据是电流输入还是电压输入,使用端子不同	
模拟量输入范围	DC -10 ~ +10 V(输入电阻 200 kW) 绝对最大输入 ±15 V	DC -20 ~ +20 mA(250 Ω) 绝对最大输入 ±32 mA
数字量输出范围	带符号位的 12 位二进制(有效数值 11 位),+2047 以上固定为 +2047,-2048 以下固定为 -2048	
分辨率	5 mV(10 V ×1/2 000)	20μA(20 mA ×1/1 000)
综合精确度	±1%(相对于最大值)	
转换速度	15 ms/(1 ~4)通道(高速转换方式为 6 ms/1 ~4 通道)	
隔离方式	光电隔离及采用 DC/DC 转换器使输入和 PLC 电源间隔离(各输入端子间不隔离)	
模拟量用电源	DC 24 V ±10% 55 mA	
输入输出占有点数	程序上为 8 点(计输入或输出点均可)由 PLC 供电的消耗功率为 0.15 W	

2. 模拟量输出模块

FX_{2N} -2DA、FX_{2N} -4DA 是 FX_{2N} 的模拟量输出模块,用于将基本单元运算得到的数字信号转换为模拟信号。

FX_{2N} -2DA 有 2 个 12 位模拟量输出通道,输出电压为 0 ~ 10 V、0 ~ 5 V DC 和 4 ~ 20 mA DC,转换速度为 2.5 ms/通道,程序中占用 8 个 I/O 点。

FX_{2N} -4DA 有 4 个 12 位模拟量输出通道,输出电压为 -10 ~ +10 V 和 4 ~ 20 mA DC,转换速度为 2.1 ms/4 通道。它们的模拟电路和数字电路之间有光电隔离,占用 8 个 I/O 点。

模拟量输出模块 FX_{2N} -4DA 技术规格见表 2-3。

表2-3　模拟量输出模块 FX_{2N} -4DA 的性能指标

项目	电压输出	电流输出
	根据是电流输出还是电压输出,使用不同的端子	
模拟量输出范围	DC -10 ~ +10 V(外部负载电阻 1 kΩ ~1 MΩ)	DC 4 ~ +20 mA(外部负载电阻 500 Ω 以下)
数字量输入范围	带符号位的12位二进制,但有效数值为11位(-2 048 ~ +2 047)电流输出(0 ~ +1024)	
分辨率	5 mV(10 V×1/2 000)	20 μA(20 mA×1/1 000)
综合精确度	±1%(相对于最大值)	
转换速度	2.1 ms/4 通道	
隔离方式	光电隔离及采用 DC/DC 转换器使输出和 PLC 电源间隔离(各输出端子间不隔离)	
模拟量用电源	DC 24 V±10% 130 mA	

3. 通信模块

FX_{2N} 系列 PLC 与各种 RS232C 通信协议设备连接时,可采用 FX_{2N} -232-BD 扩展板或 FX_{2N} -232IF 模块,如图2-6所示。RS232C 是美国 EIC(电子工业联合会)在1969年公布的通信协议,至今仍广泛用于计算机和 PLC 之间的通信。RS232C 的最大通信距离为15 m,最高传输速率为20 kbit/s,只能一对一地通信。PLC 一般使用9针的 RS232C-D 型接口。RS232C 使用单端驱动、单端接收的电路,如图2-7所示,容易受到公共地线上的电位差和外部引入的干扰信号的影响。

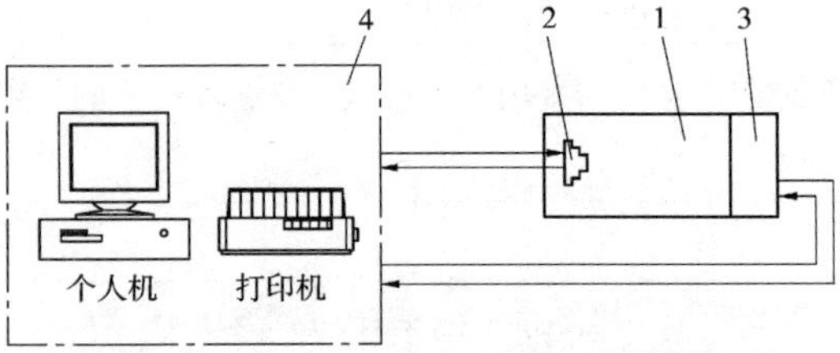

1—FX_{2N} 基本单元;2—FX_{2N} -232BD 通信扩展板;
3—FX_{2N} -232IF 通信模块;4—各种 RS232C 设备

图2-6　PLC 与 RS232C 设备的连接

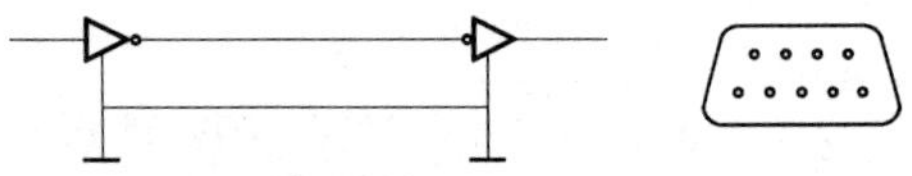

图2-7　单端驱动、单端接收电路与 D 型接口

FX_{2N} -232-BD 扩展板与 FX_{2N} -232IF 模块的通信规格见表2-4。

表2-4　FX_{2N} -232-BD、FX_{2N} -232IF 模块通信规格

规格	内容	
型号	FX_{2N} -232-BD	FX_{2N} -232IF
适用 PLC 系列	FX_{2N}	FX_{2N}
传送规格	RS232C	

续表 2-4

规格	内容	
绝缘方式	非绝缘	光电耦合器绝缘
传送距离	15 m	15 m
消耗电流	30 mA/DC 5 V(PLC 供电)	40 mA/DC 5 V(PLC 供电)、80 mA/24 V
通信方式	半二重双向/全二重调步同期	全二重调步同期
数据长度	7 位或 8 位	
奇偶	无,奇数,偶数	
停止	1 位或 2 位	
波特率	300/600/1 200/2 400/4 800/9 600/19 200 bit/s	
标题	没有或任意数据	没有或收信最大 4 字节
终端	没有或任意数据	没有或收信最大 4 字节
协议	—	—
主要可连接机器	各种 RS232C 机器	各种 RS232C 机器
附属件	螺钉 2 个	—

FX_{2N} －422－BD 模块也可装在 FX_{2N} 基本单元内,采用 RS422 标准,可用于连接数据存取单元(DU)、人机界面(GOT)及编程工具等外部设备。FX_{2N} －422－BD 模块的通信规格见表 2-5。

表 2-5 FX_{2N} －422－BD 模块的通信规格

规格	内容
适用 PLC 系列	FX_{2N} 系列
传送规格	RS422 准
绝缘方式	非绝缘
传送距离	50 m
消耗电流	30 mA/DC 5 V(由 PLC 供电)
通信协议和程序	专用、编程规定
主要连接设备	DU、GOT 及编程工具
附属件	螺钉(2 个)

4. 定位模块

FX_{2N} －1 PG 是脉冲输出模块,最大可输出 100 kHz 的脉冲。在有的微机调速器中,常把它用于对伺服电机或步进电机的控制(单轴),可通过 FROM/TO 指令设定定位目标、运转速度和各种参数。FX_{2N} －1PG 模块的技术规格见表 2-6。定位模块与驱动器、伺服电机或步进电机的连接等问题将在后续内容说明。

表 2-6 FX_{2N}-1PG 模块的技术规格

规格	内容
控制轴数	1 轴(对应 1 台 PLC,最多可接 8 台)不能作插补控制
输入/输出占有点数	每套占有 PLC 的输入或输出 8 点
脉冲输出方式	开式连接器,晶体管输出 DC 5~24 V/20 mA 以下
控制输入	操作系统:STOP,机械系统:DOG(近点信号),支持系统:PGO(零点信号),正转界限,逆转界限等,其他输入接在 PLC 上
控制输出	支持系统:FP(正转脉冲),RP(反转脉冲),CLR(偏差计数器清洗)

2.2.3 微机调速器的输入输出回路

在电力生产中,开关或接点的接通或断开、继电器的吸合或释放、设备的运行或停止、阀门的开或关等信号仅具有开和关两种状态,因而可以用电平的“高”或“低”表示,也可用一位二进制数的“1”或“0”来表示,这种可以用二进制的 1 或 0 来表示的量,称为开关量或数字量。

在微机调速器中,为使调速器能正常工作,需通过开关量输入回路,将机组的开/停机、断路器位置、功给增、功给减等信号经光电隔离、滤波等处理后输入到微机控制器中,同时也需通过开关量输出回路,将微机调速器输出的控制调节信号经隔离和功率放大后驱动指示灯、数字阀或步进电机等负载。

2.2.3.1 开关量输入/输出回路

1. 开关量输入回路

开关量输入回路一般由开关量输入模块、外部设备及其开关或接点,如继电器接点、控钮、限位开关或接近开关等构成。其中,开关量输入模块用于接收外部接点的接通或断开信号,并将这些信号经隔离、滤波后送入可编程控制器中。

1)开关量输入模块

开关量输入模块主要由输入端子、光电耦合器、RC 滤波器等组成,其中输入端子用于与外部电路直接相连;光电耦合器由发光二极管和光敏三极管组成,用于将外部电信号与内部电信号在电气上完全隔离,以提高可编程控制器的可靠性和抗干扰能力;RC 滤波器用于防止输入触点抖动和外部干扰脉冲引起的错误信号。

整体式可编程基本单元开关量输入电路的原理如图 2-8 所示,当外部开关或接点接通时,电流经 24 V 电源的正极、内部电路、X00 输入端子和外部触点,从公共端子 COM 回到电源负极,使光电耦合器中两个反向并联的发光二极管中的一个亮,光敏三极管饱和导通,CPU 在输入阶段读入的是数字 1;当外部触点断开时,光电耦合器中的发光二极管熄灭光敏三极管截止,CPU 在输入阶段读入的是数字 0;扩展单元交流电路开关量输入电路原理与之相似,如图 2-9 所示。

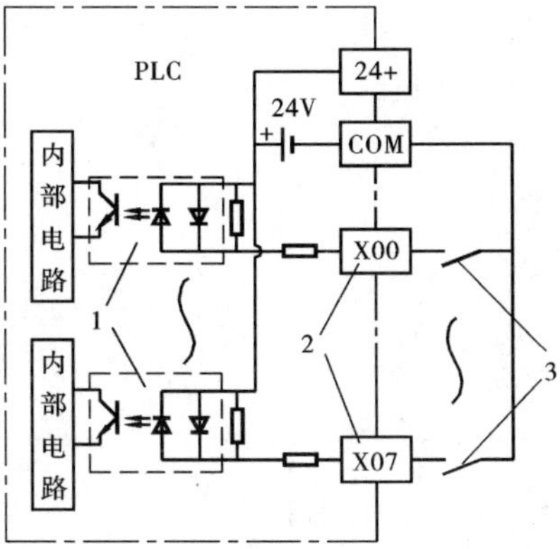

1—光电耦合器;2—输入端子;3—外部触点

图2-8 基本单元开关量输入电路原理

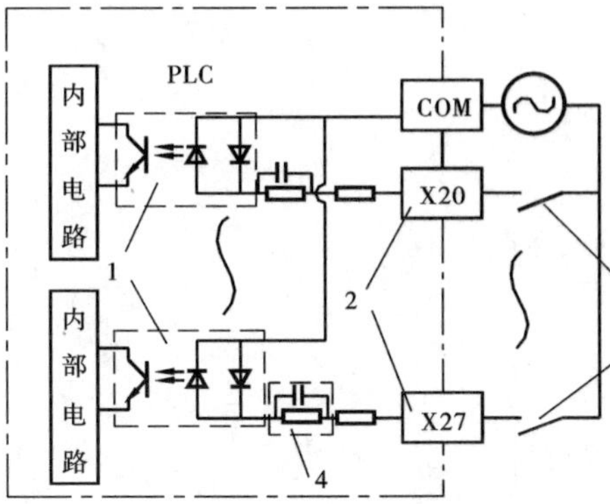

1—光电耦合器;2—输入端子;3—外部触点;4—RC滤波器

图2-9 扩展单元开关量输入电路原理

输入端子是PLC接收外部输入的开关量信号的窗口,与输入端子连接的输入继电器是经光电隔离的电子继电器,输入继电器的编号与接线端子的编号一致,其线圈的吸合与释放状态只取决于与其输入端子所连外部电路的状态。换言之,输入继电器不是真实存在的物理继电器,而是能反映外部电路通断状态的一个存储单元,当外部的输入电路接通时,它对应的存储单元为1状态,梯形图中对应的输入继电器的常开触点接通、常闭触点断开;反之,则正好相反。输入继电器一般用X表示,采用八进制编码,即X0、X1、X2、…、X7;X10、X11、X12、…、X17,且每一输入继电器都实际对应着可编程控制器模块上的一个输入端子,其输入端子如图2-5的1所示。此外,X0 ~ X7又是高速计数器输入端。在若干输入点中有一个公用COM端,输入信号之间可以共电源负端,L为电源相线,N为中线。应特别注意的是,为使输入继电器能正确反映外部电路的通断状态,务必将外部电路的一端与输入端子连接,另一端与接地端(COM)连接,只有这样才能在外部接点闭合时形成一闭合回路。

2)开关量输入回路

可编程微机调速器开关量输入回路的接线如图2-10所示。开关量输入回路的信号主要包括两部分,一部分来自调速器屏柜上的现地控制信号,主要有现地增加、现地减少、导叶自动、导叶手动等,如图2-10(a)所示;另一部分来自机组LCU/操作员工作站的远方控制信号,主要有开机令、停机令、调相令、断路器通断状态、远方增加(有功功率)、远方减少(有功功率)、紧急停机、急停复归等信号,如图2-10(b)所示。这些远方控制信号除可采用图2-10(b)所示的硬接线连接方式外;还可采用串口或网络通信的方式进行连接、传输,从而实现调速器开停机,增加、减少有功功率等的多地控制/操作。

在机组同期装置投入运行时,根据发电机与系统的频差自动发出的增减机组转速指令,也在机组LCU屏处汇总后接至调速器,实现对机组转速的控制。

另外,接力器锁锭装置有两种形式,一种是液控机械锁锭,另一种是在接力器关机腔安装插装阀锁锭,这两种方式均需要采用调速器油压装置的压力油源,因而锁锭投/退控制用的电磁阀均集成在调速器柜内,相应的电磁阀控制信号也引至调速器。部分调速器也将锁锭投/退控制按钮置于调速器控制柜上,便于锁锭投入/退出操作。

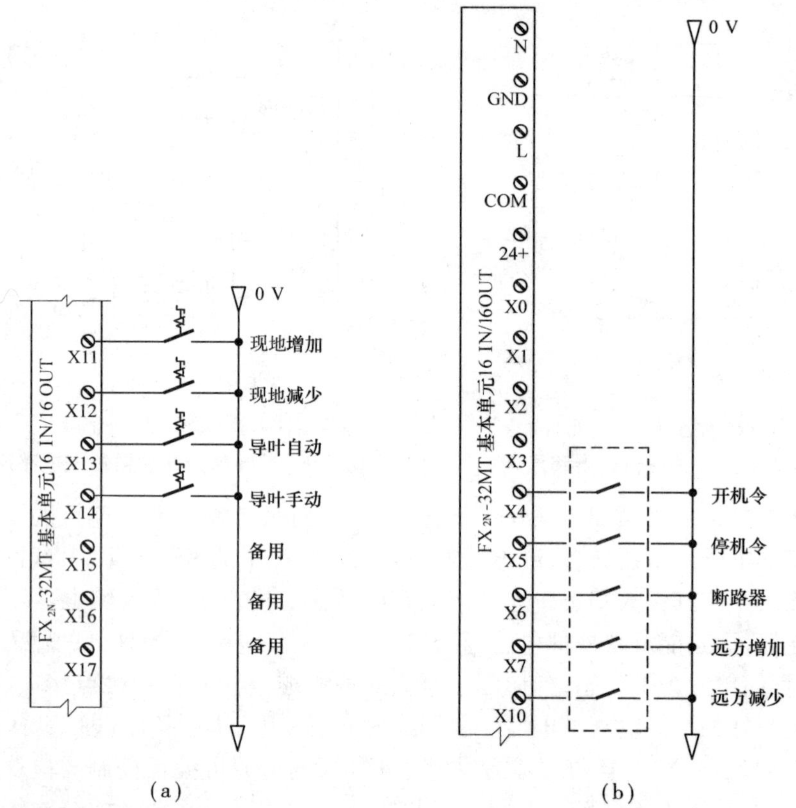

图 2-10　可编程微机调速器开关量输入回路的接线图

对于中小型水轮发电机组制动,也有采用减压后的压力油源作为动力的,此时制动投/退控制用的电磁阀也集成在调速器柜内,电磁阀的控制信号也应引至调速器柜内。

2. 开关量输出回路

开关量输出回路一般由开关量输出模块、驱动放大电路及外部负载等构成。当所驱动的负载为电磁继电器、指示灯或接触器类负载时,微机调速器输出的调节信号经开关量输出模块隔离、放大后便可直接驱动该类负载;但若驱动开关阀或数字阀类,则微机调速器输出的信号除需经开关量输出模块的隔离、放大外,还需经光耦合驱动模块对开关信号进行调制及功率放大。

1) 开关量输出模块

开关量输出模块的输出端子是 PLC 向外部负载输出开关量信号的接口,输出继电器的输出触点接到与其编号相同的输出端子上,负载工作与否受 PLC 程序运行结果的控制。FX_{2N} -32MT 有 16 个开关量输出继电器(输出点),输出点一般用 Y 表示,其编号为八进制,即 Y0、Y1、Y2、…、Y7,Y10、Y11、Y12、…、Y17,且每个输出继电器都实际对应着可编程控制器上的一个输出端子,该输出端子与外部负载直接相连,其布置如图 2-5 中 11 所示。此外,晶体管输出型的 Y0 或 Y1 可作为“脉宽调制”(PWM)的专用输出端,也可用于对时间响应速度要求不高的模拟量输出场合。Y0 和 Y1 还可以作“脉冲输出”(PLSY)

指令的输出端。

FX_{2N}系列 PLC 开关量输出电路原理如图 2-11 和图 2-12 所示。其中,图 2-11 是 FX_{2N}系列 PLC 继电器输出电路,其输出原理是内部电路使继电器的线圈通电,它的常开触点闭合,使外部负载得电工作。继电器同时起隔离和功率放大作用,每一路只给用户提供一对常开触点,由与触点并联的 RC 电路和压敏电阻消除触点断开时产生的电弧,以减轻对 CPU 的干扰。

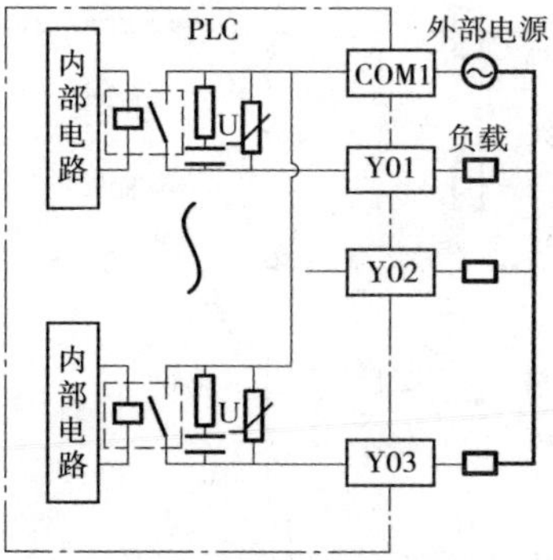

图 2-11 FX_{2N}系列 PLC 继电器输出电路

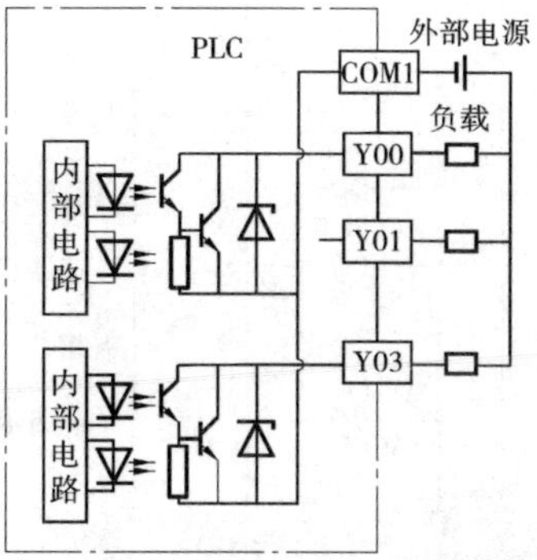

图 2-12 FX_{2N}系列 PLC 晶体管输出电路

图 2-12 为 FX_{2N}系列 PLC 晶体管输出电路,输出信号送给内部电路中的输出锁存器,再经光电耦合器送给输出晶体管,其饱和和导通状态时触点为接通,截止状态时触点为断开。图中的稳压二极管用来抑制关断过电压和外部浪涌电压,以保护晶体管,晶体管输出电路的延迟时间小于 0. 1 ms。可控硅输出电路与晶体管输出电路基本相同。

2)开关量输出回路

可编程微机调速器的开关量输出回路的接线如图 2-13 所示。开关量输出回路一部分用于控制本地信号指示,如图 2-13(a)中的自动指示、断路器指示、故障指示等;另一部分经继电器输出后,作为 LCU 信号的输入,如图 2-13(b)中的 K4 用于控制 LCU 信号输入回路的故障信号,K5 用于控制 LCU 信号输入回路的手动信号,K6 用于控制 LCU 信号输入回路的事故信号等。

2.2.3.2 模拟量输入输出及控制回路

1. 模拟量输入回路

在水轮机微机调速器中,除开关量(数字量)输入信号外,还有一些连续变化的物理量,通常称为模拟量,如导叶开度(导叶接力器位移)、浆叶开度(浆叶接力器位移)、机组功率、水头等,这些输入信号经相应的传感器或变送器转换为标准的模拟量电气信号,再经模拟量输入模块转换为与之相对应的数字量后,才能被送入到微机控制器的 CPU 模块中,供调节控制软件使用。如图 2-14 所示,模拟量输入回路主要由待输入的模拟信号、传感器或变送器、模拟量输入模块(模/数转换模块)等构成。

1)模拟量输入模块

FX_{2N}系列 PLC 的模拟量输入模块有多种,一般有两个、四个或八个独立的模拟量/数字量(A/D)通道。下面以 FX_{2N} -4AD 模拟量输入模块为例,说明模拟量输入模块的构成

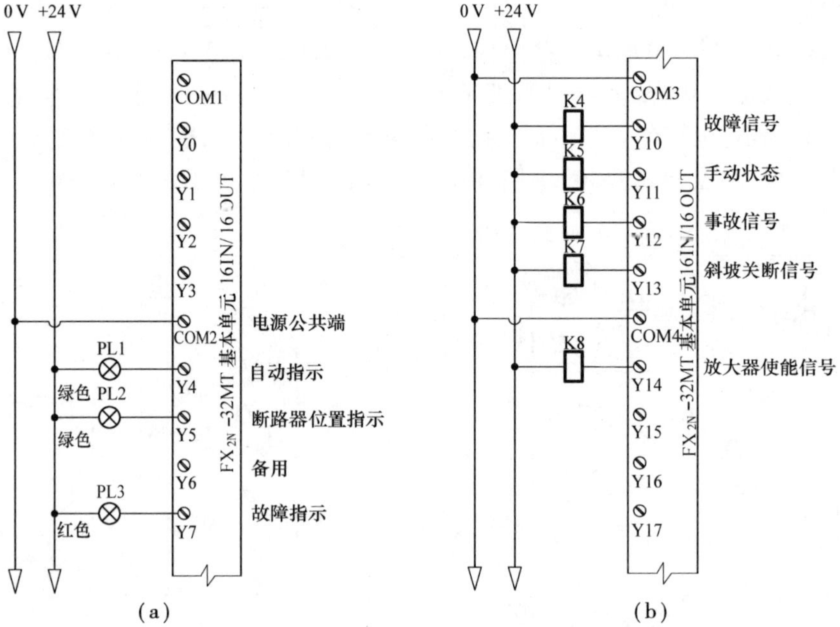

图 2-13　整体式可编程微机调速器的开关量输出回路接线图

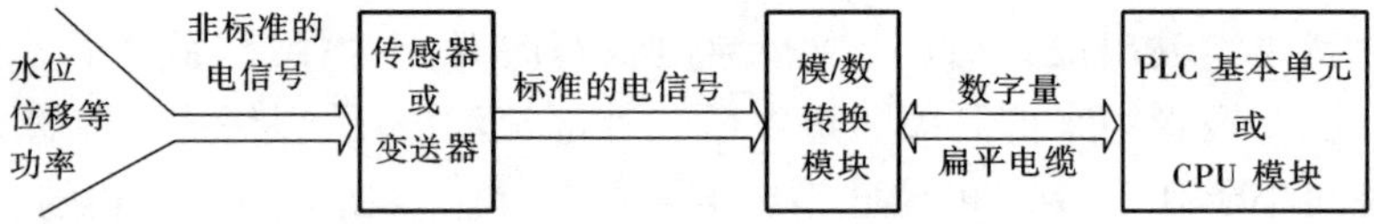

图 2-14　模拟量输入回路构成原理框图

及工作原理。

FX_{2N} -4AD 模拟量输入模块有四个通道,可以同时接收并处理 4 个模拟量输入信号,最大分辨率为 12 位二进制数字量,转换后的数字量范围为 -2 048 ~ 2 047。输入信号有三种可选量程:-10 ~ 10 V、4 ~ 20 mA 和 -20 ~ 20 mA,转换后的数字量的预置值分别为 -2 000 ~ 2 000,0 ~ 1 000 和 -1 000 ~ 1 000。此外,该模拟量输入模块还能通过多次采样取平均值法滤除模拟量输入信号中的干扰和噪声。FX_{2N} -4AD 模拟量输入模块的性能指标见表 2-2。

FX_{2N} -4AD 的原理及接线如图 2-15 所示,DC 24 V 电源接在模块的“24 +”和“24 -”端,用双绞线屏蔽电缆接收模拟量输入信号,电缆应远离电力线和其他可能产生电磁感应噪声的导线。直流信号接在“V +”和“VI -”端,电流输入时将“V +”和“I +”端短接。应将模块的接地端子和 PLC 基本单元的接地端子连接到一起后接地。如果有较强的干扰信号,应将“FG”端接地。

FX_{2N} -4AD 模拟量输入模块的输出特性如图 2-16 所示,将模拟量输入模块输出的数字量(一般为无量纲的数字量,其大小与所转换的物理量成正比)转换为具有一定量纲的数字量时,应综合考虑变送器的输入/输出量程和模拟量输入模块的量程,找出被测物理量与 A/D 转换后的数据之间的比例关系。

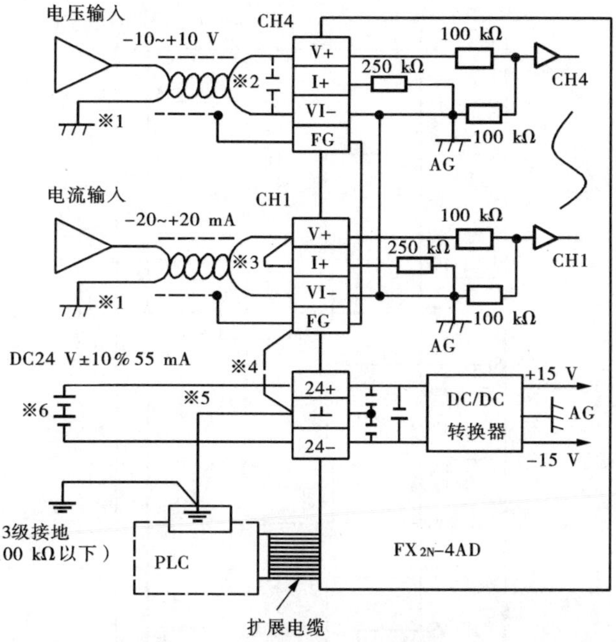

图 2-15 FX_{2N} -4AD 模拟量输入模块的原理及接线

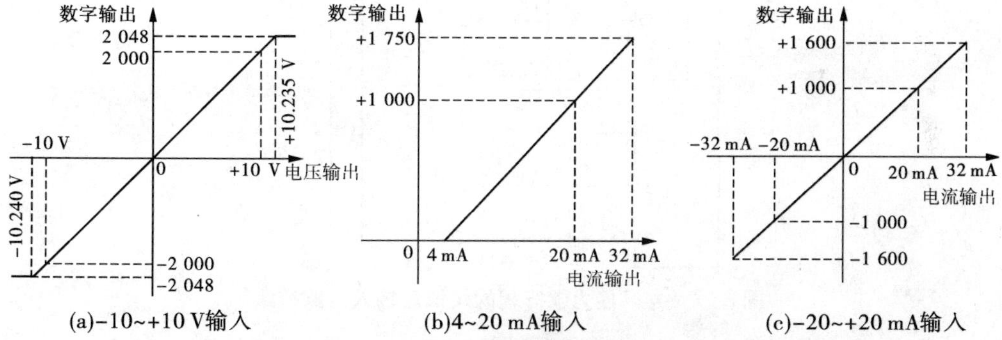

图 2-16 FX_{2N} -4AD 模拟量输入模块输出特性

模拟量输入模块的通道、量程及采样周期数等参数都采用特殊功能模块的写指令"TO"进行设置；而模拟量输入模块的转换数据的当前值和平均值都采用特殊功能模块的读指令"FROM"进行读取。应特别注意的是，必须结合外部设备及接线的实际情况，进行通道和量程的设置。

2）模拟量输入回路

图 2-17 为导叶接力器行程的模拟量输入回路接线，其模拟量输入回路的构成及信号传递过程如下：导叶位移传感器将反映导叶开度的接力器行程位移量转换为标准的模拟量电气信号（4～20 mA）后，再送到模拟量输入模块 FX_{2N} -4AD 进行模数转换，并将得到与导叶开度相对应的数字量经扁平电缆送入 PLC 的基本单元，供微机调速器的控制调节程序使用。

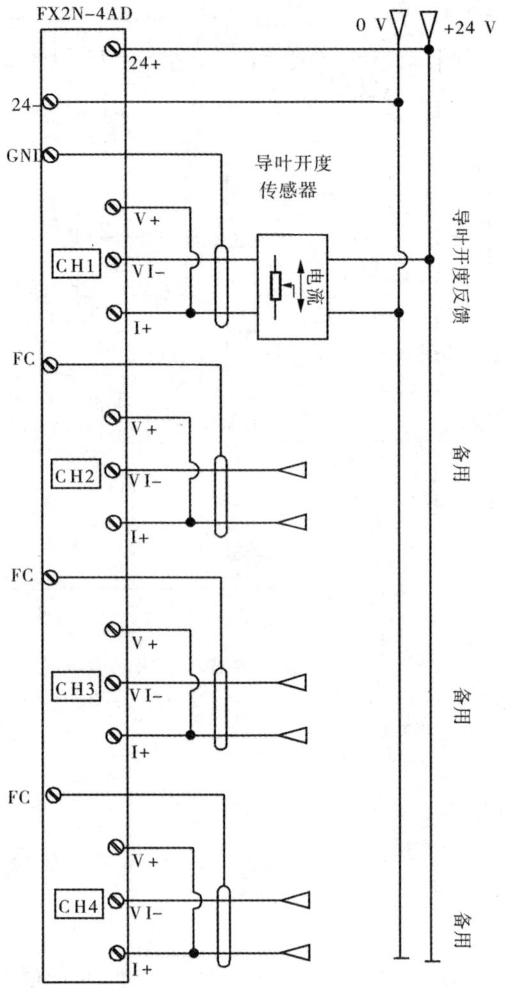

图 2-17 导叶接力器行程的模拟量输入回路接线

2. 模拟量输出回路

在水轮机微机调速器中,有一些阀门或仪表的控制需由连续变化的电气信号来实现,如比例伺服阀的输出流量的大小是由连续变化的电压或电流信号来控制的,而微机调速器输出的信号一般为数字信号,这就需要通过模拟量输出模块先将数字信号转换为标准的电压或电流信号,然后经驱动放大电路将该电气信号进行比例信号调制和功率放大后再去驱动该阀。因而,如图 2-18 所示,模拟量输出回路主要由模拟量输出模块(D/A 转换模块)、功率放大板/驱动电路、外部的阀门或仪表等负载构成。

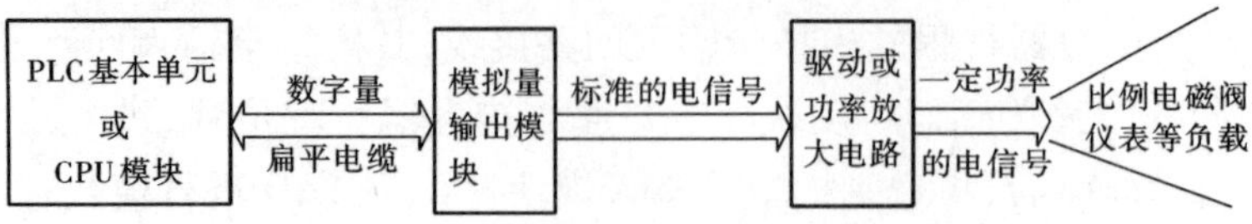

图 2-18 模拟量输出回路原理框图

1)模拟量输出模块

FX 系列 PLC 的模拟量输出模块一般有两个通道或四个通道的。下面以 FX_{2N} -2DA 模拟量输出模块为例,说明模拟量输出模块的构成及工作原理。

FX_{2N} -2DA 模块将 12 位二进制数字量信号转换为模拟量电压或电流输出。它有 2 个模拟量输出通道,3 种输出量程:DC 0 ~10 V、0 ~5 V 和 4 ~20 mA,D/A 转换时间为 4 ms/通道。FX_{2N} -2DA 模拟量输出模块的性能指标见表 2-3。

FX_{2N} -2DA 的原理及接线如图 2-19 所示,模拟量输出通道通过双绞线屏蔽电缆与负载相连。使用电压输出时,负载的一端接在"VOUT"端,另一端接在短接后的"IOUT"和"COM"端。电流型负载接在"IOUT"和"COM"端子上。

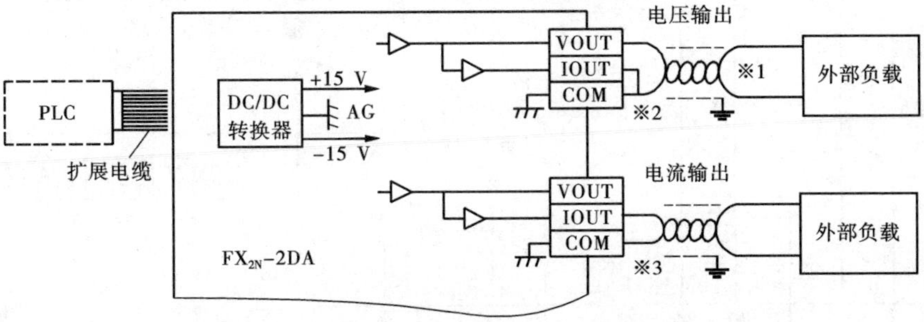

图 2-19 FX_{2N} -2DA 模拟量输出模块的原理及接线

FX_{2N} -2DA 的增益可以设置为任意值,为了充分利用 12 位的数字值,建议输入数字量范围为 0 ~4 000。以输出为 4 ~20 mA 为例,在数字量为 4 000 时,调节电位器,使输出电流为 20 mA。然后令数字量为 0,调节偏移电位器,使输出电流为 4 mA。可以取一个较小的值来代替量程的下限值。

模拟量输出模块待转换的数据是通过 TO 指令写入对应的缓冲存储单元中,数据转换通道、转换开始等参数也是通过 TO 指令写入指定的缓冲存储器中来实现的。

FX_{2N} -2DA 模拟量输出模块的输出特性如图 2-20 所示。

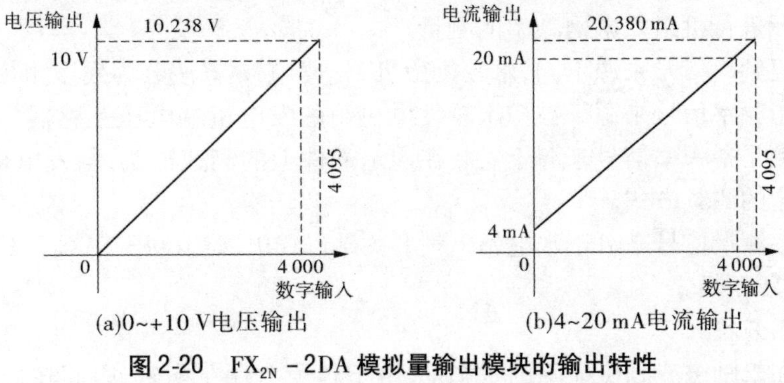

图 2-20 FX_{2N} -2DA 模拟量输出模块的输出特性

注:当 13 位或更多位的数据输入时,只有最后 12 位是有效的,高端位忽略。在 0 ~4 095内使用数字值;可对每个通道的输出特性进行设置。

2)模拟量输出回路

图2-21为可编程微机调速器模拟量输出回路接线图。图中比例阀的模拟量输出过程如下:模拟量输出模块FX_{2N}-2DA将基本单元输出的与导叶开度相对应的数字量转换为标准的模拟电压信号(0~10 V),该电压信号又经电子放大板功率放大后驱动比例阀,改变比例阀输出流量的大小,进而控制导叶的开大或关小。

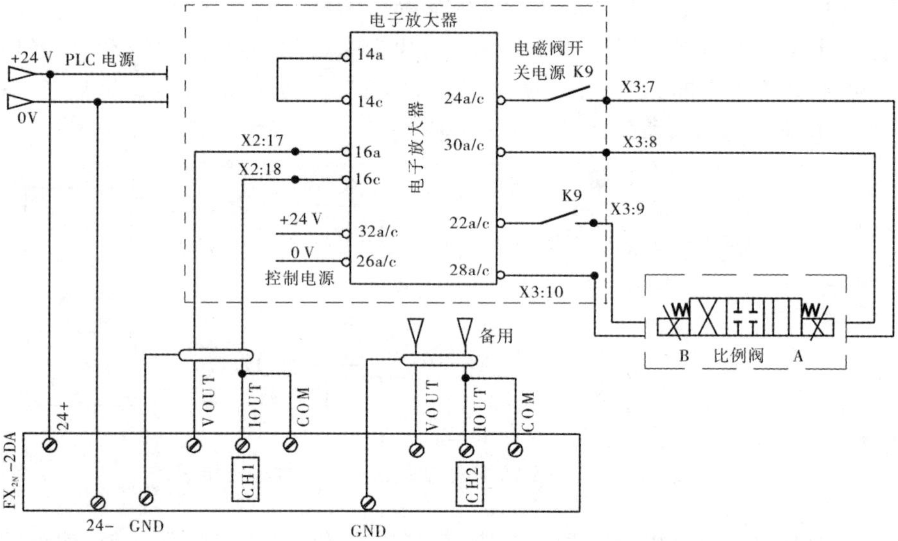

图2-21　可编程微机调速器模拟量输出回路接线

2.2.4　测频原理及测频回路

水轮发电机组的频率(转速)信号是水轮机调速器需采集的一个非常关键的信号,其准确、可靠、及时与否直接关系到水轮机调速器的调节品质及机组运行的安全。在机械液压调速器中用离心摆测转速,在模拟电液调速器中采用测频电路测转速,在微机调速器中采用测频单元进行机组及电网频率的测量。

根据机组频率信号来源不同,水轮机微机调速器测频方法分为残压测频和齿盘测频。残压测频是指频率信号来源于被控水轮发电机组的发电机端电压互感器(TV)的测频方式。齿盘测频是指频率信号来源于安装在固定部件上的测速探头,与发电机转子上固定的齿盘相耦合的测频方式。

电网频率测量信号来自于水电站电气开关站母线电网侧电压互感器(TV)。

2.2.4.1　残压测频

1.残压测频特点

发电机在未励磁或励磁撤除的状态下,由于转子上存在剩磁,因而在转子转动时,发电机定子线圈就会切割磁力线,在定子绕组上则感应出比较低的电压,这个电压就称为残压。该残压会使发电机出口电压互感器不仅在机组励磁时有电压输出,而且在机组没有励磁的开机状态或励磁撤除的停机过程都有电压输出。当发电机为额定电压时,电压互感器输出电压为100 V,当发电机没有励磁时,因剩磁而造成的残压也能使电压互感器有

0.3 ~ 2 V 的电压输出，其频率与机组频率相同，因此根据电压互感器的输出电压就可进行机组频率的测量。

微机调速器的残压测频信号，其有效范围一般为 0.3 ~ 160 V，可测出的频率范围为 5 ~ 99.99 Hz。

残压测频具有测量精度高和稳定性好等特点，但当机组在低转速过程或未加励磁的空载状态时，机端电压互感器的剩磁电压非常小，残压测频容易受到干扰，故不能可靠地测量低于 5 Hz 的机组频率。

2. 残压测频原理

水轮发电机组的额定频率为 50 Hz，属于低频信号，一般采用测量周期的方法进行测量，即根据被测机组的频率 f 和周期 T 的关系 $f=\frac{1}{T}$，只要测出周期 T 就可以换算出频率 f。采用 PLC 的微机调速器，其测频原理框图如图 2-22(a)所示，残压测频或齿盘测频信号经过限幅、滤波、整形、分频后，与另一路高频时钟信号相与，再将相与后的信号输入 PLC 进行处理。

图 2-21(b)是放大整形、分频、与门等电路输出信号的波形图。图中 f_1 是机组频率的正弦波信号，经过放大整形后得到方波信号 f_2，再经分频电路进行二分频后得到方波信号 f_3，f_3 信号的正半周为高电平 1，负半周为低电平 0，正负半周时间相等。f_3 方波信号为高电平 1 的半周期时间正好是被测信号 f_1 的周期 T。N 为高频时钟信号，它可提供一个 600 kHz 的振荡信号。N 和 f_3 信号经与门电路得到图 2-22(b)所示的脉冲信号串 f_4。如果能对一个周期 T 内的脉冲串进行计数，就可计算出周期 T。因此，将 f_4 脉冲信号送入 PLC 的高速计数端口进行计数，记其值为 N_T，则 N_T 在数值上正比于被测信号的周期 T。

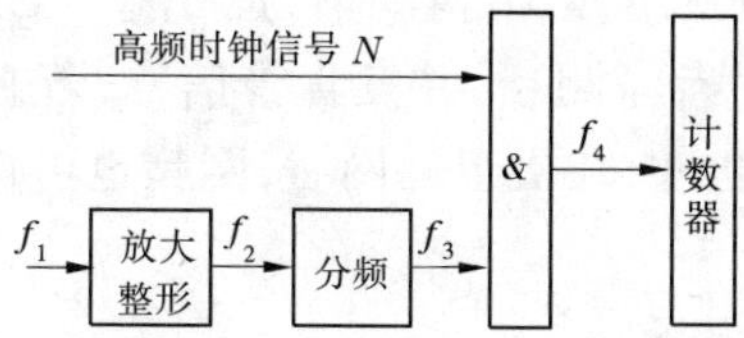

(a)原理框图

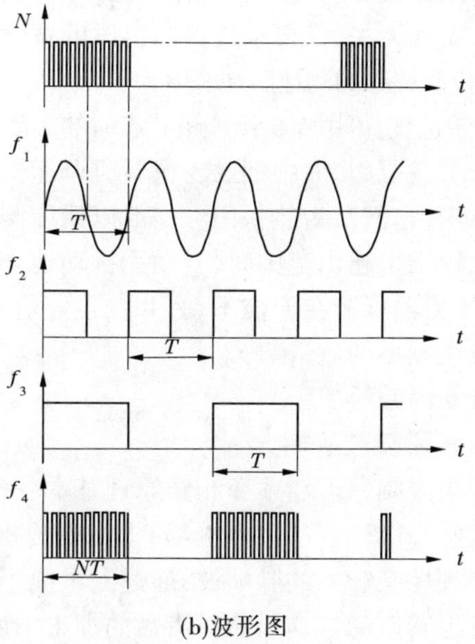

(b)波形图

图 2-22　周期法测频原理

$$N_T = \frac{T}{\frac{1}{N}} = TN \tag{2-1}$$

另一方面,为使计算机处理数据方便,确保计算精度,按照下式计算得到PLC内的测频计算值F,即

$$F = \frac{C}{N_T} \tag{2-2}$$

式中 C——常数。

例如:在被测频率为50 Hz时,$T=0.02$ s,$N=600$ kHz,由式(2-1)得$N_T=12\ 000$;若取常数$C=6\times10^8$,则由式(2-2)求得的PLC中的频率计数值为$F=50\ 000$;同理,若被测频率为48 Hz时,求得$N_T=12\ 500$,$F=48\ 000$。由此看出,1 Hz对应的频率计算值为1 000,因此,测频分辨率为1/1 000 Hz。

2.2.4.2 齿盘测频

1.齿盘测频特点

如图2-23所示,齿盘测频装置由安装在机组主轴上的齿盘和安装在固定部件上的测速探头以及测频单元组成。其测速探头可设一个,称为单探头测频;也可设两个,称为双探头测频。

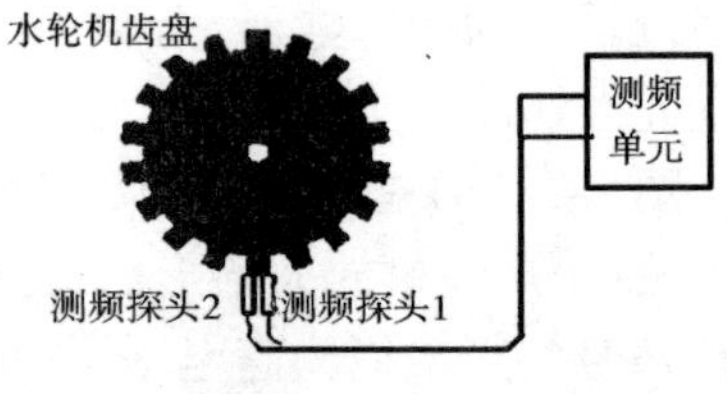

图2-23 齿盘测频装置构成示意图

两种齿盘测频方式具有以下特点:

(1)单探头测频与齿盘旋转线速度和齿盘加工精度有密切关系,一般要求齿盘凸出段与凹入段的尺寸应相等。双探头测频只与齿盘旋转的线速度有关,而与齿盘的加工精度、摆动、振动无关,仅要求齿盘凸出段的宽度略大于测频探头的直径。

(2)齿盘测频的测速脉冲峰值为4.5~24 V,可测频率范围为0.5~99.99 Hz,能测量出很低的机组转速,也可用作机组停机状态时的蠕动检测,但齿盘测频的稳定性不如残压测频。

由于上述原因,大中型水轮机微机调速器大都采用齿盘测频和残压测频相结合的双路测频方式,它们互为热备用。一般以残压测频为主用,以齿盘测频为备用。当残压测频故障或比较结果超出范围时,自动无扰动地切换到齿盘测频,并发告警信号;若它们同时故障,则接力器保持在原位不动,并发告警信号。此外,在机组并网后,网频也可作为调速器测量机组频率的后备。

2.齿盘测频原理

1)单探头测频原理

单探头测频原理与残压测频原理基本一样,都可采用测周法进行频率测量,只是用测频探头的信号取代了从发电机端PT发出的机组频率信号。单探头测频是利用齿盘的齿经过单测频探头产生的脉冲波,通过测量两个相邻齿在探头上激发的脉冲波的脉冲宽度来测量机组转速的。这显然对齿盘的加工精度有很高的要求。安装在发电机主轴上的齿盘尺寸较大,若由于加工或安装等原因,齿盘的齿与齿之间的距离不均衡,则常常出现当机组转速(频率)不变时,测出的频率值摆动过大,有时甚至不能使用。所以,常采用双探头测频的齿盘测速方案。

2)双探头测频原理

双探头测频是利用齿盘的同一个齿经过两个距离固定的测频探头(探头1和探头2)时产生的两个脉冲波,通过测量这两个脉冲波之间的间隔时间,就可以计算出机组的转速。

图2-24和图2-25分别为双探头齿盘测频原理图和波形示意图。

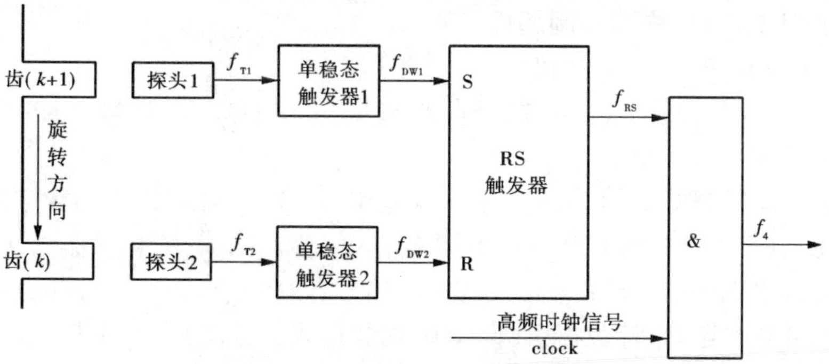

图2-24 双探头齿盘测频原理图

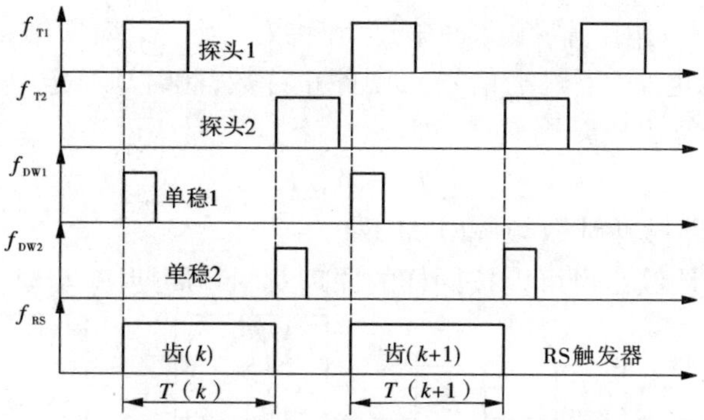

图2-25 双探头齿盘测频波形示意图

探头1和探头2采用响应频率较高的双接近开关,探头1的输出信号f_{T1}经过单稳态触发器产生由f_{T1}上升沿触发的宽度固定的窄脉冲f_{DW1},它与RS触发器的S端相连;探头2的输出信号f_{T2}经过单稳态触发器产生由f_{T2}上升沿触发的宽度固定的窄脉冲f_{DW2},它与RS触发器的R端相连;从RS触发器的输出端就会产生宽度为T的脉冲波f_{RS},T与齿盘的一个齿先后经过探头1和2的间隔时间成正比。图2-25中的f_{RS}信号中的$T(k)$和$T(k+1)$分别是齿盘的k齿和$k+1$齿通过测速探头所产生的反映被测速度的间隔时间。

将信号f_{RS}与高频时钟信号clock相与后得到信号f_4,如图2-24所示,将f_4送入PLC即测量出机组转速。

2.2.4.3 三种测频方式

实现频率测量的具体方法有三种:一是采用单片机测频,二是采用可编程控制器的高速计数模块测频,三是采用PLC内部高速计数器测频。

1.基于单片机的测频

1)单片机频率测量硬件

AT89系列单片机是由ATMEL公司生产的,以8051为内核构成,使用8051指令系统,

是 80C51 的换代产品。AT89C52 是 AT89 系列单片机的标准型之一,其主要包含以下部件:

(1)8051CPU。

(2)内部振荡电路,振荡频率 1. 2 ~ 12 MHz 任选。

(3)总线控制线路。

(4)定时/计数部件,中断控制部件。

(5)并行 I/O 接口、串行 I/O 接口。

(6)片内 RAM 为 256K、特殊功能寄存器 SFR、Flash 程序存储器为 8KB 等。

2)单片机测频原理

单片机测频原理框图如图 2-26 所示。这是用 89C52 单片机构成的数字测频单元,从机端电压互感器(PT)二次侧引出的机组频率信号 f_j 和系统电压互感器二次侧引出的电网频率信号 f_w 分别经隔离、放大整形变成方波信号,然后分别经过二分频电路分频后,机频送入单片机的 0 号定时/计数器引脚 INT0,网频送入 1 号定时/计数器引脚 INT1。时钟电路接至单片机的 XTAL1、XTAL2 引脚,它为 0 号、1 号定时/计数器提供 1 MHz 的计数脉冲信号。当 INT0 引脚的信号由低电平跳变为高电平(上跳沿信号)后,0 号定时/计数器开始计数,即对一个周期内的高频脉冲串进行计数。当一个周期结束时,INT0 引脚的信号由高电平跳变为低电平(下跳沿信号),则停止计数,此时 0 号定时/计数器中所计的脉冲数为 N_T,由此可计算出机频周期 T_j,即

$$T_j = N_T/F \tag{2-3}$$

式中　F——时钟电路脉冲计数频率(1 MHz)。

同理,1 号定时/计数器也可以按同样的原理对网频周期 T_W 实现测量和计算。

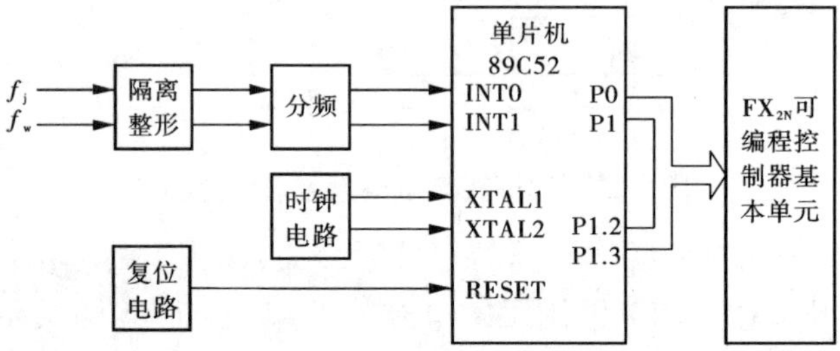

图 2-26　单片机测频原理框图

INT0、INT1 端子的下跳沿信号不仅结束各自的计数工作,同时触发单片机中断服务程序,并进行如下工作:

(1)保存计数值 N_{Tj}(或 N_{Tw})放入锁存器中,对 0 号或 1 号定时/计数器及扩展单元清零,为下一个周期测量做好准备。

(2)计算周期 T_j、T_w,并进行求倒数,得到实测频率值,供显示等调用。

(3)判断频率是否超出所设定的范围,若超出,则设置出错标识,并进行处理。

(4)通过 P1. 2(或 P1. 3)引脚向可编程控制器基本单元发中断请求,可编程控制器读取被测频率计数值。为了提高单片机测频的可靠性,一些厂家直接把单片机测频单元的接口做成 FX 系统总线形式。

2. 基于 PLC 高速计数模块的测频

1) 采用 1771 – VHSC 高速计数模块的频率测量

某些水轮机调速器采用可编程控制器的高速计数模块来实现频率测量,下面以 A – B 公司的 PLC – 5 系列可编程控制器的 1771 – VHSC 高速计数模块为例,加以说明。

(1)1771 – VHSC 高速计数模块的主要技术性能。

①具有 4 个计数通道,按 BCD 码或二进制数据格式计数。

②每个通道有 3 个输入端,即 A——脉冲输入、B——脉冲输入、GATE/RESET——门控信号/复位信号。

③具有 4 种工作方式:

计数器方式:A 端用于送入计数脉冲,B 端用于电平控制增/减计数。

编码器方式:X1 方式为计数器方式,X4 方式是对 A、B 相的相位关系进行增/减计数。

周期/比率方式:内部时钟脉冲 4 MHz,可对外部方波信号的脉冲宽度、周期进行测量,本方式使用 GATE/RESET 引脚。

比率/检测方式:用内部定时计算外部脉冲的个数,用于测量高频信号。

(2)1771 – VHSC 高速计数模块构成的频率测量。

用 1771 – VHSC 模块测量的基本原理仍是测周期法,其原理框图如图 2-27 所示。被测机组频率信号和电网频率信号分别经放大整形和二分频后,送入通道 GATE0、GATE1,分频后的 GATE0、GATE1 信号的半周期正好是机组频率和电网频率。

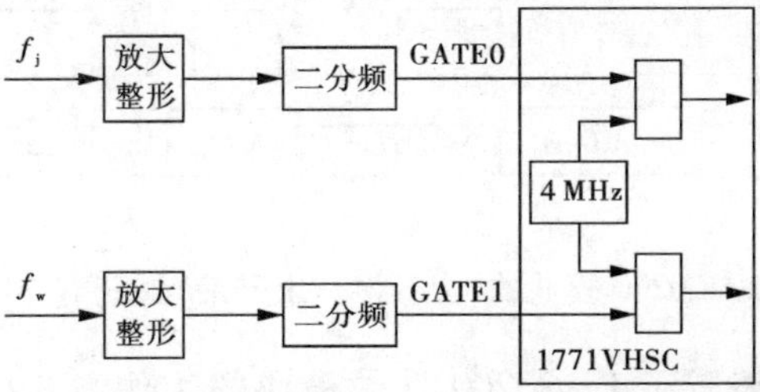

图 2-27 基于 PLC – 5 的 1771 – VHSC 模块的测频原理框图

已知机组给定频率为 $f_g = 50$ Hz,则周期 $T_g = 0.02$ s,测得一个周期内的时钟脉冲数 $N_g = T_g \times F = 0.02 \times 4 \times 10^6 = 80\ 000$,其测量精度是很高的。

2) 采用 EHC0200 高速计数模块的频率测量

BMX EHC 0200 具有 2 个计数输入通道,共有 8 种工作方式(频率测量、事件计数、周期测量、频率发生器等),利用 BMX EHC0200 模块基于周期的测量原理,可以简单方便、高精度地实现频率的测量。

图 2-28 为基于 EHC0200 模块的测频原理框图,它采用被测周期信号与内部时钟信号(clock)相与的测量方法。被测信号经整形或二分频后送入高速计数模块 BMX EHC0200,由程序自动捕获该被测信号与内部高频时钟脉冲相与后的时钟脉冲的计数值,并保存在捕获寄存器中,这样可避免由于输入(计数)环节存在光电隔离而限制高速计数的计数频率不够高的问题,可大大提高微机调速器频率测量的分辨率及精度。具体测量过程如下:

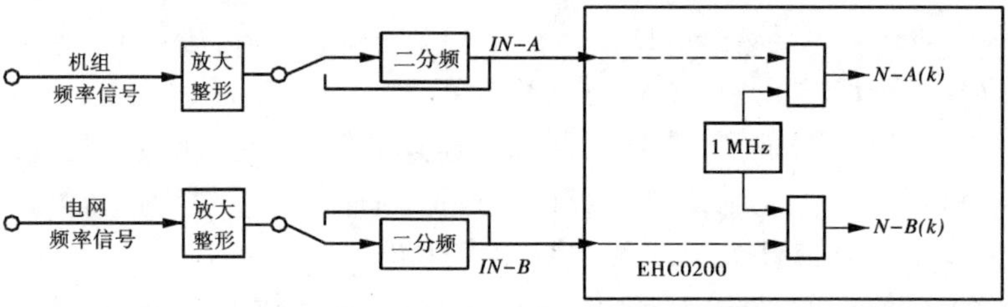

图 2-28　基于 EHC0200 模块的测频原理框图

当被测信号经整形后送入 EHC0200 高速计数模块，且捕获计数值设置为“上升沿—上升沿”模式时（在输入方波的第一个上升沿到来时开始计数，在第二个方波上升沿到来时停止计数，并由捕获寄存器捕获该计数值），则捕获寄存器的计数值恰好为被测信号一个周期内所通过的高频时钟脉冲的个数。对于机组频率为 50 Hz 的频率信号，计数时间间隔为被测信号的周期 0.02 s，则所捕获的计数值应为 $0.02 \times 10^6 = 20\ 000$。其余模式以此类推。

图 2-29 为 EHC0200 模块的“上升沿—上升沿”捕获寄存器 D_A 的时序图，在 EHC0200 模块输入信号 $IN-A$ 波形中，周期为 $IN-A(k)$ 的第二个上升沿触发的 $IN-A$ 捕获寄存器的值为 $N-A(k)$，在周期 $IN-A(k+1)$ 的计数期间，捕获寄存器维持 $N-A(k)$ 值不变；周期为 $IN-A(k+1)$ 的第二个上升沿触发的捕获寄存器 $N-A$ 的值为 $N-A(k+1)$，在周期为 $IN-A(k+2)$ 的计数期间，捕获寄存器 $N-A$ 维持 $N-A(k+1)$ 值不变。

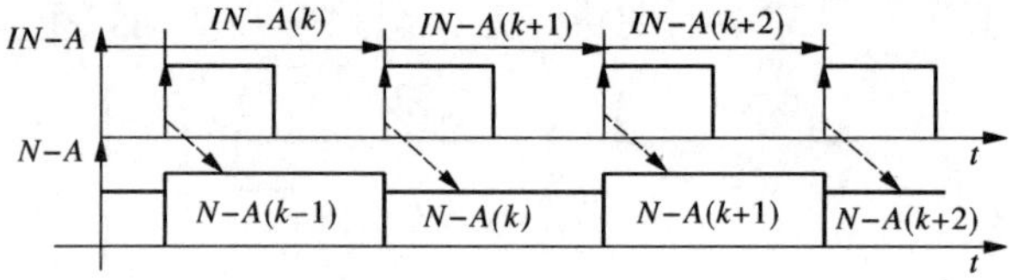

图 2-29　EHC0200 模块的“上升沿—上升沿”捕获寄存器时序图

需着重指出的是，在设置了 EHC0200 计数模块的工作方式后，用户程序只需用中断方式或查询方式从捕获寄存器中取出与被测频率信号周期成正比的计数值 N_A，就可简单、方便地计算出频率值。

3. 基于 PLC 内部高速计数器的测频

采用 PLC 内部的高速计数器进行测频是一种更为简捷的测频方式。

PLC 内部的高速计数器不是真实的物理继电器，而是在软件中使用的具有一定逻辑功能的编程元件，它的运行建立在中断基础上，最高工作频率不受扫描周期的限制，一般为 50 ~ 200 kHz。现以 FX 系列的高速计数器 C235、C236 为例，介绍高速计数器的相关知识及其在可编程微机调速器频率测量中的应用。

1）PLC 内部高速计数器

FX 系列 PLC 具有 C235 ~ C255 共计 21 点高速计数器，它们共用 PLC 的 8 个高速计数器输入端 X0 ~ X7，某一输入端同时只能供一个高速计数器使用，不同类型的高速计数器可以同时使用，但是它们的输入端不能冲突。高速计数器的运行建立在中断的基础上，这意味着事件的触发与扫描周期无关，即其最高工作频率不受扫描周期的限制。

在可编程微机调速器的软件编程中，常用到C235和C236两个高速计数器，它们均为32位加/减计数器，是加计数还是减计数可通过特殊辅助继电器M8235和M8236来设置，当对应的特殊辅助继电器M为ON时为减计数，为OFF时为加计数。在对外部高速计数脉冲计数时，梯形图中的高速计数器的线圈应一直通电，以表示与它有关的输入点已被使用，其他高速计数器的处理不能与它冲突。C235和C236为单相无启动/复位输入端的高速计数器，只能用RST指令来复位。

FX_{2N}和FX_{2NC}的X0和X1因具有特殊的硬件，供C235和C236单相计数时，其最高计数频率可达60 kHz，而FX_{3U}的最高计数频率可达100 kHz。

2）基于PLC内部高速计数器的测频原理

图2-30(a)为基于PLC内部高速计数器的测频原理框图，图2-30(b)为相应各特征点的波形示意图。下面以FX_{2N}系列PLC为例，分析测量环节的工作原理。

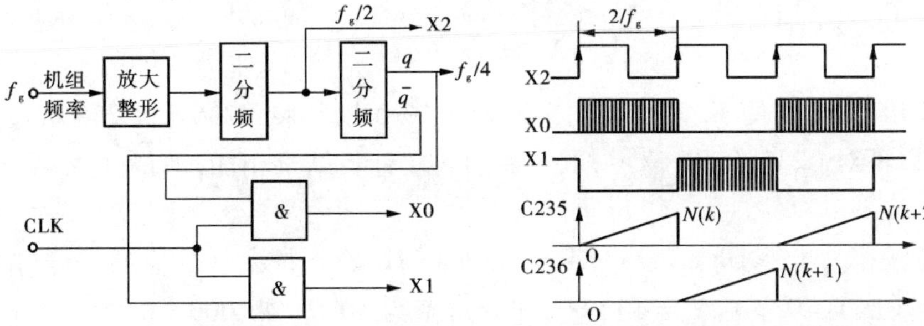

(a)测频原理框图　　(b)相应各特征点的波形示意图

图2-30　基于PLC内部高速计数器的测频原理

(1)机组频率信号经放大整形后形成方波，经二分频后送到FX_{2N}的X2输入端，取其上升沿作为机频中断触发信号，中断指针为I201。

(2)机频信号经两个二分频(四分频)后形成信号q和$\bar{q}$，它们再与时钟信号clock相与后分别送至FX_{2N}的X0和X1两个高速输入端；X0和X1输入端与FX_{2N}的内部高速计数器C235和C236对应，它分别对X0和X1的高频输入脉冲进行计数。

(3)通过X2的中断信号，程序轮流对C235和C236的计数结果进行采集。值得着重指出的是，X0或X1信号已经过4分频信号(q和$\bar{q}$)与时钟信号相与，PLC因响应中断而引起的不定延迟，不会影响到图2-30(b)所示的计数值$N(k)$、$N(k+1)$、…的精度。

(4)$N(k)$计数值与被测频率信号的2倍周期成正比，其响应(采样)时间为0.04 s(当f_g=50 Hz时)。

3）测频精度与实时性

由于调速器对测频的精度和实时性要求较高，所以50~200 kHz的PLC内部高速计数器难以同时满足精度和实时性要求。根据调速器静态和动态指标考核要求，即测频精度要求等于或小于0.005 Hz；实时性要求频率测量的采样周期不大于0.04~0.08 s。一般采取静态测频和动态测频两种测频思路，即PID调节的动态项(比例、微分项)用动态测频值计算，以保证调节的速动性；PID调速器的静态项(积分项)用静态测频值计算，保证调节的准确性。这样，通过静态和动态测频值相结合的方法，以保证测频的实时性和可靠性。

(1)实时性。当被测机组频率$f_g = 50$ Hz、信号 clock = 100 kHz、计数宽度为 0.02 s 时,图 2-30(b)中所示的 C235、C236 的计数值$N(k) = 0.02 \times 100\ 000 = 2\ 000$,即分辨率为 50 Hz/2 000 = 0.025 Hz。动态频率的计算公式为

$$F_{gD} = \frac{CK_f}{N(k)} \tag{2-4}$$

式中　$C = 2\ 000$;

K_f——PLC 内取的频率转换系数。

当被测机组频率$f_g = 50$ Hz、信号 clock = 200 kHz、计数宽度为 0.02 s 时,图 2-29(b)中所示的 C235、C236 的计数值$N(k) = 0.02 \times 200\ 000 = 4\ 000$,即分辨率为 50 Hz/4 000 = 0.012 5 Hz。动态频率的计算公式也为式(2-4),式中$C = 4\ 000$。

(2)测频精度。将 10 次$N(k)$值累加即得到用于静态频率计算的计数值,为

$$N_s = \sum_{i=1}^{10} N(i) \tag{2-5}$$

值得指出的是,为便于理解,在图 2-30(b)中,每次均将 C235 和 C236 清零。在实际应用中,可以不对 C235、C236 清零,取二者的 5 次计数结果相加,即得到N_s值,然后再对 C235、C236 清零。

当机组频率$f_g = 50$ Hz、信号 clock = 200 kHz 时,静态频率计数值的采样(响应)时间为 0.02×10(次) = 0.2 s,$N_s = 40\ 000$,即分辨率为 50 Hz/40 000 = 0.001 25 Hz < 0.005 Hz;其采样周期为 0.02 s,小于 0.04 ~ 0.08 s,满足测频精度和实时性的要求。

无论是采用 PLC 的高速计数模块还是采用 PLC 内部的高速计数器,都属于 PLC 本体测频,这种基于 PLC 本体测频的调速器可以说是真正的全可编程化,故可称之为全可编程调速器。

4. 微机调速器测频回路实例

图 2-31 为可编程微机调速器的测频回路。该微机调速器采用 FX_{2N} - 32MT 作为其可编程控制器,采用残压测频的方式进行频率测量。残压测频的机组频率信号来源于发电机机端电压互感器,为交流(0.3 ~ 150 V);残压测频的测频范围为 10 ~ 90 Hz;该微机调速器采用 PLC 内部高速计数器 C235、C236 配合中断信号的频率测量方式,测频原理为测周期法。具体如下:

来自于机端 TV 的机频信号和来自于电网 TV 的网频信号经隔离变压器隔离后,又经测频模块(MF1)进行整形及分频,形成机频和网频的方波信号,并分别取机频方波的下降沿和网频方波的上升沿作为它们的中断触发信号(IN2 和 IN3),并将该中断信号分别送至 X2、X3 输入端子。在程序中,机频的中断指针为 I200,网频的中断指针为 I301。

与此同时,经整形放大后的机频、网频信号还与时钟信号 clock 相与后作为机频、网频的高速脉冲信号送入 FX_{2N} 的 X0、X1 输入端;这两个输入端分别与 FX_{2N} 内部的高速计数器 C235、C236 相对应。C235、C236 分别对 X0、X1 的高速输入脉冲进行计数,并分别在 X2 的下降沿和 X3 的上升沿到来时,将其计数结果读取出来,经计算就可求出实际的机频和网频,并可进一步用于程序控制。

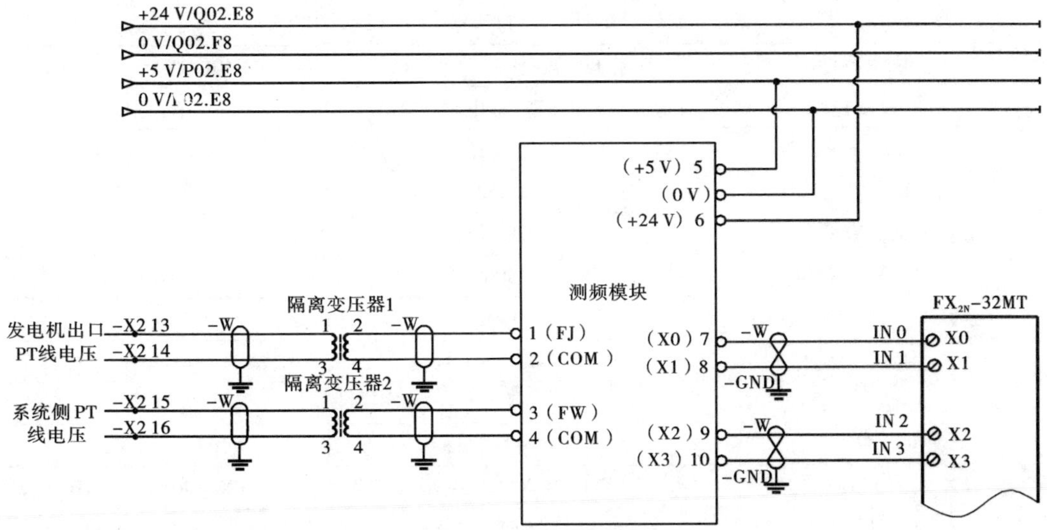

图 2-31　可编程微机调速器的测频回路

2.2.5　其他部件

2.2.5.1　人机界面

人机界面又称为图形显示操作终端，主要用于微机调速器的监视与控制。微机调速器的可编程控制器可通过 RS422 通信用模块（三菱 PLC 为 FX_{2N} - 422 - BD）的接口，选用 FX - 50DU - CABO 型电缆，它一头为 D 型 9 针插头与触摸屏连接，另一头为 MIN - DIN 型 8 针插头与 FX_{2N} 基本单元连接，其连接示意如图 2-32 所示。

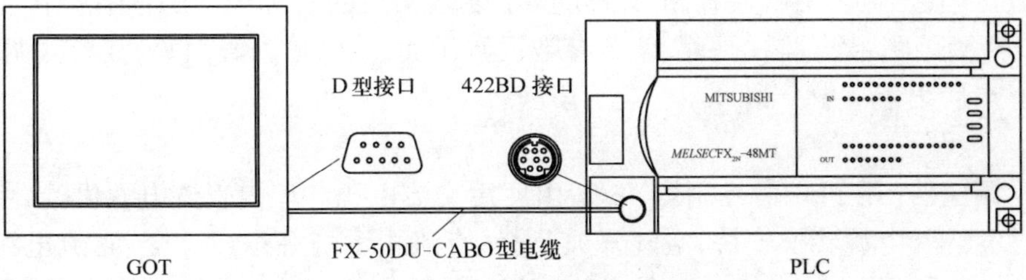

图 2-32　GOT 与 PLC 的连接

触摸屏可以以形象的文字、数据、指示灯、曲线等形式监视和修改微机调速器的可设定参数及状态，它能够使操作人员自如地控制微机调速器。人机界面图形终端型号繁多，下面仅以三菱公司产 F940GOT - SWD/LWD - C 人机界面为例，介绍其性能和功能。

触摸式显示操作终端 F940GOT - SWD/LWD - C 型号中 SWD 代表彩色 STN 点阵 LCD（Liquid Crystal Display 的简称）；LWD 代表单色 STN 点阵 LCD。其技术特性详见表 2-7。该型号触摸屏主要功能有：

表 2-7　F940GOT – SWD/LWD – C 技术特性

技术特性	F940GOT – SWD – C	F940GOT – LWD – C
显示器	8 色 STN 彩色显示器	STN 单色显示器
文字显示	20 字 × 15 行	20 字 × 15 行
图像分辨率(点)	320 × 240	320 × 240
显示画面有效尺寸	115 × 86	115 × 86
用户画面数目	500	500
触摸键尺寸(像素点/键)	20 × 12	20 × 12
内置存储器	FLASH	FLASH
存储器容量	512	512
外观尺寸(mm)	162 × 130 × 57	162 × 130 × 57
FX 系列 PLC 连接线	FX – 40DU – CAB	FX – 40DU – CAB
FX_{0S}、FX_{0N}、FX_{2N} 系列 PLC	FX – 50DU – CABO	FX – 50DU – CABO

(1)画面显示功能。能以多种语言显示,如中文、英文、日文等,最多可制作 500 幅画面,可重叠显示 n 个画面,能制作简单几何图形,SWD 型可制作 8 种颜色画面。

(2)报警功能。可设置 256 点报警点,报警时显示屏上相应位元件接通,或者弹出事先设计好的报警画面,具有报警历史记录、报警浏览显示、报警清单显示等。

(3)监控功能。可显示正在运行的 PLC 用户程序,在线监视画面上软件的状态和数据,可在线对软元件(辅助继电器 M、定时器 T、计数器 C、数据寄存器 D 等)的设定状态和数据进行修改。

在微机调速器上,由触摸式图形显示操作终端实现的实际图形画面有操作主菜单画面、运行参数画面、状态监视画面、调节参数设置画面、故障信息画面等,其参数调整、修改等操作将在后续章节中介绍。

2.2.5.2　电源

微机调速器(用 PLC 做控制器)一般由厂用交流电源和厂内直流电源供给,主要由开关电源、变压器、电源转换模块、空气开关及交、直流指示灯等组成。交、直流电源互为备用,装置的电源电压在交流 220 V 偏差为 ±15%、直流 220 V 偏差为 –20% ~ +10% 内应能正常工作,主、备电源可自动切换,电源切换时的电压波动不会影响可编程控制器的正常运行,并输出切换信号,且显示器可查。在电源消失后能自动报警并自动保存存储器内的内容,可编程控制器的电源回路设有过电压、过电流保护,且可自动复归。每一套开关电源均可满足整个调速器控制系统工作需要,正常工作时,两套电源互为热备用。冗余的电源系统交流或直流外供电源之一消失时,或 2 套电源中某 1 套电源退出时,均不影响调速系统正常工作。

图 2-33 为用 AC 220 V(交流)和 DC 220 V(直流)电源双重供电系统接线图。

(1)交流 220 V 电源经隔离变压器 B1(变比为 1:1)隔离后,在输出端并接一个交流电源监视继电器 K1,再经整流桥 D1 ~ D4 整流后得到 220 V 直流电压,对 FX_{2N} 基本单元供电。另外,在整流桥的输出端并有 DC 220 V 直流电源,以保证 FX_{2N} 基本单元供电可靠性。

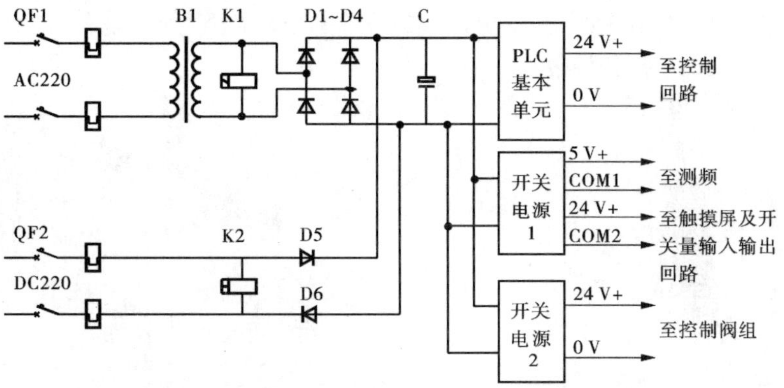

图 2-33　交、直流 220 V 电源双重供电系统接线图

(2)开关电源采用台湾明纬产品,对调速器控制系统供电,开关电源的输入均来自 AC 220 V 和 DC 220 V 电源。在图 2-32 所示的供电系统中,开关电源 1 以 +5 V 向测频回路提供电源,同时,还向 PLC 的开关量输入、输出控制回路(包括状态和故障指示灯等)和触摸屏提供 +24 V 电源。开关电源 2 向控制阀组等提供 +24 V 电源。

2.2.5.3　反馈装置

1. 位移反馈装置

位移反馈装置即位移传感器,用于将接力器(或液压缸)的机械位移(0 ~ 100%)转换成标准的电气信号(0 ~ 10 V,4 ~ 20 mA 等)反馈至电气部分,构成闭环调节。现将常用的位移反馈装置作简要介绍。

1)WF－1 型位移传感器

WF－1 型位移传感器如图 2-34 所示,它采用精密线绕旋转电位器作转换元件,可将位移信号线性地转换为电阻值,适用于水轮机调速器及其他控制设备的精确位移反馈。该装置精度及可靠性高,布置方便。安装时,只需将其底座固定,钢丝绳与位移输出点平顺相连即可。钢丝绳拉出后不可突然放开弹回,以免损坏。反馈装置有一定的防潮性能,但仍应尽量安装于干燥处。

图 2-34　WF－1 型位移传感器

主要技术参数:阻值为 1 kΩ;功率为 1 W;线性度为 ±0.25%;工作行程为 300 mm、500 mm、700 mm。

2)线绕式直线位移传感器

线绕式直线位移传感器如图 2-35 所示,它在接力器(或液压缸)上的安装方式如图 2-36所示。

线绕式直线位移传感器调零、调幅电路采用精密线绕直线电位器作转换元件,可直接将直线位移信号线性地转换为电阻值,适用于水轮机调速器及其他控制设备的精确位移反馈。本装置结构简单,可靠性高,使用方便。

该传感器安装时应注意:保证传感器滑动杆与液压缸活塞杆在工作过程中始终保持平行,最好在传感器滑动杆与液压缸活塞杆的连接处装有万向节头或其他能吸收连接别劲、错位的机构,以确保位移传感器全行程运动平顺,无卡阻、别劲现象。这样既能使位移反馈准确,又能延长其使用寿命。

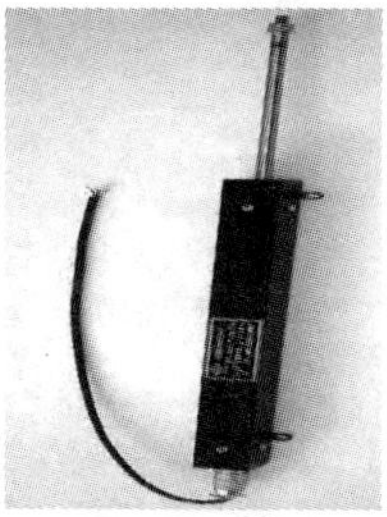

图 2-35　线绕式直线位移传感器　　图 2-36　线绕式直线位移传感器在接力器上的安装方式

其主要技术参数:阻值为 1 kΩ;功率为 1 W;线性度为 ±0.5%;工作行程≤200 mm。

3) 磁致伸缩式直线位移传感器

磁致伸缩式直线位移传感器如图 2-37,它在液压缸上的安装方式如图 2-38 所示。

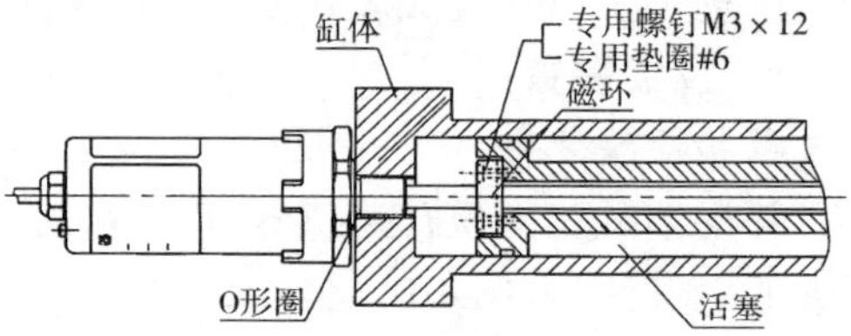

图 2-37　磁致伸缩式直线位移传感器　　图 2-38　磁致伸缩式传感器在液压缸上的安装方式

磁致伸缩式直线位移传感器是利用“磁致伸缩”的原理研制的位移传感器。它由测杆、电子仓和套在测杆上的非接触磁环组成,测杆由不导磁的不锈钢管制成,内装有磁致伸缩线(波导丝);电子仓在测杆头部,内装电子信号发生和处理装置。工作时,电子仓内的电子电路产生一起始脉冲,此脉冲信号在波导丝中传输时,同时产生了一个沿波导丝方向前进的旋转磁场,当此旋转磁场与磁环的永久磁场相遇时,产生“磁致伸缩”效应,使波导丝发生扭动,电子仓内的电子装置感知到波导丝的扭动并同时产生一个终止脉冲,通过计算起始脉冲和终止脉冲之间的时间差,即可精确地测得磁环当时的位置,发出其位移信号。

该传感器既可采用一般直线位移传感器的安装方法,还可以直接安装在接力器(或液压缸)内,使其免受外界干扰或碰撞。如图 2-38 所示,利用传感器上的螺纹和 O 型圈将其安装在液压缸的后端盖上,电子仓在液压缸外,测杆插入缸内活塞和活塞杆的深孔中,磁环则用专用螺钉和垫圈固定在活塞端面上,随活塞一起运动,传感器即可测得并发出液压缸的位移信号。

由于磁环与测杆无机械接触,磁致伸缩式直线位移传感器工作可靠,性能良好,寿命较长;缺点是价格较高。

其主要技术参数:量程为 80 ~ 5 000 mm;工作电压为 24 VDC ± 10% 或 15 V DC ± 10%;输出形式为 RS485 数字信号;杆耐压为 34 MPa;最大测量误差为 0.15 mm。

4)光电编码器式位移传感器

在某些水电站导叶(桨叶)开度或进水闸门开度的监测还可采用图2-39所示的光电编码器式位移传感器。当接力器拉动传感器的转轴转动时,光电编码器直接输出一个反映导叶开度变化的数字信号至测量装置,实现位移的精确测量。

2. 功率反馈装置

功率反馈装置即功率变送器,用于测量机组输出的有功功率、无功功率和功率因数,并将其转换为标准的电信号输入至可编程控制器;同时作为一个功率反馈元件,形成功率闭环调节。下面以FPW301型功率变送器为例来介绍功率变送器的工作原理及其反馈回路构成。

图2-39　光电编码器式位移传感器

FPW301型功率变送器是三相四线有功功率变送器,它不仅能将有功功率成比例地转换成电流或电压输出,还能反映出被测功率在线路中的传输方向。它适用于频率为50 Hz、60 Hz及特殊频率的各种单、三相(平衡或不平衡)线路,配以适当的指示仪表或装置,可广泛用于发电厂和输变电系统等对功率测量精度要求较高的场所。FPW301型功率变送器的技术指标详见表2-8。

表2-8　FPW301型功率变送器技术指标

特性(量程的百分比)及试验		输入与输出	
精度	±0.2%	输入负载	电流回路<0.2%
响应时间	400 ms	输出负载	恒定电流输出,额定10 V压降,最大15 V压降
相对湿度	≤90%	输出负载影响	<0.04%(额定负载范围内)
工作温度	Ⅰ组10~30 ℃;Ⅱ组0~45 V;Ⅲ组-10~55 ℃	辅助电源	额定电压80%~120%,额定频率90%~110%
绝缘强度	2 000 V AC,1 min(电压输入对电流输入对直流输出对电源对地)	输入过载范围	电流3倍连续;10倍30 s;50倍1 s;80倍0.5 s
冲击试验	ANSI C37.90 A/1973,DIN IEC255-4(5 kV 1.2/50 μs脉冲电压)	工作频率	标准频率±10%
电涌试验	IEEC 255-4(2.5 kV~0.25 ms/1 MHz)	输出纹波峰值	<0.4%,4~20 mA
校正幅度	满度最小±3%,零点最小±1%		
磁场影响	100安匝25 cm中心变化<0.025%		
存储条件	温度-40~70 ℃,相对湿度20%~99%,无凝露		

图2-40为FPW301型功率变送器的电气接线,其功率反馈回路的构成及信号传递过程如下:功率变送器依据安装于发电机出口的A、B、C三相电流互感器和电压互感器测得的电流及电压值,得出与有功功率成比例的直流4~20 mA的信号,该直流信号被送入到模拟量输入模块转换为相对应的数值再乘以TV和TA的变比,得到与有功功率值相对应的数字信号后,再送入到微机控制器的CPU模块中,供调节控制软件使用。

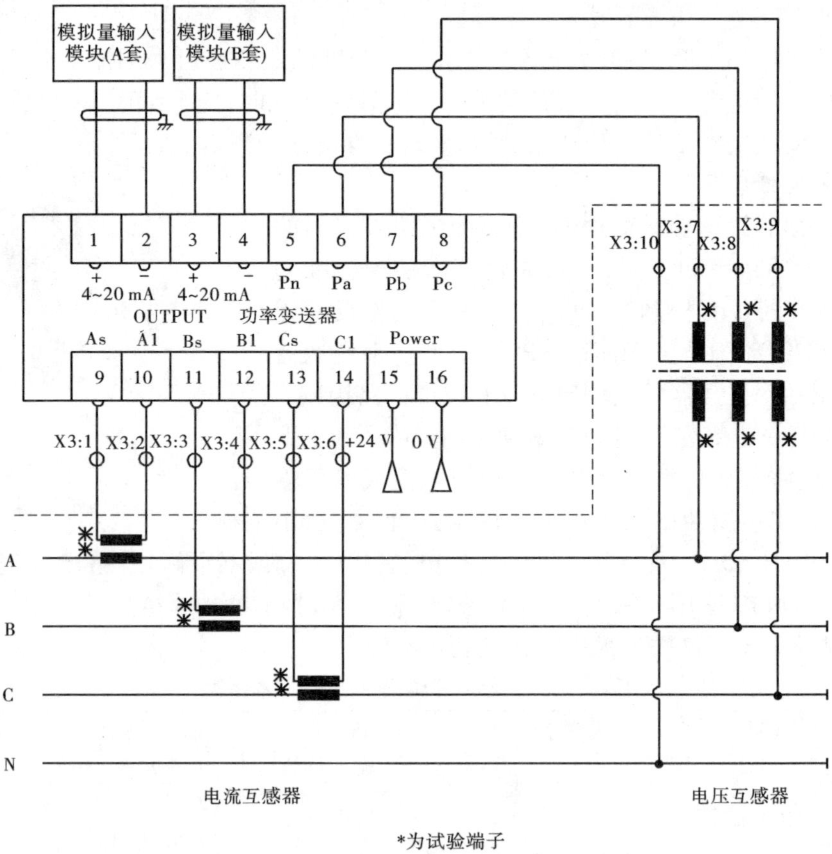

图 2-40　FPW301 型功率变送器的电气接线

另外,当水电站综合自动化系统网络故障或操作员工站故障时,为了能在 LCU 触摸屏上进行控制操作及电气参数监测(如功率、电压和电流值),一般需在机组 LCU 配备一套功率变送器。对具有功率调节模式的调速器,所需的机组有功功率信号(DC 4 ~ 20 mA),也可取自该功率变送器或该机组 LCU 的 PLC 模拟量输出端子。

2.2.5.4　与调速器相关的其他装置

1. 水轮机导叶位置开关

常用水轮机导叶位置开关又称主令控制器,用来获得水轮机导叶开度位置信号,主要用于机组的自动化控制,信号包括"≤全关位""≥全开位""≤空载位"。当机组带负荷运行导叶开度达到"≥全开位"时不允许再增加功率或导叶开度,当导叶开度达到"≤空载位"时不允许再减少功率(或导叶开度),当机组关机导叶开度达到"≤全关位"时可确认导叶已全关,可投入锁锭等。其位置接点信号可直接输入至机组 PLC 来实现水轮机导叶开度/行程控制。

图 2-41 为安装于接力器上的 JLC 型导叶主令控制器。

2. 机组转速信号装置

转速信号装置用于测量机组转速,并能在机组转速达到所设置的转速整定值时发出相应的信号,从而实现对机组的自动控制及保护,常用的转速信号如下:

机组运行中，$n \geq 140\% n_e$（n_e为额定转速）时，发出机组飞逸信号，命令机组事故紧急停机；$n \geq 115\% n_e$时，发出机组过速信号，命令机组事故停机。

机组开机过程中，当$n \geq 95\% n_e$时，发出启动同期信号，命令自动准同期投入；$n \geq 80\% n_e$时，发出励磁建压信号，命令发电机起励。

图2-41 安装于接力器上的JLC型导叶主令控制器

机组停机过程中，$n \leq 35\% n_e$时，发出停机制动信号，机组进行刹车制动；$n \leq 5\% n_e$时，发机组全停判断信号，以复归机组制动。

由此可见，水轮发电机组的转速测量对于机组状态检测和控制十分重要，其测量精度及可靠性直接关系到水轮机调节的性能及机组的运行安全。

图2-42为ZKZ－2T型转速监控装置实物及其原理图，其转速信号取自发电机出口电压互感器TV，经变压器隔离、滤波限幅、放大整形后，将发电机输出的正弦波转换成矩形波，由单片机完成频率测量。一方面在LED上按实测转速值、频率值或相对于转速额定值计算出的百分比值显示出来，另一方面经RS485接口用通信方式将转速测量结果上传到电站监控系统或将对应机组转速0～200%n_e转换成4～20 mA电流输送至机组PLC等数据采集装置进行监视控制。

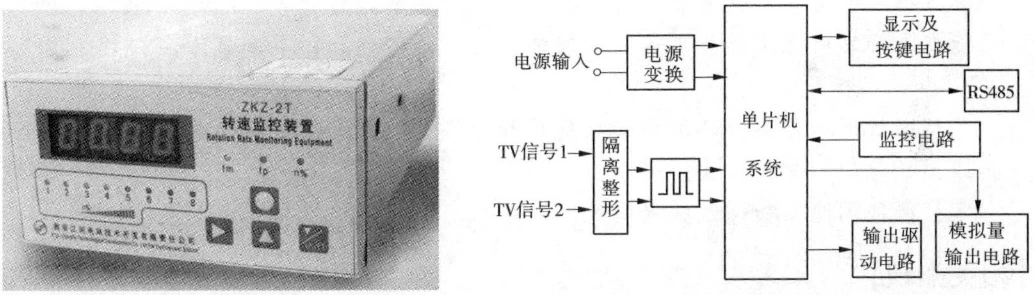

（a）实物图 （b）原理图

图2-42 ZKZ－2T型转速监控装置

此外，实时将转速测量值与8个整定值相比较，根据比较结果控制8路输出信号并点亮相应的指示灯。ZKZ－2T型转速监控装置有两个TV信号输入端口，这两个端口互为备用，以避免机组运行过程中因任何一路TV断线导致的转速测量信号消失，这两个TV信号一般取自发电机出口的两个电压互感器。

机组空转时，发电机利用剩磁产生的残压很小，输入信号电压较低，因而要求测速装置在较低电压下也能准确测量。ZKZ－2T型转速监控装置输入信号电压范围：0.3～250 V，测量频率范围：1～100 Hz。

3. 水头/水位测量装置

对于双调节水轮机调速器，需根据电站水头的变化调整导叶开度与桨叶开度的协联关系，部分单调节的水轮机调速器，也需根据水头大小来确定机组的空载开度/开度限制等值，因而需通过水位变送器实时采集水头信号。

为了监测电站的水头,水电站一般在公用 LCU 中装设一套水位监测仪,接受来自上游和下游水位传感器反映上、下游水位值的 DC 4 ~20 mA 信号,经水位监测仪检测计算后显示出来,同时输出反映电站上游水位值、下游水位值以及电站水头值的 DC 4 ~20 mA 信号至公用 PLC 模拟量输入端,由公用 PLC 采集转换成相应的上、下游水位值以及电站水头值,送到操作员工作站和各机组 LCU,再由各机组 LCU 的 PLC 将电站水头值通过模拟量端口输出 DC 4 ~20 mA 的信号至水轮机调速器,从而实现调速器水头信号的采集。

图 2-43 为 SWJ –2 型水位监测仪实物,水位监测仪所测得的上、下游水位值及电站水头值通过 RS485 端口以通信的方式将其送到各相关设备/装置。

图 2-43 SWJ –2 型水位监测仪实物

任务 2.3 微机调速器的电气安装与初调

【教学目标】

1. 能力目标

具备微机调速器电气安装接线与初步调试的基本能力。

能在老师的引导下进行调速器一般常见故障的排查和初步调试方法。

2. 知识目标

了解微机调速器与外部联接的电气信号类型、作用,掌握微机调速器与监控系统的电气接线图的识读与分析方法。

掌握微机调速器初调过程典型故障的分析。

【相关知识】

2.3.1 微机调速器的初装

在调速器电柜安装就位后,根据电气设计图纸进行电气连接安装,如图 2-44 所示。微机调速器的初装一般包括:与外部电源、频率(机频、网频)的连接,与机组 LCU 的连接(来自 LCU 的开关量输入信号、送往机组 LCU 的开关量输出信号);与机柜的连接(对于电柜与机柜分开的调速器);与传感器/变送器的连接(位移、水位、功率等);有的还包括与机组 LCU/操作员工作站的串口/网络通信连接。

一般来说,在调速器内需要与外部设备相连的信号大都先接至端子排,再通过端子排连接至相关设备,这样方便接线、查线及事故排查。

下面以图 2-44 为例,介绍如何进行微机调速器的电气连接。

2.3.1.1 电源连接

调速器电源一般需要外接一路 AC 220 V 电源和一路 DC 220 V 电源。如图 2-44 所示,交流电源取自机组自动用电配电箱,其 L 端(火线)接至端子排的 19 号端子,其 N 端

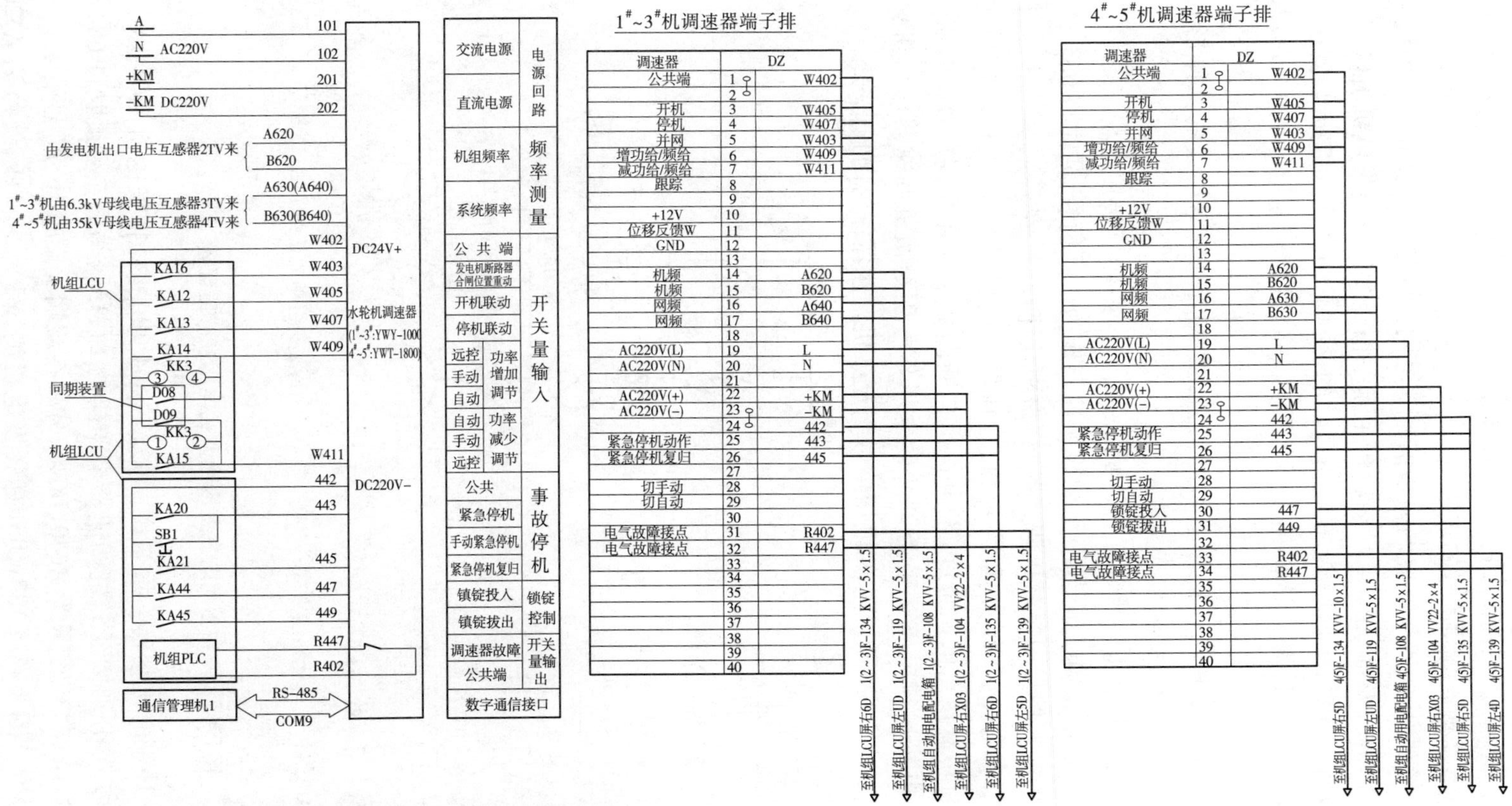

说明：1. 1#~3#机网频取自35kV母线TV的A640、B640；4#~5#机网频取自6.3kV母线TV的A630、B630。
2. 本图根据武汉汉诺优公司提供的YWY-1000-16，YWT-1800-16图纸进行设计。
3. 仅4#~5#机组有锁锭投入、拔出控制信号。
4. 电站TV二次侧采用B相接地方式。

图 2-44　某水电站微机调速器与监控系统电气接线图

(零线)接至端子排的 20 号端子;直流电源取自机组 LCU 屏右,正极(+KM)接至端子排的 22 号端子,负极(-KM)接至端子排的 23 号端子。

2.3.1.2 与来自电压互感器测频信号的连接

调速器频率信号包括机组频率和电网频率信号。电网频率信号一般取自发电机出口断路器外侧的电压互感器,如母线电压互感器;机组频率信号一般取自发电机出口电压互感器。对于大中型水轮发电机组调速器,在具备条件的前提下,可多接一路齿盘测速信号至调速器,以避免发电机出口 TV 二次回路断线等原因导致机组转速信号消失而引起的事故。

微机调速器的机频信号和网频信号引取的位置,要根据电气主接线的具体形式来确定。

图 2-45(a)为机组扩大单元接线方式,发电机经出口断路器直接接至与发电机同一电压的母线,此方式将 2TV 的电压信号引至微机调速器作为机频信号,同时将 6.3 kV 母线电压互感器 3TV 的电压信号引至微机调速器,作为网频信号。

图 2-45(b)为发变组单元接线方式,发电机、变压器采用单元接线,发电机出口先经主变压器升压再经断路器接至电站母线,发电机出口断路器设计在主变压器高压侧,因此,此方式需要将发电机出口电压互感器 2TV 的电压信号引至微机调速器作为机频信号;同时将 35kV 母线电压互感器 4TV 的电压信号引至微机调速器作为网频信号。

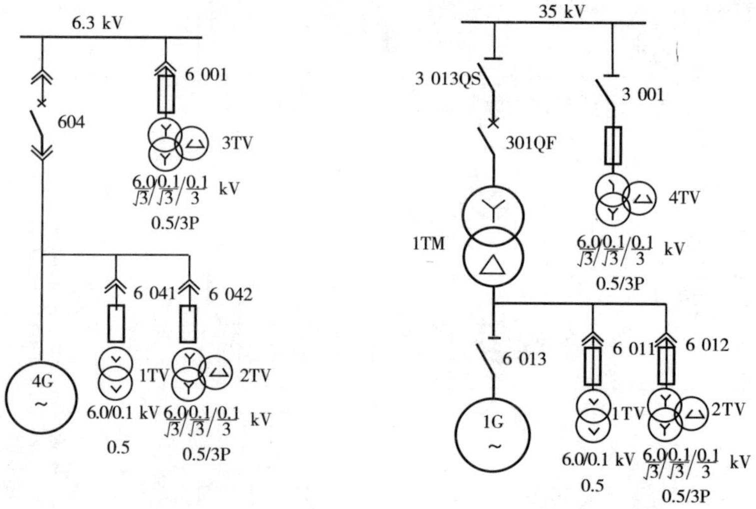

(a)机组扩大单元接线方式　(b)发变组单元接线方式

图 2-45　两种不同电气主接线型式电压互感器配置

图 2-44 实例中,1#机的机频信号取自图 2-45(a)604 开关内侧(发电机侧,6 kV)的 2TV,线号为 A620、B620,分别接至 1#机调速器端子排的 14、15 号端子;网频取自 604 开关外侧(电网侧,6 kV)的 4TV,线号为 A640、B640,分别接至端子排的 16、17 号端子。

4#机的机频信号取自图 2-45(b)301QF 内侧(发电机侧,6 kV)的 2TV,线号为 A620、

B620，分别接至4[#]机端子排的14、15号端子。网频信号取自301QF外侧（电网侧，35 kV）的4TV，线号为A630、B630，分别接至端子排的16、17号端子。

此外，为使机组在低转速时，特别是在机组刚开机或接近全停的极低转速下，仍能获得较高幅值的残压信号以便机组频率测量，应接入线电压。对于测频所采用的线电压，一般采用与同期回路相同的线电压（如U_{ab}）。

2.3.1.3　与机组LCU的电气连接

1. 机组LCU至调速器开关量输入端子的连接

如图2-44所示，自机组LCU发至调速器的信号主要有开机令、停机令、并网（发电机出口断路器合位信号）、远方增功给/频给、远方减功给/频给、锁锭投入/拔出等信号。具体如下：

1）开机令

开机令来自操作员工作站、机组LCU触摸屏、机组LCU屏手动开机的信号，在机组LCU的PLC内部汇总后，由PLC出口继电器KA12（常开接点）接至调速器端子排的3号端子，线号为W405。

2）停机令

停机令来自操作员工作站、机组LCU触摸屏、机组LCU屏手动停机的信号，在机组LCU的PLC内部汇总后，由PLC出口继电器KA13（常开接点）接至调速器端子排的4号端子，线号为W407。

3）并网

发电机出口断路器合位信号是由断路器辅助接点发出的，因断路器辅助接点数有限，可先将断路器合闸信号送入机组LCU的PLC（PLC也需要实时监视断路器位置信号），再由PLC输出后，经出口继电器KA16（常开接点）接至调速器端子排的5号端子，线号为W403，从而将合闸位置信号送入调速器，实现相应的操作/控制功能。

4）远方增功率（功给）/频给

来自操作员工作站、机组LCU触摸屏的功率（开度）增加信号在机组LCU的PLC内部汇总后，由PLC出口继电器KA14（常开接点）接至调速器的6号端子，线号为W409。

此外，机组LCU屏手动转速控制开关KK3的3、4接点（转速增加）和微机准同期装置频率增加调节接点D08一起，在机组PLC屏与KA14接点并接后，一起接至调速器6号端子。

5）远方减速功率（功给）/频给

与功率增加信号相似，操作员工作站、机组LCU触摸屏功率（开度）减少信号在机组LCU的PLC内部汇总后，由PLC出口继电器KA15（常开接点）接至调速器的7号端子，线号为W411。

机组LCU屏手动转速控制开关KK3的1、2接点（转速减少）和微机准同期装置频率减少调节接点D09一起，在机组PLC屏与KA15常开接点并接后，一起接至调速器7号端子。

6）锁锭投入/拔出控制信号

当采用液压机构来实现锁锭的投入/拔出时，一般将锁锭控制用的电磁阀也安装在调速器柜内。由于锁锭投入/拔出与机组开停机控制流程有关,因此锁锭投入/拔出的控制信号一般取自机组 LCU 的 PLC 出口继电器。如图 2-44 所示,接力器锁锭投入/拔出信号由机组 LCU 的 PLC 出口继电器 KA44/KA45 的常开接点输出后,送至 4、5 号调速器端子排的 30、31 号端子,线号为 447、449(仅 4、5 号机有锁锭投入/拔出信号)。另外,接力器锁锭投入/拔出的状态信号还要送至机组 LCU,便于机组的控制调节。

除上述信号外,大中型调速器或双调节调速器还有几种开关量输入信号取自机组 LCU,具体如下:

(1)导叶手动控制信号。远控将导叶开度切至手动控制状态。

(2)桨叶手动控制信号。远控将桨叶开度切至手动控制状态。

(3)大网/小网信号。远控切换机组与大网并列或与小网(或孤网)并列的信号,这两种情况下,调速器的调节控制参数不一样。

(4)功率闭环投退信号。远控调速器是否投入功率闭环。配有功率调节模式,且有组有功功率输入信号的调速器才设计有此信号。

(5)一次调频投退信号。对于并入电网运行的大中型水轮发电机组,根据电网公司对发电厂并网运行管理的规定,水轮发电机组必须投入一次调频功能,以维护电网的稳定。一次调频死区一般为 ±0.05 Hz。

此外,对于机组台数较少的小型水电站,机组制动也有采用调速器油压装置压力油源减压后用于制动,并且将机组制动电磁阀也设在调速柜内的。此时,需要连接机组的制动投入和制动复归信号至调速器。

2.调速器开关量输出信号与机组 LCU 的连接

调速器输出的开关量信号一般先送至机组 LCU,由机组 PLC 检测并反馈至操作员工作站,以便运行人员及时了解和掌握调速器的运行状态,及时接收调速器报警信息并进行处理。如图 2-43 所示,由调速器至机组 LCU 的开关量输出信号主要有事故紧急停机、紧急停机复归,部分调速器还将调速器故障信号、事故低油压等信号送至机组 LCU。

1)事故紧急停机信号

当中小型水轮发电机出现机组过速等事故紧急情况,需要紧急关闭导水叶实现快速停机时,机组 LCU 应发出事故紧急停机信号,安装于调速器内的紧急停机电磁阀动作,以最快的速度关闭导叶。事故紧急停机信号由机组 LCU 屏的 PLC 综合后经出口继电器 KA20(常开接点)接至调速器端子排的 25 号端子,线号为 443。

同时考虑到紧急停机的硬接线回路,将机组 LCU 屏上的紧急停机按钮 SB1 接点与 KA20 常开接点并接后一起接至调速器。因而,即便运行过程中机组 LCU 损坏,也能确保人工操作实现紧急停机。

2)紧急停机复归信号

当机组紧急停机的事故处理完毕,需要恢复机组正常状态时,需要给调速器的事故停机复归信号,以便让调速器柜内的紧急停机电磁阀复归,调速器液压系统恢复到正常工作状态。此信号可由操作员工作站或机组 LCU 触摸屏等发出,因此也采用机组 LCU 的 PLC 出口继电器 KA21 常开接点接至调速器端子排 26 号端子,线号为 445。

3）其他

此外，对于小型微机调速器，其输出的开关量信号一般还包括调速器故障信号、交流电源消失信号、直流电源消失信号。

对于大中型微机调速器，其输出的开关量信号一般还包括调试/运行信号、一次调频动作信号、导叶切手动信号等。

2.3.1.4　与传感器等其他装置的连接

1. 与传感器/变送器的电气连接

若调速器的传感器/变送器未安装在调速器柜内，就需要进行现场接线。常见的需进行电气连接的传感器/变送器有接力器位移、水位/水头、有功功率等传感器/变送器。

如图2-44所示，接力器位移传感器的供电电源为DC 12 V，位移传感器引出的三根线分别接至调速器端子排的10、11、12号端子。

2. 与电液转换装置的电气连接

若调速器的电气柜与机械柜分开布置，则需要将电液转换装置，如数字阀、电液比例阀、步进电机、交/直流伺服电机的电气控制信号送至调速器电气柜的端子排，再经端子排与机械柜的各阀/电机相连。

3. 通信网络连接

微机调速器一般通过RS485或网络进行通信，经串行通信线/网线接入机组或电站的监控网络，从而实现数据的传送，传送的数据包括导叶（桨叶）实际开度、调节参数、整定值、机频和网频值等，对于开/停机、功率（开度）增/减等控制指令一般不采用通信方式进行传送。

2.3.2　微机调速器的初步调整

2.3.2.1　电气检查

1. 电源及线路检查

按照设计图纸完成调速器的电气接线后，应对电源及各电气接线回路进行具体检查。

1）电源检查

在调速器交直流电源连接电缆前端，使用万用表检测两路电源是否正常，电压应在220±15%内。

2）线路检查

（1）检查屏内各端子，应紧固，插接件接触良好。

（2）检查回路接线，应正确、整齐，与图纸相符。在检查回路电缆接线时可使用对讲机、万用表或试灯对接线进行检查确认，图2-46为单试灯对线法接线。对线时，一人在电缆一端使用带电池的试灯连接线将被测芯可靠接地，另一人在电缆的另一端使用一根导线将被测芯接地，试灯亮；断开，试灯灭，则说明被测芯正确。

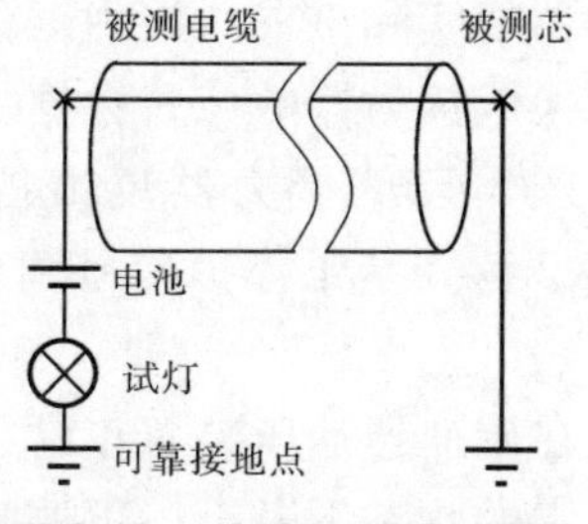

图2-46　单试灯对线法接线

被测芯正确无误后，检查被测芯两头所套标签（俗称“白头”）是否与图纸相符，是否符合相对编号法的编号要求。

(3)检查导叶(桨叶)开度反馈电位器的接线,确认接线正确。

2. 安全检查

1)回路绝缘试验

拔出所有插件板,短接或退出所有外围电容及半导体元件,断开与其他回路之间的连线,用500 V兆欧表测量所有导电部分对地绝缘电阻值,其绝缘阻值均应不小于1 MΩ;用1 000 V兆欧表测量所有控制电缆对地绝缘电阻值,其绝缘阻值均应不小于1 MΩ;柜内设备绝缘强度试验满足厂家技术要求。

2)紧固各接线及插件板

绝缘试验完成后,紧固调速器各接线端子,安装并固定好插件板;检查面板上的按钮、开关、表计、显示器,应该安装牢固、完好无损,表计刻度清晰;核查各元件至端子排、各端子排之间的所有回路,应接线正确、接触良好、无断线、无短路现象;二次接线整理成束,排列整齐,横平竖直;甩开的导线应用绝缘胶布包扎好,不能有裸露部分。

3)上电检查

先后合上交、直流电源,相应电源指示灯亮,观察调速器显示器显示状态,用万用表检测并记录电源电压、各开关电源输出电压值,确认调速器显示及各处电源电压正常。

接着进行两路电源切换试验,分别断开其中一路电源,调速器工作无异常,没有重启现象,如设计有电源消失报警信号,应能正常报警。

2.3.2.2 试验

1. 测频回路试验

测频回路的试验主要是检验调速器对频率测量的精度以及正常的频率测量响应范围。现场试验可采用频率信号发生器(也可使用微机继电保护测试仪进行简易测试),将测试仪的电压输出信号接至调速器机组频率信号输入端子(可同时并联)。

调节信号发生器(或微机继电保护测试仪)的输出,先在额定电压100 V、额定频率50 Hz下检测调速器的频率测量值,再改变电压和频率值,观察调速器在频率输入信号为0.1~100 V、0.05~100 Hz下的调速器的测量值。

2. 传感器/变送器调整试验

1)接力器位移反馈调整校验

接力器位移反馈调整的目的是使调速器电气采集数据换算后得到的结果能准确反映接力器的实际位置。接力器位置反馈位移传感器输出的是电压信号,此信号须经A/D模块转换成接力器的位置数据才能供调速器使用。

图2-47为接力器反馈信号电路。W1为反馈位移传感器,W2为安装于模拟信号调理板上的用于调整满量程用的电位器。

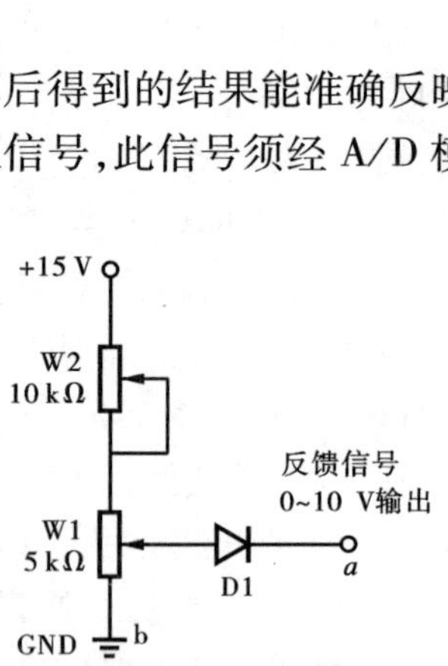

图2-47 反馈信号电路

在调速器油压装置正常,导叶操作机构安装调整完毕,蜗壳无水的状态下进行以下调整:

(1)零点调整。在手动状态下将导叶全关,松开紧固螺钉,调节W1位置,测量a与b间的电压,使该电压值为0.3 V;或观察触摸屏实际开度显示,使该值为0.3;然后锁紧紧固螺钉，注意不要完全调为0，否则自动运行时接力器没有压紧行程。

(2)满量程调整。在手动状态下将导叶全开，调节W2，测量a与b间的电压，使该电压值为9.8～10 V，注意不要超过10 V；或观察触摸屏实际开度显示，使该值为98%～99.9%，同样，此值不能超过100%；否则自动时接力器不能开到全开位置。

图2-46中的D1为零点迁移二极管，防止电位器零点翻转。

2)主配压阀传感器调整

对于具有主配压阀位置反馈的调速器，按上述方法调整主配压阀反馈电位器的位置，使调速器的测量值与实际位移值对应。

3)上、下游水位输入校验与检查

根据调速器水头输入的方式，检查确认水头值是否正确。如采用DC 4～20 mA电流信号输入电站水头，需要先确认电站水头测量装置测量结果是否准确，再核查该装置输出的DC 4～20 mA电流信号是否与实际水头对应，最后核查调速器的水头测量结果是否正确。

如发现调速器测量水头结果存在问题，可直接在调速器相应的水头输入端子加上一个DC 4～20 mA的信号来判断调速器的水头测量结果。

2.3.3 微机调速器初调的典型故障分析与处理

2.3.3.1 交流电源消失故障的分析与处理

1.故障现象

操作员工作站和机组LCU触摸屏显示"＊#机交流电源消失"故障，调速器故障指示灯亮，交流电源指示灯灭，调速器维持原位不动。

2.故障原因

微机调速器正常工作时应有如图2-33所示的交直流电源，在机组运行过程中出现调速器交流电源消失，调速器的供电会无扰动切换至直流电源，调速器的工作不受影响。引起调速器交流电源消失的原因有：

(1)交流电源空开跳。

(2)端子松脱或断线。

3.故障处理

(1)检查调速器交流电源各配电空开是否跳开。如发现有空开跳开，应先判断是人为断开还是短路故障引起的空开自动分断。对于短路故障引起的空开分断，须要排查故障原因，处理后方可再次合上电源。

(2)根据电气原理图，从调速器交流电源端子处逐级往上查找故障点。

(3)排除故障后，可恢复调速器的交流电源供电。

2.3.3.2 机频信号为零故障的分析与处理

1.故障现象

操作员工作站显示"＊#机调速器故障"，机组LCU触摸屏报"调速器故障"，调速器显示机组频率值为零，"历史记录"画面中指示机频故障，调速器维持原位不动。

2.故障原因

在机组运行过程中，机组转速不为零，如果调速器所测的机组频率信号为零，可能的

原因有:

(1)调速器测频模块损坏。调速器测频模块损坏将导致调速器无法测量频率。

(2)发电机TV回路断线。调速器的机频信号一般取自发电机出口电压互感器TV,在TV出口处均装设有熔断器或空开再直接或转接至调速器柜端子处。TV二次回路短路导致空开跳开、二次回路接线端子松脱均会引起TV回路断线,导致调速器机频信号为零。

(3)隔离变压器损坏。机频信号到调速器后一般再经隔离变压器削弱高次谐波和过电压后再送至相应信号处理回路,从而减少高次谐波对机频信号测量精度的影响。隔离变压器损坏也是微机调速器常见的故障现象。

3. 故障处理

(1)尽快将机组停机进行处理。

(2)检查调速器接线端子上机频信号输入端是否有电压(一般为AC 0.3～250 V)。如果没有电压,则是外部TV回路问题,应根据电气设计原理图,从调速器机频信号端子到TV逐步查找故障点,排查TV回路断线的原因。如有电压,继续以下处理。

(3)利用调速器备件,更换好的调速器测频模块,如故障消失则确认是测频模块的问题。

(4)如更换测频模块故障仍然存在,则继续排查频率测量回路,特别是机频信号回路中的隔离变压器。

(5)以上方法如仍未能处理故障,则测量调速器PLC测频信号开入端是否有电压,如有电压,则可能是调速器PLC测频信号开入回路故障,需要更换PLC测频开入模块。

2.3.3.3　机组并网后无法正常带负荷故障的分析与处理

1. 故障现象

机组已开机并网,但在操作员工作站无法让机组正常带上负荷。

2. 故障原因

(1)调速器未收到发电机出口断路器合位信号,认为机组未并网运行,不允许继续开大导叶开度。

(2)操作员工作站与机组LCU的PLC间的通信故障,无法将操作员工作站的操作指令发至机组LCU来执行。

(3)图2-41所示的导叶行程位置信号故障,如检修时将位置信号线接错,在并网的空载开度位置却发给机组LCU导叶开度"≥全开位"信号,机组LCU不允许再开大导叶,以致无法带上负荷。

3. 故障处理

(1)尽快将机组停机进行处理。

(2)检查断路器在分位和合位两种状态下调速器所收到的断路器信号是否正确,排查断路器位置信号故障。

(3)检查操作员工作站与机组LCU的通信是否正常,确认操作员工作站与机组LCU的PLC通信正常。

(4)按图2-44检查机组LCU出口继电器以及LCU屏上的手动控制开关的信号至调速器输入端子之间的电气线路,排查调速器输入控制信号回路故障。

(5)检查导叶行程位置开关接线是否有误，排查机组 LCU 的 PLC 不允许增加导叶开度的原因。

【任务实施】

任务 1：弄清微机调速器的结构组成，识读调速器电气原理图和端子接线图

按照以下步骤组织任务实施：

(1)参观实验室或实际电站，认识微机调速器电柜、机械柜内设备以及油压装置组成。

(2)对照图 2-48 并结合实际设备识读电气原理图和外部接线图，弄清微机调速器的基本组成，开关量输入/输出回路、模拟量输入输出回路、测频回路、电源回路、显示模块以及与机组 LCU 等的连接。

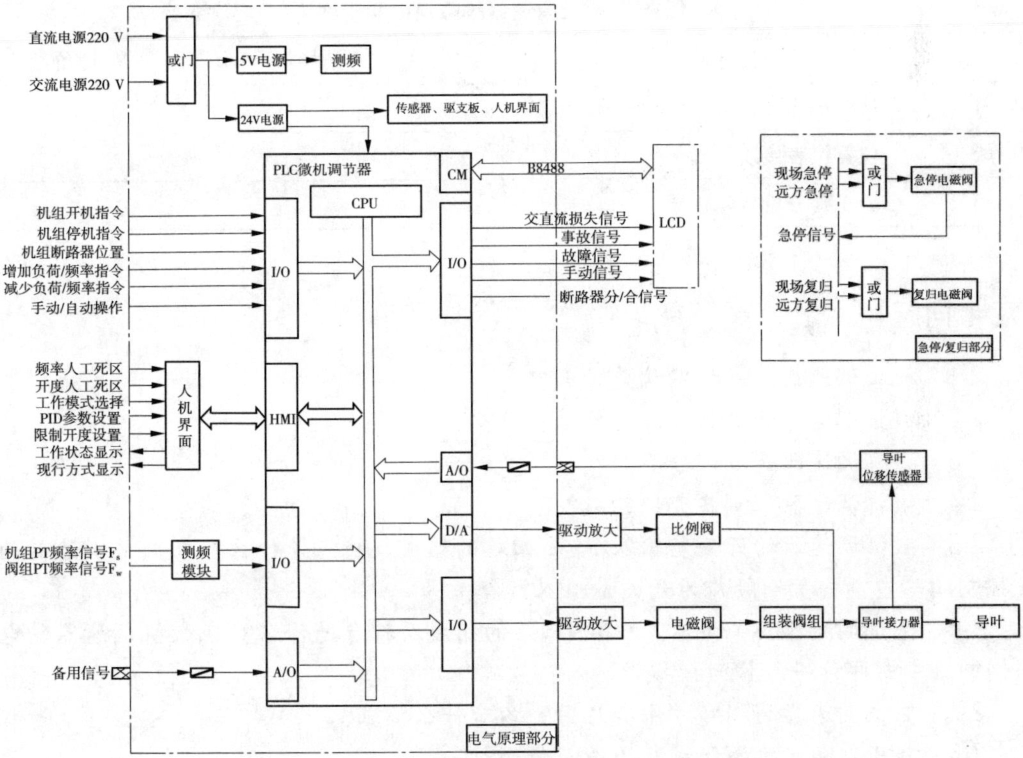

图 2-48

任务 2：微机调速器故障模拟和观察

按照以下步骤组织任务实施：

(1)按照微机调速器电气接线图，采用相应的设备和仪器给调速器加上相应的电源和控制信号，观察和测试微机调速器的工作状况。

(2)给微机调速器加上机频信号和网频信号，模拟机组频率变化，观察动作变化情况。

(3)模拟交流或直流电源消失、机频信号消失、断路器位置信号异常等故障情况，观察调速器工作状态变化。

【效果评价】

任务 1:识读调速器电气原理图和端子接线图

序号	任务内容	结果	评价结论
1	电气原理图各部分表述清楚准确		
2	开关量输入输出信号表述正确		
3	模拟量输入输出信号表述正确		
4	外部电气信号来去位置		

任务 2:微机调速器故障模拟和观察

序号	任务内容	结果	评价结论
1	接线正确		
2	仪器仪表接线正确		
3	能正确分析故障现象		

【思考问题】

2-1　微机调速器的总体结构是什么?

2-2　微机调速器的工作原理是什么?

2-3　微机调速器是如何分类的?

2-4　微机调速器由哪些部件构成?

2-5　微机调速器的开关量输入/输出回路的组成及特点是什么? 在微机调速器的电气控制回路中哪些量一般作为开关量输入?

2-6　微机调速器模拟量输入/输出回路的组成及特点是什么? 在微机调速器的电气控制回路中哪些量一般作为模拟量输入?

2-7　微机调速器的测频方法有几种? 各有什么特点?

2-8　残压测频回路的组成及原理是什么?

2-9　电源回路的组成及特点是什么?

2-10　人机界面、反馈装置的功能及使用方法是什么?

2-11　微机调速器与外部连接的主要电气信号有哪些?

2-12　机组开机至并网运行过程,有哪几个地方操作可实现机组导叶开度的增减?

项目3　电液伺服系统的使用与维护

【工作任务】

1. 调速器常用电液元件的使用与维护。
2. 调速器电液伺服系统的工作过程分析。
3. 油压装置的调整与维护。

【学习任务】

1. 调速器常用电液元件的作用、结构及工作原理分析。
2. 调速器电机/电液伺服系统的工作过程分析。
3. 油压装置的结构组成与工作原理。

任务3.1　电液元件的使用与维护

【教学目标】

1. 能力目标

能正确识别交流伺服电机/步进电机及其驱动器、控制器之间的连接关系和连接方式。

能正确使用和维护各种常用液压阀、液压放大机构等。

能正确操作油压装置，正确使用、调整和维护油压装置的电气、液压部件。

2. 知识目标

了解交流伺服电机/步进电机及其驱动器的作用、结构及工作原理。

熟悉电液比例阀、换向阀等常用液压阀的作用、图形符号、结构组成及工作原理。

掌握液压放大机构的作用、结构组成、图形符号及工作原理。

掌握油压装置的类型、结构及工作原理，熟悉液压、电气各部件的作用及工作原理。

【相关知识】

3.1.1　电机/电液转换装置的使用与维护

电机/电液转换装置是将微机调速器输出的电气信号转变为相应机械位移或液流方向及流量而输出的装置。在微机调速器的伺服系统中电液转换装置有两类：一类是电液转换装置；另一类是电机转换装置。

电液转换装置是将电气信号转换为相应液流的方向或流量而输出的装置。常见的电液转换装置有滑阀式电液伺服阀、环喷式电液伺服阀、电液比例阀以及数字阀等。电液伺服阀是将电气信号转换成具有一定操作功和位移量的机械位移信号或者转换成具有一定压力的流量信号,进而驱动机械液压系统的部件;电液比例阀将比例电磁铁与液压元件相结合,实现电液伺服阀功能的电液转换元件;数字阀一般指由数字信号直接控制的开关阀和换向阀,如具有数字开关特性的电磁球阀、电磁换向阀、电液换向阀等,采用脉冲式数字阀作为电液转换元件是当前中、小型微机调速器的一个发展趋势。

电机转换装置是用伺服电机或步进电机将电气信号转换为机械位移信号的装置,它是一种无油的机械位移输出型电液转换装置。电机式电液转换器由步进电机/伺服电机配上液压步进缸或自动复中装置而组成,它是一种具有自动复中能力的电气位移转换器,能将电气信号成比例的转换为机械位移信号,去控制机械液压随动系统。

电机/电液转换装置是电液调速器的重要部件,在很大程度上影响着水轮机调节系统的静态性能、动态性能和可靠性,也是调速器机械液压系统中最受重视、发展最快的部件之一。

电液转换部件的主要技术要求是:

(1)在符合规定的使用条件下,应能正确、可靠地工作。

(2)电液转换部件应具有死区小、截止频率高、放大系数稳定、油压和温度漂移小。

(3)在可能的条件下,应加大其驱动力,降低电液转换对油质的要求,具有方便的手动操作机构。

(4)当电源消失时,应具有使电液转换部件恢复至平衡位置的功能,电液伺服阀应与相应主配压阀活塞的机械反馈一起使被控制的主配压阀复中,以实现电源消失时接力器能基本保持在电源消失前的位置。

3.1.1.1　电液比例方向阀

电液比例方向阀是比例阀的一种类型,它可以按照输入电气信号的比例,来控制油液流动方向和流量的大小,也就是说,它可将微机调速器输出的电气控制信号的大小,连续、按比例地转换成油液的流动方向和流量大小。比例方向阀分为直动式和先导式两种。

直动式电液比例方向阀结构如图3-1(a)所示,它由比例电磁铁、衔铁、推杆、阀体、阀芯和弹簧等组成。电液比例方向阀的图形符号如图3-1(b)所示。

在图3-1(a)中,阀体两端各有一个比例电磁铁,分别推动阀芯的左、右移动,中间部分为阀体,阀体两侧各有一个复位弹簧,用于保持阀芯在中间位置。比例阀的开口和方向与输入电流的大小和方向(电流为正时一个比例电磁铁工作;电流为负时另一个比例电磁阀工作)成比例。当无控制信号输入时,阀芯在弹簧作用下处于中间位置,比例阀没有控制油流输出。当左端比例电磁铁内有控制信号输入时,阀芯向右移动,阀芯右移时压缩右侧弹簧,直到电磁力与弹簧力相平衡为止,阀芯的位移量与输入比例电磁铁的电信号成比例,从而改变输出流量的大小。右侧比例电磁铁工作原理与上述情况相同,从而改变油流方向。

电液比例阀的特点是连续控制,系统输出平稳,特别是微量、低速运动中,能保持输入与输出成比例的线性关系,动、静态精度较高。但其响应频率稍低(−3 dB时,通径6 mm的频宽为≤6 Hz;通径10 mm的频宽≤4 Hz),尚能满足水轮机调节系统的要求。因而在高油压

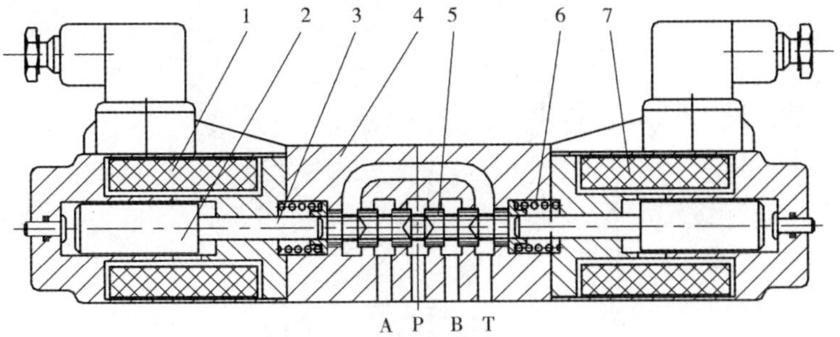

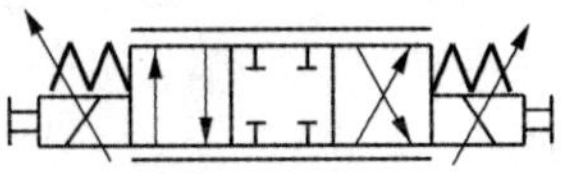

(a)结构　　(b)图形符号

1、7—比例电磁铁；2—衔铁；3—推杆；4—阀体；5—阀芯；6—弹簧

图 3-1　直动式电液比例换向阀结构

调速器中，电液比例换向阀常作为小波动阀，以保证系统的调节精度和良好的稳定性。

3.1.1.2　步进电机及其驱动器

1. 步进电机

步进电机是一种把脉冲信号变换成相应的角位移或直线位移的机电执行元件。每当对其施加一个电脉冲时，其输出轴便转过一个固定角度，称为一步，当供给连续电脉冲时就能一步一步地连续转动，故称为步进电机。

步进电机的位移量与输入脉冲数严格成正比，其转速与脉冲频率和步进角有关，控制输入脉冲数量、频率和各相绕组的接通顺序，可以得到不同的运行特性。

步进电机按其工作原理分为磁电式和反应式两大类。下面以反应式步进电机说明其工作原理。

反应式步进电机又称可变磁阻式步进电机，其结构如图 3-2 所示。定子磁极的极面上与转子圆周上均匀地开有齿形和齿距完全相同的小齿，定转子铁芯都用高导磁材料制成。

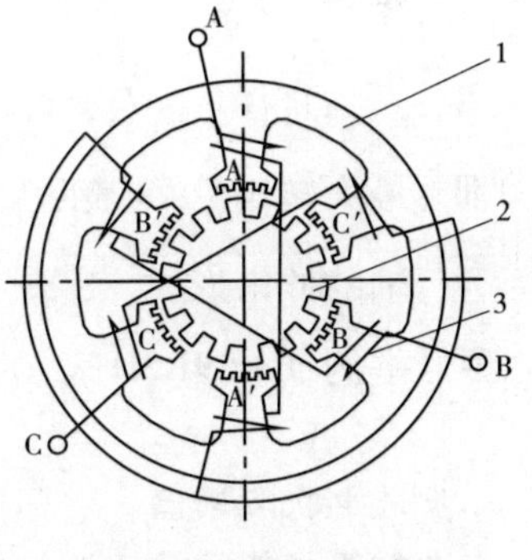

1—定子；2—转子；3—绕组

图 3-2　反应式步进电机原理图

步进电机可以做成二相、三相、四相、五相等。图 3-3 为三相反应式步进电机单三拍方式工作原理图，其定子上有 6 个磁极，每个极上装有一个控制绕组，相对的两极组成一相。转子上有 4 个均匀分布的齿，其上没有绕组。如图 3-3(a)所示，当 A 相控制绕组通电时，转子在磁场力作用下与定子齿对齐，即转子齿 1、3 和定子 A、A′对齐。如果断开 A 相控制绕组，接通 B 相，在磁场力作用下转子转过 30°，转子齿 2、4 与定子 B、B′对齐，如图 3-3(b)所示，转子转过一个步距角。如再使 B 相断开，使 C 相接通，转子又转过 30°，转子齿 1、3 与定子 C、C′对齐，如图 3-3(c)所示。如此往复循环，并按 A—B—C—A 顺序通电，步进电机便按一定方向转动。若改变通电顺序，即 A—C—B—A，则电机反向转动。上述通电方式称为三相单三拍，“拍”指定子控制绕组每改变一次通电方式，“单”指每次只有一相控制绕组通电，“三拍”即控制绕组切换 3 次为一个循环。

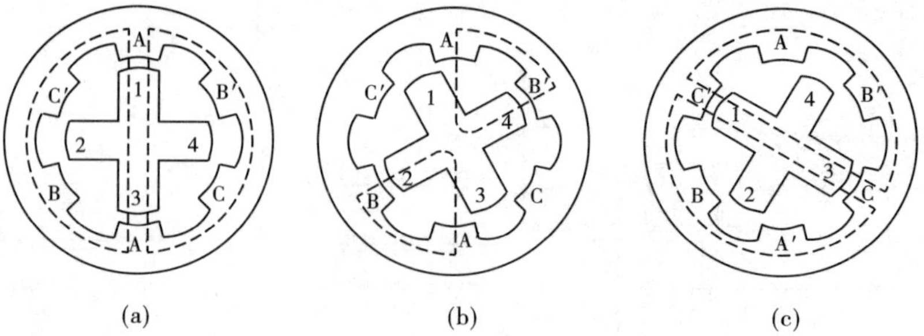

图 3-3　三相反应式步进电机单三拍方式工作原理

除上述通电方式外,还有三相单、双六拍通电方式,采用这种通电方式时,步距角比单拍通电方式减少一半。步进电机的步距角 θ 与转子齿数 Z_r、控制绕组相数 m 和通电系数 C(当 $C=1$ 为单拍方式,$C=2$ 为单、双拍方式)有以下关系:

$$\theta = \frac{360°}{mZ_rC} \tag{3-1}$$

由式(3-1)可知,电机的相数和转子齿数越多,步距角越小,显然当脉冲频率一定时,其转速越低。

下面介绍一种微机调速器中常用的步进电机,即 RORZE 公司生产的步进电机,其型号表示如下:

RM [Ⅰ] [Ⅱ] [Ⅲ] [Ⅳ]

RM 表示 Rorze Motor,即 RORZE 步进电机。其他各部分分别是:

[Ⅰ]:相数。2 表示 2 相,5 表示 5 相;

[Ⅱ]:大约直径。6 表示直径约为 60 mm,9 表示直径约为 90 mm;

[Ⅲ]:最大转矩。A3 表示转矩为 127 N · cm,B2 表示转矩为 215 N · cm;

[Ⅳ]:轴的伸出形式。S 表示单轴伸出,D 表示双轴伸出。

型号举例:RM29B2D 表示 2 相、直径约 90 mm、转矩 215 N · cm 双轴伸出式步进电机。

2. 步进电机驱动器

步进电机是依靠输入连续的电脉冲一步一步转动的执行元件,而常用的电源一般为连续的交直流电源,不能直接用于步进电机的驱动。步进电机驱动器是一种步进电机的驱动装置,它可以按照控制脉冲信号向步进电机提供具有一定时序的电脉冲,它还具有短路、过流、超温、欠压保护功能。现以在微机调速器上应用较多的 RORZE 步进驱动器为例加以介绍。

1)型号说明

RORZE 步进驱动器的型号表示如下:

RD [Ⅰ] [Ⅱ] [Ⅲ] [Ⅳ] [Ⅴ] [Ⅵ]

其中

RD 表示 RORZE 驱动器。其他各部分分别是:

[Ⅰ]:0—脉冲串输入驱动器,1—内含振荡器型驱动器(数位方式),3—内含振荡器型驱动器(模拟量电压调速)。

[Ⅱ]:2—2 相步进电机用驱动器,5—5 相步进电机用驱动器。

[Ⅲ]:每相电流值,1—最大输出电流 1.5 A/相(0.1 ~1.5 A/相可调);

2—最大输出电流 1.3 A/相(0.1 ~1.3 A/相可调);

3—最大输出电流 3 A/相(0.5 ~3 A/相可调);

6—最大输出电流 6 A/相(1 ~6 A/相可调)。

[Ⅳ]:M 表示微步系列,无—对电机基本步距角整步或半步运行;

M8—对电机基本步距角最大 8 细分;

M10—对电机基本步距角最大 10 细分;

M50—对电机基本步距角最大 50 细分;

M—对电机基本步距角多种细分。

[Ⅴ]:脉冲输入方式,N 表示脉冲输入方式为 1CK 方式;无 N 的型号表示为 2CK 脉冲输入方式。

1CK 输入方式:一端为时钟脉冲,另一端为旋转方向信号 CW、CCW。

2CK 输入方式:正反脉冲分别由 CW 脉冲及 CCW 脉冲提供。

[Ⅵ]:驱动器供电电压,4 表示驱动器供电电压为 18 ~40 V;8 表示驱动器供电电压为 18 ~80 V。

例 1:型号 RD -0234 表示是不带振荡器,2 相步进电机驱动器,每相电流 3 A,4 表示驱动器供电电压为 18 ~40 V,其面板接线端子如图 3-4 所示。

例 2:RD -323MS 则表示是内含振荡器型驱动器,两相步进电机驱动器,每相电流 3 A,可调速两项驱动,多种微分步的驱动器,其面板接线端子如图 3-5 所示。

2)控制器对驱动器的控制方式

A. 脉冲驱动型

控制器向正脉冲端子 CW +、CW - 和反向脉冲端子 CCW +、CCW - 发出速度连续可变的脉冲串,从而驱动器可控制步进电机的旋转方向、速度和步数;另一种方式可在 CLOCK 端子输入转动脉冲,在 CCW 端以电平高低确定是逆时针转还是顺时针转。

B. 速度控制方式

PLC 常用模拟量控制方式,即从 SPEED 端输入直流 0 ~5 V 信号,以连续改变驱动器控制步进电机的运行速度;在 CCW/CW(逆时针/顺时针)输入电平信号,低电平时逆时针旋转,高电平时顺时针旋转。

3)驱动器与 PLC 的接口

A. 脉冲型驱动器与 PLC 的连接

在 PLC 微机调速器中,脉冲量输入型驱动器与 PLC 的接口随脉冲量不同而有不同的接法。例如,RD -0234 型驱动器的脉冲输入端中,CW +、CW - 为电机顺时针方向旋转输

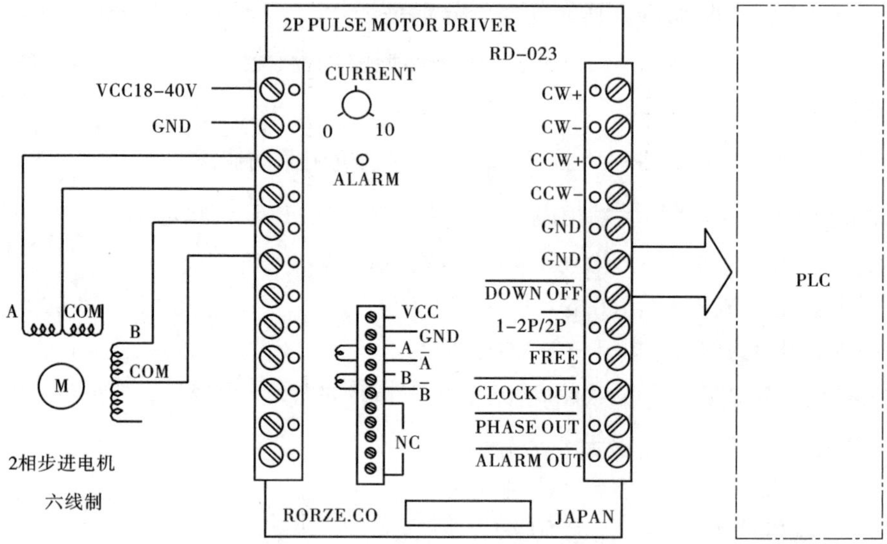

图 3-4　RD-0234 步进电机驱动器接线

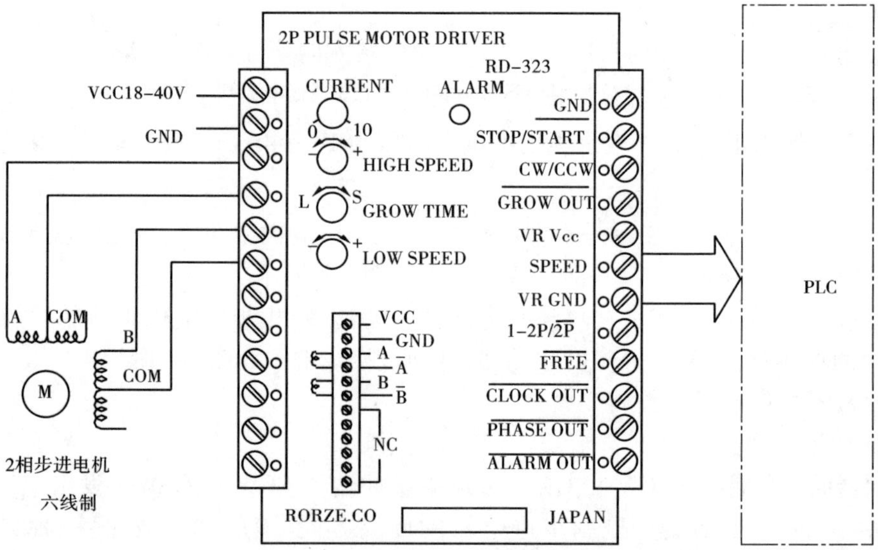

图 3-5　RD-323MS 步进电机驱动器接线

入脉冲端子;CCW +、CCW - 为电机逆时针方向旋转输入脉冲端子。RD - 0234N 型驱动器的脉冲输入端中,CLOCK +、CLOCK - 为脉冲输入端子,当 CCW +、CCW - 端为高电平时,电机按 CLOCK +、CLOCK - 输入脉冲逆时针旋转;当 CCW +、CCW - 端为低电平时,电机按 CLOCK +、CLOCK - 输入脉冲而顺时针旋转。图 3-6 是 FX_{2N}PLC 经 FX_{2N} - 1PG 脉冲输出模块与 RD - 0234N 型驱动器的接线图,图中 FX_{2N} - 1PG 的接线端子 VIN 和 COM0 接入 5 ~ 24 V 直流电源,FP 端子送出正向脉冲串,RP 端子送出反向脉冲串(0 表示正向,1 表示反向)。

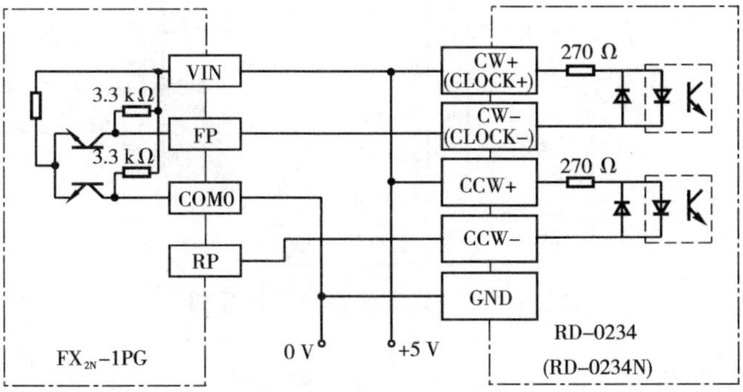

图 3-6　FX_{2N} -1PG 与步进电机驱动器的脉冲信号接线

B. 速度型驱动器与 PLC 的连接

在 PLC 微机调速器中，RORZE 驱动器与 PLC 的数/模转换模块的接口方式如图 3-7 所示，图中 SPEED 为驱动器的模拟量速度输入端，VRGND 为模拟量速度输入地端，其输入信号来自 PLC 的数/模转换模块，如 FX_{2N} -2DA 模块。STOP/$\overline{\text{START}}$为驱动器的停止/启动端子，CW/$\overline{\text{CCW}}$为正转/反转端子，连接 PLC 的输出端，此外，PLC 输出端子组的 COM 端接至驱动器的 GAN 端。

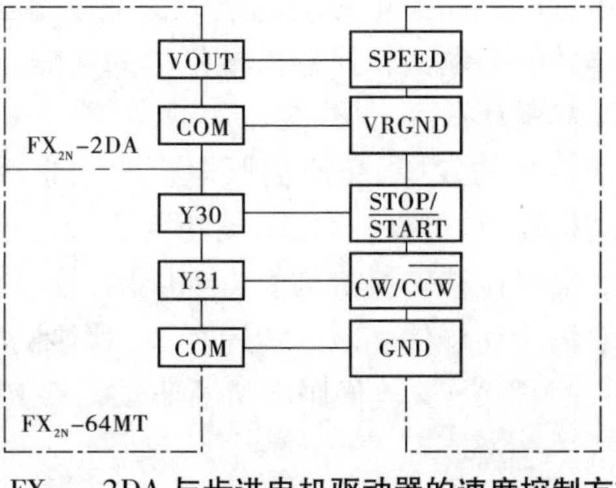

图 3-7　FX_{2N} -2DA 与步进电机驱动器的速度控制方式接线

3. 步进电机驱动的电机转换装置

步进式电液转换器由四部分组成，即驱动器、步进电机、液压步进缸和传感器组成，驱动器的输入信号来自微机调速器，其输出信号用于控制步进电机，经液压步进缸将电气信号转换成位移信号，传感器是将液压步进缸的位移反馈到驱动器的输入端，如图 3-8 所示。下面分别介绍步进式电液转换器的结构原理。

液压步进缸是步进式电液转换器的核心部件，其结构如图 3-9，工作原理如下：图 3-9 所示为平衡状态，差压活塞 2 上、下底面积关系为 $A_r = 0.5A_c$，此时上、下腔压力关系为：

$$p_c = 0.5p_s$$

当步进电机顺时针方向转动角位移 θ_1 时，螺纹针塞 3 也随着转动相同的角位移，螺纹状的针塞阀用来控制阀套上的阀孔 a、b，螺纹针塞 3 顺时针旋转，相当于普通引导阀的阀盘向上有 Δs_1 的位移。此时，阀孔 b 打开，阀孔 a 仍然封闭，压力油经 b 阀孔进入螺纹

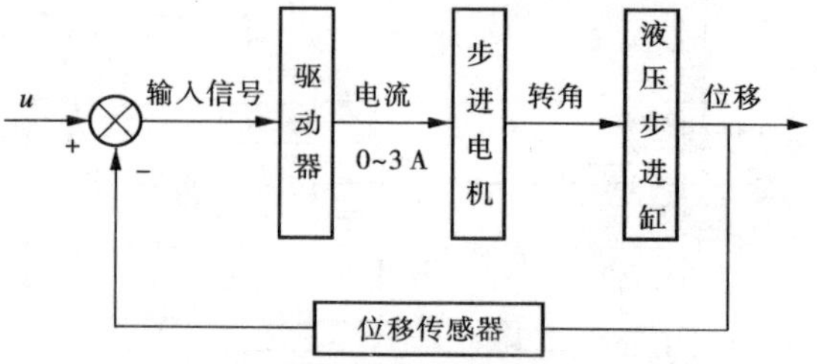

图 3-8 步进式电液转换器原理框图

槽,再经 c 孔进入差压活塞下腔,此时 $p_c > 0.5p_s$,故差动活塞 2 向上移动,直至阀孔 b 被螺纹活塞再次封堵而停止,$\Delta s = \Delta s_1$,差动活塞处于新的平衡位置,螺纹针塞的角位移转换成为步进缸差动活塞的直线位移。

当螺纹针塞 3 逆时针方向转动 θ_2 角位移时,相当于普通引导阀的阀盘向下 Δs_2 位移,此时 a 阀孔打开,b 阀孔保持关闭,差压活塞 2 下腔压力油经 c 孔和螺纹槽由 a 孔排至回油箱,差压活塞 2 下腔压力降低,即 $p_c < 0.5p_s$,活塞向下产生位移,直至 a 孔重新封闭位置,即 $\Delta s = \Delta s_2$。

该装置上的位移传感器 4 用于测量电液转换器的输出位移,并与电液转换器的输入量同时送入 PLC 进行比较,二者的差值用于控制步进电机旋转,直到电液转换器输出位移反馈量与输入量相等,步进电机才停止转动。这就保证了输出位移量总是正比于输入量,实现了步进电机角位移转换为电液转换器机械位移的功能。

3.1.1.3 交流伺服电机及其驱动器

近年来,随着电力电子技术的发展,交流伺服电机驱动系统的调速性能有了很大提高,使得交流电机固有的结构简单、可靠性高、驱动功率大及动态响应好等优势得以充分发挥,并在水轮机调速器的电机位移转换机构上得到应用,较好地解决了电机位移转换的可靠性问题,同时有效地取消传动杆件和减少传递环节,其整机的速动性能优于其他伺服系统。下面介绍松下公司的 MINAS 交流伺服电机及驱动器在 PLC 微机调速器中的应用。

1. 交流伺服电机

永磁式同步交流伺服电机是目前应用最多的高性能交流伺服电机,它具有结构简单、可靠性高、驱动功率大、惯量小及动态响应好等优点。交流伺服电机的结构原理及外部接线如图 3-10 所示。

交流伺服电机通常都是单相异步电动机,有鼠笼形转子和杯形转子两种结构形式。与普通电机一样,交流伺服电机也由定子和转子构成。定子上有两个绕组,即励磁绕组和控制绕组,两个绕组在空间相差 90°电角度。固定和保护定子的机座一般用硬铝或不锈钢制成。鼠笼型转子交流伺服电机的转子和普通三相笼式电机相同。杯形转子交流伺服电机的结构如图 3-10 所示,由外定子 1、绕组 2、杯形转子 3 和内定子 6 等组成。它的外定子和鼠笼型转子交流伺服电机相同,转子则由非磁性导电材料(如铜或铝)制成空心杯形状,杯子底部固定在电机轴 7 上。空心杯的壁很薄(小于 0.5 mm),因此转动惯量很小。内定子由硅钢片叠压而成,固定在轴承盖 5、8 上,内定子 6 上没有绕组,仅作磁路用。电机工作时,内、外定子都不动,只有杯形转子在内、外定子之间的气隙中转动。

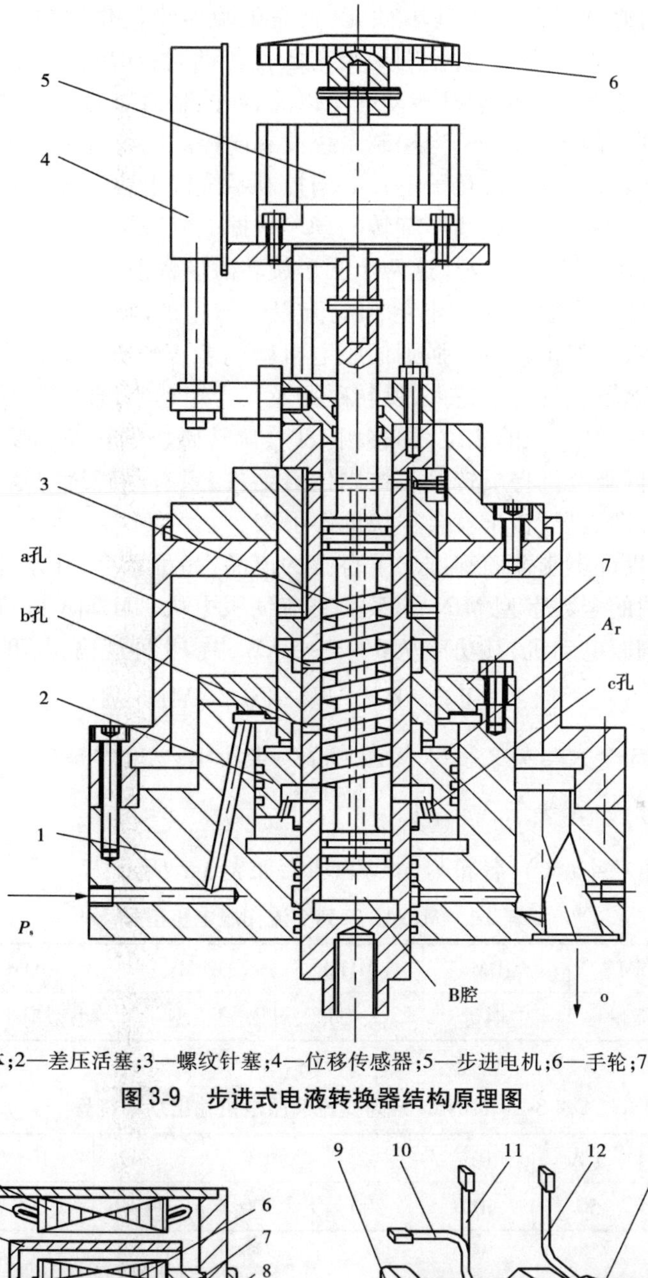

1—阀体;2—差压活塞;3—螺纹针塞;4—位移传感器;5—步进电机;6—手轮;7—端盖

图3-9　步进式电液转换器结构原理图

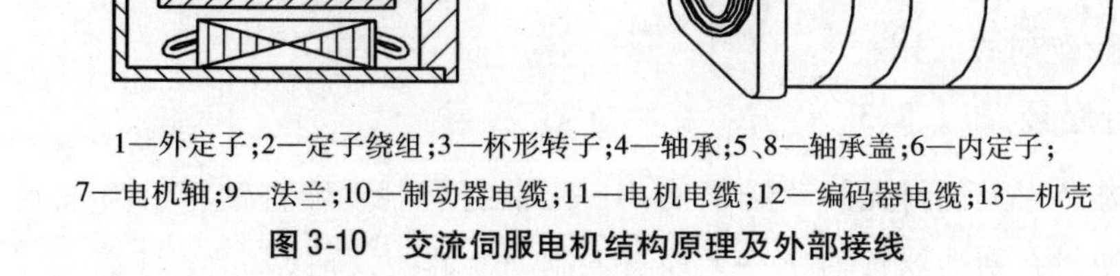

1—外定子;2—定子绕组;3—杯形转子;4—轴承;5、8—轴承盖;6—内定子;
7—电机轴;9—法兰;10—制动器电缆;11—电机电缆;12—编码器电缆;13—机壳

图3-10　交流伺服电机结构原理及外部接线

交流伺服电机必须具备一个基本性能,就是能克服交流伺服电机的所谓"自转"现象,即无控制信号时,它不应转动,特别是当它已在转动时,如果控制信号消失,它应能立即停止转动。而普通的感应电动机转动起来以后,如控制信号消失,往往继续转动。

在伺服电机处于静止状态下,当控制系统没有向控制绕组输出电压时,只有励磁绕组通电产生的脉动磁场,伺服电机转子不转。当控制系统输出控制电压时,控制绕组接通控制电压,使伺服电机内部产生椭圆形旋转磁场。根据电机磁场理论,一个椭圆形旋转磁场可看成由两个圆形旋转磁场合成。这两个圆形旋转磁场幅值不等,但以相同转速、相反方向旋转,它们切割转子绕组感应的电势和电流以及产生的电磁力矩也方向相反、大小不等,合成力矩不为零。若正转磁场强则伺服电机就朝着正转方向转动,控制信号越强,磁场接近圆形,正转磁场及其力矩越大,反转磁场及其力矩越小,合成力矩增大,转子转速随之增加。如果改变控制电压的相位,即移相180°,旋转磁场的转向相反,因而产生的合成力矩方向也相反,伺服电机将反转。若控制信号消失,只有励磁绕组通入电流,伺服电机产生的磁场将是脉动磁场,转子就会很快地停下来。

近年来,全世界许多制造商都推出了自己的产品,品种繁多,在水轮机调速器中常用的有日本松下公司的全数字型 MINAS 系列交流伺服电机。MSMA 系列伺服电机属于小惯量型永磁交流伺服电动机,其功率从 0.03 ~5 kW,共18种规格,其型号意义如下:

Ⅰ　Ⅱ　Ⅲ　Ⅳ　Ⅴ　Ⅵ　Ⅶ

Ⅰ:型号,用3个大写英文字母表示,如表3-1所示;

Ⅱ:系列符号,如A表示A系列;

Ⅲ:额定输出功率(W),各符号对应的功率如表3-2所示;

表3-1　MINAS 系列交流伺服电机型号

符号	MSM	MDM	MHM	MFM	MQM	MGM
型号意义	小惯量	中惯量	大惯量	扁平型	小型扁平型	中惯量

表3-2　MINAS 系列交流伺服电机输出功率符号

符号	3 A	5 A	01	02	03	…	10	…	50
功率(W)	30	50	100	200	300	…	1 000	…	5 000

Ⅳ:电压,1—100 V、2—200 V、Z—100/200 V(仅限30 W、50 W);

Ⅴ:旋转编码器规格,其各符号分别表示:A—2 500 p/r 增量式、C—17位绝对式、D—17位增量/绝对式共用;

Ⅵ:设计序号,如1、2、3;

Ⅶ:结构,A—无油封无制动器直轴、B—无油封有制动器直轴、C—有油封无制动器直轴、D—有油封有制动器直轴、E—无油封无制动器键槽式轴等。

型号举例:MSMA3AZA1 表示小惯量,A 系列,功率 30 W,电压 100/200 V,编码器规格为 2 500 p/r 增量式,设计序号为 1 的交流伺服电机。

注:编码器是用来测量转速的装置,分为绝对脉冲编码器、增量脉冲编码器。

2. 交流伺服驱动器

交流伺服驱动器是一种接收编码器的反馈信号,并和指令脉冲进行比较,从而构成一个闭环控制,用于驱动交流伺服电机的控制装置,一般与伺服电机配套使用。

1)型号说明

交流伺服驱动器的型号组成如下:

Ⅰ　Ⅱ　Ⅲ　Ⅳ　Ⅴ　Ⅵ　Ⅶ

Ⅰ:驱动器型号,表示适配的交流伺服电机及惯量,用三个大写英文字母表示,如表 3-3所示;

表 3-3　交流伺服电机驱动器型号及适用电机

驱动器型号	MSD	MDD	MHD	MFD	MQD	MGD
型号意义	小惯量	中惯量	大惯量	扁平型	小型扁平型	中惯量
适用电机	MSM	MDM	MHM	MFM	MQM	MGM

Ⅱ:系列符号,如 A 系列;

Ⅲ:电机额定输出功率(W),用数字表示,各数字对应的功率如表 3-2 所示;

Ⅳ:电源电压,1—单相 100 V、3—三相 200 V;

Ⅴ:旋转编码器规格,同交流伺服驱动器;

Ⅵ:设计序号,用数字表示(如 1、2、3、…);

Ⅶ:设计序号,用英文大写字母表示(如 A、B、C、…)。

型号举例:MSDA023A1A 表示小惯量,A 系列,额定输出功率 200 W,电源电压为三相 200 V,编码器规格为 2 500 p/r 增量式,设计序号为 1 A 的交流伺服电机。

交流伺服驱动器的面板接口和按钮功能如图 3-11 所示。驱动器面板由以下几部分组成:

(1)显示部分。1—发光二极管(共 6 个),用于显示数字;3—模式选择开关,有监视器模式、参数设置模式、自动调整模式等五种;4—设定按钮,用于在模式显示和执行显示之间切换;5—数据设定按钮,用于改变显示内容、改变参数等。

(2)通信接口 9 用于驱动器与 PLC 或控制器的通信,一般采用 RS232 接口与微机或 PLC 等控制器的连接,通信接口 8 采用 RS485,用于与其他驱动器的并联。

(3)控制器 I/O 接口(CNI/F)12 有 50 个接线端子,用于和 PLC 等控制器的连接,详见下面介绍。

(4)编码器接口(CN SIG)15 用于和旋转编码器连接。

(5)L1、L2、L3 是外部主电源接入的接线端子。

(6)U、V、W 是驱动器与伺服电机连接的电源端子,3 个相线不能调换,必须严格按照规定连接。

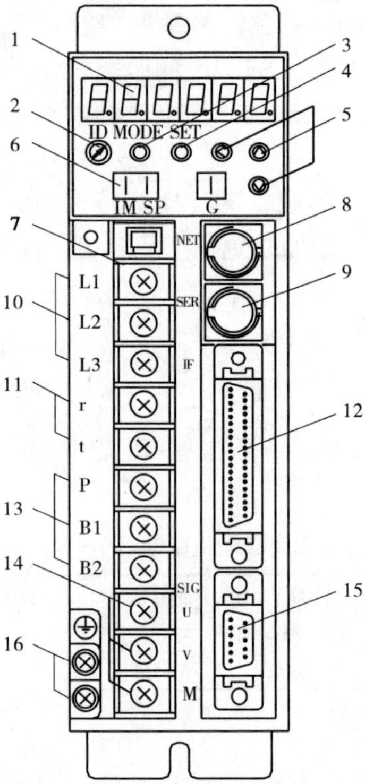

1—发光二极管指示;2—旋转开关;3—模式选择开关;4—设定按钮;5—数据设定按钮;
6—检测端子;7—端子;8—通信接口1;9—通信接口2;10—主电源端子;11—控制电源端子;
12—控制器I/O接口;13—放电电阻端子;14—电机接线端子;15—编码器接口;16—接地

图3-11 交流伺服驱动器面板

(7)r、t是控制电源接线端子,B1、B2是外接电机制动放电电阻连接端子,正常情况B1、B2应短接。

2)交流伺服驱动器与PLC的连接

在水轮机微机调速器中,交流伺服驱动器与PLC的连接有两种方式:一是PLC与驱动器直接相连;二是经定位模块相连。

(1)PLC基本单元与交流伺服驱动器直接相连接。

这种方式仅适用于晶体管输出的PLC。在FX_{2N}基本单元中用Y0、Y1作为高速脉冲输出端与驱动器控制接口12的脉冲指令输入端子PULS+和SIGN+连接,并用“脉冲输出指令”PLSY,指定脉冲频率和脉冲数范围,来控制Y0、Y1端输出的脉冲。PLC基本单元与交流伺服驱动器的连接示意图如图3-12所示。

(2)FX_{2N}基本单元通过定位模块$FX_{2N}-1PG$与交流伺服驱动器和伺服电机连接。

其系统框图如图3-13所示。$FX_{2N}-1PG$是FX_{2N}PLC的脉冲输出模块,前面已有介绍,FX_{2N}基本单元通过“读特殊功能模块指令”FROM,读取$FX_{2N}-1PG$模块的数据并存入数据寄存器,用“写特殊功能模块指令”TO,向$FX_{2N}-1PG$模块写入数据,实现对其控制。

$FX_{2N}-1PG$的主要技术性能如下:

①电源:$FX_{2N}-1PG$内部用DC 5 V/55 mA由基本单元供电;输入开关量电源由外部

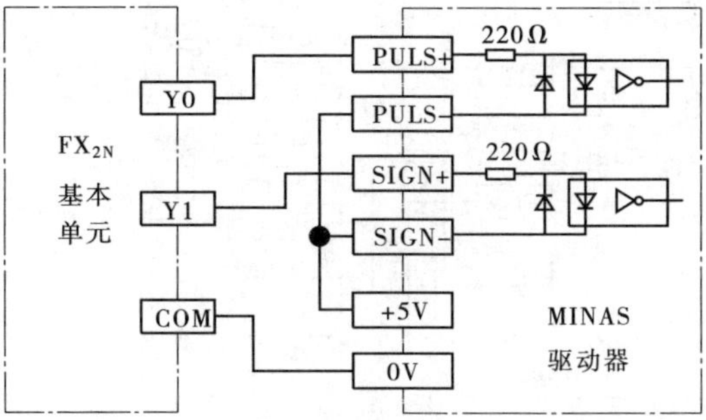

图 3-12　PLC 基本单元与交流伺服驱动器连接示意图

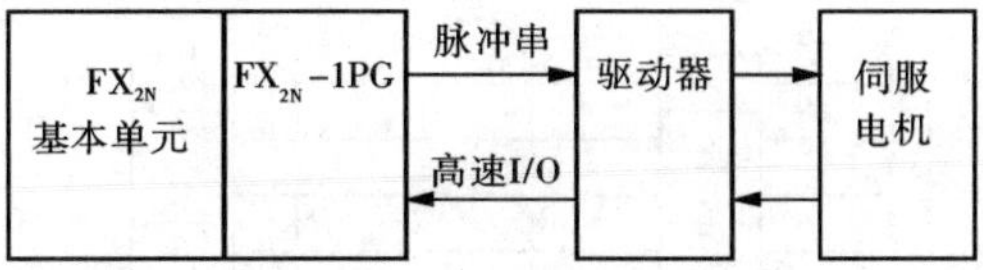

图 3-13　FX_{2N}基本单元与交流伺服驱动器和伺服电机连接系统框图

电源供给;脉冲输出电源取自伺服驱动器。

②FX_{2N} -1PG 最高输出频率为 100 kpps。

③定位设定:设定方式为绝对位置/相对位置;设定值范围是 ±999999。

④脉冲串输出方式:“0”方式为 FX_{2N} -1PG 的 FP 端子输出正向脉冲串,RP 端子输出反向脉冲串;“1”方式为 FP 端子输出脉冲串,RP 电平为 0 表示正向,电平为 1 表示反向。

FX_{2N} -1PG 与 MINAS 交流伺服驱动器的接线,如图 3-14 所示。FX_{2N} -1PG 的 FP 正向脉冲输出端子、RP 反向脉冲输出端子分别与驱动器控制接口的脉冲指令输入端 PULS + 和 SIGN + 连接,FX_{2N} -1PG 的 VIP 和 COM0 端子分别与 DC 5 ~24 V 直流电源连接。

交流伺服电机与编码器的连接与采用编码器的型式有关,以 2 500 p/r 增量式编码器与小惯量伺服电机的连接为例,如图 3-15 所示,旋转编码器的 11 根线通过专业插头和驱动器的 CNSIG 插座连接,其中 Z、$\overline{Z}$ 为每转 1 个脉冲,A、$\overline{A}$ 和 B、$\overline{B}$ 均为每转 2 500 个脉冲,电源为 +5 V、0 V。

以上仅以 FX_{2N}基本单元、FX_{2N} -1PG 定位模块和 MINAS 驱动器为例,简要介绍了伺服电机定位控制的基本原理和组成,要更详尽的学习请参阅 PLC 有关书籍和交流伺服电机驱动器手册、FX 系列产品样本等技术资料。

3. 交流伺服电机驱动的电机转换装置

如图 3-16 所示是一种用交流伺服电机或步进电机驱动的具有自动复中能力的无油电液转换器,它由交流伺服电机 1、滚珠螺旋副 3、复中上弹簧 4、连接套 7 和复中下弹簧 9 等组成。该装置采用滚珠螺旋副作为电机的传动机构,当调速器发出开机控制信号时,交流伺服电机或步进电机带动滚珠螺旋副 3 和连接套 7 向下移动,与连接套相连的调整杆 8 带动引导阀阀芯向下移动,主配压阀也向下移动,同时压缩复中下弹簧 9。当交流伺服电机的电源消失时,电机驱动力矩消失,由于滚珠螺旋副没有自锁能力,在复中下弹簧 9 的作用下回复中间位置。反之,当调速器发出关机控制信号时,则主配压阀向上移动,同时压

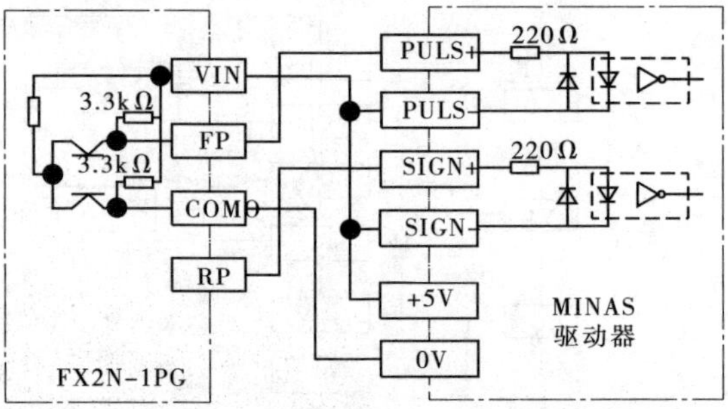

图 3-14　FX_{2N}－1PG 与交流伺服驱动器接线

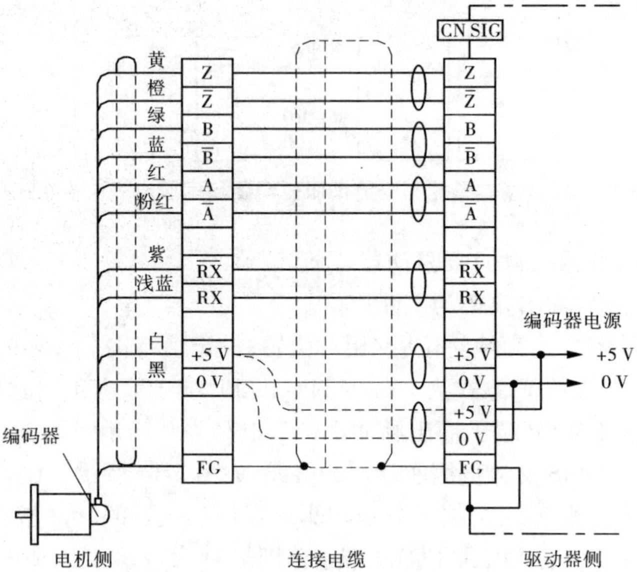

图 3-15　增量型编码器与驱动器接线

缩复中上弹簧4,当交流伺服电机的电源消失时,在复中上弹簧4作用下回复中间位置。

由此可以看出,当没有调节信号或电源消失时,该装置能在复中弹簧的作用下,滚珠螺旋副自动回复到原始零位。因此,在调节过程中,当交、直流电源同时出现故障时,由于设置了自动复中功能,可使主配压阀及时复中,调速器保持稳定,确保机组安全运行。

3.1.2　常用液压阀的使用与维护

液压控制阀是液压系统中的控制元件,用来控制系统中油液的流动方向、油液的压力和流量,简称液压阀。对液压阀的要求是:动作灵敏,工作可靠,工作时冲击和振动小;油液流过时压力损失小;密封性能好;结构紧凑,安装、维护方便,通用性强。

3.1.2.1　液压阀概述

1. 液压阀的分类

1)按连接方式分类

液压阀按连接方式可分为:管式连接、法兰式连接、板式连接、叠加式连接和插装式连接。

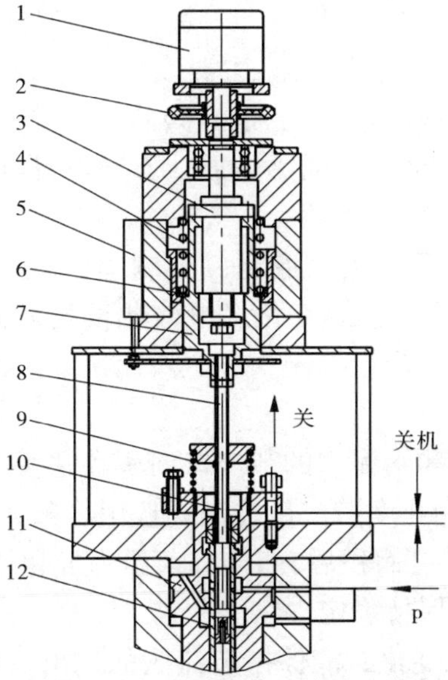

1—步进电机/交流伺服电机;2—手轮;3—滚珠螺旋副;4—复中上弹簧;5—位移传感器;6—定位块;7—连接套;8—调整杆;9—复中下弹簧;10—引导阀阀芯;11—辅助接力器活塞;12—衬套

图3-16　无油电液转换器结构原理图

2)按操作方式分类

液压阀按操作方式可分为:手动、脚踏、机动、电磁、液控及电液控操作。

3)按用途分类

液压阀按用途不同可分为:方向控制阀、压力控制阀和流量控制阀。下面对其作简要介绍。

2.液压阀的作用

1)压力控制阀

压力控制阀是控制液压系统压力的控制阀,它按用途又可分为溢流阀、减压阀和顺序阀等。

(1)溢流阀:能控制液压系统在达到整定压力时保持恒定状态。用于过载保护的溢流阀称为安全阀。当系统发生故障,压力升高到可能造成破坏的限定值时,阀口会打开而溢流,以保证系统的安全。

(2)减压阀:能控制分支回路得到比主回路油压低的稳定压力。减压阀按它所控制的压力功能不同,又可分为定值减压阀(输出压力为恒定值)、定差减压阀(输入与输出压力差为定值)和定比减压阀(输入与输出压力间保持一定的比例)。

(3)顺序阀:顺序阀是以压力作为控制信号,自动接通或切断某一油路的压力阀,常用来控制液压系统中各执行元件动作的先后顺序。

2)方向控制阀

方向控制阀用于通断油路或改变油流方向,以实现执行元件的启动、停止,进行压力和速度变换。按用途方向控制阀又分为单向阀和换向阀。

(1)单向阀:又分为普通单向阀和液控单向阀两种。其中普通单向阀只允许液体沿一个方向流动,反向时截止。

(2)换向阀:它利用阀芯位置的变化,去改变阀体上各油口的连通或断开状态,从而控制油路的连通、断开或改变油流方向。根据阀芯在阀体中的工作位置数分两位、三位等;根据所控制的通道数分两通、三通、四通、五通等;根据阀芯驱动方式分手动、机动、电动、液动等。

20 世纪 60 年代后期,又研制出电液比例控制阀(见项目 3 任务 3.1)。它的输出量(压力、流量)能随输入的电信号连续变化。电液比例控制阀按作用不同,相应地分为电液比例压力控制阀、电液比例流量控制阀和电液比例方向控制阀等。

3)流量控制阀

流量控制阀用调节阀芯和阀体间的节流口面积和它所产生的局部阻力对流量进行调节,从而控制执行元件的运动速度。流量控制阀按用途分为以下 5 种:

(1)节流阀:在调定节流口面积后,能使载荷压力变化不大和运动均匀性要求不高的执行元件的运动速度基本上保持稳定。

(2)调速阀:在载荷压力变化时能保持节流阀的进出口压差为定值。这样,在节流口面积调定以后,不论载荷压力如何变化,调速阀都能保持通过节流阀的流量不变,从而使执行元件的运动速度稳定。

(3)分流阀:不论载荷大小,能使同一油源的两个执行元件得到相等流量的为等量分流阀或同步阀;得到按比例分配流量的为比例分流阀。

(4)集流阀:作用与分流阀相反,使流入集流阀的流量按比例分配。

(5)分流集流阀:兼具分流阀和集流阀两种功能。

3. 液压阀的图形符号和意义

1)换向阀的图形符号及意义

换向阀按阀芯位置分为二位、三位、多位换向阀;按阀体上主油路进、出口数目的不同,又分为二通、三通、四通、五通等,其图形符号如图 3-17(a)、(b)所示;按照操纵方式分为电磁动、电液动、液动、机动和手动换向阀等,其符号意义如图 3-17(c)~(f)所示。

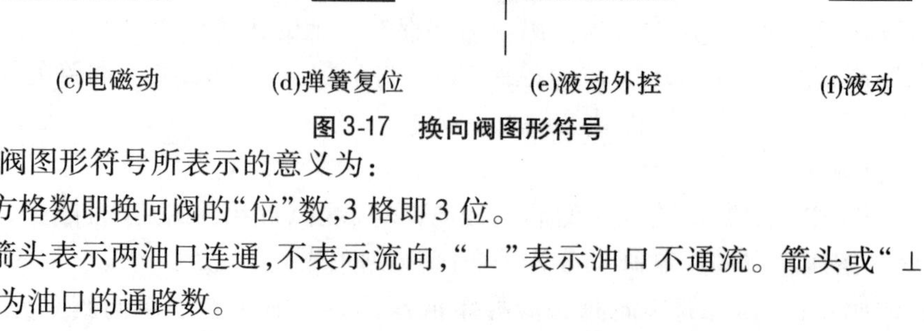

(a)二位四通　(b)三位四通

(c)电磁动　(d)弹簧复位　(e)液动外控　(f)液动

图 3-17　换向阀图形符号

换向阀图形符号所表示的意义为:

(1)方格数即换向阀的"位"数,3 格即 3 位。

(2)箭头表示两油口连通,不表示流向,"⊥"表示油口不通流。箭头或"⊥"与方格的交点数为油口的通路数。

(3)控制方式或复位弹簧应画在方格的两端。

(4)P 表示压力油进口,T 表示回油口,A、B 表示连接工作油路的油口。

(5)三位阀的中格、二位阀的侧面画有弹簧的那一方格为常态位,即阀芯未受到控制力作用时所处的位置,靠控制符号的一格为控制力作用下所处的位置。

(6)在液压原理图中,换向阀的符号与油路的连接一般应画在常态位上。

2)其他常用液压阀的图形符号及意义

除换向阀外,水轮机调速器其他常用液压阀的图形符号及意义见表 3-4。

表 3-4　其他常用液压阀的图形符号及意义

名称	图形符号	名称	图形符号	名称	图形符号
单向阀(普通)	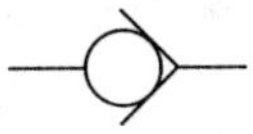	液控单向阀	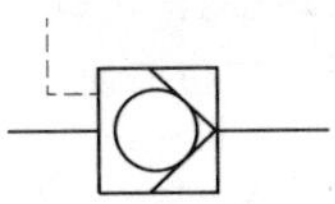	双液控单向阀(液压锁)	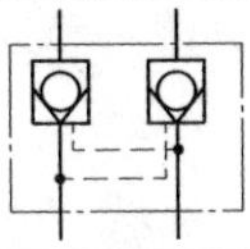
节流阀	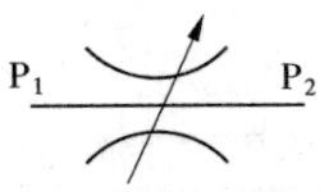	单向节流阀	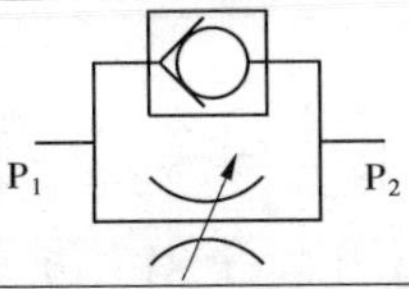	梭阀	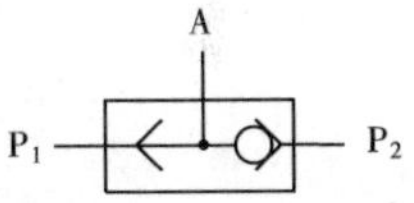
溢流阀	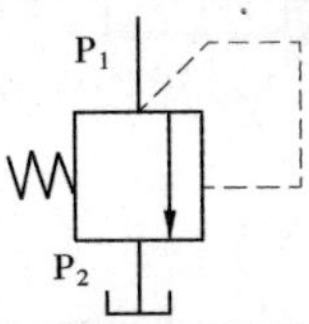	减压阀	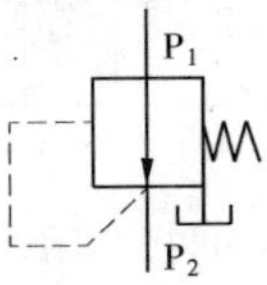	插装阀	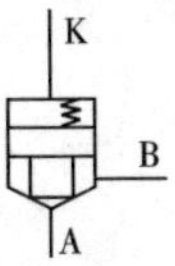

3.1.2.2　电磁换向阀

电磁换向阀是利用电磁铁的吸力控制阀芯换位,进而改变液压油流动方向的控制阀。它操作方便、布局灵活,有利于提高设备的自动化程度,因而得到了广泛的应用。

电磁换向阀有滑阀和球阀两种结构,通常所说的电磁换向阀为滑阀结构,而称球阀结构的电磁换向阀为电磁球阀。电磁换向阀可直接控制主油路的通断和切换,也可作为先导阀,用来操纵液控阀及插装阀等。电磁换向阀在高油压调速器中应用较多,常用作自动调节阀、手自动切换阀、紧急停机阀等。

1. 滑阀式电磁换向阀

滑阀式电磁换向阀包括换向滑阀和电磁铁两部分。电磁铁因其所用电源不同而分为交流电磁铁和直流电磁铁。交流电磁铁常用电压 220 V、380 V,优点是电磁吸力大、换向快,缺点是换向冲击、噪声、发热大、寿命低等,一般用于换向平稳性要求不高的场合;直流电磁铁工作电压为 24 V、220 V,其优点是换向平稳、噪声小、发热小、寿命长等,缺点是启动力小、换向时间长,用于换向要求较高的液压系统。

图 3-18(a)为二位三通电磁换向阀结构原理图。其左边为交流电磁铁,右边为滑阀。当电磁铁不通电时(图示位置),其油口 P 与 A 连通;当电磁铁通电时,衔铁 1 右移,通过推杆 2 使阀芯 4 推压弹簧 5 并向右移至端部,油口 P 与 B 连通,而与 A 断开。其图形符号如图 3-18(b)所示。

图 3-19 为三位四通电磁换向阀的结构组成和工作原理图。当两端电磁铁都断电时,

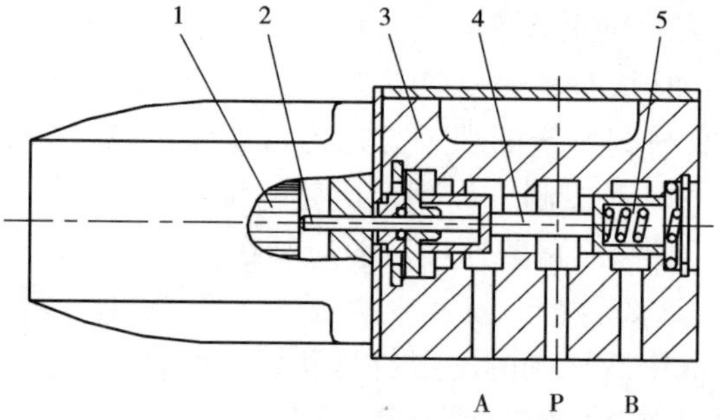

(a)结构原理

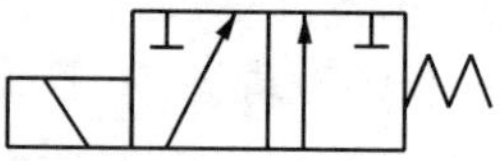

(b)图形符号

1—衔铁；2—推杆；3—阀体；4—阀芯；5—弹簧

图 3-18　二位三通电磁换向阀结构图

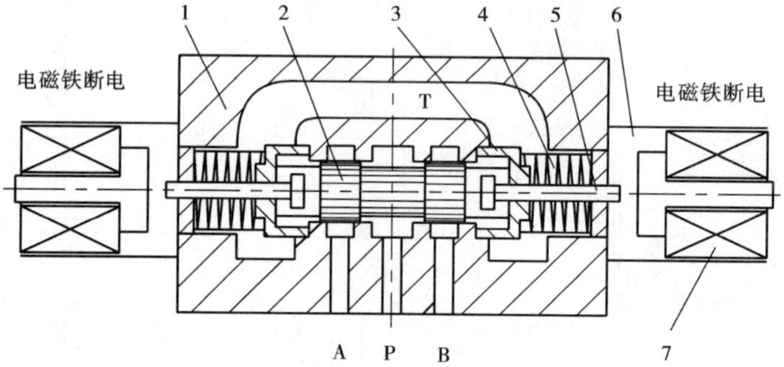

(a)两端电磁铁都断电

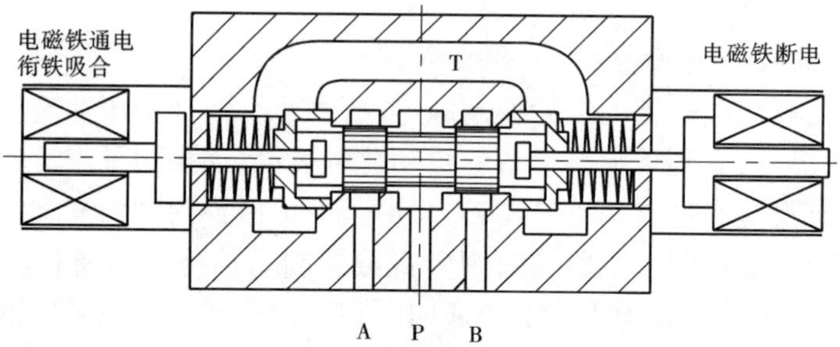

(b)左端电磁铁通电

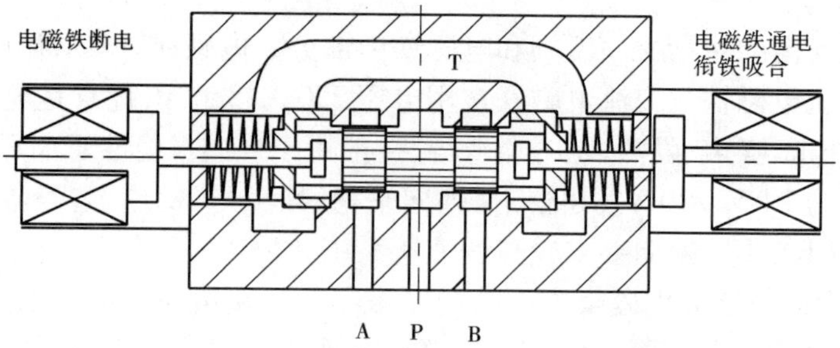

(c)右端电磁铁通电

1—阀体；2—阀芯；3—弹簧座；4—弹簧；5—推杆；6—铁芯；7—衔铁

图 3-19　三位四通电磁换向阀结构组成和工作原理

阀芯处于中间位置如图3-19(a)所示,P、A、B、T 4个油口互不相通;当左端电磁铁通电时,衔铁推动阀芯向右移动,使油口P和B连通,A和T连通,如图3-19(b)所示,当电磁铁断电后,靠右边弹簧复位作用,使阀芯回复中间位置;当右端电磁铁通电时,右衔铁通过推杆将阀芯推至左端,使阀的油口P与A连通,B与T连通,如图3-19(c)所示,断电后在弹簧作用下阀芯回复中间位置。

2. 电磁球阀

电磁球阀是一种新型电磁换向阀,它以电磁铁推力为动力,推动钢球来实现油路的通、断的切换。电磁球阀有常开式和常闭式两种类型。

图3-20为常开式二位三通电磁球阀,电磁铁位于阀体的上方。它的基本工作原理是:当电磁铁1在断电状态时,弹簧2作用于复位杆3上将钢球5压紧在左阀座7上,切断A腔和回油T的通路,使压力油P与A腔连通;当电磁铁通电时,电磁铁推力经杠杆11、钢球10和推杆12作用于钢球5,使钢球5压在右阀座4上,封闭压力油P,使A腔与回油T相通。

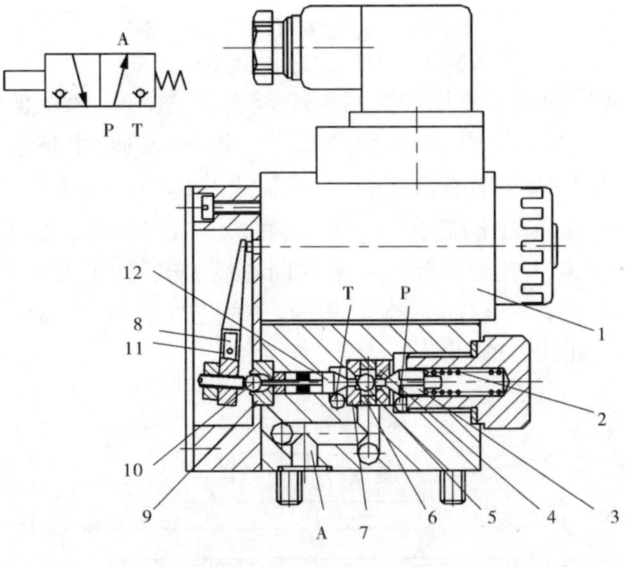

1—电磁铁;2—弹簧;3—复位杆;4—右阀座;5—钢球;6—隔环;7—左阀座;
8—杠杆盒;9—定位球套;10—钢球;11—杠杆;12—推杆

图3-20　常开式二位三通电磁球阀

常闭式二位三通电磁球阀如图3-21所示,在初始位置时,压力油P与A腔是封闭的,即电磁铁在未通电时,弹簧将复位杆1紧紧压在右阀座上,压力油不得进入A腔,而A腔与回油T相通。当电磁铁通电时,压力油P与A腔相通,与回油T封闭。

电磁球阀的最大特点在于它有良好的密封性能,依靠钢球紧压在阀座上,实现无泄漏(滑阀式换向阀是无法做到的)。它不仅减少了能量损耗,而且不会因杂质进入配合间隙而引起发卡,工作可靠性高。

3.1.2.3　电液换向阀

电液换向阀由电磁换向阀和液动换向阀组合在一起构成,其中,电磁换向阀作为先导阀起控制作用,液动换向阀是一种利用控制油路的压力油推动阀芯改变位置的换向阀,用

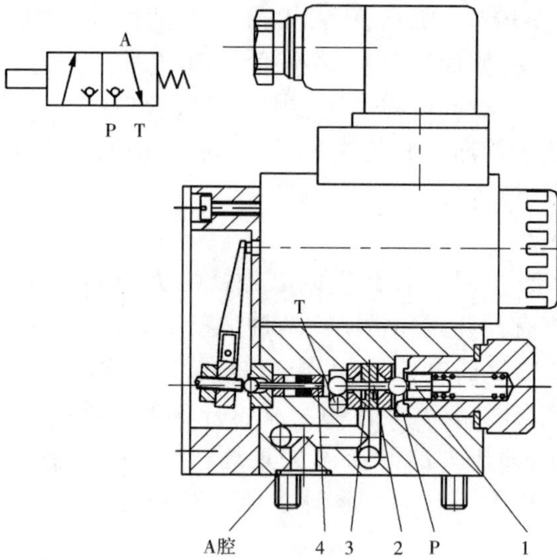

1—复位杆;2—中间推杆;3—隔环;4—推杆

图 3-21　常闭式二位三通电磁球阀

于控制主油路。电液换向阀工作原理如图 3-22 所示,当先导电磁阀的两个电磁铁都不通电时,控制油口 K_1 被封堵,主阀两侧油腔经 K_2 与回油箱连通,主阀芯 4 在两侧弹簧作用下处于中间位置;当先导阀左电磁铁通电时,控制油由 K_1 经先导阀 1 进入主阀右侧油腔,左侧油腔与回油箱连通,使主阀芯在控制油作用下压缩左弹簧 5 而左移,从而沟通 P、A 两腔,中空的主阀芯使 B、T 连通。当左电磁铁断电后,先导阀回复中间位置,主阀芯在左弹簧作用下回复中间位置。当右电磁铁通电时,主阀芯 4 右移,P 与 B 连通,A 与 T 连通。电液换向阀图形符号如图 3-23 所示。

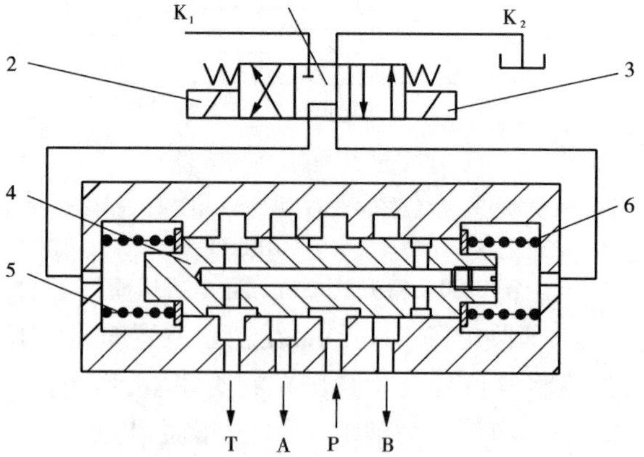

1—先导阀;2—左电磁铁;3—右电磁铁;4—主阀芯;5—左弹簧;6—右弹簧

图 3-22　电液换向阀工作原理

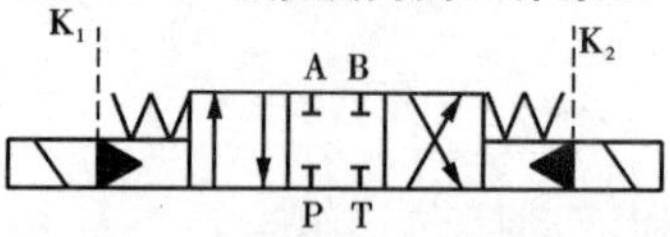

图 3-23　电液换向阀符号

3.1.2.4　其他常用液压阀

1. 单向阀

单向阀分为普通单向阀和液控单向阀两种。

1）普通单向阀

单向阀又称止回阀，它使液体只能沿一个方向通过。单向阀可用于液压泵的出口，防止系统油液倒流；可用于隔开油路之间的联系，防止油路相互干扰；还可用作旁通阀，与其他类型的液压阀相并联，构成组合阀。对单向阀的主要性能要求是：油液向一个方向通过时压力损失要小；反向不通时密封性要好；动作灵敏，工作时无撞击和噪声。单向阀由阀体、阀芯和弹簧组成，如图3-24（a）所示。

当压力油从左端油口 P_1 流入时，油液推力克服弹簧作用在阀芯上的力，使阀芯右移，打开油口，并通过上面的径向孔 A，从阀体右边油孔 P_2 流出。当压力油从 P_2 油口流入时，液压力与弹簧力方向相同，使阀芯紧压在阀座上，液流无法通过。图3-24（b）为单向阀的图形符号。

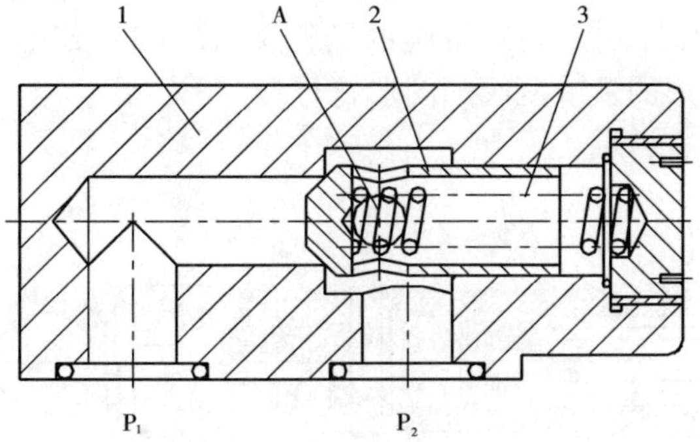

(a)结构原理

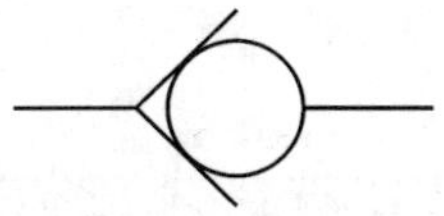

(b)图形符号

1—阀体；2—阀芯；3—弹簧

图3-24　单向阀结构原理及图形符号

2）液控单向阀

液控单向阀是允许液流向一个方向流动，而反向开启必须通过液压控制来实现的单向阀。此外，液控单向阀还要满足控制活塞泄漏少、控制压力低、反向压力损失小等要求。液控单向阀通常用作液压系统的保压阀或液压缸的支承阀；用两个液控单向阀还可以组成“液压锁”。在高油压调速器中，液控单向阀多用于液压缸的液压锁定，“液压锁”则常与各类方向控制阀叠加使用，以减少方向阀的漏油量。

液控单向阀有带卸荷阀芯和不带卸荷阀芯两种结构形式，这两种结构形式按其控制活塞的泄油方式，又有内泄式和外泄式之分。

图3-25为SV型内泄式液控单向阀及其图形符号。油流自A口至B口始终可以流动。在X口接通排油时，压力油自B口接入使先导阀3和主阀2关闭，不能流入A口。若X口接通控制压力油，则控制活塞5被推向右侧，先后打开先导阀3和主阀2，压力油即可自B口向A口流动。为了保证控制活塞能可靠地打开先导阀和主阀，进入X口的控制油压需大于所需的最低控制油压。

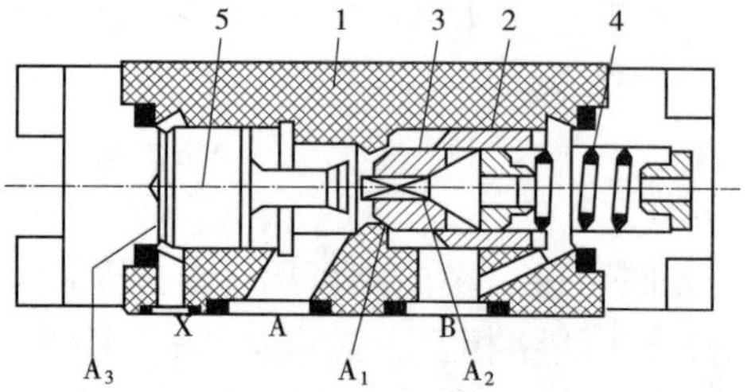

(a) SV 型内泄式液控单向阀结构

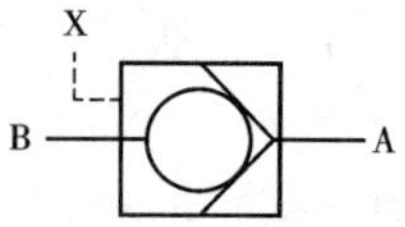

(b) 图形符号

1—阀体；2—主阀芯；3—先导阀芯；4—压缩弹簧；5—控制活塞

图 3-25　SV 型内泄式液控单向阀结构及图形符号

2. 减压阀

减压阀是将较高的进口压力降低为较低的出口压力的液压阀。在高油压调速器中，通常使用直动式定值减压阀进行减压或稳压。根据减压阀所控制的压力不同，可分为定值输出减压阀、定差减压阀和定比减压阀。其中定值输出减压阀的出口压力接近于整定的恒定值。图 3-26 为 ZDR10D 型叠加式直动减压阀的结构图，图 3-27(a)、(b)分别为 ZDR10D 型叠加式直动减压阀的外形图及减压阀的图形符号。

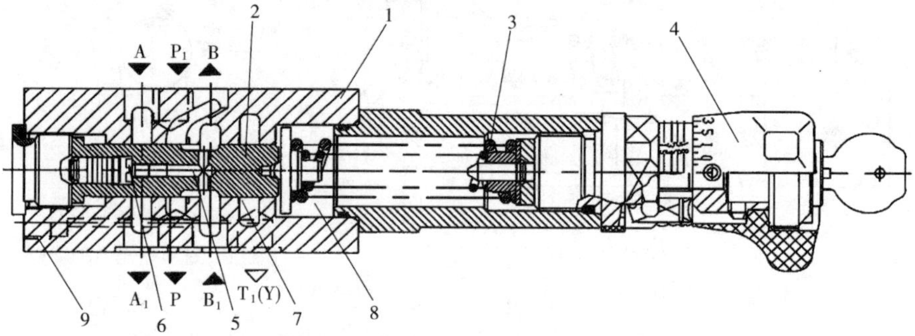

1—阀体；2—控制阀芯；3—压缩弹簧；4—压力调节装置；
5—控制油路；6—阀芯；7—孔；8—弹簧腔；9—压力表接口

图 3-26　ZDR10D 型叠加式直动减压阀结构

(a)ZDR10D型叠加式直动减压阀外形

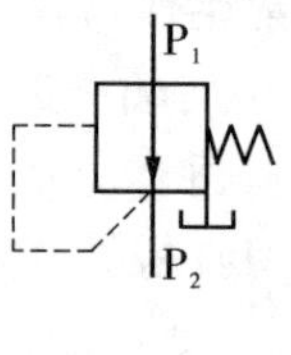

(b)减压阀图形符号

图 3-27　ZDR10D 型叠加式直动减压阀外形及图形符号

ZDR10D 型叠加式直动减压阀有四个压力等级和三种压力调节装置(带保护罩的六角调节螺栓、调节手柄及带锁调节手柄)供选择。该阀主要用来降低系统某一回路的压力，它主要由阀体、阀芯、压缩弹簧和压力调节装置及可供选用的单向阀组成。其工作原

理如下(为叙述方便,将油口B相连的腔体简称为B腔,与油口B_1相连的腔体简称为B_1腔,依此类推):

当B_1腔的油压较低,未超过弹簧3的设定值时,该阀常开,油液可自由地从B腔流向B_1腔。当B_1腔的压力升高,超过弹簧3的设定值时,该腔压力油经控制油路5作用于阀芯6的左侧,阀芯6向右推移并压缩弹簧3,控制阀芯2右移至调节区域内,并随B_1腔的压力变化而左右移动,使B_1腔的压力保持恒定。若B_1腔的压力继续升高,阀芯2将继续右移,使得B_1腔经孔7与T_1相通,使B_1腔的压力不再升高,实现过载保护。渗漏油经弹簧腔8通过T_1(Y)排至油箱。减压后的压力可通过压力表接口9检测。

3. 溢流阀

溢流阀的作用是使系统中多余的液压油通过该阀溢出,从而维持其进口压力近于恒定的压力控制阀。在高压油压装置中,溢流阀用作系统的安全阀,防止液压系统过压而导致事故。

溢流阀分为直动式溢流阀和先导式溢流阀。高压油压装置中常用直动式溢流阀。直动式溢流阀是作用在阀芯上的主油路液压力与调压弹簧力直接相平衡的溢流阀。在直动式溢流阀中,当液压作用力低于整定的弹簧力时,阀芯在弹簧力的作用下压紧在阀座上,阀口关闭,溢流口无液压油溢出;当液压作用力超过整定的弹簧力时,阀芯开启,液压油溢流。弹簧力随着开口量的增大而增大,液压力则随着开口量的增大而减少,直至液压作用力与弹簧力相平衡,系统压力便维持于溢流阀整定的安全压力值,从而防止了液压系统的过压。

对溢流阀的主要性能要求是:调压范围大,压力波动和压力超调小;过流能力大,压力损失和内泄漏量小;动作灵敏,噪声小。为保证良好流量特性,压力范围分为2.5 MPa、5 MPa、10 MPa、20 MPa、31.5 MPa、40 MPa等级别,每个压力级别有一个弹簧,最大调整压力与压力级别相同。

高压油压装置中,一般采用DBD型锥阀结构的直动式溢流阀用作安全阀。其连接方式有插装式连接、管式连接、板式连接。压力调节方式有:调节手柄、带锁的调节手柄和带保护罩的内六角调节螺栓3种。

图3-28(a)、(b)分别为DBD型插入式锥阀结构的直动式溢流阀的原理图及其图形符号。如图3-28(a)所示,溢流阀由插入体、弹簧、调节机构、具有减震活塞的锥阀及弹簧座等组成。锥阀靠弹簧力固定在弹簧座上,通过调节机构调整弹簧来无级调整压力。压力油从P口进入阀内,作用在锥阀和减震活塞上,当达到整定压力时,压力油克服弹簧力将锥阀向左推,压力油流向T口,锥阀的行程靠销钉限制。板式结构只需将插入式阀装上相应的板式阀体即可。

溢流阀的型号规格,应根据高压油压装置的工作压力及油泵的输油量进行选择。安全阀的溢油管宜直接与回油箱连通,若与其他回油管并联时,注意其背压不得超过0.2 MPa。

4. 节流阀和单向节流阀

节流阀是通过改变通流面积或通流长度来控制流量大小的阀门,将节流阀和单向阀并联即组合成单向节流阀。节流阀和单向节流阀是简易的流量控制阀,它们没有压力和

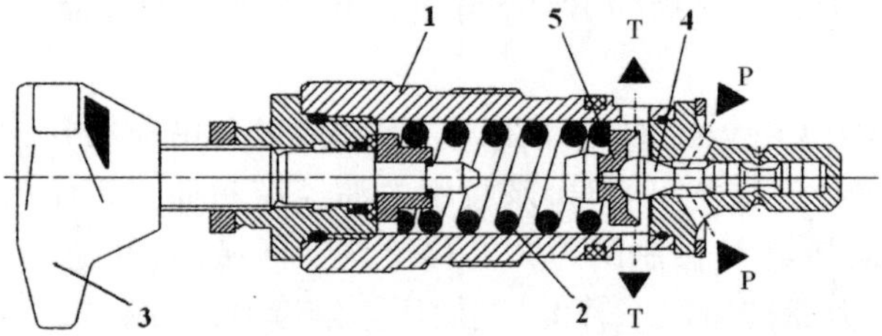

(a) DBD 型插入式直动溢流阀原理

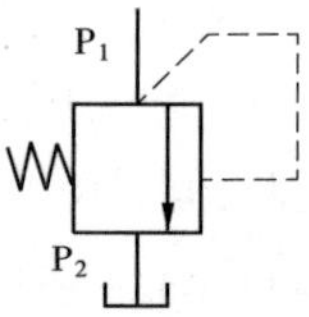

(b) 溢流阀图形符号

1—插入体;2—弹簧;3—调节机构;4—具有减震活塞的锥阀;5—弹簧座

图 3-28　DBD 型插入式锥阀结构的直动式溢流阀原理及图形符号

温度补偿装置,不能补偿由负载或油液黏度变化所引起的速度变化,仅适用于负载变化不大或对整定速度要求不高的场合。在高油压调速器中,常用其来整定液压缸的开关机时间。对节流阀和单向节流阀的性能要求是:流量调节范围大、泄漏量小、压力损失小、调节力矩小、动作灵敏等。

图 3-29(a)和(b)分别为节流阀和单向节流阀的图形符号。

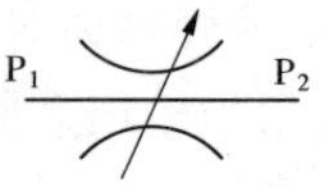

(a)节流阀图形符号

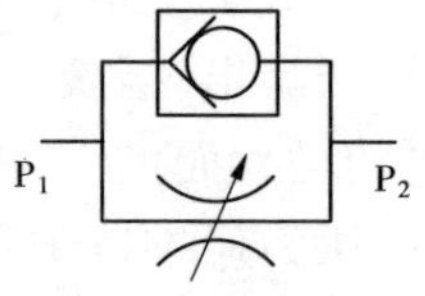

(b)单向节流阀图形符号

图 3-29　节流阀与单向节流阀图形符号

图 3-30 为 MG 型节流阀,从阀的左端看,顺时针旋转节流阀的调节套 1 将增大节流口的开口量;反之则减小节流口的开口量,从而实现对流量的调节。其阀套左端有一个指示刻度的小槽,调节套上有刻度环,以标示调节量的大小。MG 型节流阀直接安装在管路上,节流口采用轴向三角槽式结构。由于有部分油液可在环行缝隙中流动,可以清除节流口上的沉积物。该阀结构简单,但流量调节须在无压条件下进行。

图 3-31 为 MK 型单向节流阀,它与 MG 型节流阀的结构大部分相同,仅在阀套中间增加了一个单向阀。当液流自 B 向 A 流动时,其节流过程与节流阀相同;当液流自 A 向 B 流动时,单向阀打开,实现液流反向自由流动。

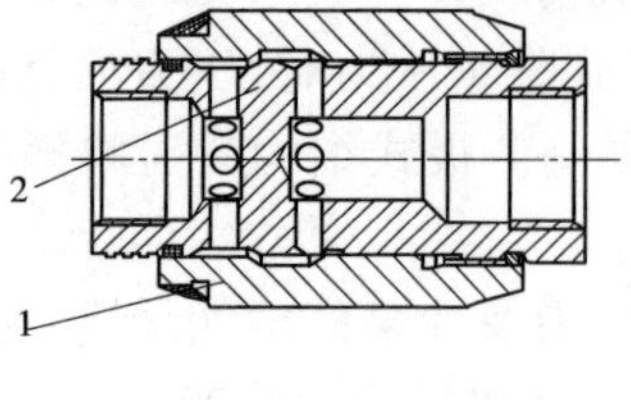

1—调节套;2—阀套

图 3-30　MG 型节流阀

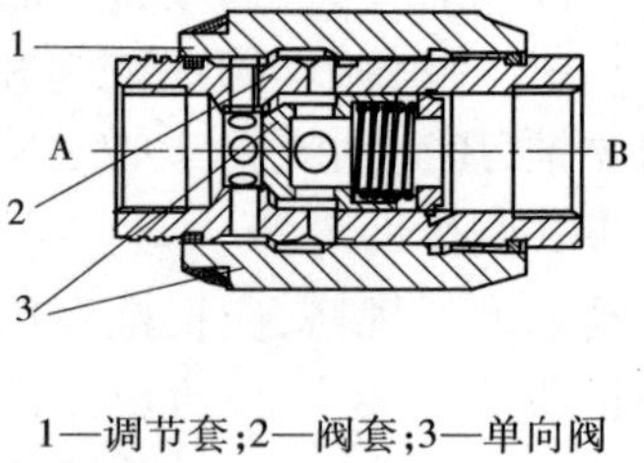

1—调节套;2—阀套;3—单向阀

图 3-31　MK 型单向节流阀

5. 梭阀

梭阀相当于两个单向阀组合的阀,其作用相当于“或门”,在高油压水轮机调速器中,常作为控制压力油的选择元件。

梭阀的结构和图形符号如图 3-32 所示，梭阀有两个控制压力油入口 P_1 和 P_2，一个出口 A，且 P_1 和 P_2 口都可与 A 口相通，而 P_1 和 P_2 口之间不相通。梭阀的工作原理如下：由 P_1、P_2 口引入待选择的控制压力油，经比较后，压力较大的控制压力油进入 A 口。

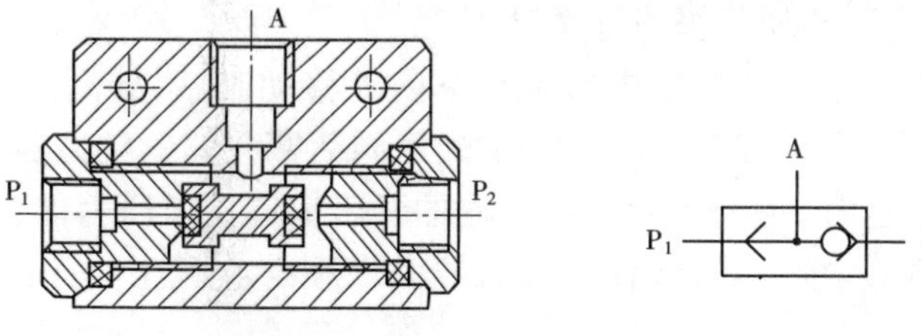

(a)梭阀结构　　(b)图形符号

图 3-32　梭阀的结构及其图形符号

以上内容较为详细地介绍了液压控制阀的类型、结构和工作原理等，在实际使用中液压控制阀的性能是比较稳定的，基本可以免维护。但是使用较长时间后会出现被油污粘黏，导致阀芯动作灵敏度下降等现象，这时需要进行拆卸清洗等工作。

3.1.3　液压放大机构的使用与维护

水轮机调速器液压放大机构的作用是将电机或电液转换装置输出的机械位移或液压控制信号成比例地放大，并与其方向相应一致，满足接力器流量要求，使接力器具备一定的操作功，推动导水机构开大或关小，实现水轮机导叶或桨叶开度的调节。常用的液压放大装置有主配压阀、插装阀、液动阀等。值得一提的是，当数字阀作为电液转换装置时，电磁换向阀、电液换向阀及插装阀等既可作为电液转换装置，又能作为液压放大装置使用，这部分内容可参阅 3.2.2 数字阀的相关内容，此处不再赘述。

3.1.3.1　主配压阀及其液压放大机构

对于混流式和轴流式水轮机而言，主配压阀用于控制导叶或轮叶接力器的开启或关闭，对于冲击式水轮机则是控制喷针或折向器接力器。主配压阀是调速器机械液压系统的功率放大元件，它主要有两种结构，一种是带引导阀的机械位移控制型主配压阀；另一种是带辅助接力器的机械液压控制型主配压阀。对于带辅助接力器液压输入的主配压阀，还必须设置主配压阀活塞至电液转换器的电气或机械反馈。

1. *带引导阀的机械位移控制型主配压阀*

带引导阀的机械位移控制型主配压阀结构如图 3-33 所示，图示为主配压阀处于中间平衡位置时的状态。它由阀体、主配压阀活塞（含辅助接力器）与衬套、引导阀活塞与衬套、开机和关机时间调整螺母等组成，紧急停机电磁阀和双滤油器也装配在其集成块上。

这种带引导阀的机械位移控制直联型主配压阀，采用机械位移输出的电机转换器对其进行控制。其引导阀活塞为微差压式，它始终受到一个向上的作用力，因而引导阀活塞随动于电机转换装置的位移。通过引导阀对辅助接力器的控制，主配压阀活塞的位移等于引导阀活塞位移，也即主配压阀活塞随动于电机转换装置的机械位移。

机械位移控制型主配压阀的工作原理如下：如图 3-33 所示，辅助接力器由主配压阀活塞4下部的恒压腔7和上部的控制腔3组成,控制腔的面积约等于恒压腔面积的2倍。恒压腔通以压力油,使活塞具有恒定向上的作用力,而控制腔的油压由引导阀9控制。当主配压阀处于中间平衡位置时,引导阀活塞正好堵住引导阀衬套的工作窗口,辅助接力器控制腔油压约为工作油压的1/2,主配压阀辅助接力器控制腔受到的向下作用力等于恒压腔的向上的作用力,主配压阀活塞处于静止状态。

当引导阀活塞在步进电机或伺服电机带动下向上移动时,引导阀工作窗口与回油腔接通,主配压阀辅助接力器控制腔油压减小,主配压阀活塞在辅助接力器恒压腔液体压力的作用下也向上运动。这时,主配压阀至接力器的开启窗口接通压力油,至接力器的关闭窗口接通排油;压力油进入接力器开启腔,接力器关闭腔与主配压阀的回油腔接通,接力器向开启方向运动。

当引导阀活塞在步进电机/伺服电机带动下向下移动时,引导阀工作窗口与压力油腔接通,主配压阀辅助接力器控制腔油压增大,主配压阀活塞在辅助接力器控制腔液压力的作用下也向下运动。这时,主配压阀至接力器的开启窗口接通排油,至接力器的关闭窗口接通压力油;压力油进入接力器关闭腔,接力器开启腔与主配压阀排油腔接通,接力器向关闭方向运动。

机械位移控制型主配压阀活塞上部有接力器开机和关机时间的调整螺母。调整位置可分别限制主配压阀活塞向上(开启)和向下(关闭)的最大工作行程,从而控制主配压阀工作油口的最大开口,进而控制进入接力器的最大流量,满足不同接力器要求的最小开机和关机时间。

如图3-33所示,当紧急停机电磁阀动作时,经双精滤油器过滤后的压力油进入引导阀活塞的上腔,使引导阀活塞向下移动,也带动主配压阀活塞向下运动,从而使接力器快速关闭。

2.液压控制型主配压阀及其液压放大机构

美国GE公司生产的FC阀组是一种带辅助接力器的液压控制式主配压阀,又称为流量控制型主配压阀。FC型阀组由主配压阀外壳、主配压阀活塞、位移传感器、紧急停机电磁阀、手动停机阀等构成,如图3-34所示。图中主配压阀处于中间平衡状态。

FC型主配压阀是FC阀组的功率执行部件,它自身带一个主配压阀活塞位置位移传感器,可实现电液转换器对FC主配压阀12的比例控制(闭环控制)。在图3-34中,P为压力油,T为回油;A与接力器关闭腔相通,B与接力器开启腔相通。辅助接力器由图3-34中左端的恒压腔2和右端的控制腔6组成,其面积比近似为1/2,恒压腔接主配压阀的工作油压,控制油腔由比例伺服阀控制。

当比例伺服阀使控制腔的油压约为工作油压的1/2时,控制腔6和恒压腔2对主配压阀活塞12的作用力大小相等、方向相反,主配压阀活塞保持静止状态。如果控制腔接通压力油,控制腔的压力上升,主配压阀活塞向左运动,使P与B接通,T与A接通,使接力器开机方向移动。如果控制腔接通回油,控制腔的压力下降,主配压阀活塞向右端运动,使P与A接通,P与B接通,接力器向关机方向运动。电源消失时,比例伺服阀阀芯处于故障位,控制油口接通回油,主配压阀活塞处于使接力器关闭的位置。

在FC主配压阀的左端设有开机调节螺母1,在其右端设有关机时间调节螺母9,可整

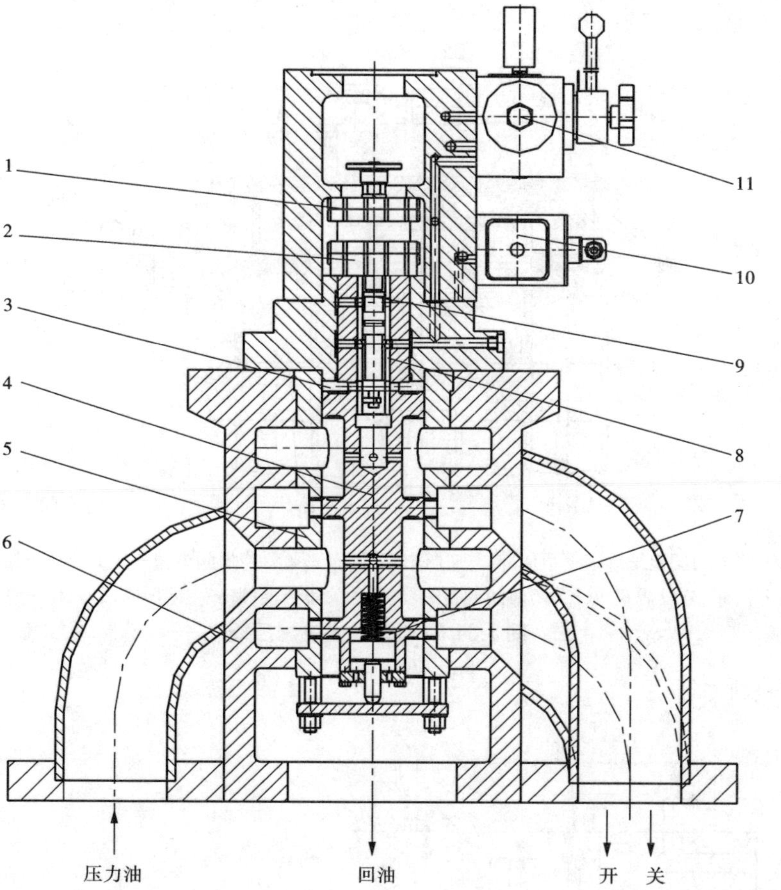

1—开机时间调整螺母;2—关机时间调整螺母;3—控制腔;4—主配压阀活塞;5—主衬套;
6—阀体;7—恒压腔;8—引导阀衬套;9—引导阀;10—紧急停机电磁阀;11—双精滤油器

图 3-33 带引导阀的机械位移控制型主配压阀结构

定接力器的开启和关闭时间。对于分两段关闭的机组,可用该阀螺母 9 整定快关段的关机时间,慢关段的关机时间可由分段关闭装置实现。

采用 FC 型阀组的微机调速器工作原理如下:微机调速器输出的控制信号,与比例伺服阀阀芯位移反馈信号和 FC 主配压阀活塞的直线位移传感器反馈信号比较并放大为 4 ~ 20 mA电流信号后,去驱动比例伺服阀,进而控制主配压阀向开启或关闭方向运动。当主配压阀活塞达到微机调速器的控制值时,驱动放大器控制比例伺服阀回零,使主配压阀活塞停在与微机调速器的控制值成比例的位置,从而实现微机调速器对 FC 主配压阀活塞位置的比例控制。

3.1.3.2 插装阀及其液压放大机构

插装阀是近几年发展起来的一种新型液压元件,它具有通流量大、响应快、密封性好、集成度高和抗污染能力强等优点,在现代水轮机调速器中得到了应用。下面介绍其结构和工作原理。

插装阀的典型结构如图 3-35(a)所示,它由控制盖板 1、套筒 2、弹簧 3、阀芯 4、插装阀体 5 和先导元件等组成,其中套筒 2、弹簧 3、阀芯 4 等组成插装主件。插装阀的图形符号

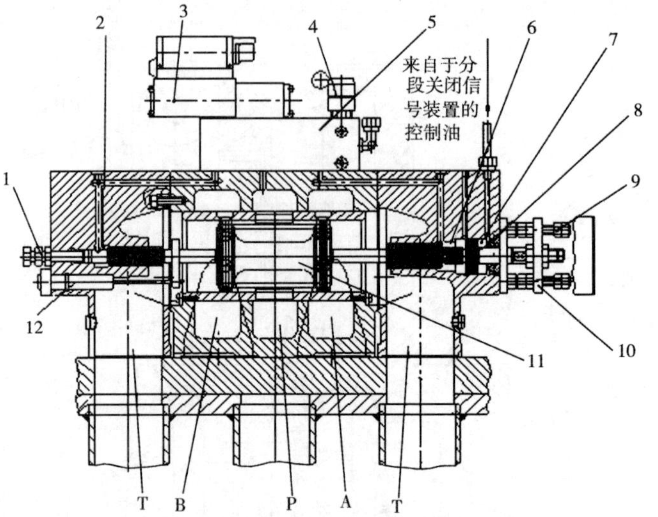

1—开机时间调整螺母;2—恒压腔;3—比例伺服阀;4—紧急停机阀组;5—集成块;6—控制腔;7—分段关闭腔;8—分段活塞;9—关闭时间调整螺母;10—关闭挡板;11—主配压阀活塞;12—直线位移传感器

图 3-34　FC 型卧式主配压阀

如图 3-35(b)所示。

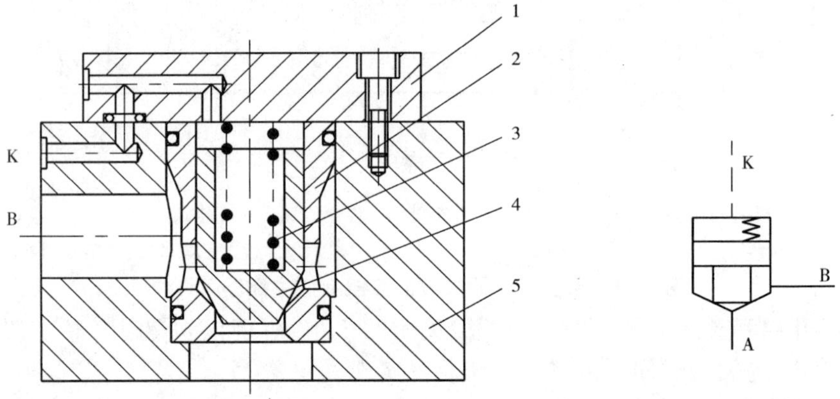

(a)结构　　(b)图形符号

1—控制盖板;2—套筒;3—弹簧;4—阀芯;5—插装阀体;A、B—工作油口;K—控制油口

图 3-35　插装阀结构及其图形符号

插装式锥阀工作原理十分简单,A、B 为主油路工作油口,K 为控制油口,改变控制油口的通、断状态,即可控制主阀的开启和断开,控制 A、B 油口的流向和压力等。下面用图形符号组成的控制油路介绍其工作原理。

图 3-36(a)所示插装阀可用作单向阀。设 A、B 油口的压力分别为 p_A 和 p_B,当控制油口 K 与油口 A 相通时,若 $p_A > p_B$ 时,锥阀关闭,油口 A 和 B 不通;若 $p_A < p_B$,且 $p_B - p_A$ 达到开启压力时,锥阀开启,油液从 B 油口流向 A 油口,从而构成油流从 B 流向 A 的单向阀。当控制油口 K 与油口 B 相通时,则油口 A、B 通断情况与上述相反。

图 3-36(b)为插装阀组与电磁球阀组成的液压控制回路。图示为电磁球阀 5、6 均不

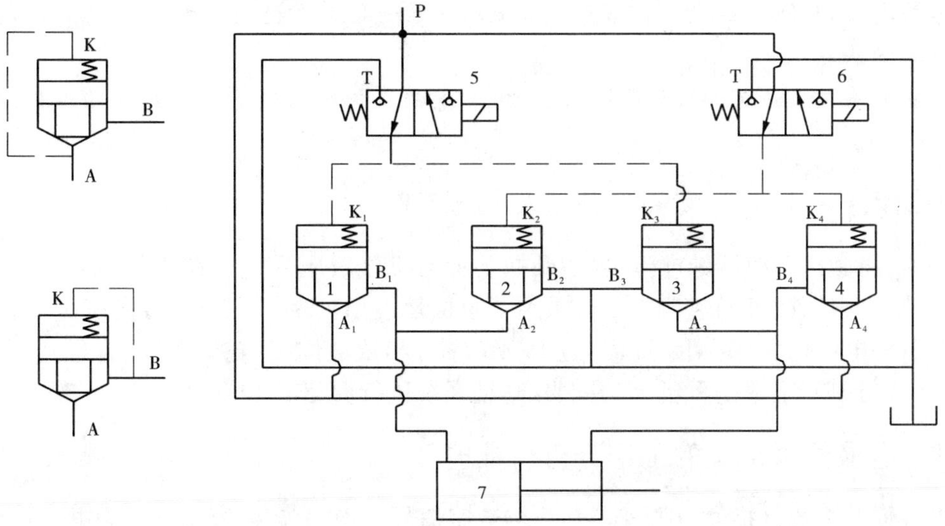

(a)插装阀　　(b)插装阀组与电磁球阀组成的液压控制路

1、2、3、4—插装阀；5、6—电磁球阀；7—液压缸；A、B—工作油口；K—控制油口；P—压力油口；T—回油口

图3-36　插装式方向控制阀工作原理

通电的状态，这时4个插装阀的控制油口 $K_1 \sim K_4$ 都与压力油相通，均处于关闭状态，A_1、B_1 等4对工作油口均不通；当电磁球阀5通电，电磁球阀6不通电时，插装阀1、3的控制油口 K_1、K_3 经电磁球阀5与回油T相通，插装阀1、3的阀芯被油压顶起，A_1 与 B_1 油口相通，A_3 与 B_3 油口相通，而插装阀2、4仍然处于关闭状态，这时压力油经插装阀1的工作油口 A_1、B_1 进入液压缸7的左腔，而右腔的油经插装阀3的工作油口 A_3、B_3 到回油箱，此时液压缸活塞向右移动；当电磁球阀6通电，电磁球阀5不通电时，插装阀1、3关闭，插装阀2、4工作油口接通，液压缸7活塞向左移动。在GYT系列高油压水轮机调速器机械液压系统中，就是利用这种控制回路来控制接力器的动作的。

液压控制系统的维护和液压阀的维护是密切相连的，当液压阀出现故障时，必然会影响系统的正常工作，经过清洗液压阀和相关的液压集成块，更换或处理液压油等，系统会恢复正常工作。但是液压阀是非常精密的设备，在拆卸时一定要注意拆卸顺序，不得损坏密封圈，螺栓拧紧的程度等；清洗时一定要仔细，任何细小的颗粒都要清洗干净，要仔细检查避免棉纱线留在零件的表面；回装时要按拆卸的反顺序进行，不得将零件的表面碰撞损坏，形成毛刺等，螺栓的紧度要与拆卸时相近。

任务3.2　电液/电机伺服系统的工作分析与维护

【教学目标】

1. 能力目标

能正确使用和维护电液随动系统、数液随动系统。

2. 知识目标

掌握电液伺服系统、数液伺服系统和电机式数液伺服系统的组成、工作原理及其工作过程分析方法。

了解电液伺服系统、数液伺服系统和电机式数液伺服系统等三种系统的维护方法及要点。

【相关知识】

通常,将微机调速器的电液/电机转换装置与机械液压系统合在一起称为电液伺服/随动系统,又根据微机调速器中是否采用了模拟量输出模块(即 D/A 转换模块),将伺服系统又分为电液伺服/随动系统(经过 D/A 转换)和数液伺服/随动系统(未经过 D/A 转换)。下面分别对上述两种类型的伺服/随动系统进行介绍。

3.2.1 电液伺服系统的工作分析与维护

电液伺服系统是指微机调速器输出的数字信号经 D/A 转换模块转变为电气量后,再去驱动电液比例阀或步进电机系统而构成的随动系统。下面以电液比例阀构成的电液伺服系统为例对电液伺服系统的工作过程进行分析,并进一步介绍其维护的方法及要点。

3.2.1.1 电液伺服系统工作过程的分析

下面以 GKT－80 型高油压微机调速器为例来介绍电液伺服系统。

1. 电液伺服系统的组成

GKT－80 型高油压调速器的机械液压系统原理图如图 3-37 所示,该电液比例伺服系统主要由比例换向阀 16、手自动切换阀 17、紧急停机电磁阀 20、单向节流阀 21、液压缸 23、电气反馈装置 24、液控单向阀 25 及两段关闭装置 22 等构成)。在图的左侧为高油压装置部分,其结构原理已在上节进行了介绍;图的右侧为机械液压部分,来自囊式蓄能器输送来的压力油,经过压力表后分为上、下两条油路。

上面一路油管到高油压调速器液压控制回路,该控制回路由左、中、右 3 条并联的油路构成。左边油路是自动调节回路,由手自动切换阀 17、小波动阀(即比例换向阀 16)、大波动阀(即开关换向阀 18)构成,其中大波动阀与小波动阀并联连接,手自动切换阀 17 则是与大、小波动阀相串联;右边油路是由紧急停机电磁阀 20 构成的紧急停机回路;中间油路是由手动换向阀 19 构成的手动操作回路。上述三条并联油路的控制阀各自有两个输出工作油口,所有控制液压缸开启的油口并联,经一条油管、单向节流阀 21、两段关闭装置 22 及液控单向阀 25 与液压缸 23 的开启腔相连;所有控制液压缸关闭的油口并联,经一条油管、单向节流阀、液控单向阀与液压缸的关闭腔相连。

另一路压力油向锁定电磁阀及刹车电磁阀供油。锁定电磁阀 26 用以控制由液控单向阀构成的液压锁定阀组;虚线框内为刹车控制回路,压力油经减压后用以控制刹车液压缸。

位移反馈装置 24 用于向调速器电气部分反馈液压缸的位移信号。

2. 电液伺服系统调节控制原理

GKT－80 型调速器的高油压系统的自动调节功能由大波动阀与小波动阀并联构成的自动调节阀组实现,简称大小阀调节模式,此种调节模式调节性能好。大波动时大小阀

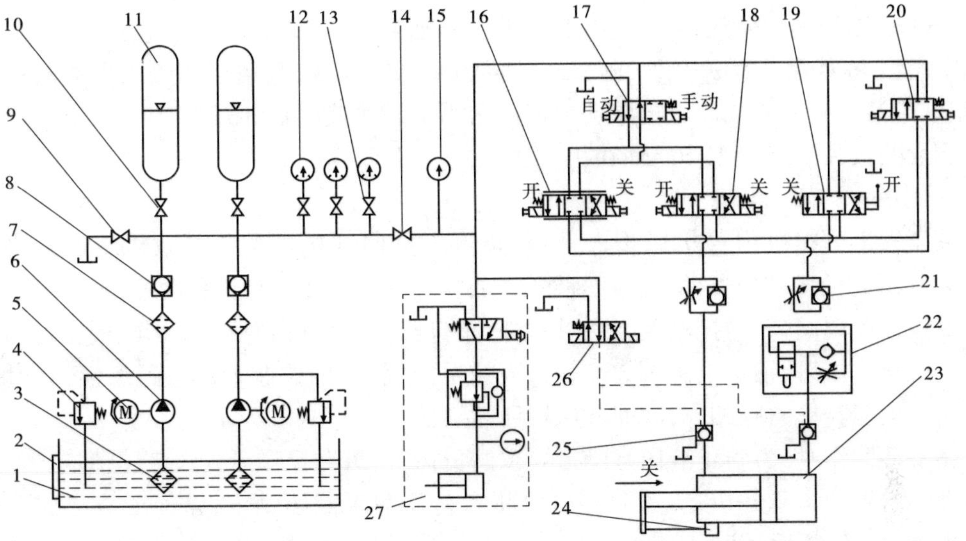

1—油箱；2—液位计；3—吸油滤油器；4—安全阀；5—电机；6—油泵；7—滤油器；8—单向阀；9—放油阀；10—截止阀；11—囊式蓄能器；12—电接点压力表；13—压力表开关；14—主供油阀；15—压力表；16—比例换向阀；17—手自动切换阀；18—开关换向阀；19—手动换向阀；20—紧急停机阀；21—单向节流阀；22—两段关闭装置；23—液压缸；24—反馈装置；25—液控单向阀；26—锁定电磁阀；27—刹车控制回路

图 3-37　GKT－80 型高油压调速器机械液压系统原理图

同时动作，液压缸按整定的最大速度运动，以保证系统的速动性；小波动时仅小波动阀动作，液压缸以较慢的速度运动，以保证系统的稳定性，使调速器同时具有良好的速动性与稳定性。

在 GKT－80 型高油压调速器中，大波动阀采用电磁换向阀或电液换向阀；小波动阀则采用电液比例换向阀或数字开关阀。

自动运行时，手动换向阀 19 处于中位，紧急停机电磁阀 20 复归（在右位），切断了各自的油路。手自动切换阀 17 的阀芯处于左位，即自动位置，接通了自动调节阀组的供、排油路，使调速器处于自动运行工况。在小波动工况下，当机组增负荷时，根据控制信号比例换向阀 16 的阀芯处于左位，向液压缸开启腔提供压力油，导叶开度增大；反之，机组减负荷时，比例换向阀 16 的阀芯处于右位，液压缸开启腔排油，关闭腔进压力油，导叶开度减小。在大波动工况下，当机组增负荷时，比例换向阀 16 和开关换向阀 18 的阀芯同时处于左位，压力油可迅速进入液压缸开启腔，使水轮机导叶迅速开大；反之，当机组甩负荷时，阀 16 和阀 18 的阀芯同时在右位，压力油可迅速进入液压缸关闭腔，导叶迅速关闭。

手动运行时，先将手自动切换阀 17 切换至右位，即手动位置，切断自动调节阀组的供、排油路；紧急停机电磁阀仍处于复归状态，这时操作手动换向阀 19 即可控制液压缸开关动作。

当机组事故需紧急停机时，紧急停机电磁阀 20 动作，手动换向阀 19 处于中位，手自动切换阀 17 同时切换为手动工况，切断自动调节阀组的供、排油路；液压缸即在紧急停机电磁阀 20 控制下紧急关机。

3. 开关机时间调整

GKT 系列高油压调速器的开关机时间调整,通常用调整液压缸油路上的单向节流阀(又称调速阀)实现。串联于液压缸开启油路上的单向节流阀用于调整液压缸的关闭时间;串联于液压缸关闭油路上的单向节流阀则用于调整液压缸的开启时间,开关机时间连续可调。两段关闭装置工作原理在相关章节中介绍。

4. 液压锁及低压油源

液压锁定可在机组停机后投入,以防止液压缸向开机侧爬行导致机组误开机。由 GKT－80 型高油压调速器的系统原理图可知,在正常运行时,锁定电磁阀 26 输出的压力油进入液控单向阀 25 的控制腔,将液控单向阀打开,使之成为通路,不影响液压缸的正常动作。机组停机后,锁定电磁阀 26 动作,液控单向阀 25 的控制油路接通排油,这时液控单向阀的机能与单向阀相同,因而液压缸便被锁住。

在手动操作时,为防止液压缸爬行导致溜负荷,也可在操作后投入液压锁定。如果在手动操作时接到紧急停机令,紧急停机令将会首先解除液压锁定,以保证液压缸迅速关机。机组紧急停机后,液压锁定将自动投入。

有些机组要求高油压调速器提供刹车控制装置及某些自动化元件所需的低压油源。由于所需油量较少,通常采用设置减压阀的方法满足上述要求。

3.2.1.2　电液伺服系统的使用与维护

1. 调速器的日常维护

(1)保持环境清洁,防止灰尘进入调速器,污染液压油。

(2)注意液压系统防水防潮。如果液压油水分含量较高,不但会腐蚀设备,而且在调速器暗管中高速流动时,产生大量气泡,导致调速器油回流不畅,甚至四处溢油。

(3)视油质情况定期切换并清洗滤油器,做好滤油器压力表与油罐压力表差值记录。新建电站投运时,调速器滤油器滤芯必须清洗后方可投入使用,电站运行前期建议每月清洗一次。

维护建议两点:一是回油箱增加旁路滤油设备,定期循环滤油,去除回油箱中的微型杂质,清洁油质,保证油泵泵入压力罐的油质精度在 20 μm 左右;二是电站运行初期,半个月或一个月循环滤油一次,一次时间为 3～4 d(根据滤油机的流量而定),然后根据电站现场实际情况,酌情规定或延长循环滤油周期。

2. 主配压阀的维护

主配压阀是机械液压系统中最重要的部件之一,直接影响调速器的性能,保持期良好状态,是调速器维护的重要工作。主配压阀由主阀壳体、衬套、活塞等关键零件。关键零件的配合尺寸和公差均是精心设计,并采取精密加工和特殊的热处理工艺生产,因此,在进行检修维护过程中一定要仔细。

按照电厂设备维护要求,机组及调速器运行一段时间后,均需进行必要的检修和维护,调速器也需进行拆卸清洗。在进行主阀活塞、衬套等拆卸清洗时应小心处理,千万不能将活塞的阀盘、衬套窗口的尖棱损伤。否则,将影响调速器的性能,并造成耗油量增加,严重时可能影响机组的安全运行。

3. 阀类控块的维护

控块上集成了各种阀类元件,其工作状态直接影响整个调速器的工作状态,因此,对控块的维护,是调速器的关键之一。

控块与控块之间,控块与阀体之间,控块与阀类之间均采用 O 型密封圈密封。但是,老化发硬或有缺陷的 O 型密封圈起不到密封作用的。因此,在拆卸清洗后,重新安装前,必须检查 O 型圈是否老化、是否完好,否则应更换。装配时,必须确保密封圈完全放入沟槽,如果密封圈在阀块或液压元件底部,为保证装配时不脱落,可涂少量的黄干油将密封圈粘住。阀块及液压元件装配前需清洗,保证其内部及密封面清洁干净,连接时每颗螺钉应用力均匀,将密封面压紧。

检修时拆卸下的阀块需旋转于橡皮、纸垫等较软而平整、清洁的物体上,其表面不得有细小而坚硬的东西,以避免配合表面划伤,影响密封。

4. 手操机构的维护

手操机构内有滚珠丝杆副和弹簧的,空气中的水分或长期不工作,会导致它们锈蚀,它期在手操机构的油嘴处添加润滑没,保持其运动灵活,正常工作。

3.2.2　数液伺服系统的工作分析与维护

数液伺服系统是指微机调速器输出的数字信号未经 D/A 转换,直接经开关量/脉冲输出模块去控制数字阀或步进电机/伺服电机而构成的伺服/随动系统。下面以步进电机及数字阀构成的数液伺服系统为例对数液伺服系统的工作过程进行分析,并进一步介绍其维护的方法及要点。

3.2.2.1　步进电机伺服系统工作分析与维护

1. 步进电机伺服系统工作过程分析

1) 步进电机控制的伺服系统组成

步进电机伺服系统的构成如图 3-38 所示,主要由步进式电机转换器、引导阀活塞 10、引导阀衬套 11、主配压阀活塞 12、主配压阀体 13、紧急停机装置 17、双联滤油器 16、分段关闭装置 18 ~ 20(根据电站情况配置)等构成。其中,步进式电机转换器采用步进电机驱动,它具有自复中特性,并且不用油,故又称为无油电机转换器,主要由步进电机 1(含驱动器)、滚珠螺旋副 3、连接套 5、复中上弹簧 4 和复中下弹簧 9 等组成。

电机伺服系统(即交流伺服电机驱动的电机伺服系统)与之相似,只是将交流伺服电机取代步进电机构成无油电机转换器即可。所以在许多调速器的机械液压系统图中,电机转换部分常常标注步进电机/交流伺服电机,这意味着它们都可以构成无油电机转换器。

2) 步进电机伺服系统工作原理

当微机调速器输出关闭方向信号(数字脉冲)时,步进电机 1 驱动滚珠丝杠做顺时针方向旋转,使滚珠螺旋副 3 带着连接套 5 向上运动,使引导阀活塞 10 也向上移动,主配压阀活塞 12 上腔接通排油,在下腔压力油的作用下推动主配压阀活塞 12 上升,直到主配压阀控制窗口被引导阀活塞下阀盘重新封闭,主配压阀活塞便稳定在一个新的平衡位置,此时接力器关机侧油腔与压力油接通,接力器活塞向关小导叶方向运动。

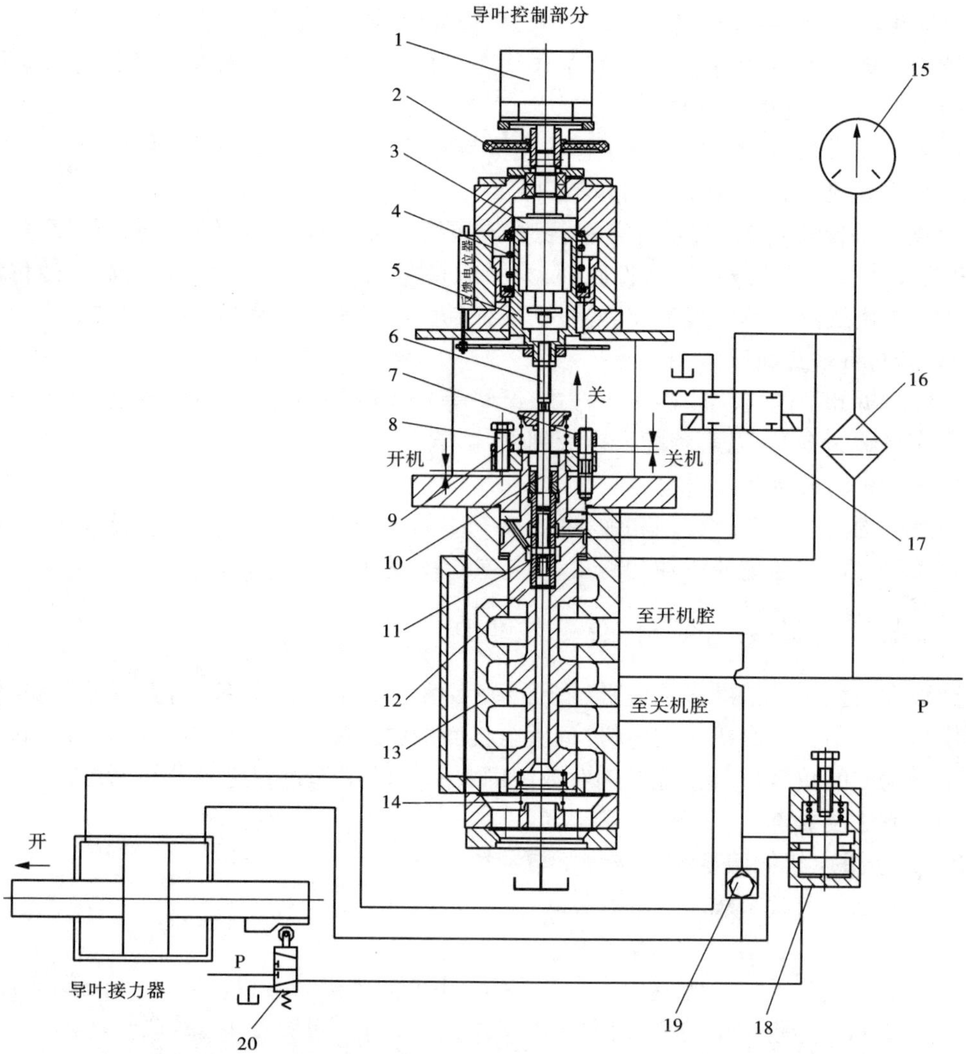

1—步进电机/交流伺服电机;2—手轮;3—滚珠螺旋副;4—复中上弹簧;5—连接套;6—调整杆;
7—关机时间调整螺杆;8—开机时间调整螺杆;9—复中下弹簧;10—引导阀活塞;11—引导阀衬套;
12—主配压阀活塞;13—主配压阀阀体;14—主配压阀托簧;15—压力表;16—双联滤油器;
17—紧急停机电磁阀;18—分段关闭主阀;19—分段单向阀;20—分段关闭先导阀

图3-38 BWT微机调速器机械液压系统图

反之,当微机调速器输出开启方向信号(数字脉冲)时,步进电机1驱动滚珠丝杠做逆时针方向旋转,使滚珠螺旋副3带着连接套5向下运动,使引导阀活塞10也向下移动,主配压阀活塞12下腔的控制窗口接通排油,在上腔压力油压作用下推动主配压阀活塞向下移动,直到控制窗口被引导阀活塞下阀盘重新封闭,主配压阀活塞便稳定在一个新的平衡位置,此时接力器开机侧油腔便与压力油接通,接力器活塞向开大导叶方向运动。

当导叶调整至与导叶开度给定值相等时,微机调速器无调节信号输出,步进电机失去调节信号,控制力矩为零,又因为滚珠丝杠无自锁功能,故在复中弹簧的复中力作用下,自复中型步进式电位移转换装置快速回到中间位置,同时带动引导阀回到中间位置,主配压阀也回到中间位置，从而接力器停止调整，机组便稳定在当时的导叶开度运行。

3）紧急停机回路工作原理

紧急停机时，紧急停机阀17的阀芯处于右位，主配压阀活塞12的上腔的油液直接经紧急停机阀17排至回油箱，在主配压阀活塞12下腔的油压作用下，主配压阀快速上移，接力器活塞向关闭方向移动，导叶关闭。

4）两段关闭装置工作原理

当微机调速器发出停机令后，接力器先以正常速度关机，即第一段关闭速度；当接力器杆上的可调撞块压下分段关闭先导阀20以后，先导阀阀芯处于图中上位，压力油经先导阀20进入分段关闭主阀18的差压活塞下腔，使差压活塞上移而关小接力器回油管的通路，接力器活塞移动速度减小，该速度即为第二段关闭速度，直到全关为止。

5）机械液压过速保护装置工作原理

当水轮发电机组转速升高至过速保护设定值，机组转速信号装置、电源系统或调速系统等又发生故障，无法进行水轮发电机组的调速和停机，就会造成机组转速持续升高，甚至发生飞逸事故。为避免这种情况发生，部分重要的水轮发电机组装设有机械液压过速保护装置，它利用油压装置油压切换油路，通过液压系统关闭反击式水轮机的导叶机构或冲击式水轮机的折向器，实现机组迅速停机，确保水轮发电机组安全运行。图3-39为JXB机械液压过速保护装置原理图。

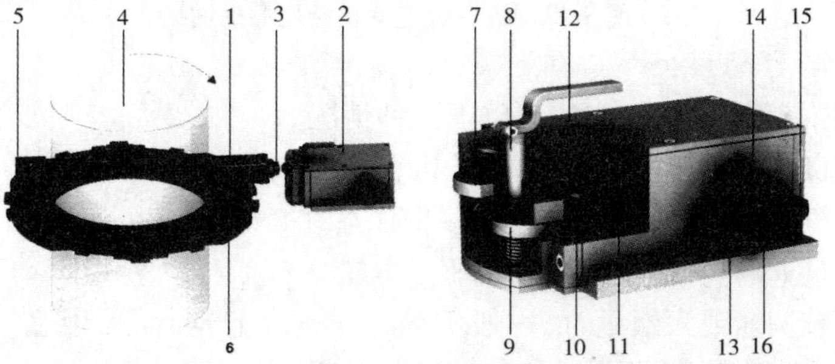

1—过速探测器；2—过速保护器；3—离心块；4—主轴；5—配重块；6—齿盘；
7—棘轮；8—轴；9—凸轮；10—活塞；11—液压阀；12—过速机械位置开关；
13—A工作腔；14—P压力油口；15—B工作腔；16—T回油口

图3-39 JXB机械液压过速保护装置原理图

过速探测器1的主要组件有离心块和弹簧；过速保护器2的主要部件有液压阀、脱扣器和机械位置开关（指示过速探测器动作情况）。

JXB机械液压过速保护装置由两个分瓣圆环法兰环抱装在水轮机主轴4上。当正常运行时，机组转动对过速探测器1上离心块3所产生的离心力不足以触动棘轮7，过速保护装置处于正常状态，液压阀11未切换。随着机组转速升高，过速探测器1上的离心块3所产生的离心力增加，离心块3沿径向向外滑动。当机组转速升高到过速保护设定值时，离心块3触动棘轮7，被棘轮7限位的轴8锁扣解开，轴8在弹簧的作用下旋转并带动凸轮9旋转，凸轮9带动液压阀11的活塞10切换油路，同时过速机械位置开关12动作，输出一组反映机组过速信号供计算机监控用。液压阀11切换油路经事故配压分段关闭阀（混流、轴流、贯流式机组）或液动配压阀（冲击式机组）液压放大，迅速关闭混流、轴流、贯流式机组的导叶接力器或冲击式机组的折向器,实现机组停机,防止飞逸事故发生,机械过速保护液压原理如图 3-40 所示。机组停机排除故障后,应手动将过速保护器棘轮复位,以备下次机组投入运行时使用。

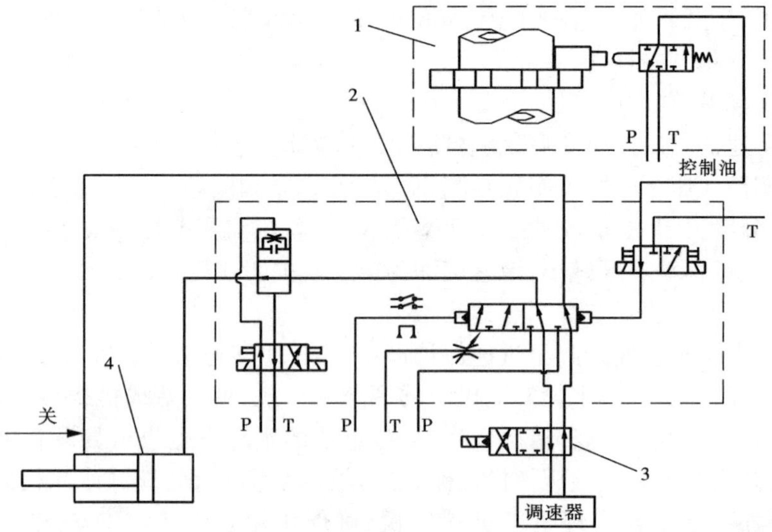

1—机械过速保护装置;2—事故分段关闭装置;3—主配压阀;4—导叶接力器

图 3-40　机械过速保护液压原理图

2. 步进电机系统的维护

步进电机在使用和维护中应注意以下几种情况。

(1)步进电机应用于不超过 1 000 r/min 的低速场合中。

(2)步进电机最好不使用整步状态,整步状态时振动大。

(3)转动惯量大的负载,应选择大机座号电机。

(4)电机在较调速或大惯量时,一般不在工作速度起动,而采用逐渐升频提速,使电机不失步,又可减少噪声,还可提高停止的定位精度。

(5)电机不应在振动区内工作,则应采取改变电压、电流或加一些阻尼的措施。

(6)如果电机走步不正常,可能是电机阻尼盘松动,紧固后即可;如仍然失步,则要进一步检查控制系统。

(7)一般情况下,小尺寸误差可能是机械问题,如减速箱齿轮磨损;大尺寸误差可能是系统问题,如供电电源波动,功率放大部分有问题。

(8)经常检查控制部分线路板、电机绕组、齿轮箱及负载。

(9)最好采用同一生产厂家的控制器、驱动器和电机,便于最终客户使用和维护。

虽然步进电机已被广泛地应用,但频进电机并不能像普通的直流电机、交流电机在常规下使用。它必须由门脉冲信号、功率驱动电路等组成控制系统方可使用,因此用好步进电机却非易事,它涉及机械、电机、电子及计算机等许多专业知识。

3.2.2.2　数字阀控制的电液随动系统工作过程分析

数字阀一般指由数字信号直接控制的各种开关阀和换向阀,包括数字开关阀和数字逻辑阀。目前,在高油压微机调速器或中、小型微机调速器中常采用数字开关阀,如电磁球阀、电磁换向阀、电液换向阀等,作为电液转换元件构成数字液压随动系统。

1. 数字阀控制的电液随动系统组成

数字阀构成的电液随动系统如图3-41所示,它的液压控制部分由插装阀组控制回路、电液比例阀控制回路、手动控制回路和两段关闭装置等组成。

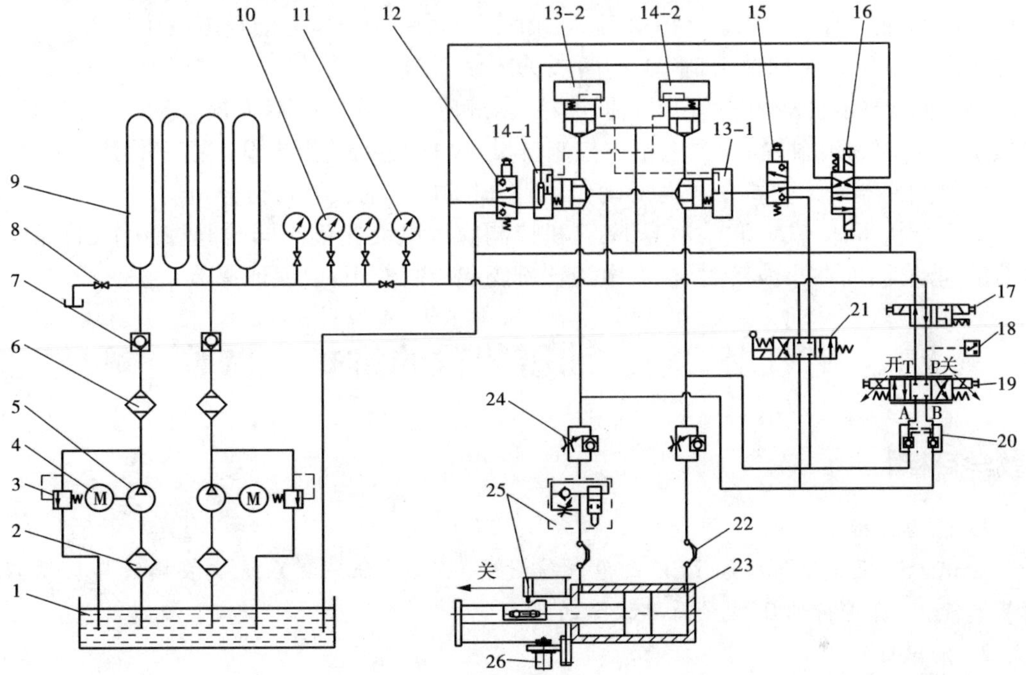

1—回油箱;2—滤油器;3—安全阀;4—电机;5—油泵;6—高精度滤油器;7—单向阀;8—放油阀;9—囊式蓄能器;10—电接点压力表;11—压力表;12—开机电磁阀;13—关机电磁阀;14—开机控制阀;15—关机电磁阀;16—紧急停机阀;17—手自动切换阀;18—压力继电器;19—电液比例阀;20—液压锁;21—手动换向阀;22—软管;23—液压缸;24—单向节流阀;25—分段关闭装置;26—电气反馈装置

图3-41 GYT-3000/5000型高油压调速器的数字阀控制的电液随动系统

插装阀组控制回路包括开机电磁阀12、两个关机控制阀13、两个开机控制阀14、关机电磁阀15等,其中开、关机电磁阀采用电磁球阀,开、关机控制阀采用插装阀,分别组成开机和关机液压控制回路。

电液比例阀控制回路包括电液比例阀19、手自动切换阀17等组成。

手动控制回路由手动换向阀21构成。

2. 工作原理

1)液压系统的稳定状态

当没有调节信号时,电液比例阀19、插装阀组均处于未得电状态,插装阀全部为关闭状态,手动换向阀21处于中位,紧急停机阀16的阀芯处于图中上位,液压缸既不通压力油,也不通回油,液压缸活塞处于稳定不动状态。

2)自动调节过程

以开机过程为例,当微机调速器发出的开机信号与液压缸反馈信号进行综合后的控制信号大于一定数值V_k时,不仅作用于电液比例阀19的开启侧电磁铁(即使其阀芯位于图中左位),同时还作用于开机电磁阀12(使其阀芯位于图中上位)。此时有两路压力油进入液压缸,一路是由于开机电磁阀12得电,使其阀芯处于上位,两个开机控制阀14－1、14－2的阀芯控制腔经开机电磁阀12接通回油,在压力油作用下两开机控制阀的阀芯开启,压力油经阀14－1、单向节流阀24和两段关闭装置进入液压缸开启腔(即图中左腔),液压缸的回油经阀13－1、阀14－2流入回油箱。另一路是压力油经电液比例阀19(其阀芯位于图中左位)、单向节流阀24和两段关闭装置进入液压缸开启腔,液压缸的回油经电液比例阀19、手自动切换阀17到回油箱,则液压缸活塞向开启方向移动。当控制信号数值小于V_k时,开机控制阀失电不再控制流量,仅有电液比例阀19起控制作用。

微机调速器发出关机信号时的动作原理分析同上,请读者自行分析。

由上分析可知,在大波动情况下,开机控制阀和电液比例阀同时起控制作用,保证了调节的速动性;而在小波动时,仅有电液比例阀起控制作用,以保证调节系统的稳定性。

任务3.3 油压装置的维护与调整

【教学目标】

1. 能力目标

能识读油压装置与机组LCU的电气接线图,具备油压装置系统安装接线与初步调试的基本能力,能进行油压装置简单故障的排查。

2. 知识目标

了解油压装置类型、作用,掌握油压装置系统的组成、系统中各元件的作用,掌握油压装置典型故障的分析与处理。

【相关知识】

3.3.1 常规油压装置

在水电站中,导水机构、蝴蝶阀、球阀等设备的开启和关闭,都是以压力油为动力完成操作的。因此,设置了专门的油压装置为上述设备提供压力油源。油压装置是能提供足够能量的压力油源,油质符合相关技术要求,并能够可靠工作的能源装置。

水轮机调速器的油压装置按其工作油压的高低,分为常规油压装置和高压油压装置两种。常规油压装置的工作油压一般为2.5 MPa、4.0 MPa、6.3 MPa,通过向压力油罐内充入一定比例的压缩空气来形成并保持一定的油压,其压力油罐中的油和气是直接接触的。高压油压装置的工作油压远高于常规油压装置的工作油压,其工作油压一般为10～16 MPa,它全面采用了液压行业中先进而成熟的高压液压产品,如蓄能器、高压齿轮泵、各类液压阀及液压附件等,其压力油罐(即蓄能器)内充入的是氮气,并通过气囊使油与气分离。

3.3.1.1 常规油压装置的组成、分类和基本工作原理

1. 常规油压装置的组成

常规油压装置(以下简称油压装置)由压力油罐、集油槽(又称回油箱)、油泵及其驱动装置、保护装置、控制装置和压缩空气补气装置等元件组成。

压力油罐呈圆筒形,其下部用于储存压力油,油体积大约占油罐容积的1/3左右,油罐上部2/3容积充满了压缩空气。根据压缩空气的体积变化引起的压力改变,远小于压缩液体的体积变化引起的压力改变这一特性,在油泵供油间歇时,调速器动作而造成油面下降一定高度后,使油压仍然保持在正常工作范围内,减少油泵电机的启动次数。

集油槽是调节系统用油的储存装置。集油槽一般制成箱体结构,用以收集调速器的回油和漏油。集油槽内被滤网分隔成回油区和清洁油区,通常回油区小于清洁油区,油泵设置在清洁油区。集油槽不仅能容纳调速器的全部回油,还要有一定余量,正常工作时的存油量应满足一台油泵5~10 min的吸油量。在集油槽的外部装有油位计以反映箱内油位。

油泵及驱动装置由油泵和油泵电机组成。油压装置广泛采用螺杆泵或齿轮泵供油,一般采用立式布置方式,布置在集油槽顶部。小型调速器只有一套油泵及驱动装置,大型调速器一般采用两套,一套工作,另一套作为备用。油泵由异步电机驱动,油泵电机的启动停止由电接点压力表发出控制指令。

此外,油压装置还装有止回阀、安全阀、溢流阀等,用于过压保护和油路控制。压力信号器、压力表等用于控制油气比例、事故报警、紧急停机等。

2. 油压装置的分类

油压装置按其布置方式可分为分离式与组合式两种。分离式是指压力油罐与回油箱分开布置,组合式则是指压力油罐与回油箱装在一起。中小型调速器一般采用组合式结构。

我国的常规油压装置已经标准化,如表3-5所示。

表3-5 常规油压装置标准规格

分离式	YZ-1、YZ-1.6、YZ-2.5、YZ-4、YZ-6、YZ-8、YZ-10、YZ-12.5、YZ-16/2、YZ-20/2
组合式	HYZ-0.3、HYZ-0.6、HYZ-1.0、HYZ-1.6、HYZ-2.5、HYZ-4.0

油压装置的型号由四部分组成:第一部分为类型代号,YZ为分离式,HYZ为组合式。第二部分为阿拉伯数字,分子表示压力油罐的总容积(m^3),分母表示压力油罐的数目(无分母为1个油罐)。第三部分为阿拉伯数字,表示油压装置的额定油压(MPa)。第四部分为制造厂代号和表征该产品特性或系列代号及改型产品,由各厂自行规定:如无制造厂代号,则表示产品是按统一设计图样生产。

【例1】 HYZ-4-2.5为组合式油压装置,压力油罐容积为4 m^3,一个压力罐,额定油压为2.5 MPa。

【例2】 YZ-20/2-4.0-02为分离式油压装置,压力油罐总容积为20 m^3,两个10 m^3压力油罐,额定油压力为4.0 MPa,为统一设计02系列产品。

3. 基本工作原理

油压装置是通过油泵向其供油,由电站中压气系统提供压缩空气,以保持所需要的压力。尽管油压装置在制造过程中,采取了各种密封措施,但是仍然不能完全避免泄漏,必须定期向压力油灌补充压缩空气。补气的方式有自动补气和手动补气两种。

自动补气:大、中型水电站都有中压空气压缩机或中压储气罐。当压力油灌中压缩空气由于消耗而减少时,压力油灌中油面上升,由自动检测装置(液位继电器)测出后,立即接通电磁空气阀控制回路,使电磁空气阀动作,向油罐内补充压缩空气,直至油面降到规定位置,检测装置切断电磁空气阀控制回路,停止补气。

手动补气:根据压力油灌中油位的高低,由值班人员手动开启空气阀,向压力油灌补气至规定油位,再手动关闭空气阀。

3.3.1.2　常规油压装置的保养、维护

下面以某型冲击式水轮机调速器的油压装置作为实例进行分析。

1. 油压装置的组成

图3-42为某型冲击式水轮机调速器的油压装置系统图,它属于分离式油压装置,主要由油泵、组合阀、滤油器、压力油罐、回油箱及控制装置等组成。

1) 压力油罐

图3-42所示的压力油罐的额定工作压力为6.3 MPa,容积为2.5 m^3,它主要由喷针和折向器接力器容积和操作功等水轮机技术参数确定。

为满足电站的安全运行要求,分离式压力油罐的顶部设有空气安全阀,在压力罐上还装有压力开关、油位开关,以满足压力罐内的压力、油位(即油气比例)等控制的要求,此外,为满足现代计算机控制的需要,还装设压力变送器、自动补气装置等自动化监测元件。

2) 回油箱

该油压装置的回油箱采用落地式安装。回油箱上的主要部件有:螺杆泵101PO、102PO,电机M,组合阀101EM、102EM,油泵阀组检修阀门,油泵出口过滤器101LP、102LP,相应的管道附件等。由于油泵、电机及组合阀在工作时可能产生振动,因此,要求回油箱除具有足够的强度以支撑油泵、电机、阀组外,还必须有足够的刚度,为避免面板变形,一般在回油箱的四壁加有足够的竖筋。

回油箱的容量应满足回油箱内工作油量、压力罐全部油量、接力器及操作油管中的油量和漏油箱的全部油量之和,其工作油量应满足系统工作时油泵吸油所需的油量。系统运行时,一方面油泵从回油箱中吸油,另一方面系统又将工作回油排入回油箱,因而回油箱内的工作油量一般保持在一定的范围内。

3) 油过滤装置

在液压系统中,有80%的故障是因系统中油质不干净造成的。为了保证整个调速系统安全,该油压装置的回油箱中设置了双层滤网,油泵吸油的一侧为净油区,调速器回油的一侧为脏油区。另外,在两台螺杆泵的出油口各设置了一台SGF型双筒过滤器,过滤精度为25 μm,进一步清除或阻挡由于外界带入、元件工作磨损,以及介质本身化学作用所产生的杂质。

由于喷针接力器采用比例伺服阀来控制喷针,所以,在压力罐主压力油管出口处设置

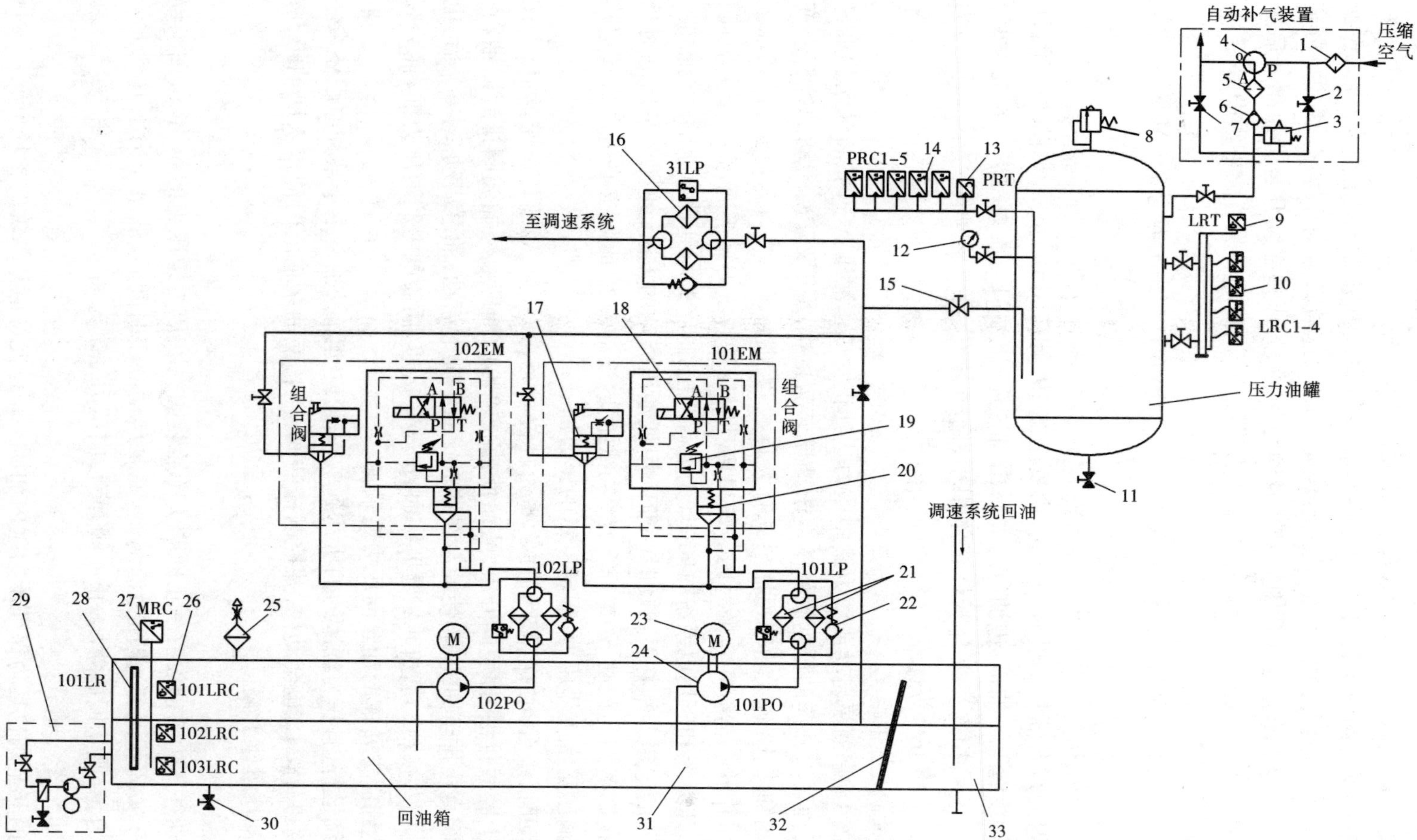

1、5—过滤器;2、7—手动球阀;3、8—空气安全阀;4—电磁球阀;6、22—单向阀;9—液位传感器;10—液位开关;11—压力油罐排污阀;12—压力表;13—压力传感器;14—压力开关;15—压力油罐主出油口截止阀;16、21—双筒过滤器;17—止回阀;18—卸载/旁通阀;19—安全阀;20—插装阀;23—电机;24—螺杆泵;25—空气滤清器;26—油位开关;27—油混水信号器;28—油位计;29—旁路循环过滤装置;30—回油箱放油阀;31—净油区;32—双层滤网;33—脏油区

图3-42　某型冲击式水轮机微机调速器油压装置

了 HYDAC 双筒过滤器 31LP,它是液压控制系统滤油器,可防止高精度控制元件和执行元件由于污染而过早磨损或卡死,减少故障,延长元件使用寿命。

两种滤油器都是由两只单筒过滤器组成,能使系统在不停机的状况下更换滤芯,更换滤芯时,只要转动手柄换向,另一个备用过滤器即可工作,这时只需旋开螺塞放完油,再旋下外壳就可更换已堵塞的滤芯。若因故未能及时更换滤芯,压差继续升至旁通阀开启压力 0.6 MPa 时,旁通阀自动开启,以避免由于压力继续上升,滤芯破裂造成再污染。

4)油泵

该油压装置采用的油泵为三螺杆泵,型号为 3G 70 ×6G;工作压力为 6.3 MPa;输油量为 6 L/s。

5)组合阀

该油压装置的每台油泵都设有组合阀,由安全阀 19、卸荷阀 18、止回阀 17、插装阀 20 等组成。组合阀设有三个油口:进油口与油泵出口相连,出油口与压力罐进口相通,回油口 T 通过油管与油箱相连。组合阀具有体积小、结构紧凑、具有流动阻力小、通流能力大、动作速度快、工作可靠等优点。

A. 电磁卸荷阀/旁通阀

电磁卸荷阀 18 是油泵启动或压力罐中压力达到正常工作油压上限时,将油泵出油排向回油箱,进行油泵组卸荷的控制阀件。由于油压装置的电动机及其所带动的螺杆泵在运行时经常启动和停止,且大功率螺杆泵具有大负载、大惯量的特性,因而电动机和油泵从启动到稳定工作状态需要一定的时间。如果启动时让其与压力罐接通,直接带上负荷,则对螺杆泵、液压系统和厂用电系统有瞬间、大负荷冲击,这将影响到螺杆泵的运行性能、寿命及厂内电网的稳定。螺杆泵启动时一般采用低油压启动的方法,使螺杆泵启动时处于卸荷状态。在卸荷阀的控制下,螺杆泵在一定时间内逐渐带上负载,并在电动机转速达到一定值后才输出正常工作压力、额定流量的压力油。

当油泵启动时,组合阀内电磁卸荷阀 18 为复位状态,其管口 A 与 P 接通,B 与 T 接通,插装阀 20 上腔通排油,插装阀开启,从而使油泵输出的油即可经插装阀排到回油箱,又可不经插装阀直接排至回油箱,使油泵在接近空载工况下启动;油泵启动 2 ~6 s 后,电磁卸荷阀动作,阀芯换位,其管口 A 与 T 接通,B 与 P 接通,插装阀上腔通压力油,插装阀关闭,使已经达到额定转速的油泵向压力罐输油。

如油泵连续运行,且压力油罐的油压达到工作油压上限时,油泵由于某种原因还未停下来,这时电磁卸荷阀 18 也会动作,并控制插装阀开启,使油泵输出的油排入回油箱,避免压力油罐内油压继续升高。

B. 止回阀

在压力油通往压力罐前设有一止回阀 17(插装阀),在压力罐压力的作用下,油泵停机后单向阀处于关闭状态,防止压力油倒流;油泵启动一定时间后,油泵压力上升到大于压力油罐的压力,克服止回阀背压,止回阀开启,向压力油罐充油。

C. 安全阀

组合阀中的安全阀也是为保证压力罐内油压不超过允许值和系统的各环节安全运行而设置的泄放装置。按 GB/T 9652.1—2007 规定,当油压高于工作油压上限 2% 以上时,安全阀应开始排油；当油压高于工作油压上限的10%以前，安全阀应全部开启，并使压力油灌中油压不再升高。该油压装置安全阀的开启压力为6.4 MPa；全部开启压力为7.0 MPa；低至6.1 MPa时全关。

D. 其他主要元件

液位计：用于回油箱及压力油罐油位的监测。其中，回油箱的油位监测是由液位计101LR及液位开关101LRC～103LRC来完成，液位计用于观察液位高低，3个磁记忆开关分别用于回油箱油位过低报警、油位过高报警及备用；压力油罐的油位监测是由磁翻板式液位计LRT来完成，液位计上带有4个磁记忆开关LRC1～LRC4，用于油位过低、油位过高及自动补气控制。

油混水信号器MRC：用于监测油中水的含量。

压力表01VP：观察压力罐内的压力。

压力开关PRC1～5：用于油泵的启、停控制；事故低油压及旁通电磁阀的控制。

压力变送器PRT：可供PLC进行油泵控制。其输出为4～20 mA，供电电压为DC15～30 V。

空气安全阀：即压力油灌顶部的卸荷阀，是压力容器的安全附件，空气安全阀的开启压力略高于油泵出口安全阀的卸荷（及全开）压力，其压力整定为小于或等于7.3 MPa。

自动补气装置：集补气、排气、安全保护为一体。

空气滤清器10FJ：用于过滤空气。

2. 工作原理

油压装置和其用油设备构成了一个封闭的循环油路。电机通过联轴器带动螺杆泵转动，回油箱内的清洁油经过螺杆油泵的吸油管吸入并经过组合阀输入压力罐。

(1)为了保证油压装置工作的可靠性，在回油箱上设有2台螺杆泵，一台工作，另一台为备用，两者定期切换。在特殊情况下，两台油泵也可同时在短时间内一起工作。

(2)压力油罐在正常情况下，上部充满了2/3的压缩空气，下部充满了1/3的汽轮机油，压缩空气的补充和泄放是通过压力油罐上安装的自动补气装置来进行。

(3)压力油罐中的油位用液位计LRT的翻板，直接观察油位高低，还可通过LRT上的磁记忆开关（液位开关）LRC1～LRC4设定启动补气，停止补气，以及液位上下限报警。

(4)压力油通过压力油罐的主出油口截止阀引出，到各用油处，回油则到回油箱的污油区，经过滤油网过滤后进入净油区，再经螺杆泵吸入送往压力油罐，如此往复循环。

3. 补气原理及特点

该油压装置有两种补气方式，其工作原理如下。

自动补气：关闭手动球阀2、7，当自动补气条件满足时，驱动机构得电带动球阀4的阀芯转动，使压力腔P与工作腔A接通，压缩空气经内接单向阀6流向油压装置，对油压装置进行自动补气，此时阀位指向开阀位置，同时位置开关输出开阀信号。当停止补气条件满足时，驱动机构得电带动球阀4的阀芯转动，使工作腔A与排气腔O接通，装置内存气由排气腔排出，此时阀位指向关阀位置，同时位置开关输出关阀信号。此外，当系统失电或其他原因需要手动时，电动球阀4也能在现地进行手动操作补（排）气。

手动补气：手动补气时，打开手动球阀2即可补气，当油压装置压力上升到额定值时，关闭手动球阀2即可停止补气;手动排气时,打开手动球阀7即可排气,当油压装置压力下降到额定值时,关闭手动球阀7即可停止排气。

在油压装置顶部设有空气安全阀8,当油压装置内压力高于安全阀设定值时,安全阀即自动开启向外排气,直至压力降到设定值为止。

该油压装置的自动补气装置具有以下特点:

(1)采用球阀板式结构,能实现零压差工作,气流量大,补气时间短。

(2)密封性能好、集成化程度高、体积小。

(3)电动球阀可现地手动操作,并有阀位机械显示和开关量输出。

(4)排气出口配有消声器、大大降低了排放高压气体时所产生的刺耳噪声。

(5)装置中设置有安全阀,可实现超压状态下的自保护,动作灵敏,当储能器压力超高时,安全阀自动开启,向外排气,并发出声响警示,确保压力油罐运行的安全性。

(6)整套装置所有零部件均采用不锈钢材料,耐锈蚀性强,适合在潮湿环境下工作。

4. 液位及压力整定值

该油压装置设有液位计和压力控制装置,其制造厂建议的参数整定如下(仅供参考):

(1)补气液位整定。开始补气液位时压力油罐液位距地面1 369 mm,压力6.3 MPa;停止补气液位时压力罐液位距地面1 319 mm,压力6.3 MPa。

(2)压力油罐上压力开关的整定。主泵启动压力是6.0 MPa;备用泵启动压力是5.8 MPa;停泵压力是6.3 MPa;低油压报警压力是5.04 MPa;低油压报警及事故停机压力为4.8 MPa。

(3)压力油罐上液位开关的整定。补气油位时距地面1 369 mm;正常油位时距地面1 319 mm;低油位报警时距地面976 mm;低油位停机时距地面856 mm。

3.3.1.3 常规油压装置的调整试验

1. 油泵试验

1)运转试验

油泵的启动和运行应平稳、无杂音;轴承温度不得高于60 ℃;油温不得高于50 ℃;泵壳的振动幅值应小于0.05 mm。做运转试验时,先启动油泵并在空载状态下运行1 h,然后逐步提高油压,分别在额定油压25%、50%、75%下运行10 min,最后在额定油压下运行1 h。停机后进行拆卸检查,零部件不应有明显变化。

2)输油量测定

小型调速器螺杆泵输油量设计值0.7 L/min,实测的输油量(额定油压下)应不小于设计值。实测时,在压力油罐内压力、温度都符合规定范围时,启动油泵送油,记录压力油罐油面上升的高度h(mm)和所用的时间t(s),从结构图查出压力油罐的内径D(mm),则油泵的输油量为

$$Q = \frac{0.785\,4D^2h}{t \times 10^6} \quad (\text{L/s}) \tag{3-2}$$

试验应重复三次,取平均值作为实测输油量。

2. 安全阀调整试验

安全阀应在规定的压力时开启或关闭,并且不产生过大的噪声。试验时启动油泵向

压力油罐供油,达到工作油压上限后继续供油。调整安全阀螺堵,使油压升至工作油压上限以上2%时安全阀开始排油;油压达到上限以上10%前,安全阀应全部开启,压力油罐内油压不再升高。反之,油压低于工作油压下限以前,安全阀应完全关闭。为确保安全阀动作可靠,调整试验应反复多次。

3. 压力信号器的整定

压力信号器或接点压力表对油泵启、停的控制应当正确、可靠,应保证压力油罐工作油压在规定的范围内。

1) 油泵启动压力整定

将油泵电动机置于"自动"状态,打开压力油罐排油阀慢慢排油,当油压下降至油泵启动时,记录压力值并与规定的下限油压比较,若不相符则调整压力信号器的触点位置,直至启动油压等于规定的下限值。

2) 油泵停止压力整定

调整压力信号器的另一对触点,使油泵启动后压力油罐压力升至规定的上限值时油泵自动停止。

油泵启动和停止压力的整定,也往往要反复进行。

3) 事故低油压整定

事故低油压是在事故状态下,接力器能够动作于导水机构的最低油压,应根据机组的具体情况整定。整定时,停止油泵,用排油阀慢慢排油,当油压降至事故低油压时压力信号器应发出相应信号。

4) 整定备用泵的启、停压力

对有两台油泵的油压装置,还须整定备用泵的启、停压力,方法同前述。而且应检查主工作泵与备用泵相互切换的情况。

4. 压力油罐的耐压及渗漏试验

1) 耐压试验

为了检查压力油罐在运输和安装过程中有无损坏,要求在安装好后用1.25倍额定油压试压10 min,压力油罐应无渗漏,罐内压力应无明显下降。试验时先将压力油罐顶部的排气螺堵拆下,换装一段油管。启动油泵使压力油罐注满透平油(顶部油管排油为止),然后关闭各阀门,用试压泵从加装的管道向压力油罐输油加压,压力升至试验压力后保持10 min,用0.5 kg的手锤在罐身焊缝周围50 mm轻轻敲击,检查有无渗漏现象。

2) 渗漏试验

压力油罐及其附件应有良好的密封性能,一般要求在额定油压和正常油位的情况下,8 h内罐内压力下降不大于0.1~0.2 MPa。试验时使压力油罐达到额定油压和正常油位,关闭各阀门并记录压力和油面高度,8 h后检查油压、油位的变化情况。

3.3.2 高压油压装置

3.3.2.1 高压油压装置的组成、作用和工作原理

1. 高压油压装置的组成和作用

高压油压装置用于向调速器等提供清洁、可靠而稳定的高压油。调速器一般采用带

有足够容量蓄能器的高压油压装置,不仅可满足瞬间大流量的要求,还可减少油泵和电机的容量。下面以 GY－200 型高压油压装置为例简要说明高压油压装置系统工作原理。

如图 3-43 所示,高压油压装置由回油箱、两套电机泵组、油源阀组、两个 100 L 囊式蓄能器和一组压力表计等部分构成。

回油箱用于储存液压油,并作为电机泵组、油源阀组、压力表计、控制阀组等的安装机体。

电机泵组由电机、高压齿轮泵、吸油滤油器等组成,电机为油压装置的动力源,高压齿轮泵用于产生压力油。

油源阀组由安全阀、滤油器、单向阀及主供油阀等组成,电机泵组输出的压力油经油源阀组控制、过滤后,输入囊式蓄能器备用。

囊式蓄能器是一种油气隔离的压力容器,钢瓶上部有一只充有压缩氮气的丁腈橡胶囊,压力油从下部输入钢瓶后,压缩囊内的氮气,从而存储能量。

压力表用于指示油源压力,电接点压力表用于控制油泵电机的启、停。

该系统由回油箱、两套电机泵组及油源阀组、两个 100 L 蓄能器及一组电接点压力表构成。电机为油压装置的动力源,当蓄能器和系统的油压降至工作压力的下限时,电接点压力表动作,通过控制电路使电机启动运转,经传动装置带动油泵开始工作,自回油箱内吸油。

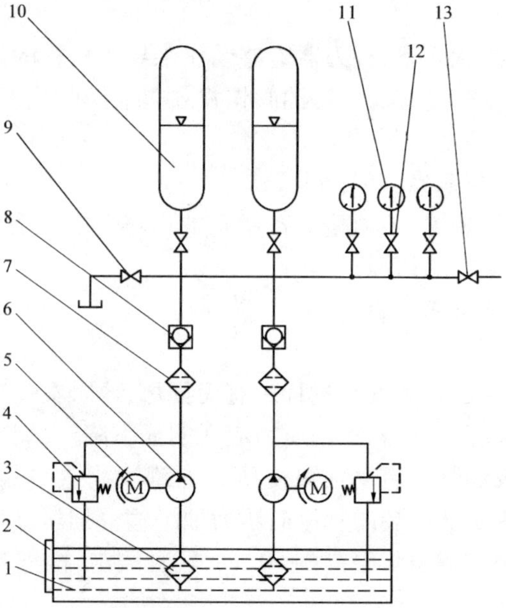

1—油箱;2—液位计;3—吸油滤油器;4—安全阀;5—电机;6—油泵;7—滤油器;
8—单向阀;9—放油阀;10—囊式蓄能器;11—电接点压力表;12—压力表开关;13—主供油阀

图 3-43　GY－200 型高压油压装置系统原理图

液压油经吸油滤油器滤去较大颗粒的机械杂质,经油泵获得能量成为压力油,再经滤油器精滤成为清洁的压力油。压力油经单向阀和高压管路向蓄能器中充油,压缩气囊从而储能、升压,当蓄能器和系统的油压升至工作压力的上限时,电接点压力表动作,通过控制电路使电机泵组停止工作。

单向阀在蓄能器和滤油器之间,既可防止电机停转时压力油倒流导致电机泵组反转,又使得在蓄能器保持油压的条件下,可以进行滤油器清洗等工作。安全阀的整定压力稍高于工作压力上限,如果电接点压力表或控制电路出现故障,造成油压升至工作压力上限后电机泵组仍不能停止工作,安全阀即开启泄油,确保系统压力不会过度升高而导致事故。

2. 电机泵组

电机泵组是为高压油压装置提供压力油的重要部件,如图3-44所示。电机泵组通常由电机、电机支座、联轴器、传动轴、高压齿轮泵及吸油滤油器组成。电机选用转速较低的4极Y系列异步电动机;油泵选用高压齿轮泵,其额定工作油压应不低于20 MPa。与螺杆泵相比,高压齿轮泵具有抗油污能力强、体积小、重量轻、价格低、结构简单、维修方便和吸油性能好等优点,十分适合在高压油压装置中应用。其缺点是流量脉动、压力脉动、噪声均较大,但在高压油压装置中,容积较大的蓄能器可消除流量脉动和压力脉动,不会影响系统正常工作。

电机泵组采用较长的联轴器组件,可使高压齿轮泵工作于油面以下,这样既有利于改善齿轮泵的吸油和散热条件,也有利于减少噪声。连接电机和传动轴的联轴器外环由聚四氟乙烯制成,具有较好的自润滑性能,还可吸收少量的安装误差。传动轴有上、下两个轴承,以提高传动精度,减少噪声,并确保齿轮泵轴端不产生转矩以外的径向和轴向负载。

吸油滤油器如图3-45所示,安装在液压泵的吸油口,其作用主要是防止吸油时将较大颗粒污染物吸入泵内,保护液压泵。吸油滤油器要有足够的过流量,以保持油液吸入通畅。吸油滤油器一般采用100～180 μm的网式或线隙式滤芯,最高过滤精度不小于50 μm。

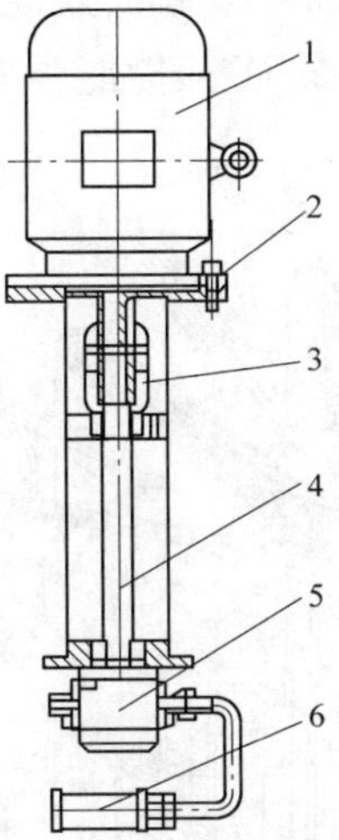

1—电机;2—电机支座;3—联轴器;4—传动轴;
5—高压齿轮泵;6—吸油滤油器

图3-44　电机泵组结构

1—普通吸油滤油器;2—自封式吸油滤油器

图3-45　吸油滤油器

普通吸油滤油器结构简单,无壳体。但由于浸没在油面以下,维护不便。安装在油箱顶部或侧面的箱外自封式吸油滤油器,具有结构紧凑、管路简单和更换滤芯方便等优点。

3. 油源阀组

油源阀组由溢流阀、压力滤油器、单向阀及截止阀等液压件组成,各液压件均采用板式结构,集成于同一个液压集成块上。

溢流阀使系统中多余的液压油通过该阀溢出,从而维持其进口压力近于恒定。在高压油压装置中,溢流阀用作系统的安全阀,防止液压系统过压而导致事故。溢流阀分为直动式溢流阀和先导式溢流阀,高压油压装置中常用直动式溢流阀。

单向阀通常用于油泵的出口,以防止停泵时压力油倒流。单向阀为锥阀式结构,液阻压力损失小,其对外连接方式有管式、板式和插入式3种。

截止阀用于调速器的主供油阀、蓄能器组的放油阀等。截止阀通常为高压球阀,由阀体、球体、密封件、阀杆及手柄组成,具有液阻压力损失小、密封可靠及操作方便等优点。其对外连接方式有内螺纹、外螺纹和板式连接3种。

压力滤油器装设在液压泵的出油口的压力管路上,以滤除液压油中混入的机械杂质和液压油本身化学变化所产生的胶质、沥青、炭渣等,从而防止阀芯卡死、孔隙堵塞以及液压元件过快磨损等现象发生。压力滤油器的结构如图3-46所示,主要由壳体、滤芯、滤头、旁通阀和发讯器组成,其对外连接方式有管式、板式和法兰式等。油液从外向内流入滤芯,当滤芯堵塞、压差达到预先设定值时,堵塞发讯器发出信号。若未及时采取维护措施,压差继续增大,则旁通阀开启,油液以旁路绕过滤芯,以防止滤芯破裂。

滤芯是滤油器的关键元件,常见的滤芯有线隙式、片式、烧结式和折叠圆筒式等,应用最广的是折叠圆筒式滤芯。折叠圆筒式滤芯的结构如图3-47所示,将过滤材料按一定距离折叠成圆筒状,以获得较大的有效过滤面积。滤芯内有金属骨架,以承受压差形成的液压力。滤芯采用的过滤材料主要有金属丝编织网、滤纸、合成纤维滤材、无机纤维滤材,以及不锈钢纤维烧结毡等。各类纤维滤材过滤精度高,可达5~10 μm,纳垢容量也大。不锈钢纤维烧结毡还具有机械强度高,耐冲击性能好、耐热和抗腐蚀性能强等优点,且清洗后可重复使用。

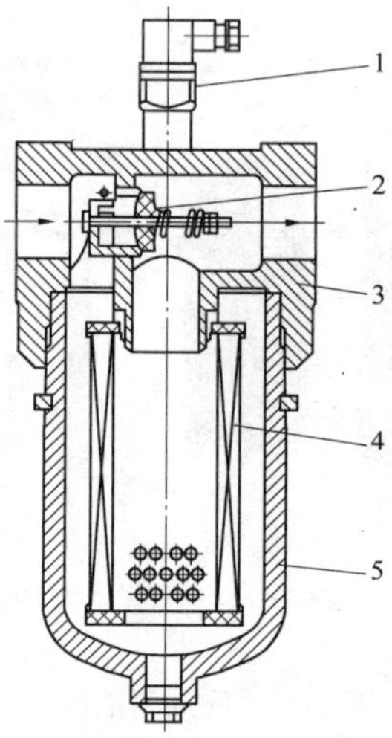

1—发讯器;2—旁通阀;3—滤头;4—滤芯;5—壳体

图3-46　压力滤油器

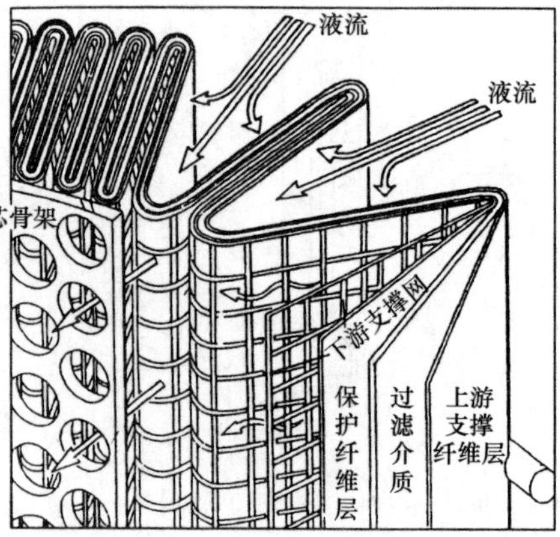

图3-47　折叠圆筒式滤芯结构

压力滤油器采用压差式堵塞发讯器,它是利用滤芯两端的压差来驱动堵塞发讯的装置。常用的堵塞发讯装置有目视式和电信号式两种类型,目视式发讯器一般采用红色指示元件作为警告信号,电信号式堵塞发讯器通过电气开关接通灯光或声响装置报警。

4. 囊式蓄能器

1) 结构原理

囊式蓄能器是高压油压装置的重要组成部分，它具有储存能量、稳定压力、吸收冲击和消除振动等作用。

囊式蓄能器是利用气体(氮气)的可压缩性来储存能量的。在使用前，首先经顶部的充气阀向蓄能器中的气囊充以预定压力的氮气，然后用液压泵经底部的油口向蓄能器充油。在压力油的作用下，顶开菌形阀，油进入容器内，压缩气囊，当气腔和液腔的压力相等时，气囊处于平衡状态。当系统需要用油时，在气体压力作用下，气囊膨胀，输出压力油。

囊式蓄能器的优点是：气腔与油腔之间被胶囊隔离，密封可靠，无漏气；胶囊惯性小，反应灵敏；结构紧凑，维护简单；有系列化批量产品。

囊式蓄能器的典型结构如图3-48所示，它是由上部的充气阀、壳体、胶囊和下部的菌形阀总成等组成。壳体为均质无缝的钢制压力容器，其上端有个容纳充气阀的开口。由合成橡胶制成的完全封闭的梨形气囊模压在气门嘴上，形成一个封闭的空间。气囊经壳体下端开口置入后，借助于止动螺母固定在壳体的上部。菌形阀总成由阀体座、菌形阀及其下面的弹簧组成，其作用是防止油液全部排出时，气囊膨胀出壳体之外。该阀用一对半圆支承环卡住阀体座的台肩，装在壳体的下部。橡胶托环和密封环构成阀体座与壳体的密封，用壳体外面的螺母经压环拧紧固定。

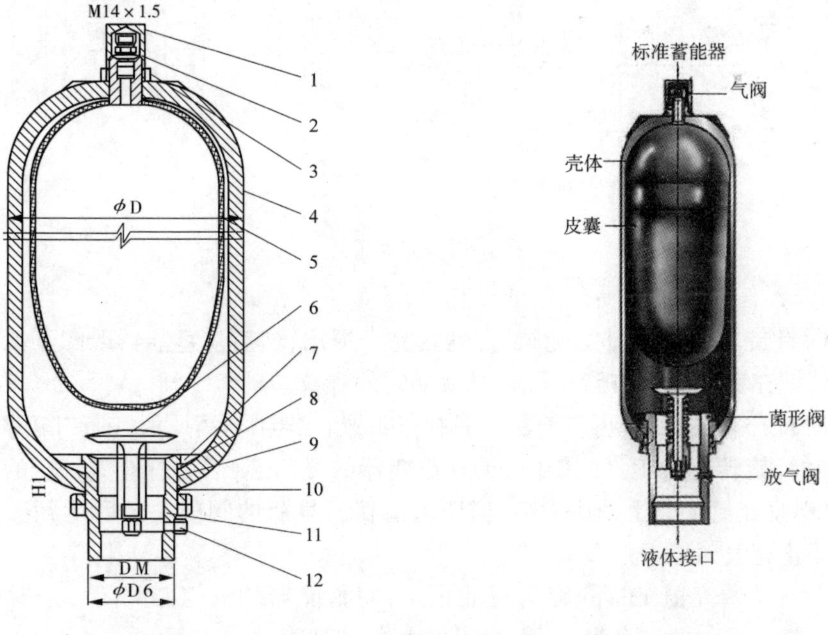

1—阀防护罩；2—充气阀；3—止动螺母；4—壳体；5—胶囊；6—菌形阀；
7—胶托环；8—支承环；9—密封环；10—压环；11—阀体座；12—放气螺堵

图3-48　囊式蓄能器结构图

2) 型号说明

囊式蓄能器的型号一般用NXQ－□/□－□表示，其中NXQ是囊式蓄能器的名称代号;第二部分的分子部分表示以升为单位的公称容量,分母部分表示以 MPa 为单位的公称压力;第三部分以字母表示囊式蓄能器的安装连接方式,L 表示螺纹连接,F 表示法兰连接。

囊式蓄能器的公称容量从0.4 L到100 L共10余个规格,在高压油压装置中,40 L、100 L及部分小容量的规格比较常用。公称压力有10 MPa、20 MPa、31.5 MPa三个规格,可根据实际需要选用。

3.3.2.2　高压油压装置的保养、维护

高油压装置的保养维护充气、检漏与放气等。

1. 充气

蓄能器胶囊内只允许充入氮气,不允许充入高压空气,更不允许充入高压氧气,若充入高压氧气将会造成蓄能器发生爆炸的灾难性后果。气囊内氮气的充放需使用专用充氮工具。

氮气的充装如图3-49所示的专用充氮工具进行,在充氮前必须将待充气的蓄能器垂直安放。充气步骤如下:

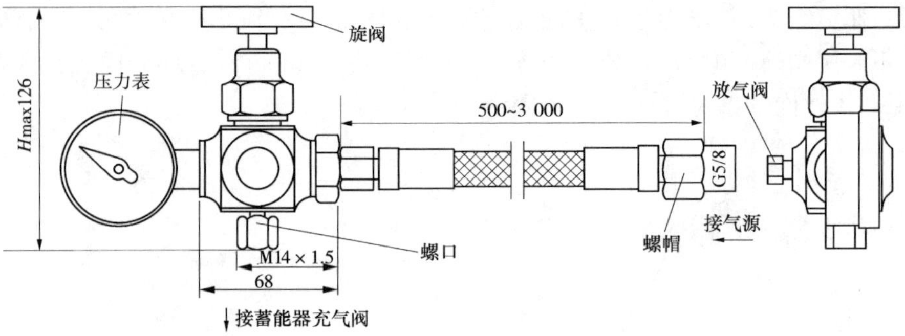

图3-49　充氮工具

(1)逆时针旋转充氮工具的旋阀,直到其完全退出,然后从蓄能器上卸下保护罩和充气阀保护帽,把充氮工具螺口旋入蓄能器顶部的外螺纹。

(2)顺时针拧紧放气阀,再将充氮工具接气源端的螺帽与高压氮气瓶口相联。

(3)顺时针旋转充氮工具的旋阀,顶开蓄能器的气门芯,然后打开氮气瓶的阀门缓缓充气。注意观察充氮工具上的压力表,当压力值在氮气瓶的阀门关闭后达到额定充气压力时,即可停止充气。

(4)逆时针旋转充氮工具的旋阀至上止点,使蓄能器的气门芯关闭。逆时针打开放气阀,放掉充氮工具内的剩余氮气,直到压力表指示回零。

(5)拆下充氮工具,用肥皂水检查并确认蓄能器充气阀无漏气后,牢固地装上充气阀的保护帽和保护罩,就完成了充气过程。

向无压的空蓄能器充气时,除蓄能器必须垂直安放外,还应在开始充气前将菌形阀下拉,使菌形阀与其阀体座贴住,以防止充气时胶囊被气压从菌形阀与阀座间的缝隙中挤出,进而被菌形阀压破。开始充气不宜太快,一旦胶囊内充至适量气压,菌形阀即被胶囊

压下，与其阀座紧贴，胶囊不会被挤出而损坏，因而无需再下拉菌形阀便可继续充气。

2. 检漏

在油压装置投运初期或检修后，为防止个别胶囊或气门芯万一漏气，影响正常运行，应进行必要的检漏。此外，在运行中如发现回油箱油位有异常下降，而未见油压装置及其用油设备向系统以外漏油，即说明蓄能器可能有漏气现象，也应及时进行检漏。检漏应在油压装置停用并放空蓄能器内压力油的条件下进行。检漏步骤如下：

(1)逆时针旋转充氮工具的旋阀至上止点。

(2)从蓄能器上卸下保护罩和充气阀保护帽，把充氮工具螺口旋上蓄能器顶部的外螺纹。

(3)顺时针拧紧放气阀，然后顺时针旋转充氮工具的旋阀，顶开蓄能器的气门芯，观察压力表上指示的压力值。如压力低于原充气压力，则表明有漏气现象，须做相应处理并进行补气。向蓄能器内补气与上述充气的步骤相同。

3. 放气

如果蓄能器的胶囊内充气压力过高，则需适当放气。放气的步骤如下：

(1)逆时针旋转充氮工具的旋阀至上止点。

(2)从蓄能器上卸下保护罩和充气阀保护帽，把充氮工具螺口旋上蓄能器顶部的外螺纹。

(3)顺时针拧紧放气阀，然后顺时针旋转充氮工具的旋阀，顶开蓄能器的气门芯，观察压力表上指示的压力值。

(4)如压力过高，则缓慢地逆时针打开放气阀放气，直到压力指示值达到正常的充气压力，便立即顺时针拧紧放气阀，并逆时针旋转充氮工具的旋阀至上止点，使蓄能器的气门芯关闭。

(5)逆时针打开放气阀，放掉充氮工具内的剩余氮气，直到压力表指示回零。

(6)拆下充氮工具，检查并确认蓄能器无漏气后，牢固地装上充气阀保护帽和保护罩即可。

在对蓄能器实施充气、检漏与放气作业中，操作人员在启闭充氮工具上的旋阀、放气阀和氮气瓶气阀时，均应站在这些部件的侧面，用适当的工具徐徐开、关，并随时注意压力表的指示，以确保安全。

对于使用蓄能器数量较多的用户，可配置专用的充氮小车，以便在氮气瓶的压力低于蓄能器充气压力时，进行增压充气，使氮气瓶内的氮气得到充分的利用。

4. 胶囊的更换

胶囊的寿命取决于其工作时收缩、膨胀的频次。用于水电站的高压油压装置，其缩胀频次远低于冶金、石油等行业，因而在正常情况下具有较长的使用寿命。一般可在使用一到两个大修期后进行胶囊的更换。

胶囊非正常破损的主要原因，一是在首次充气时操作不当而被菌形阀压破；二是液压油中混有铁屑等机械杂质。在运行中如发现蓄能器有漏气现象，而气门芯密封良好，就应考虑胶囊破损的可能，及时进行检查和更换。更换胶囊的步骤如下：

(1)用放油阀排掉蓄能器内的压力油，再用充氮工具排掉胶囊中的高压氮气。

(2)将蓄能器从油压装置上卸下。松开并拆下蓄能器下部的并紧螺母,拆掉压环,将菌形阀总成推入蓄能器内,折叠并取出橡胶托环,接着取出半圆支承环和密封环,再从蓄能器内取出菌形阀总成。

(3)然后松开并拆下蓄能器上部的充气阀防护罩及止动螺母,破损的胶囊总成即可从蓄能器下端孔口取出。

(4)将新胶囊经壳体的下端孔口塞进去,并借助于止动螺母固定于壳体的上部。将菌形阀总成放入蓄能器内,折叠并放回橡胶托环,接着放回半圆支承环和密封环,细心地将上述三环复位。自蓄能器内拉出菌形阀总成,确认该阀的支承和密封正确无误后,最后用壳体外面的并紧螺母经压环拧紧固定,即完成了胶囊的更换。

5. 油箱及附件

高压油压装置的油箱一般均采用箱内液面与大气直接相通的开式油箱。

油箱的主要功能是:有足够的容积储存系统工作所需的液压油;散发工作过程中产生的部分热量;促进液压油中的空气分离及消除泡沫;作为相关部件的安装机体。

为减少油液污染,油箱盖上应设置空气滤清器,使外部空气经滤清器过滤后再进入油箱。在潮湿地区,空气滤清器上还应装有适量的干燥剂。

中、小型油箱一般只要求设置液面显示。即在油箱的适当位置上,安装上一个刻有液面线的直视液位计。大型油箱及某些重要的油箱,除设置液面显示外,还要求设置液位发讯装置等,当液面到达上限或下限时发出报警信号。

在某些特殊的工作环境下,为了保证液压系统的正常工作,还须将工作介质的温度控制在一定范围内。油箱的油温控制常采用与电接点温度计相配合的温度控制器。在无温控要求的油箱中,通常安装一个带有温度计的液位计观察油温及液位。

6. 高油压系统的液压油

在高油压系统中,液压油是传递动力和信号的工作介质,同时还起到润滑、冷却和防锈等作用。液压系统能否可靠有效地工作,在很大程度上取决于系统中所用的液压油。

1)液压油的黏度及性能要求

黏度是液压油最重要的物理特性,也是选择液压油的首要因素。首先,在一定的工作条件下,要求液压油具有合适的黏度范围;其次,在温度、压力变化下和剪切力作用下,油的黏度变化要小。黏度一般用动力黏度、运动黏度、条件黏度三种表达方式。

液压油的标称黏度等级是用 40 ℃时的运动黏度中心值的近似值表示,单位为 mm^2/s,此近似值同时用来表示液压油的牌号。液压油常用的牌号(即黏度等级)有 15、22、32、46 及 68 号。高油压调速器常用 32 号和 46 号液压油,工作温度较高时选用标号较高的液压油。

2)液压油的代号和命名方式

示例 1:代号 L-HL32,简号 HL-32。含义:L—润滑剂类;H—液压油组;L—防锈、抗氧化型;32—黏度等级。该液压油可称作 32 号防锈抗氧型液压油或简称为 32 号普通液压油。

示例 2:代号 L-HM46,简号 HM-46。含义:L—润滑剂类;H—液压油组;M—防锈、抗氧和抗磨型;46—黏度等级。该液压油可称作 46 号抗磨、防锈和抗氧化型液压油,或简称为46号抗磨液压油。

3)常用的液压油种类

(1)L－HL液压油。简名:HL液压油,常用名:HL通用机床液压油等。HL液压油具有良好的防锈性和氧化安定性,其空气释放能力、抗泡性、分水性和对橡胶密封材料的适应性也较好。HL油是当前我国液压系统中使用最多的液压油,适用于14 MPa以下的液压系统。无本产品时,可用符合《L－TSA汽轮机油》(GB 11120—89)的L－TSA汽轮机油以及L－HM液压油代用。

(2)L－HM液压油。简名:HM液压油,常用名:HM抗磨液压油等。抗磨液压油具有良好的抗磨性、润滑性、防锈抗氧性等。HM油是在HL油基础上进一步改善极压抗磨性,因而抗磨性好是其突出特点,故适用于低、中、高压液压系统。

(3)L－HV液压油。简名:HV液压油,常用名:低温(或低凝)液压油、工程液压油等。HV液压油除具备HM液压油相同的优良性能外,还具有黏温性能好,适用温度范围宽,适于野外寒冷条件下工作的中高压液压系统。

为了保证液压系统的正常工作,提高可靠性,延长使用寿命,对于水电站内的液压系统,其工作温度宜控制在50 ℃以下。为了确保液压系统正常运转,当液压油的性能指标劣于相关标准规定的技术要求时,应及时更换新油。

3.3.3 油压装置的电气控制

为保证和维护机组工作所需要的操作力,需要压力油槽容积的60%～70%是压缩空气,30%～40%为透平油。要实现水电站"无人值班",就需要自动、可靠的保持气、油的这一比例,从而保证操作能源的可靠和稳定的工作。油压装置的电气控制就是为此而设置的。

3.3.3.1 油压测量与控制仪表

1.电接点压力表

电接点仪表由测量系统、指示系统、外壳、磁助电接点装置、上下限调整装置及接线盒组成。当被测介质通过导压部分进入测量元件时,在其压力作用下,测量元件自由端产生相应位移,通过连杆带动齿轮传动机构,从而在仪表度盘上指示出被测介质的压力值。同时,仪表指针带动上下限活动臂与设定指针(上下限)触点断开或闭合,控制电路的通断,以达到自动控制或发信报警的目的。常见的电接点压力表如图3-50所示。

图3-50 电接点压力表

电接点压力表适用于测量对铜合金无腐蚀、无爆炸危险、非结晶的各种液体、气体等介质的压力。仪表与相应的电气器件配套使用,可达到对被测压力系统实现预先设定的最大或最小压力值的双位自动控制和发信(报警)的目的。

在电接点压力表的电接触信号针上,装有可调节的永久磁钢,可以增加接点吸力,加快接触动作,从而使触点接触可靠,消除电弧,能有效地避免仪表由于工作环境振动或介质压力脉动造成触点的频繁关断。所以该仪表具有动作可靠、使用寿命长、触点开关功率较大等优点。因此,在石油、化工、电站、冶金等工业企业及机电设备上广泛配套使用。

电接点压力表根据用途、适用环境可分为:普通型、防腐型、耐震型、防爆型等。可分别用于无腐蚀作用的气体及液体的压力测量;腐蚀性较强的气体及液体的压力测量;测量介质强烈脉动及环境震动较大的场所;有爆炸性混合物的危险场所。

2. 压力变送器

压力变送器是一种接受压力变量并按比例转换为标准输出信号(如 DC 4 ~ 20 mA 等)的仪表。即它能将测压元件感受到的气体、液体等压力参数转变成标准的电信号,供给指示报警仪、记录仪、调速器等二次仪表进行测量、指示和过程调节。常用压力变送器如图 3-51 所示。

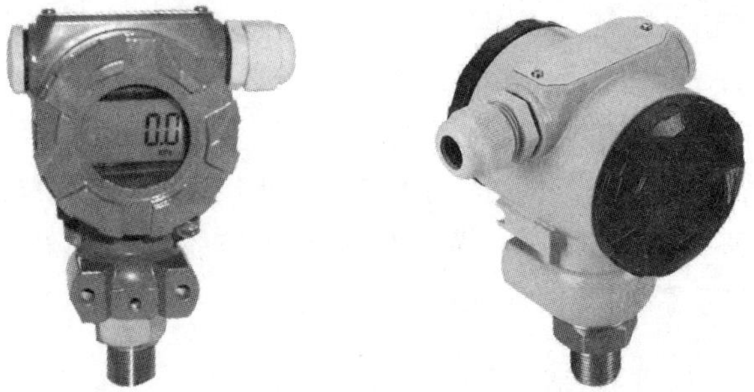

图 3-51　压力变送器

压力变送器广泛应用于水利水电、智能建筑、航空航天、军工、石化、电力、船舶等众多行业。

1)分类

根据采用的材料,压力变送器主要有电容式、扩散硅式、陶瓷式和应变式等。

根据测压范围有一般压力变送器(0.001 ~ 35 MPa)和微差压力变送器(0 ~ 1.5 kPa),负压变送器 3 种。

根据原理及使用场合压力变送器可分为:普通式、防爆式、差压式、中高温式、远传式等。

2)工作原理

压力变送器的输出量与输入量之间是线性关系,即输出电压或电流随输入量压力的增大而成比例的增大。

压力变送器的结构原理如图 3-52 所示。当被测介质的两种压力通入高、低压力室,作用在两侧隔离膜片(敏感元件)上,通过隔离膜片和元件内的填充液传送到测量膜片两侧,测量膜片与两侧绝缘片上的电极各组成一个电容器。当两侧压力不一致时,致使测量膜片产生位移,其位移量与压力差成正比,

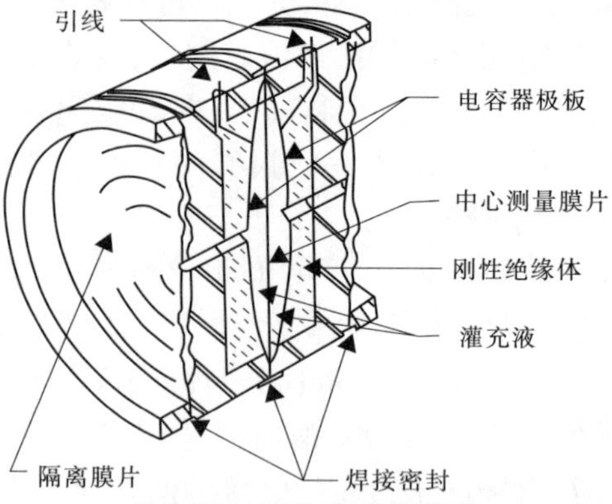

图 3-52　压力变送器原理

故两侧电容量就不等，通过振荡和解调环节，转换成与压力成正比的信号。然后采用专用芯片将这个电压信号转换为标准的 DC 4～20 mA 电流信号或者 1～5 V 电压信号。

由于测量膜片采用标准化集成电路，内部包含线性及温度补偿电路，所以可以做到高精度和高稳定性。

3）主要优点

（1）压力变送器具有工作可靠、性能稳定等特点；

（2）可靠性高，维护简单、轻松，体积小、重量轻，安装调试极为方便；

（3）采用 DC 4～20 mA 二线制信号传送，抗干扰能力强，传输距离远；

（4）高准确度，高稳定性等。

3.3.3.2　采用电接点压力表控制的油泵电气控制回路

图 3-53 中，R、S、T 为三相交流电源，N 为交流电源零线，PE 为地线。

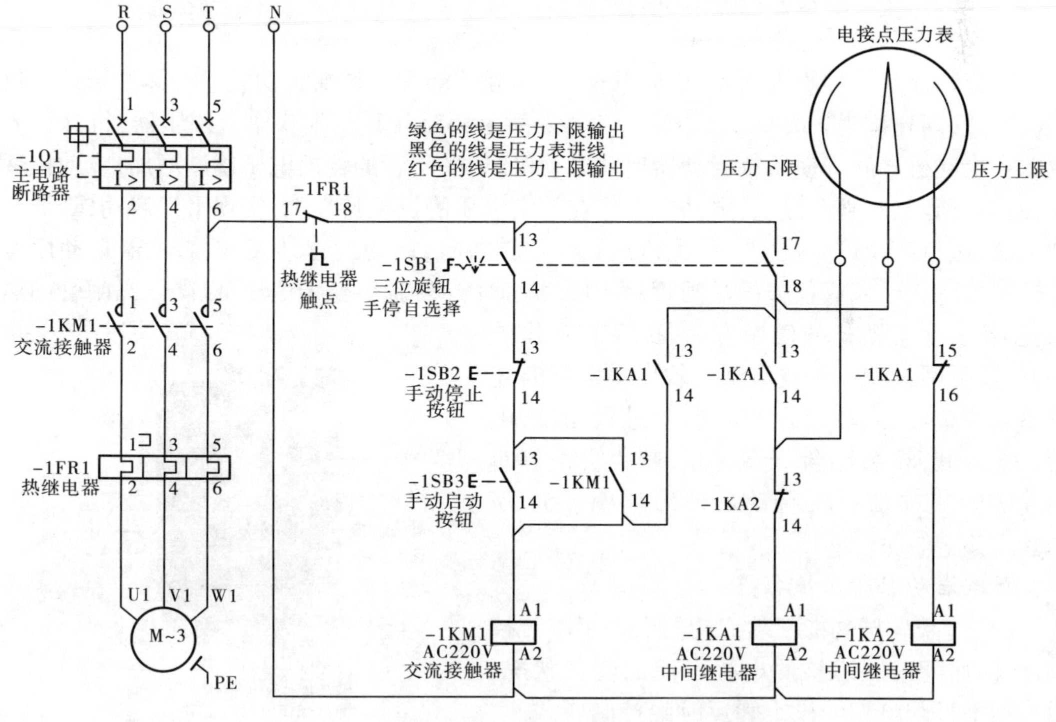

图 3-53　采用电接点压力表控制的油泵电气控制回路

1. 手动启动、停止

观察压力表压力，当需要手动打油时，主电路 1Q1 断路器闭合，把 1SB1 切换至手动状态（1SB1 的 13、14 接点接通，17、18 接点断开），按下手动启动按钮 1SB3，交流接触器 1KM1 获得交流 220 V 电源，使对应 1KM1 主触点（1KM1 的 2、4、6 接点）闭合，油泵电机启动工作，对应 1KM1 辅助触点（1KM1 的 13、14 接点）闭合，形成 1KM1 的自保持电路，这时即使松开手动启动按钮 1SB3 油泵电机仍然能保持工作；当油压上升至所需压力，按下手动停止按钮 1SB2，1KM1 失电并且所有触点跳开，油泵电机停止工作。

2. 自动启动、停止

主电路1Q1断路器闭合,把1SB1切换至自动状态(1SB1的17、18接点接通,13、14接点断开),当油压下降至压力下限时,电接点压力表黑针的接点与绿针的接点接通,中间继电器1KA1得电,对应常开触点闭合、常闭触点断开,交流接触器1KM1获得交流220 V电源,使对应1KM1主触点(1KM1的2、4、6接点)闭合,油泵电机启动工作;当油压上升至压力上限时,电接点压力表黑针的接点与红针的接点接通,中间继电器1KA2得电,对应常闭触点断开,使中间继电器1KA1失电,1KM1失电并且所有触点跳开,油泵电机停止工作。

3.3.3.3 采用压力变送器控制的油泵电气控制回路

目前新建水电站或增容改造后的中小型水电站,大都采用软启动器进行调速器油泵或排水泵的控制,软启动器的控制信号可从油压装置的压力变送器获取DC4～20 mA模拟量,根据油压大小直接控制电机的启停。

1. 软启动器工作原理

软启动器是一种集电机软启动、软停车、轻载节能和多种保护功能于一体的新颖电机控制装置,国外称为Soft Starter。软启动器采用三相反并联晶闸管作为调压器,将其接入电源和电动机之间。使用软启动器启动电动机时,晶闸管的输出电压逐渐增加,电动机逐渐加速,直到晶闸管全导通,电动机工作在额定电压的机械特性上,实现平滑启动,降低启动电流,避免启动过流跳闸。待电机达到额定转数时,启动过程结束,软启动器自动用旁路接触器取代已完成任务的晶闸管,为电动机正常运转提供额定电压,以降低晶闸管的热损耗,延长软启动器的使用寿命,提高其工作效率,又使电网避免了谐波污染。软启动器同时还提供软停车功能,软停车与软启动过程相反,电压逐渐降低,转数逐渐下降到零,避免自由停车引起的转矩冲击。软启动器外形如图3-54所示。

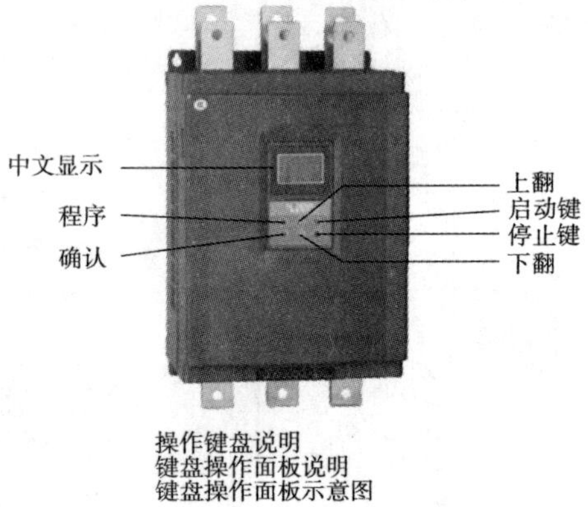

图3-54 软启动器

2. 软启动器的保护功能

(1)过载保护功能。软启动器引进了电流控制环,因而随时跟踪检测电机电流的变化状况。通过增加过载电流的设定和反时限控制模式,实现过载保护功能,使电机过载时,关断晶闸管并发出报警信号。

(2)缺相保护功能。工作时,软启动器随时检测三相线电流的变化,一旦发生断流,即可做出缺相保护反应。

(3)过热保护功能。通过软启动器内部热继电器检测晶闸管散热器的温度,一旦散热器温度超过允许值会自动关断晶闸管,并发出报警信号。

(4)其他功能。通过电子电路的组合,还可在系统中实现其他联锁保护。

3. 软启动器控制电机

大多数软启动器在晶闸管两侧有旁路接触器触头,如图3-55所示,其优点是:

(1)控制柜具有了两种启动方式(直接启动、软启动)。

(2)软启动结束,旁路接触器闭合,使软启动器退出运行,直至停车时,再次投入,这样既延长了软启动器的寿命,又使电网避免了谐波污染,还可减少软启动器中的晶闸管发热损耗。

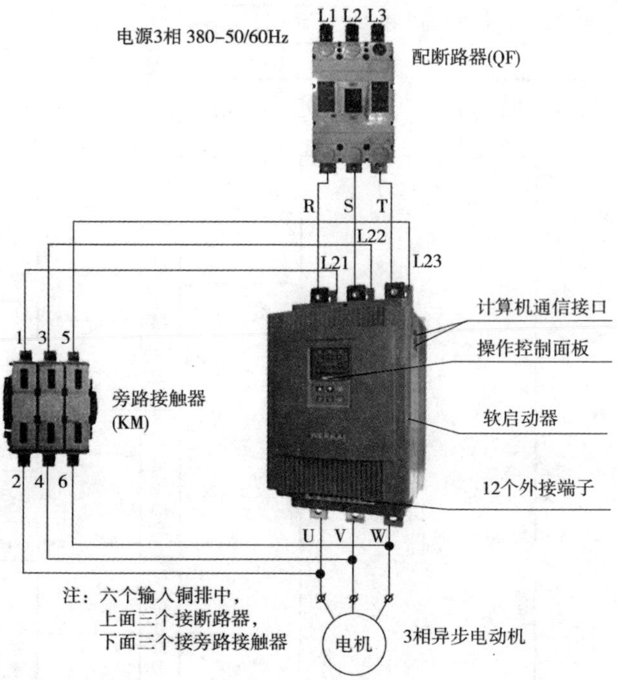

图 3-55　软启动器带旁路接触器接线图

4. 实例

HJR3000 系列智能软启动器是专门为水力发电厂压力油泵、空气压缩机、顶盖水泵、深井水泵以及消防水泵设计的无触点电机控制装置。下面介绍其原理和特点等。

1) HJR3000 智能软启动器系统原理

HJR3000 系列智能软启器采用 16 位 DSP 可编程微处理器为控制核心,其系统原理框图,如图 3-56 所示。由于采用了先进的电机闭环控制算法,具有电压斜坡启动、限流启动、突跳转矩启动等多种启动方式,能控制电机的输出转矩,使电机能自适应负载转矩,在最佳功率因数下以最小的启动电流完成启动过程。具有自由停机、软停机、刹车制动等多种停机方式,能适用于水力发电厂各种载荷电机的控制。

DSP(数字信号处理器)是目前国际上最先进的控制器件,是在单片机(MCU)及可编程控制器(PLC)的基础上演变发展起来的,同时具有 MCU 的超强处理能力和 PLC 的高可靠性。

针对水力发电厂一主多备的应用,装置集成了联合控制模块,可以实现多机并联运行。在一主多备应用时可以任意设定主备运行及轮换运行,并且在任一装置故障或退出运行时,其他装置能任意组成联机系统。相对于采用联合控制柜的方式具有明显的优势。

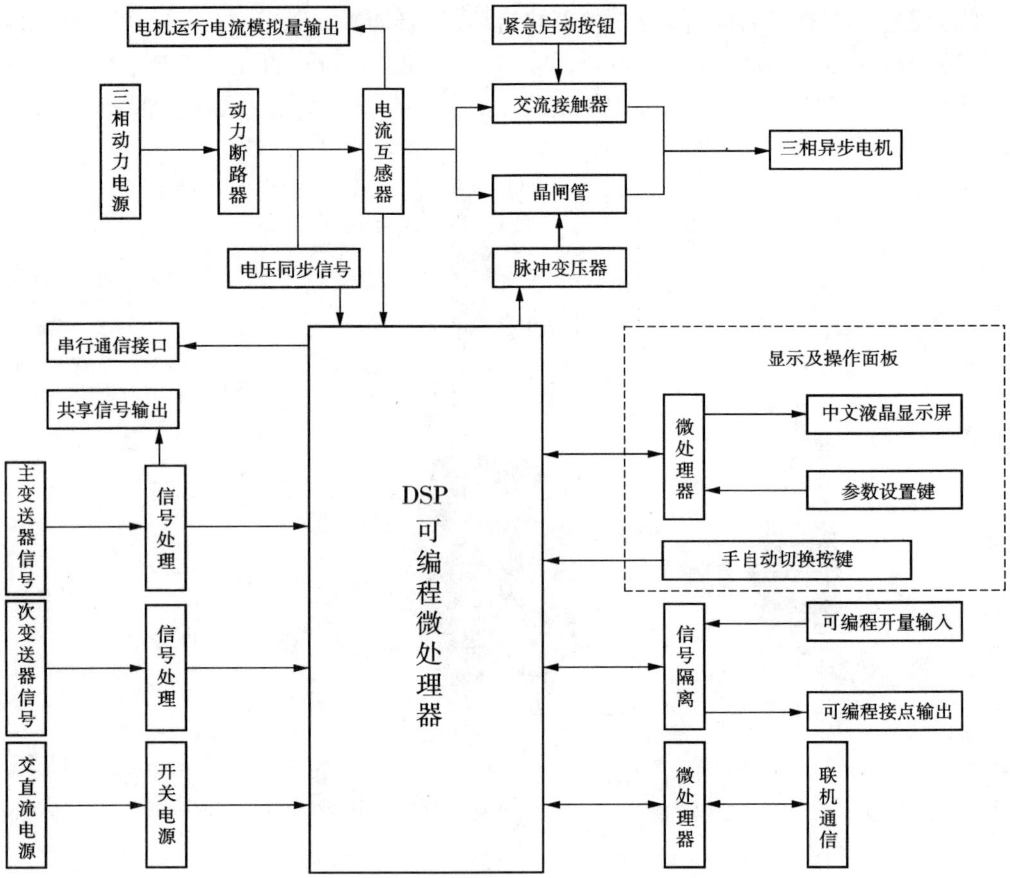

图3-56 HJR3000系列智能软启动控制装置系统图

装置专门针对水力发电厂的应用要求设计了全面的开关量和模拟量信号接口,并且所有接口均采用了现场可编程方式,具有高度灵活性及可靠性。

与水电站传统控制装置相比,HJR3000软启动器解决了三大关键问题:

(1)电接点压力表与浮子工作不可靠及动作接点难调整的问题。

采用先进的压力(液位)变送器,检测准确、性能稳定,其输出信号为4~20 mA电流。使得油泵(水泵)电机启动、停止接点与压力(液位)过高、过低输出接点均可通过面板按键进行设置,不仅方便快捷,而且准确可靠。

(2)交流接触器"打火"及易粘连的问题。

晶闸管模块为无触点控制器件,因而不会"打火",不会粘连。内置的旁路接触器在启动和停止时均不工作,因而也不会"打火",不会粘连。

(3)电机启动电流过大的问题,加强了对电机、泵及受控系统地保护。

HJR3000软启动器可针对不同载荷类型设定不同的启动及停止方式,以最小的启动电流来启动电机。通常情况下将电机的启动电流控制在额定电流的三倍以内。该装置还具有断相保护、堵转保护、电流不平衡保护等6种保护功能。不仅有效地保护了电机,延长了泵与电机的使用寿命,而且还能消除电机启动时对厂用电的干扰。此外,HJR3000软启动器的软启动及软停止功能，在压力油系统中，可使系统的油锤值降低，以确保系统的安全运行。

2）主要特点

HJR3000 软启动器具有以下特色功能：

（1）为增加设备运行的可靠性，专门设计了交流接触器旁路运行及交流接触器直接启动回路，即便控制主板及晶闸管全部损坏，HJR3000 系列智能软启动器仍能维持运行。

（2）采用可编程 DSP 核心控制系统，具有多种启动、停止方式，能适应各种载荷类型的电机；一泵一控，任一控制装置故障不影响其他控制装置的运行；一主多备，最多可 8 台装置联机组成主备系统；同一系统中多泵轮换运行。

（3）压力油系统具有自动补油、自动补气；水泵控制系统具有水泵自动投润滑水，空压机自动排空、排污。

（4）在同一系统中多机共用变送器，变送器检测处理电路独立；采用变送器与浮子接点（电接点压力表）以及远程控制信号并联运行方式。

（5）具有正常启动、备用启动、运行信号接点输出，过高、过低、超高、超低报警信号接点输出等，最多可记录最近的 16 条告警信息。

（6）采用 RS485 通信接口，能与全厂监控系统链接。

3）某水电站调速器油泵的 HJR3000 软启动器的应用

某水电站调速器油泵的 HJR3000 软启动器接线图，如图 3-57 所示。图中软启动器 16、17 号接点可接收压力变送器的开关量信号，18、19 号接点可接收压力变送器的 4～20 mA 模拟量信号，可以实时监测调速器压力油罐内的油压值，做到自动启停油泵，同时兼顾低油压报警及高、低油压事故等信号。

该电站采用 YWT－3000－16.0－SC 型高油压调速器，额定油压 16 MPa，压力油罐安装 ZXP870 压力变送器采集油压信号，该模拟量信号直接接至 HJR3000 软启动器的 18、19 号接点。软启动器内设置各油压值如表 3-6 所示。

表 3-6　某水电站软启动器油压参数设定值

事故低油压	低油压报警	启动油压	停止油压	事故高油压
13 MPa	13.5 MPa	14 MPa	16 MPa	16.5 MPa

【任务实施】

以下四项任务任选 1～2 项实施，并按以下步骤组织任务实施：

任务 1：电液/电机伺服系统的连接关系、工作过程分析和维护

1. 电液比例阀、步进电机、交流伺服电机及其驱动器的辨识和连接关系。
2. 各类液压控制阀的认知和维护。
3. 对照系统图和实际设备进行工作过程分析。
4. 电液/电机伺服系统的保养与维护。

任务 2：电液/电机伺服系统的保养与维护

1. 选择一有问题的调速器电液/电机伺服系统，认识系统的组成、元器件和连接关

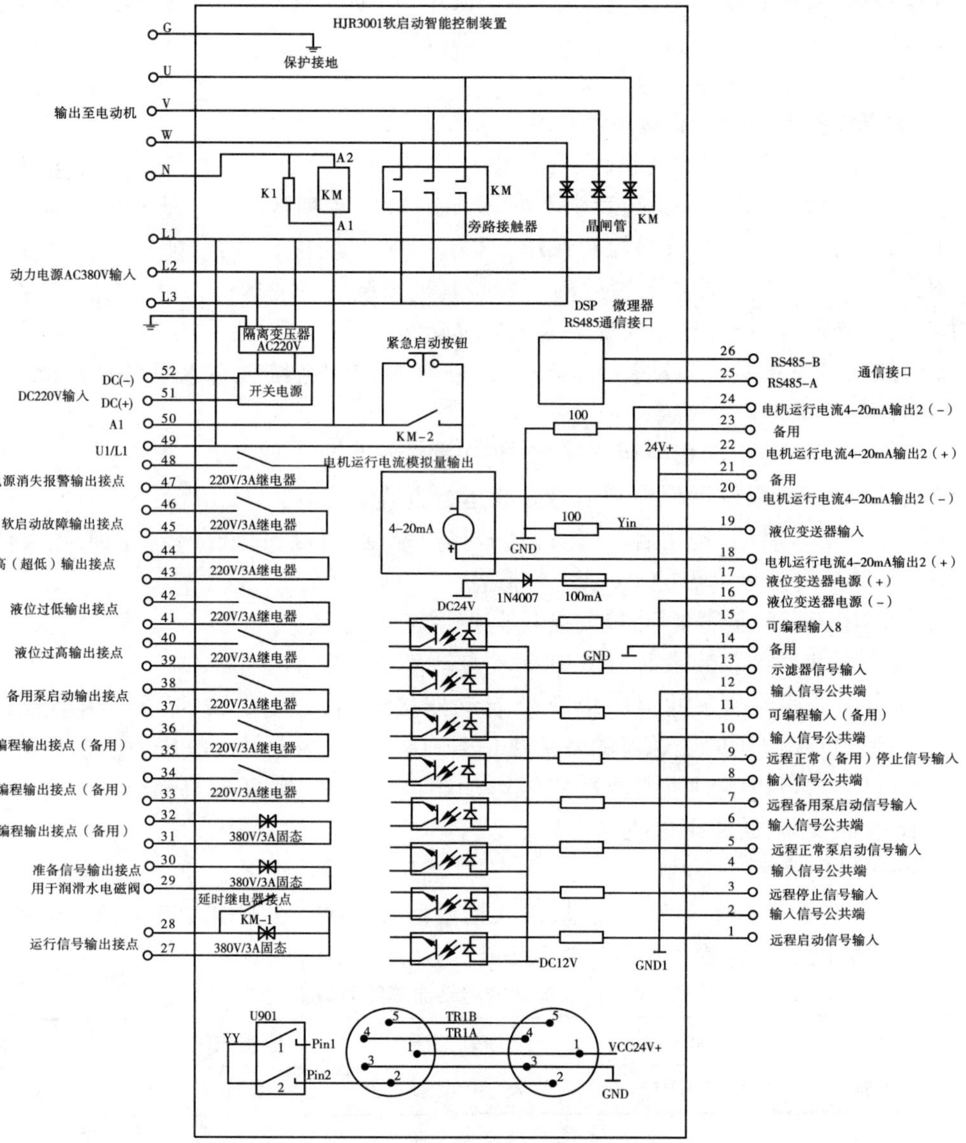

图3-57　HJR3000智能软启动器接线图

系,做好标记,制定好拆卸步骤,准备好工器具和辅助材料。

2. 按照制定的拆卸步骤,逐个拆卸零部件,清洗零件,做好标记,分类摆放。

3. 检查损坏的零部件,查找故障原因,采购损坏的零件或密封圈等。

4. 回装零部件,进行试压,开机试运行。

任务3:油压装置的保养与维护

按照以下步骤组织任务实施:

1. 参观实验室或实际电站,对照实际调速器认识油压装置的结构组成,并分析其工作过程。

2. 油压装置主要部件的检查、清扫、更换,液压油的处理。

3. 油压装置压力值整定值的调整。
4. 油压装置的试运行,检查动作值的正确性等。

任务4:油泵控制电路的安装与调试

1. 识读油泵控制电路图。
2. 准备电气控制零部件、工具等。
3. 安装电器元件,连接导线排布整齐合理规范。
4. 检查线路连接正确性,投电试运行。

【效果评价】

任务1:电液/电机伺服系统的连接关系、工作过程分析和维护

序号	任务内容	结果	评价结论
1	电液/电机转换装置的连接		
2	各类液压控制阀的识别与维护		
3	电液/电机伺服系统的工作分析		

注:具体装置、元件或系统可自行选择。

任务2:电液/电机伺服系统的保养与维护

序号	任务内容	结果	评价结论
1	系统的拆卸无损坏,有记录编号,零件分类、摆放整齐		
2	零件清洗干净,无损坏,检查损坏零件		
3	回装正确,试运行正常		

注:具体装置或系统可自行选择。

任务3:油压装置的保养与维护

序号	任务内容	结果	评价结论
1	认识油压装置的结构组成、工作原理		
2	油压装置主要部件的检查、清扫、更换,油处理		
3	油压装置压力值整定值得调整		
4	油压装置的试运行,检查动作值的正确性等		

任务4:油泵控制电路的安装与调试

序号	任务内容	结果	评价结论
1	识读油泵控制电路图		
2	准备电气控制零部件、工具等		
3	安装电器元件,连接导线排布整齐合理规范		
4	检查线路连接正确性,投电试运行		

【思考问题】

3-1　常见的电液/电机转换装置有哪些？各有什么特点?

3-2　步进电机的工作原理是什么?

3-3　交流伺服电机与驱动器及 PLC 间是如何连接的?

3-4　微机调速器机械液压系统常见的液压阀有哪些？各自的作用及图形符号是什么?

3-5　常见液压放大元件有哪些?

3-6　两段关闭装置的工作原理是什么?

3-7　机械液压过速保护装置的工作原理是什么?

3-8　常规油压装置主要有哪些元件组成,各元件分别有什么作用?

3-9　油压装置系统图由哪些装置组成,各装置分别有什么作用?

3-10　高压油压装置由哪些元件组成,各元件分别有什么作用?

3-11　对照图 3-57 简述油泵自动启动过程。

3-12　采用软启动器控制油泵有什么优点?

项目4　微机调速器的试验

【工作任务】

学会调速器试验设备/仪器的使用与维护；学会调速器静态、动态及一次调频试验的方法；编制调速器试验报告。

【学习任务】

调速器试验设备/仪器的使用方法；调速器静态、动态、甩负荷试验和一次调频试验的方法和步骤；调速器试验报告的编制方法。

任务4.1　试验规程及仪器使用

【教学目标】

1. 技能目标

能正确使用调速器试验设备/仪器。

2. 知识目标

熟悉《水轮机控制系统技术条件》《水轮机控制系统试验》的主要内容。

了解水轮机调速器测试仪的主要功能和性能参数。

【相关知识】

4.1.1　水轮机调速器试验技术规程

国际电工委员会(IEC)是国际上影响较大的标准化组织。我国调速器标准基本上参照其水轮机技术委员会(TC4)的《水轮机调速系统试验国际规程》而制定。我国第一本编写于20世纪60年代中期，是第一机械工业部的部颁标准，标准号为JB 627—65，后经修订定名为《水轮机调速器与油压装置技术条件》(JB 627—79)。与其配套标准是：《反击式水轮机调速器与油压装置系列型普》《水轮机调速器与油压装置型号编制方法》。

在1983～1987年期间，有关研究所、各使用单位对上述3个标准进行了广泛的讨论、修订，并上升为国家标准，标准号为GB 9652—88。1996年又进行了修订，名称为《水轮机调速器与油压装置技术条件》(GB/T 9652. 1—1997)和《水轮机调速器与油压装置试验验收规程》(GB/T 9652. 2—1997)。2007年，有关专家又采用《水轮机控制系统技术规范导则》(IEC 61362)和《水轮机控制系统试验》(IEC 60308)的主要内容，结合我国多年水电建设的实践经验，编制了《水轮机控制系统技术条件》(GB/T 9652. 1—2007)和《水轮机控制系统试验》（GB/T 9652.2—2007），于2008年2月1日起执行。

4.1.1.1 **《水轮机控制系统技术条件》（GB/T 9652.1—2007）的主要内容**

最新国家标准GB/T 9652.1—2007的内容包括：范围；规范引用文件；工作条件；技术要求；供货范围和备品备件；图纸与资料；铭牌、包装、运输、贮存；保证期8个部分。其中，工作条件和技术要求是主要内容。

调节系统静态及动态性能指标均是在工作条件下指定。工作条件主要指以下几个方面：

（1）水轮机所选定的调速器与油压装置合理。

（2）水轮发电机组运行正常。

（3）对PID、PI型调速器的 T_w、T_a 的规定。

（4）海拔的规定。

（5）调速器周围空气温度规定。

（6）空气相对湿度。

（7）试验前排除缺陷等。

新国家标准中静态特性指标关于转速死区和接力器摆动值要达到表4-1的要求，精度较1997版本有所提高，并对大、中型调速器已经取消了对机械调速器的规定。

表4-1　转速死区和接力器摆动值允许值

调速器类型（项目）	大型	中型	小型		特小型
	电调	电调	电调	机调	
转速死区 i_x（%）	0.02	0.06	0.10	0.18	0.20
接力器摆动值（%）	0.10	0.25	0.40	0.75	0.80

转桨式水轮机调速系统，桨叶随动系统的不准确度 i_a 不大于0.8%，精度有所提高。另外，对实测协联曲线与理论协联关系曲线的偏差做出了明确规定，即二者的偏差不大于桨叶接力器全行程的1%。

动态特性指标包含以下规定：

（1）在空载工况自动运行时，施加一阶跃型转速指令信号，待机组稳定后，转速摆动相对值不超过表4-2的允许值。如果机组手动空载转速摆动相对值大于规定值，其自动空载转速摆动相对值不得大于相应手动空载转速摆动相对值。

表4-2　各类调速器转速摆动允许值

调速器类型	大型电调	中、小型	特小型
转速摆动相对值	±0.15%	±0.25%	±0.3%

（2）机组启动开始至机组空载转速偏差小于同期带（+1%～−0.5%）的时间 T_{SR} 不得大于从机组启动开始至机组转速达到80%额定转速的时间 $t_{0.8}$ 的5倍。

（3）机组甩负荷后动态品质应达到：

①甩100%额定负荷后，在转速变化过程中，超过稳态转速3%额定转速值以上的波

峰不超过两次。

②从机组甩负荷时起，到机组转速相对偏差小于 ±1% 为止的调节时间 t_E 与从甩负荷开始至转速升至最高转速所经历的时间 t_M 的比值，对中、低水头反击式水轮机不大于 8，桨叶关闭时间较长的轴流转桨式水轮机不大于 12；高水头反击式水轮机和冲击式水轮机应不大于 15；对从电网解列后给电厂供电的机组，甩负荷后机组的最低相对转速不低于 0.9（投入浪涌控制及桨叶关闭时间较长的贯流式机组除外）。

③转速或指令信号按规定形式变化，接力器不动时间：对电调不大于 0.2 s，机调不大于 0.3 s。

从上述规定看出：新标准对机组甩负荷后的调节时间 t_E 的定义方式是按照 t_E 与 t_M 比值的大小来规定的，不同型式的机组比值不同，与 1997 年版本的从甩满负荷接力器动作开始到机组转速摆动值不超过 ±0.5% 为止所经历的时间，不应大于 40 s 的表述不同。

除此之外，GB/T 9652.1—2007 的技术要求还包括：

(1) 调速器参数指标范围要求：

b_t——其最小值不大于 5%，最大值不小于 80%；

T_d——其最小值不大于 2 s，最大值不小于 20 s；

K_p——0.5 ~ 20；

K_i——0.05 ~ 10 1/s；

K_D——0 ~ 5 s；

b_p——应能在自零至最大值范围内整定，最大值不小于 8%；

零行程转速调整范围—— -10% 至 8%；

开度限制机构整定范围——0 至最大开度；

接力器关闭时间 T_f——设计范围；

开启时间 T_g——设计范围；

电调的电源应设冗余电源；

人工失灵区最大值不小于额定转速的 1%。

(2) 调速器各装置包括：测速装置、缓冲装置、电调电气装置、电液或电机转换器、主配压阀、油泵、安全阀、自动补气装置、压力罐等的技术要求。

4.1.1.2 《水轮机控制系统试验》（GB/T 9652.2—2007）的主要内容

新国标 GB/T 9652.2—2007 的内容包括：

(1) 范围。

(2) 规范性引用文件。

(3) 试验条件。

(4) 验收试验一般规定。

(5) 试验项目。

(6) 试验方法。

(7) 试验的不准确度。

(8) 试验报告。

各主要部分的内容介绍如下：

第三部分试验条件主要包括:试验准备工作、出厂试验条件、电站试验条件的规定。

第四部分验收试验一般规定包含验收条件、验收依据、验收准备、验收时间、验收试验仪表与费用、被验收试验设备、试验人员、仲裁方法、试验记录、试验验收报告等内容。

第五部分试验项目主要给出了 31 个试验项目,共有出厂试验、电站试验、型式试验和验收试验 4 个类别。

出厂试验包括:

(1)测速装置检查试验。

(2)电液和电机转换器试验。

(3)缓冲装置试验。

(4)电气协联函数发生器的调整试验。

(5)操作回路动作试验。

(6)电气回路绝缘试验。

(7)调速器静态特性(包括人工转速死区)。

(8)转速死区 i_x 和接力器摆动值测定试验。

(9)协联曲线及桨叶随动系统不准确度 i_a 测定试验。

(10)接力器关闭时间 T_f 与开启时间 T_g 调整等 22 个试验。

电站试验包括:

(1)综合漂移试验。

(2)调速器静态特性(包括人工转速死区)、转速死区 i_x 和接力器摆动值测定试验。

(3)协联曲线及桨叶随动系统不准确度 i_a 测定试验。

(4)接力器关闭时间 T_f 与开启时间 T_g 调整。

(5)接力器不动时间 T_q 测定试验。

(6)空载试验。

(7)孤立负荷试验。

(8)甩负荷试验。

(9)带负荷连续 72 h 运行试验等 23 个试验。

型式试验包括:除了孤立负荷试验、油压装置自动运行模拟试验以外的全部试验。

验收试验包括:

(1)电气协联函数发生器的调整试验。

(2)操作回路动作试验。

(3)调速器静态特性(包括人工转速死区)、转速死区 i_x 和接力器摆动值测定试验。

(4)接力器关闭时间 T_f 与开启时间 T_g 调整。

(5)空载试验。

(6)孤立负荷试验。

(7)甩负荷试验。

(8)带负荷连续 72 h 运行试验等 15 个试验。

第六部分试验方法主要介绍了上述 31 个试验的依据、试验条件、试验步骤、试验(或校验)方法、试验要求、换算公式等。

第七部分是试验的不准确度要求。

第八部分是试验报告的编写格式,包括:

(1)试验依据,目的。

(2)被试验设备制造厂、型号、出厂编号及出厂日期。

(3)电站、机组及被试验设备主要技术参数。

(4)试验项目(包括条件、方法、仪表及原始数据等)。

(5)试验结果(包括数据、曲线、图表、照片等)。

(6)试验结论、验收意见。

(7)主持、参加单位和人员。

4.1.2 微机调速器的调试设备的使用

微机调速器的调试工作常用的调试工具及资料包括:计算机、万用表、生产用图、出厂试验报告、螺丝刀、短接线等。现代微机调速器的调试常采用基于微机控制器的水轮机调速器测试装置。目前使用的比较典型的测试装置有,TG2000 系列水轮机调速器和机组同期测试系统、STDS－06I 型水轮机调速器仿真测试诊断系统、HG86 型水轮机调速器仿真测试仪等。下面仅以某型水轮机调速器测试装置(简称仿真测试仪)为例,介绍其特点、系统构成、功能、性能、接线和使用方法等内容。需要注意的是不同型号甚至同型号不同版本的测试仪,其技术性能、功能、接线和使用方法不同,在使用过程中要仔细阅读使用说明书。

4.1.2.1 仿真测试仪简介

1. 系统特点

仿真测试仪一般是针对国内外调速器特点和水电站测试工作的需要,采用先进的计算机技术和测试技术,基于 Windows 98/2000/NT/XP 操作系统,面向对象的程序设计方法开发的微机调速器综合测试、仿真、培训系统。其系统特点如下:

(1)具有对象仿真、调速器测试、技术培训集成于一体,方便用户使用。

(2)具备 Windows 风格的中文界面,操作易学易用。

(3)实现测量自动化:自动记录、自动停止、自动计算指标。

(4)具有控制参数优化功能,免除现场人工选择调速器控制参数的麻烦。

(5)在操作界面上用鼠标即可完成通道率定。

(6)具有抽水蓄能电站水泵工况下调速器试验功能。

(7)具有在线帮助功能,提供测量原理说明、相关国家标准、接线方法以及疑难解答;引入人工智能技术,免去记忆操作步骤的麻烦。

(8)具有电子化文档,可在任何时间以任何比例(包括时间比例尺)显示、分析整个测试过程,可随时打印试验报告,取代了手工整理报告。

(9)所有配置(包括率定值)均可保存、再次打开,便于在某一时段同时对不同机组进行测试。

(10)每项试验的实时过程均有数字示波器曲线和两种精确数据显示方式。

2. 系统构成

仿真测试仪由数据采集子系统和分析－仿真综合子系统构成。

数据采集子系统由微控制器的硬件装置组成。它可实时、自动采集现场或调速器的各种数据,通过通信接口送到分析－仿真综合子系统,同时产生并输出实时仿真的机组频率、导叶接力器行程、桨叶接力器行程,供调速器使用。

分析－仿真综合子系统是一个基于 Windows 操作系统的软件。该软件可通过通信接口从数据采集子系统获得现场或调速器的各种数据,进行相应的数据处理、分析、仿真,自动完成水轮机调速器测试。所有测试结果和曲线均可复现、保存、打印。

以下为叙述简明起见,在不至于混淆的地方用“本机”指代“数据采集子系统”。

3. 系统功能

仿真测试仪依据国家标准《水轮机控制系统技术条件》(GB/T 9652. 1—2007)、《水轮机控制系统试验》(GB/T 9652. 2—2007),对水轮机调速器进行全面试验。其具体功能如下:

(1)调速器静态特性、协联曲线及转速死区测定试验。

(2)空载扰动试验。

(3)转速摆动测定试验。

(4)接力器不动时间 T_q 测定试验。

(5)甩负荷试验。

(6)调速器 PID 特性测定试验。

(7)调速器控制参数优化。

(8)调速器液压系统仿真。

(9)机组－引水道－电网仿真。

(10)调速器全数字仿真。

(11)机组同期越前时间和越前相角测定试验。

(12)全数字存储示波器。

(13)功能强大的信号发生器。

(14)技术培训平台。

4. 系统性能

数据采集子系统具有以下性能:

(1)6 路模拟量输入。内部共地;其中 1 路——“定子电流”为电流输入形式,最大有效值为 15 mA;其余 5 路可以是电压输入或电流输入形式,可选的量程形式为 ±10 V, ±5 V, 0 ~ 5 V,0 ~ 10 V; ±20 mA,0 ~ 20 mA,4 ~ 20 mA。

模－数转换(A/D)分辨率 12 位,即 0. 025% 。

(2)1 路机组频率输入。额定值 100 V AC,带隔离,允许输入范围为 0. 3 V ~ 170 V AC;在 50 Hz 附近测频分辨率为 0. 002 5% 。或 ±10 V/ ±20 mA 信号。

(3)2 种断路器信号输入。定子电流(6 路模拟量之一)、油开关辅助接点(光电隔离,有源,24 V DC,缺省形式为:有电压[≥10 V DC],即“合”;无电压[≤2 V DC],即“断”。可软件选择为“有电压”⇌“断开”)。

(4)1路机端电压输入、1路电网电压输入(隔离),额定值100 VAC。

(5)2路模拟量输出。内部共地;电压或电流形式,±10 V,±20 mA。数－模转换(D/A)分辨率12位,即0.025%。

(6)1路仿真机组频率输出。频率为1.9～99 Hz,峰－峰值不小于26 V,方波;在50 Hz附近发频分辨率为0.002 5%,或±10 V/±20 mA形式。

(7)2路传感器电源输出。24 V DC,最大200 mA;5～15 V DC,最大50 mA(缺省配置为10 V DC)。

(8)数据采样周期1～5 ms,根据测试项目特点自动确定。

(9)电源:～220 V±10%,50 Hz。

4.1.2.2　系统接线

系统接线涉及装有分析－仿真综合子系统的计算机与数据采集子系统相连、数据采集子系统与调速器等设备的互联。

(1)凡涉及有极性的输入、输出,红色端子为正、黑色端子为负。

(2)请用屏蔽双绞线将“导叶主接”等模拟量信号接到本机,以免引入干扰导致采集的数据跳动。

(3)涉及“导叶主接”“桨叶主接”“导叶中接/综放”“桨叶中接/综放”“自定义输入”“仿真导叶主接”“仿真桨叶主接”信号的接线,以下叙述假定它们是(缺省的)电压形式。

若是电流形式,请特别留意“2. 接线说明,(3)4)”(定子电流除外,它总是交流电流形式的输入,且最大为15 mA有效值)。

1. 面板布置

TG2000数据采集子系统的面板布置如图4-1所示,其面板端子布置说明如下:

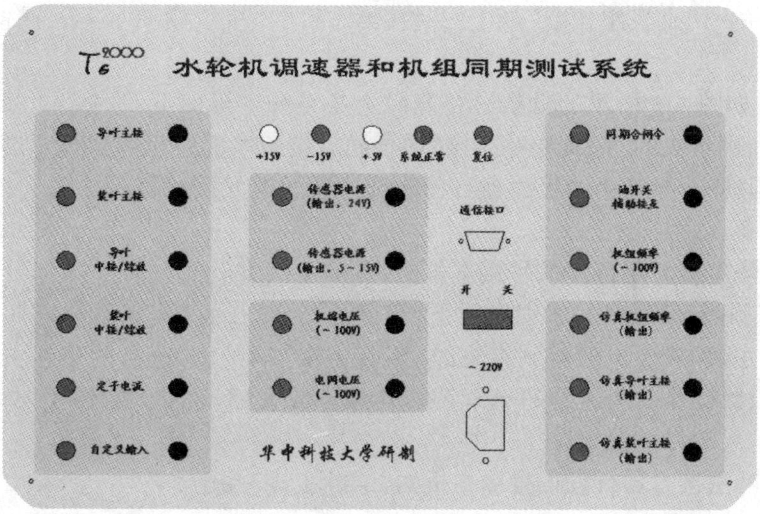

图4-1　TG2000数据采集子系统面板

(1)信号指示灯。“+15 V”灯、“－15 V”灯、“+5 V”灯分别显示给微控制器供电的直流电源的状况;“系统正常”灯常亮时表示数据采集子系统正常,闪亮或不亮表示异常。

(2)6路模拟量输入端子是:“导叶主接”端子;“桨叶主接”端子;“导叶中接/综放”端

子;“桨叶中接/综放”端子;“定子电流”端子;“自定义输入”端子。

(3)1 路机组频率输入:即“机组频率”输入端子。

(4)2 路断路器输入:即“油开关辅助接点”端子;“定子电流”端子(即:6 路模拟量输入端子之一)。

(5)2 路模拟量输出:“仿真导叶主接”端子;“仿真桨叶主接”端子。

(6)1 路仿真机频输出:“仿真机频输出”端子。

(7)2 路传感器用电源输出:“传感器电源(24 V)”端子;“传感器电源(5 ~ 15 V)”端子。

(8)通信接口:用专用通信线将数据采集子系统与装有分析 - 仿真综合子系统的 PC 机或笔记本电脑的串行通信口(RS232C)相连。

(9)复位按钮:若数据采集子系统出现异常,可按该键,“系统正常”指示灯将亮。

(10)电源开关及插座: ~220 V ± 10% ,50 Hz。

2. 接线说明

本机与计算机和被试验装置的接线方法如下:

(1)用随机提供的通信线将装有分析 - 仿真综合子系统的计算机(或笔记本电脑)的串行通信口与数据采集子系统相连。连接前,必须先将数据采集子系统的交流电源断开,以免损坏通信口。

(2)用随机提供的三芯电源线将数据采集子系统与 220 V 交流电源连接,确保电源可靠接地。

(3)面板上其余端子的接线,因试验类别的不同而不同,下面逐一说明。

1)静态试验接线

(1)本机的“仿真机组频率”端子同时接到本机的“机组频率”端子、调速器的机频端子。

(2)若在如图 4-3 所示的分析 - 仿真综合子系统主界面下,选择了“系统设置/液压系统仿真”项,则本机的“仿真导叶主接”端子同时接到本机的“导叶主接”端子、调速器的导叶主接行程端子;导叶中间接力器行程或调速器的电气调速器综合放大输出信号接本机的“导叶中接/综放”端子。

否则,导叶主接力器行程信号接本机的“导叶主接”端子。

(3)对双调而言,若在上述主界面下,选择了“系统设置/液压系统仿真”项,则:本机的“仿真桨叶主接”端子同时接到本机的“桨叶主接”端子、调速器的桨叶主接行程端子;桨叶中间接力器行程或调速器的电气调速器综合放大输出信号接本机的“桨叶中接/综放”端子。

否则,桨叶主接力器行程信号接本机的“桨叶主接”端子。

2)动态试验接线

(1)油开关辅助接点接本机的“油开关辅助接点”输入端子;或将发电机定子电流信号接本机的“定子电流”输入端子,要确保进入端子的电流不超过 15 mA。

(2)若在上述主界面下,选择了“系统设置/某类仿真”,则参见“三、(二)仿真配置”。

否则,导叶主接力器行程信号接本机的“导叶主接”端子。

3）模拟量为电流形式时的接线

上述涉及“导叶主接”“桨叶主接”“导叶中接/综放”“桨叶中接/综放”“自定义输入”“仿真导叶主接”“仿真桨叶主接”信号的接线（定子电流除外，它总是交流电流形式的输入，且最大为 15 mA 有效值），均假定它们是（缺省的）电压形式。

若是电流形式，接线时上述模拟量电流形式则分两种情况：

（1）若外界单独为本机提供电流形式的输入信号，则其接法与电压形式信号的接法一样。

（2）若由本机提供仿真信号或外界提供一路信号同时供本机和调速器使用，则接线的原则是：将端子按“先被测调速器、后本机输入端子”的顺序串接（不能并）。参见图 4-2 所示。

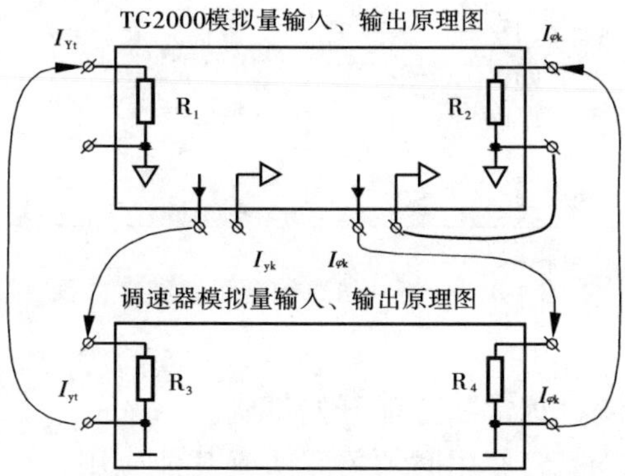

图 4-2　TG2000 仿真输出为电流形式时的接线示意图

图 4-2 中，本机产生的“仿真导叶主接”I_{yk} 输出信号需同时送给被测调速器的导叶主接输入端子 I_{ytgov} 和本机的“导叶主接”I_{yt} 输入端子，其接线顺序按图左半部分所示。类似地，图右半部分的接线示意图是将本机产生的“仿真桨叶主接”$I_{\varphi k}$ 输出信号需同时送给被测调速器的桨叶主接输入端子 $I_{\varphi tgov}$ 和本机的“桨叶主接”$I_{\varphi t}$ 输入端子的接线。

4）定子电流信号接线

定子电流信号需通过外接的 5 A∶5 mA 的电流互感器接至本机的“定子电流”端子，确保输入到本机端子的最大电流不超过 15 mA 有效值，否则会损坏本机。可自行选配满足上述要求的电流互感器或钳形电流互感器。

下面简介使用方法和注意事项。

A. 使用方法

先将钳形电流互感器上的两个端子接至本机的“定子电流”端子，再用钳口夹住被测电流导线。整个测量过程必须保持铁芯端面闭合状态良好。

B. 注意事项

使用前必须检查外观是否变形，否则将影响测试精度。

测量结束后一定要把铁芯端面擦干净后存放。可用干绸布擦拭，严禁沾酒精和水。

使用环境要求远离强磁场，以免影响测试精度。

4.1.2.3　分析 – 仿真综合子系统的使用操作

分析 – 仿真综合子系统是在 Windows 环境下，采用全中文菜单，具有详细的在线提示和在线帮助功能。如图4-3所示,该系统由主界面和子菜单构成,主界面显示相关重要信息,所有子菜单都从主界面进入。以下为叙述方便,将分析－仿真综合子系统简称为本系统。

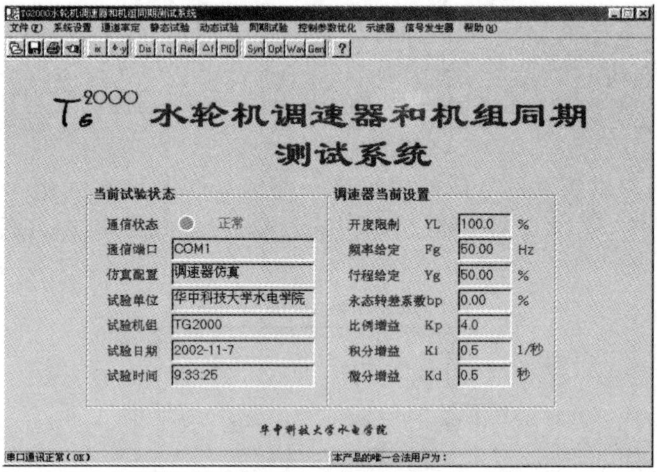

图4-3　分析－仿真综合子系统主界面

特别注意事项:

(1)必须确认通信状态"正常",才能开始试验。

(2)该软件实时性要求高,使用时须关闭所有其他应用程序,且在本系统记录过程中不要操作计算机,以免造成数据丢失。

(3)所有试验必须发"开始"命令才开始,除"信号发生器""示波器"以外,其余所有试验自动停止;若人工发"停止"命令,"静特性试验"的数据丢失、其余试验无指标。

(4)任何试验的数据必须人工按"保存"命令才保存。

1. 通用命令和菜单

1)通用命令

每个试验界面都有命令区,包括:"开始"(试验)、"停止"(试验)、"复现"(波形)、"保存"(数据)、"返回"(主界面)、"打开"(文件)、"打印"("所见即所得"波形及结果,即试验报告)、"帮助"8个命令。

2)颜色设置和坐标设置

当鼠标在示波器区域时,点击鼠标右键,将显示出"颜色设置"和"坐标设置"等菜单,如图4-4所示。

在颜色设置界面中,用鼠标点击某个颜色,然后在出现的"颜色"界面选取所需的颜色。在坐标设置界面中,在"时间"栏,修改每屏时间、当前屏的起始时刻;其他栏则用于设置各显示变量的纵坐标的最小值和最大值。单击"确定"按钮,所做的修改生效,单击"缺省"按钮,则恢复系统缺省设置。

曲线显示、打印使用的是同样的颜色、坐标设置(包括时间坐标),打印命令执行时除打印试验结果和必要信息外,还打印当前一屏的曲线。因此,发打印命令前,应确信坐标、颜色和时间段符合要求。

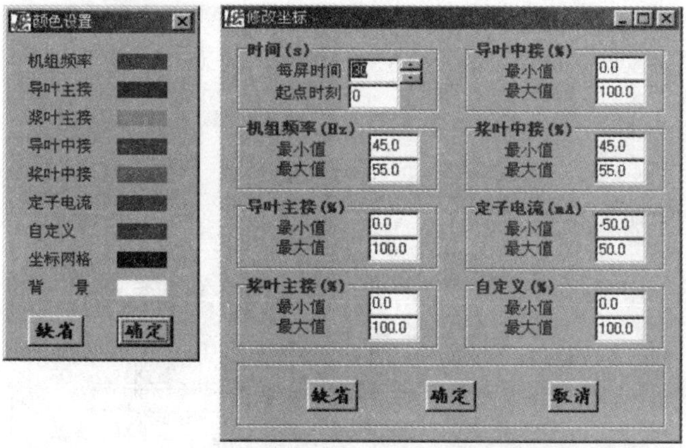

图4-4 颜色设置和坐标设置界面

3)文件菜单

在主界面下,用鼠标点击"文件"子菜单,出现下拉菜单。其中有:"打开"试验数据文件、"打开配置文件""保存配置信息""打印设置"和"退出"系统等。所谓配置信息是本系统所有有关的设置,如:系统设置菜单和通道率定菜单、坐标和颜色设置等菜单中的所有内容。通过打开和保存配置信息,可使用户方便地交替对性能、参数不同的调速器进行试验,也可按使用者个人喜好配置,使用本系统。

该系统每次打开,总是自动装入上次的配置信息。可通过"文件→打开配置文件"菜单改变。

2. 仿真配置

在本系统中,用户可根据需要在图4-3所示的"分析-仿真综合子系统"主界面上,点击"系统设置"菜单,弹出图4-5所示系统设置界面,可在"仿真配置"栏目中选择"机组-引水道-电网仿真""液压系统仿真"和"调速器仿真"等选项。若选择"无任何仿真",则跳过此节。

以下叙述针对单调节调速器,对双调而言,桨叶液压系统仿真及其接线与导叶液压系统仿真及其接线相似,故省略。

1)机组-引水道-电网仿真

本系统的"机组-引水道-电网仿真",实际就是将导叶主接力器行程信号从端子"导叶主接"输入,然后,系统按"机组-引水道-电网"仿真模型实时计算出机组频率,再从"仿真机组频率"端子输出。经过放大后输出的波形为峰-峰值不小于26 V的方波电压信号。

系统操作:

(1)导叶主接力器行程信号接本机的"导叶主接"端子。

(2)本机的"仿真机组频率"端子同时接到本机的"机组频率"端子、调速器的机频端子。

(3)进入"通道率定"菜单,对"导叶主接"输入、"仿真机组频率"输出进行率定。

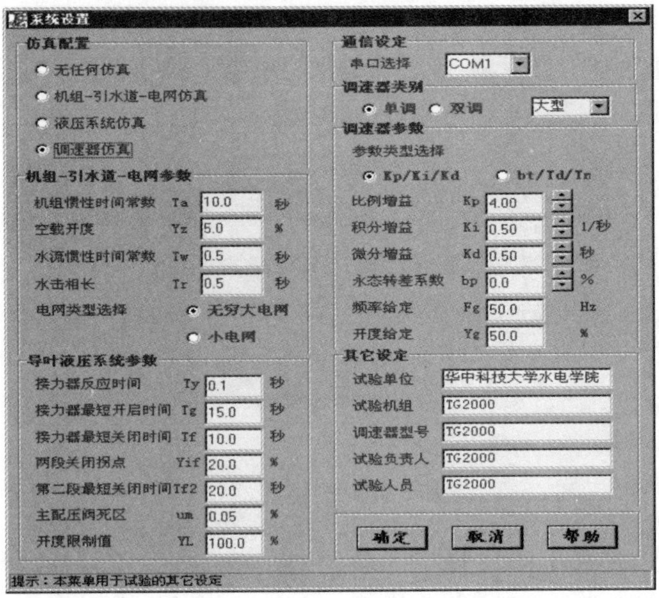

图4-5　系统设置界面

2)液压系统仿真(+机组-引水道-电网仿真)

液压系统仿真就是将导叶中间接力器行程信号输入本机的“导叶中接/综放”端子，或将调速器的电气调速器综合放大输出信号输入本机的“导叶中接/综放”端子，并在图4-6所示“通道率定”界面中的“导叶中间接力器/导叶综放”栏内选择相应的选项，然后，系统按调速器液压系统模型实时计算出导叶主接力器行程，并转换为电压信号从端子“仿真导叶主接”输出，其行程-电压关系可由“通道率定”菜单整定。

操作指导：

(1)导叶中间接力器行程或调速器的电气调速器综合放大输出信号接本机的“导叶中接/综放”端子。

(2)本机的“仿真导叶主接”端子同时接到本机的“导叶主接”端子、调速器的导叶主接行程端子。

(3)本机的“仿真机组频率”端子同时接到本机的“机组频率”端子、调速器的机频端子。

(4)进入“通道率定”菜单，对“导叶中接/综放”输入、“仿真机组频率”输出、“仿真导叶主接”输出进行率定。

适用于具有一级或二级液压系统的调速器的机械部分仿真。

该仿真自动包括机组-引水道-电网仿真。

3)调速器仿真(+液压系统+机组-引水道-电网仿真)

调速器仿真就是系统根据调速器电气调速器部分仿真模型计算出导叶中接行程，转换为电压信号从端子“仿真桨叶主接”输出；与此同时，“液压系统仿真”“机组-引水道-电网”仿真自动生效，详见1、2。

3. 系统设置

“系统设置”菜单分为“仿真设置”“机组－引水道－电网参数”“导叶液压系统参数”“通信设定”“调速器类别”“调速器参数”“其他设定”7栏，如图4-5所示。

(1)在“仿真配置”栏选择仿真类别。

(2)在“机组－引水道－电网参数”栏内设置“机组－引水道－电网仿真”所用参数。若既不选择“液压系统仿真”，也不选择“机组－引水道－电网仿真”，本栏不必更改。

(3)在“导叶液压系统参数”栏内设置“液压系统仿真”所用参数。桨叶液压系统参数不必输入，系统自动根据导叶液压系统参数产生。若不选择“液压系统仿真”，本栏不必更改。

(4)在“通信设定”栏选择与数据采集子系统的串行通信端口，注意应选择未被操作系统使用的空闲串行口，可通过Windows的“控制面板/系统/设备管理器”查看，详见Windows使用手册。

(5)在“调速器类别”栏中的单调、双调选择影响“液压系统仿真”和静特性试验，以决定是否仿真桨叶、静特性试验是否记录桨叶行程。“大型”“中小型”“特小型”选择将对应空载扰动时进入稳定的判断标准分别为±0.15%、±0.25%、±0.3%。

(6)“调速器参数”栏仅供打印试验报告、文件存档和“调速器仿真”使用。通常应根据被试验的调速器如实填写。

(7)“其他设定”栏仅供打印试验报告、文件存档使用，通常应如实填写。

技巧：在其他界面中，将鼠标放在示波器区域、点击鼠标右键，可在下拉菜单中进入本菜单。

4. 通道率定

“通道率定”菜单分为“模拟量输入”“模拟量输出”“开关量输入”“测不动时间 T_q 的断路器信号”4栏，如图4-6所示。

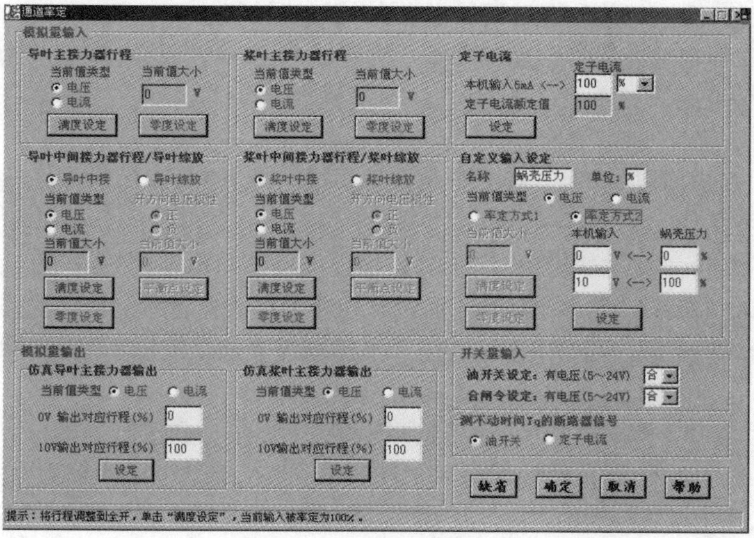

图4-6　通道率定界面

技巧:在其他界面中,将鼠标放在示波器区域、点击鼠标右键,可在下拉菜单中进入本菜单。

1)模拟量输入

6 路模拟量缺省的输入形式是:除定子电流是电流输入外,其余 5 路均为电压输入。非缺省类型还牵涉硬件配置。

(1)“导叶主接力器行程”栏用于选择输入类型、设定满度和零度。

①输入类型选择“电流”输入还是“电压”输入,缺省是电压输入。

②满度设定:将导叶主接力器行程调整到满度,即 100% 开度位置,然后用鼠标点击“满度设定”按钮。

③零度设定:将导叶主接力器行程调整到零度,即 0% 开度位置,然后用鼠标点击“零度设定”按钮。

(2)“导叶中间接力器行程/导叶综放”栏用于选择输入的信号是导叶中间接力器行程还是导叶综放,并进行相应设定。无任何仿真时不设定。

“导叶中接”设定与“导叶主接力器行程”一样。

“导叶综放”设定,首先点击“导叶综放”选项,确定导叶增加(即“开方向”)的综放输出电压极性;其次,让导叶处于平衡状态,用鼠标点击“平衡点设定”按钮。

(3)“桨叶主接力器行程”栏用于选择输入类型、设定满度和零度,同(1)。

(4)“桨叶中间接力器行程/桨叶综放”栏用于选择输入信号是桨叶中间接力器行程还是桨叶综放,并进行相应设定。无任何仿真时不设定,同(2)。

(5)“自定义输入”栏用于定义该输入的名称、选择输入类型、设定满度和零度。因牵涉打印、波形图坐标名称,用户输入的名称最好不超过 4 个汉字。其余设定方法同(1)。也可以用第二种整定方法,直接输入设定数据。

(6)“定子电流”栏用于设定输入到本机端子的电流(有效值)对应的实际发电机定子电流值有效值,键入相关数据后用鼠标点击“设定”按钮。

注意:输入到本机端子的电流有效值不得超过 15 mA,否则会损坏本系统硬件。

2)模拟量输出

若无任何仿真,可跳过此内容。

在图 4-6“通道率定”界面下有 2 路模拟量,其缺省的输出形式是:电压输出。非缺省类型还牵涉硬件配置。

(1)“仿真导叶主接力器输出”用于选择输出类型,即“电流”或“电压”,缺省是电压,设定 0 V(0 mA)、10 V(20 mA)输出分别对应导叶主接力器行程(用% 表示)是多少。用户在相应的输入框中键入后,用鼠标点击“设定”按钮。这是液压系统仿真得出的导叶主接行程输出率定。若未选“液压系统仿真”,不必设定。

(2)“仿真桨叶主接力器输出”用于选择输出类型,即“电流”或“电压”,缺省是电压,设定 0 V(0 mA)、10 V(20 mA)输出分别对应桨叶主接力器行程(用% 表示)是多少,用户在相应的输入框中键入后,用鼠标点击“设定”按钮。这是液压系统仿真得出的桨叶主接行程输出率定。若未选“液压系统仿真”或是“单调”,不必设定。

3)开关量输入

在图4-7中有2路开关量设定,即"油开关设定""合闸令设定",其缺省输入设定是:有电压【5～24 V DC】对应于"合"状态,无电压【≤2 V DC】对应于"断"状态。

油开关设定指辅助接点"合""断"的设定,在"有电压"组合框内点击"▼"选择"合"或"断"。

"合闸令设定"用于同期,略。

4)测不动时间 T_q 的断路器信号类型

本机测不动时间 T_q 的断路器信号有两种类型,即"油开关"辅助接点、"定子电流"。同时,需将相应类型的信号接到相应的端子。

5. 示波器

本系统内有一个通用的多路(最多8路)存储示波器。录波路数、坐标、颜色、显示分辨率均等,可用鼠标选择、修改。波形可以存储、复现、打印。

可以用它记录任何自行设计的试验。

操作步骤:

(1)在主界面用鼠标点击"示波器"子菜单,进入示波器画面,如图4-7所示。

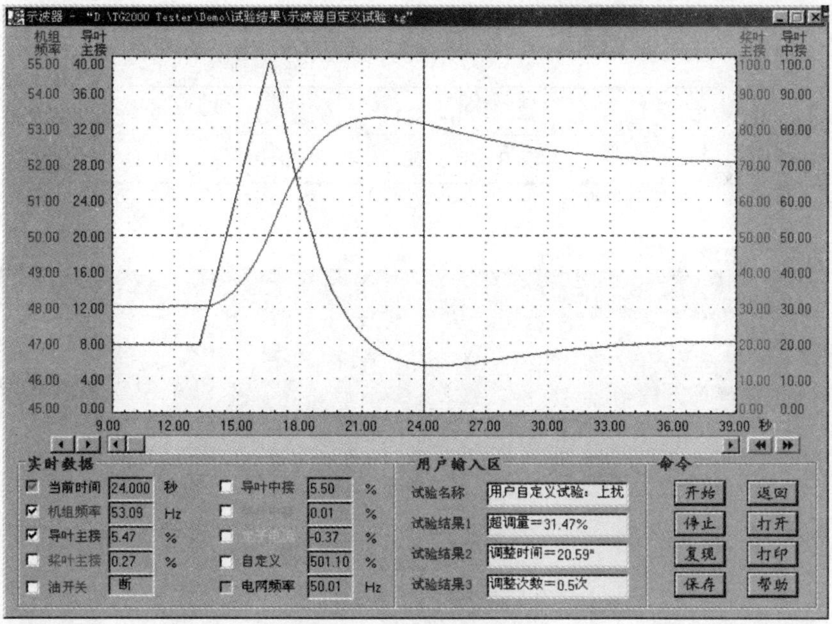

图4-7　示波器界面

(2)用鼠标点击"开始"按钮,系统将自动记录所需数据。

(3)点击"停止"按钮停止记录,否则,系统在记录600 s后自动停止。点击"保存""打印"按钮将保存、打印数据及其动态曲线;点击"复现"按钮将复现记录的动态曲线。

可在"保存"前在"用户输入区"键输入试验名称、人工分析的试验结果(最多3个),这些信息将被保存并被写入试验报告。

(4)点击"返回"按钮回到主界面。

6. 信号发生器

本系统内自带信号发生器，可根据试验要求产生所需的频率信号，从本机的“仿真机组频率”端子输出。由于信号发生器与“机组－引水道－电网仿真”共用一个输出端子，当进入信号发生器画面时，“机组－引水道－电网仿真”停止工作。

操作步骤：

(1)在主界面用鼠标点击“信号发生器”子菜单，进入信号发生器画面，如图 4-8 所示。

(2)按需要选择发频方式：

①直接设定当前输出频率。

②以指定的增量，在当前输出频率的基础上阶跃改变，即“增加”“减少”频率。

③以指定的增量，在当前输出频率的基础上缓慢改变，即“增加”“减少”频率。

④脉动频率发生器：在当前输出频率 F_0 的基础上，以指定的增量 dF 循环往复地增加、减少频率。增加、减少的时间间隔 dt 由用户指定。例如：当前频率 $F_0=50$ Hz，变化量(增量)d$F=0.2$ Hz，时间间隔 d$t=1$ s，则发出的频率 F_t 与时间的关系为：

$F_t=F_0+1/2\mathrm{d}F$(持续 dt s)$\rightarrow F_0-1/2\mathrm{d}F$(持续 d$t$ s)$\rightarrow F_0+1/2\mathrm{d}F$(持续 d$t$ s)…，如表 4-3 所示。

表 4-3

时刻(s)	0	1	2	3	4	5	6	7
频率(Hz)	50.0	50.1	49.9	50.1	49.9	50.1	49.9	50.1

其脉动频率图形如图 4-8 所示。

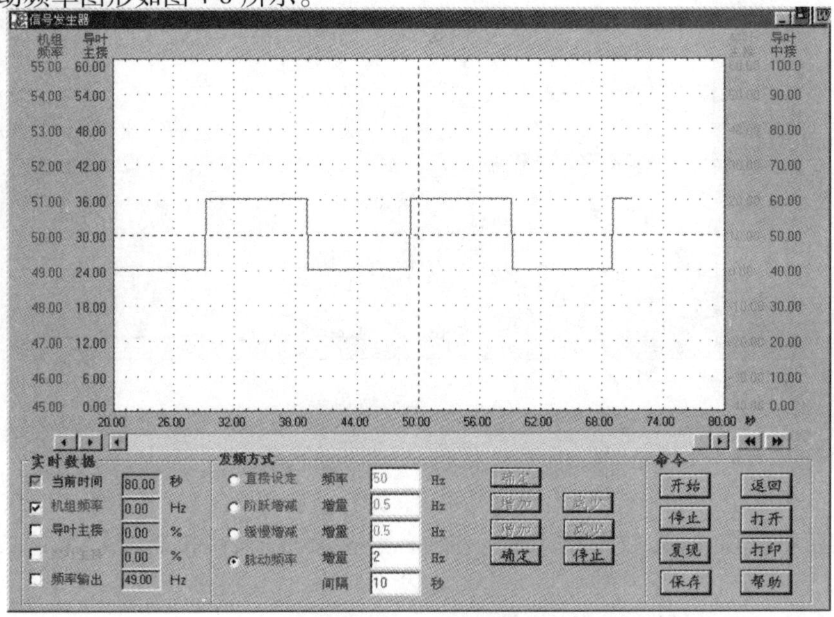

图 4-8　信号发生器界面

任务4.2　微机调速器的试验

【教学目标】

1. 技能目标

能正确使用调速器试验设备/仪器。

能应用仿真试验设备进行调速器的静态试验、空载试验、甩负荷试验的任意一项试验。

能对试验结果进行正确的分析和判断,能正确编制调速器的试验报告。

2. 知识目标

掌握调速器的静态试验、空载试验、甩负荷试验和一次调频试验的目的、方法、操作步骤。

掌握调速器试验报告的编制方法。

【相关知识】

4.2.1　微机调速器的静态试验

4.2.1.1　电源消失试验

(1)调速器工作在模拟负载状态。

(2)先后切除直流、交流电源,观察接力器变化情况,检查是否有明显扰动。

(3)先后接通交流、直流电源,观察接力器变化情况,检查是否有明显扰动。

4.2.1.2　静特性试验

试验目的是:测定调速器静特性和转速死区 i_x。

试验依据是:国家标准《水轮机控制系统技术条件》(GB/T 9652.1—2007)、《水轮机控制系统试验》(GB/T 9652.2—2007)。

试验前,调速器应处于"自动"工况,负载状态,参数设置为:$b_p=6\%$,$b_t=5\%$,$T_n=0$ s,$T_d=2$ s,开限=100%,$Y_G=50\%$,$f_j=50.00$ Hz,$P_G=0$,$F_G=50.00$ Hz。

试验时,将机频 f_j 从50.00 Hz开始每间隔0.30 Hz变化一次,使接力器行程单调上升或下降一个来回,录波并记录机频 f_j 和相应导叶行程值。检验调速器转速死区和非线性度是否符合标准。

试验应连续做三次,试验结果取其平均值。

采用"TG2000水轮机调速器测试系统"进行静特性试验的步骤如下:

(1)按"静态试验接线"方案接线。

(2)在主界面用鼠标点击"静态试验"子菜单,在出现的下拉菜单中,点击"静特性"进入静特性试验界面,如图4-9所示。

(3)按静特性试验界面上"测试条件"中所列参数设置调速器。对双调节调速器,应键入水头值并确保在"系统设置"菜单之"调速器类别"中选择了"双调",否则在产生协联曲线时会出问题。

(4)频率步长可通过下拉选单选择0.1 Hz、0.2 Hz、0.3 Hz。

(5)试验方式可通过下拉选单选择自动、手动、“每点30 s”“每点40 s”“每点50 s”、…。自动与手动方式的区别是:前者全自动进行即自动判稳,稳定后自动进行下一点;后者在用户点击“下一点”按钮后,弹出对话框,允许修改当前测量点的导叶行程值、桨叶行程值或键入人工读得的数据,再继续进行试验。而“每点××s”方式是:每一点只等待××s,不论导叶接力器行程稳定与否,自动进行下一点。以下叙述以自动方式为例。

(6)用鼠标点击“开始”按钮,系统将自动发出仿真机组频率、自动判断稳定、自动进行下一点测试。试验中,可点击命令栏的“暂停”命令暂停试验、点击“继续”按钮恢复暂停的试验、点击“停止”按钮退出试验。

(7)试验自动结束后,系统计算转速死区、非线性指标,并显示出来。

(8)试验结束后,可点击“结果”按钮浏览实测数据;点击“保存”“打印”按钮将保存、打印结果、数据及其静特性。

(9)点击“返回”按钮回到主界面。

由图4-9所示的静态试验界面显示的是“机组频率-时间”“导叶主接-时间”变化曲线,而静特性曲线应为“机组频率-主接行程”关系曲线,如图4-10为某电站4号机静特性曲线。在实际应用中,可根据该系统测量的f和Y数据自行绘制静特性曲线。目前,“TG2000水轮机调速器测试系统”的新版本已经具有直接绘制“机组频率-主接行程”关系曲线的功能。

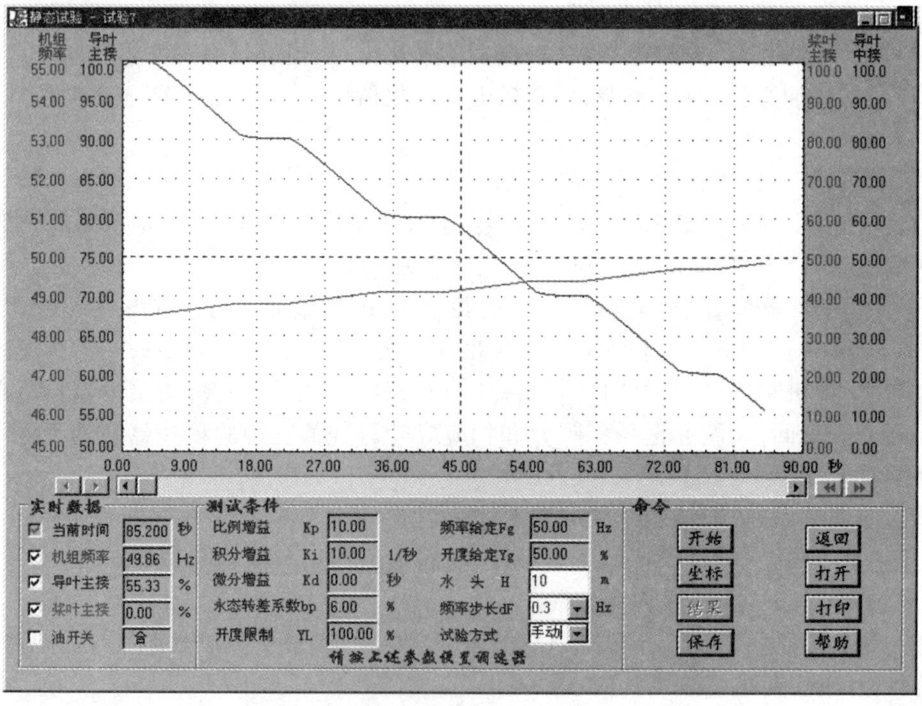

图4-9 静态试验界面

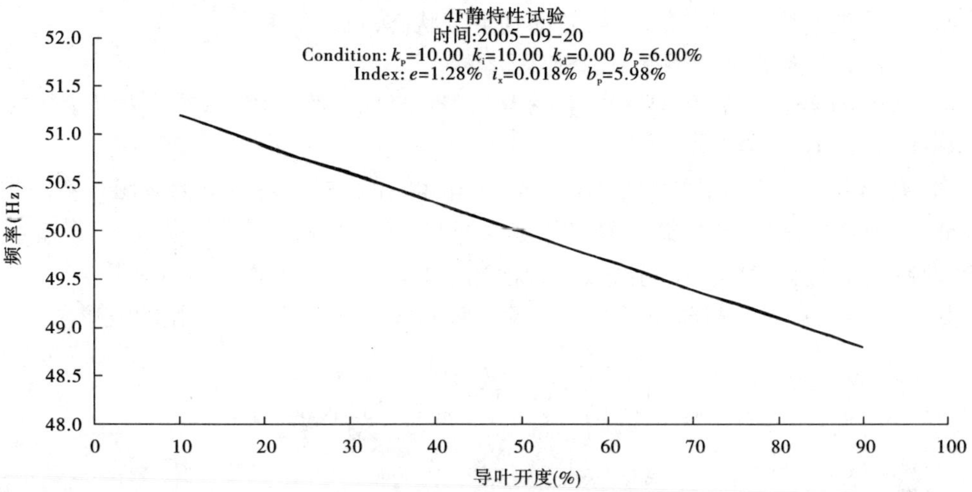

图 4-10　某电站 4 号机静特性曲线

按照国家标准《水轮机控制系统试验》(GB/T 9652.2—2007)6.13.3 条款规定,可用阶跃频率信号测定转速死区,采用"TG2000 水轮机调速器测试系统"可以方便地完成调速器转速死区测定。

具体步骤如下:

(1)按"静态试验接线"方案接线。

(2)在主界面用鼠标点击"静态试验"子菜单,在出现的下拉菜单中,点击"阶跃法测转速死区"进入阶跃法测转速死区界面。

(3)按"测试条件"中所列参数设置调速器。

(4)用鼠标点击"开始"按钮,按系统提示操作调速器。

(5)试验自动结束后,系统自动计算转速死区,并显示出来。

(6)试验结束后,可点击"保存""打印"按钮将保存、打印结果及动态曲线。

(7)点击"返回"按钮回到主界面。

4.2.2　微机调速器的动态试验

4.2.2.1　空载扰动试验

空载试验的目的是通过试验取得一组最佳空载运行参数,使机组在空载运行时,保持最佳稳定状态,满足标准规定的动态指标。

空载试验包括:空载转速摆动测定和空载扰动试验。

1. 空载扰动试验

空载扰动试验就是在自动方式空载工况下,对调速系统施加频率阶跃扰动,记录机组转速、接力器行程等的过渡过程,选取转速摆动值和超调量较小、波动次数少、稳定快的一组调节参数,供空载运行使用。

试验目的是:测量调速器在空载工况下受扰后的动态性能;找出最佳空载运行参数。

试验方法是:

(1)由中控室发“开机”令,机组启动到空载状态,投入励磁。

(2)机组稳定运行于空载无异常现象。

(3)改变频率给定,使机组频率在 48 ~ 52 Hz 扰动。频率给定改变过程为:50 Hz→52 Hz→48 Hz→52 Hz→50 Hz。

(4)观察并记录空载扰动(52 Hz→48 Hz 和 48 Hz→52 Hz)过程的波形和主接力器行程。分别按经验公式确定的调节参数邻域选择几组不同的 b_t、T_d、T_n 参数,记录空载扰动波形,取超调量、调整时间、振荡次数综合性能最好的一组参数作为运行参数。

图 4-11 为某电站 4 号机空载扰动试验频率和导叶开度随时间变化的波形图。

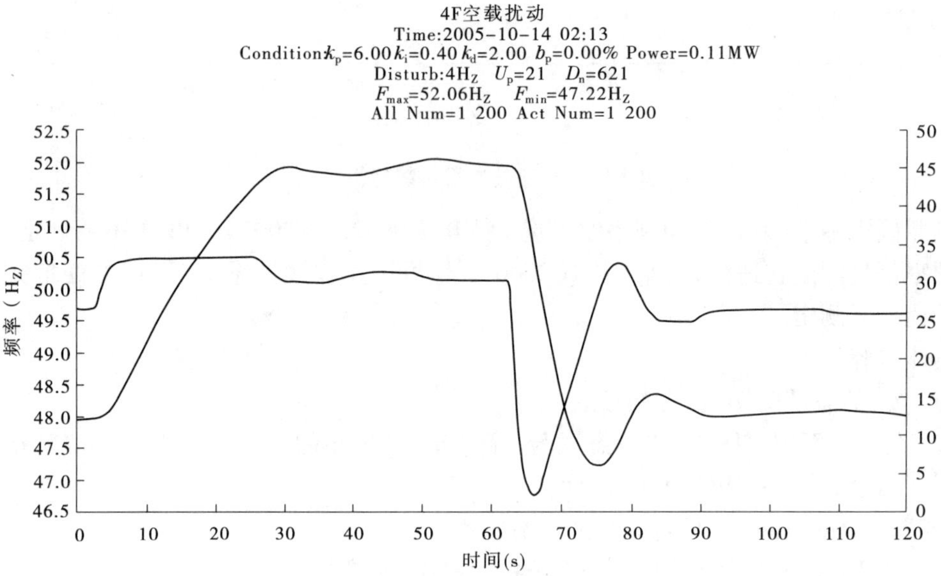

图 4-11 某电站 4 号机空载扰动波形图

采用“TG2000 水轮机调速器测试系统”进行试验的步骤如下:

(1)按“动态试验接线”方案接线。

(2)如需仿真,还需按“仿真接线”要求接线、按“仿真配置”设置相关参数。

(3)在主界面用鼠标点击“动态试验”子菜单,在出现的下拉菜单中,点击“空扰试验”进入空载扰动试验画面,如图 4-12 所示。

(4)先将调速器扰前频率给定值和扰后频率给定值键入“测试设置”中,以便试验结束后自动计算性能指标。

(5)用鼠标点击“开始”按钮,系统将自动记录所需数据。

(6)将调速器中频率给定阶跃值进行修改,再做。

(7)试验结束后,系统将自动计算性能指标并显示。点击“保存”“打印”按钮将保存、打印数据及其动态曲线;点击“复现”按钮将复现记录的动态曲线。

(8)点击“返回”按钮回到主界面。

2. 空载转速摆动测定

试验目的:测量调速器在稳态时的转速摆动大小。

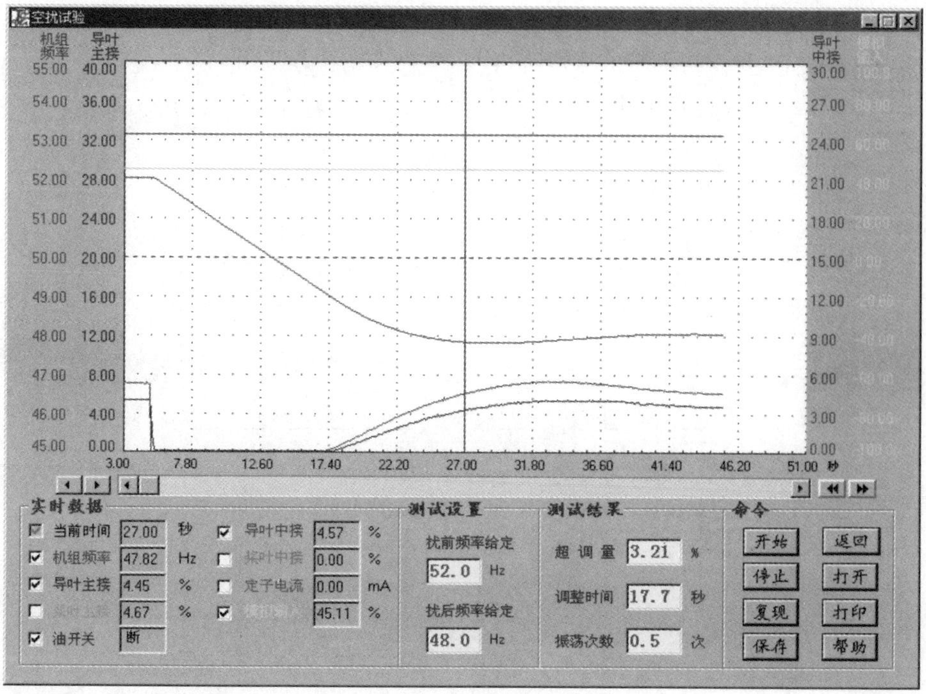

图 4-12　空扰试验界面

试验方法是：

(1)将 b_p、b_t、T_d、T_n 置空载扰动试验得到的那组运行参数，$f_G = 50.00$ Hz。机组在空载状况下运行。

(2)调速器处于“频率调节模式”。

(3)记录机组频率在 3 min 的波形曲线，计算转速最大值、最小值、转速摆动值。

按 GB/T 9652.2—2007 标准 6.21.1 条款规定，测量要重复三次，取其平均值。

采用“TG2000 水轮机调速器测试系统”进行试验的步骤如下：

(1)按“动态试验接线”方案接线。

(2)如需仿真，还须按“仿真接线”要求接线、按“仿真配置”设置相关参数。

(3)在主界面用鼠标点击“动态试验”子菜单，在出现的下拉菜单中，点击“测转速摆动”进入测转速摆动试验画面，如图 4-13 所示。

(4)在“测试设置”中点击增减按钮或直接键入时间(≤3 min)。

(5)用鼠标点击“开始”按钮，系统将自动记录所需数据。

(6)系统实时计算转速最大值、最小值、转速摆动最大值，并显示在界面上。一旦到达设定的时间，系统自动停止。点击“保存”“打印”按钮将保存、打印数据及其动态曲线；点击“复现”按钮将复现记录的动态曲线。

(7)点击“返回”按钮回到主界面。

4.2.2.2　甩负荷试验

甩负荷试验是将空载和负载调节参数置于选定值，调速器处于自动方式平衡状态下，依次分别甩掉 25%、50%、75%、100% 的额定负荷，并自动记录机组转速、导叶、桨叶(或

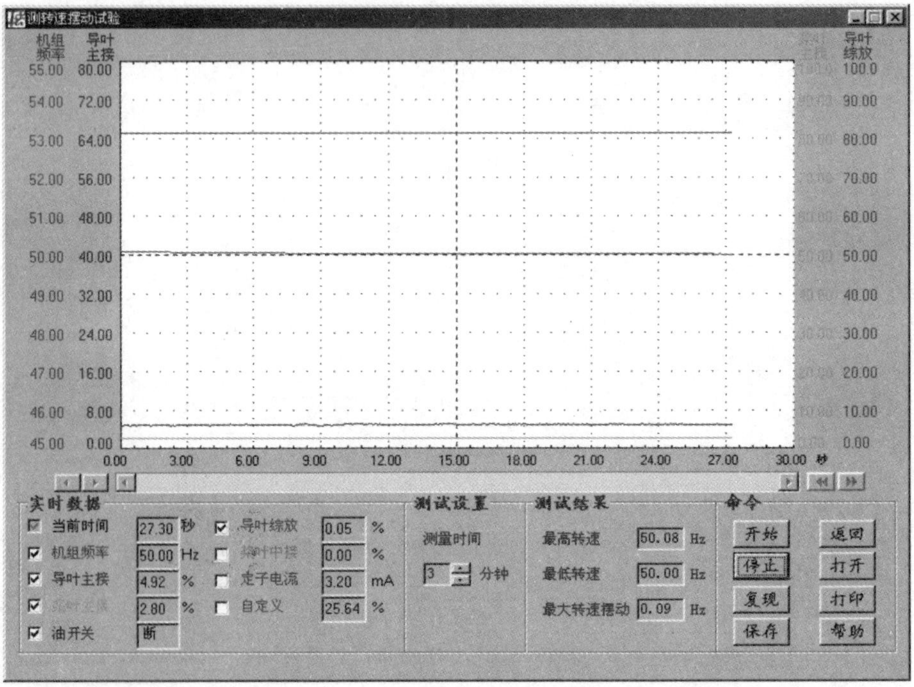

图 4-13　测转速摆动试验界面

喷针、折向器)的接力器行程、蜗壳水压、定子电流等参数的过渡过程,以检查大波动过渡过程特性,并校验调节保证计算值。

采用"TG2000 水轮机调速器测试系统"可根据需要确定甩负荷值,下面以甩 25% 额定负荷试验为例说明试验方法:

手动操作调速器面板功率增加/减少把手,使机组带 25% 的额定负荷,待接力器稳定后,使发电机出口断路器分闸,采用"TG2000 水轮机调速器测试系统"实时记录机组频率、导叶主接行程等信号,自动计算表征动态性能的最大转速、调节时间、超过额定转速 3% 以上波峰的次数,以及接力器不动时间。

具体操作步骤:

(1)按"动态试验接线"方案接线。

(2)如需仿真,还需按"仿真接线"要求接线、按"仿真配置"设置相关参数。

(3)在主界面用鼠标点击"动态试验"子菜单,在出现的下拉菜单中,点击"甩负荷试验"进入甩负荷试验画面,如图 4-14 所示。

(4)让机组带上希望的负荷。

(5)用鼠标点击"开始"按钮,系统将自动记录所需数据。

(6)系统自动判断试验何时结束。试验结束后,将自动计算性能指标并显示。点击"保存""打印"按钮将保存、打印数据及其动态曲线;点击"复现"按钮将复现记录的动态曲线。

(7)点击"返回"按钮回到主界面。

甩 50%、75%、100% 负荷的操作方法相同不再一一描述。甩 100% 额定负荷的动态

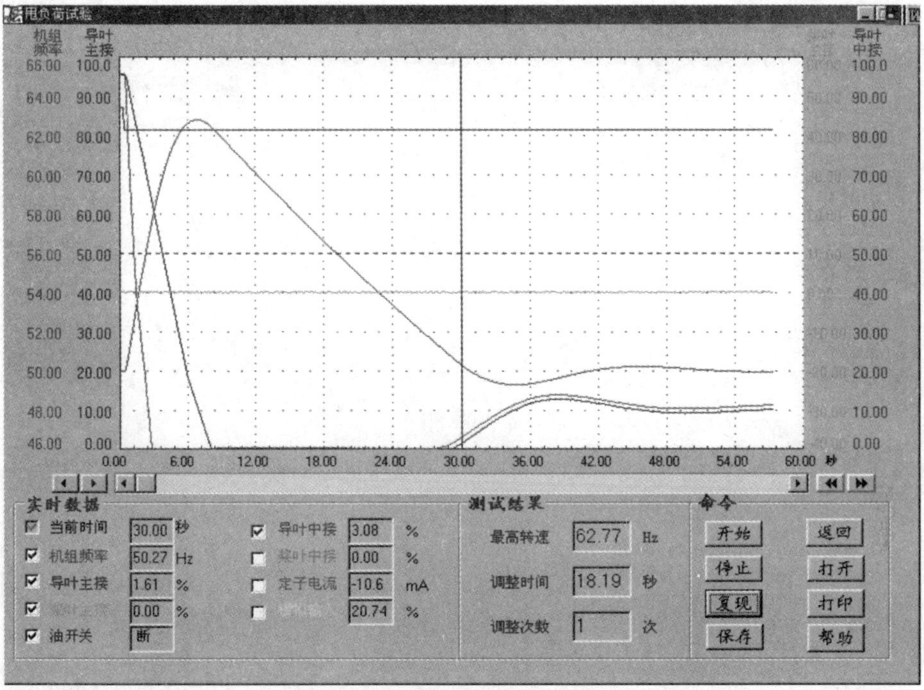

图 4-14　甩负荷试验界面

过程应符合国家标准《水轮机控制系统技术条件》(GB 9652.1—2007)中 4.4.3 条款的有关规定,即甩 100% 额定负荷后,在转速变化过程中,超过额定转速值 3% 以上的波峰应不超过两次等。

4.2.2.3　接力器不动时间测定

按照标准规定在电站进行的接力器不动时间 T_q 测定可以从甩 25% 负荷示波图上直接求出自发电机定子电流消失为起始点,到接力器开始运动为止的接力器不动时间 T_q,采用“TG2000 水轮机调速器测试系统”可以方便地完成测试。

具体操作步骤:

(1)按“动态试验接线”方案接线。

(2)如需仿真,还需按“仿真接线”要求接线、按“仿真配置”设置相关参数。

(3)确信在“通道率定”中选择了您所需要的断路器信号类型(油开关辅助接点或定子电流)。

(4)在主界面用鼠标点击“动态试验”子菜单,在出现的下拉菜单中,点击“测不动时间”进入测不动时间试验画面,如图 4-15 所示。

(5)让机组带上 10% 或 25% 负荷。

(6)按“测试设置”中的要求设置调速器。

(7)用鼠标点击“开始”按钮,系统将自动记录所需数据。

(8)系统自动判断试验何时结束。试验结束后,将自动计算性能指标并显示。点击“保存”“打印”按钮将保存、打印数据及其动态曲线;点击“复现”按钮将复现记录的动态曲线。

(9)点击"返回"按钮回到主界面。

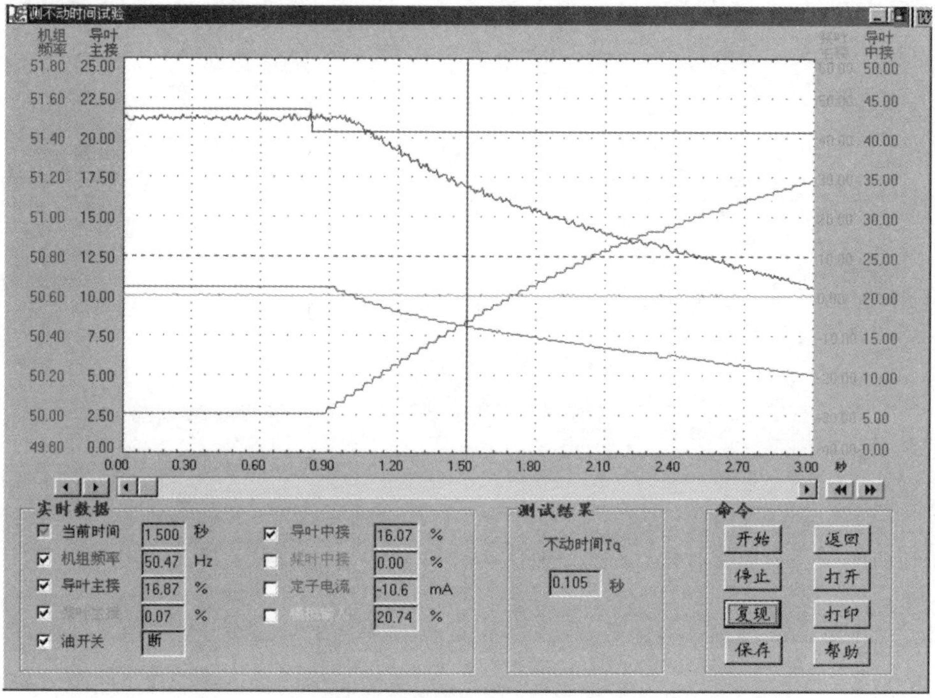

图 4-15　测不动时间试验界面

4.2.3　一次调频试验

发电机组的一次调频功能对维持电网频率的稳定至关重要,特别是对于那些快速调节机组所占比重小的电网尤为关键。所谓一次调频是指当电网频率变化超过调速器设定的转速死区时,调速系统就要按设定的机组静特性调差率自主进行开度和有功控制,进而控制系统频率的变化,合理分配并列运行机组之间的负荷,这时调速器的输入量是电网频率f。由于各机组调速系统共同完成的一次调频不可能完全弥补电网的功率差值,也就不能使电网频率完全恢复到额定频率 50 Hz 的允许范围内。

因此,为了进行电网负荷频率控制,弥补电网的功率差值,使电网频率得以恢复,必须采取电网二次调频。其主要作用是控制参加电网负荷频率调节机组的目标功率值,根据电网功率差值和频率偏差,计算出机组的新目标功率值,送至机组调速系统的"目标功率输入"端口,使机组调速系统实现对新目标功率值的调节。即,二次调频就是电网 AGC 系统,从电网的宏观控制、经济运行及电网交换功率控制等方面,向有关机组调速系统下达相应的目标(计划)功率值P_0,从而实现电网范围内的功率/频率控制,调速器的输入量是被控机组功率设定值P_0。

目前,电网调度对水电机组一次调频试验十分重视,本节拟对一次调频试验的工作和方法作简要介绍。

4.2.3.1　一次调频试验的目的及依据

为保证电网及发电机组安全运行,充分发挥发电机组一次调频能力,使并网运行机组随时适应电网负荷和频率的变化，提高电能质量及电网频率的控制水平，依照电网公司发电机组一次调频运行管理的相关规定的要求，并根据《水轮机电液调节系统及装置调整试验导则》(DL/T 496—2016)等相关标准，通过对水电厂机组进行一次调频试验以检验机组一次调频功能。在确保机组安全稳定运行的情况下，通过试验并优化一次调频运行参数以满足一次调频性能要求。根据试验的情况及时投入机组的一次调频功能，对尚不能达到一次调频性能要求的机组调速器提出相关参数调整和技术改造建议，并重新组织试验。

4.2.3.2　技术指标

一般要求的一次调频试验机组应该达到的、需要通过现场试验进行优化的技术指标如下：

(1)机组一次调频的频率死区控制在 ±0.05 Hz。

(2)机组的永态转差率不大于 4%。

(3)最大调整负荷限幅：为确保一次调频投入后机组的安全运行，暂定一次调频的最大调整负荷限制幅度为机组额定负荷的 ±10%。

(4)机组调速器转速死区小于 0.04%(注：考虑了中小型水轮机调速器的转速死区规程的要求)。

(5)响应行为。

①额定水头在 50 m 及以上的水电机组，其一次调频负荷响应滞后时间应小于 4 s；额定水头在 50 m 及以下的水电机组，其一次调频负荷响应滞后时间应小于 8 s。

②当电网频率变化超过机组一次调频的频率死区时，机组一次调频的负荷调整幅度应在 15 s 内达到该工况下的一次调频最大负荷调整幅度的 90%。

③在电网频率变化超过机组一次调频死区时开始的 45 s 内，机组实际出力与机组响应目标偏差的平均值应在机组额定有功出力的 ±5% 以内。

4.2.3.3　试验机组及调速器参数

1. 一次调频试验的机组参数

水轮机型号：×××

发电机型号：×××

额定功率：×××MW

额定转速：×××r/min

额定水头：××× m

投用负荷范围(避开振动区)：××~××MW

制造厂家：××××公司

投运时间：　　年　月　日

2. 调速器系统参数(1F~×F)

电气柜型号：

机械柜型号：

PID 参数整定范围：

比例增益 K_p：

积分增益 K_i：　1/s

微分增益 K_d：　s

制造厂家：×××××公司

投运时间：　年　月　日

4.2.3.4 试验准备及试验条件

1. 试验准备

1)现场试验的前期工作

电厂已明确了本单位的一次调频工作负责部门并指定了负责人。同时与调速器制造厂家、试验单位以及调度中心进行沟通协调,做好了一次调频试验前的准备工作。

2)编制一次调频试验方案

电厂已拟定了《×××水电站机组一次调频试验方案》。

3)技术资料的准备

电厂负责提供《调速器系统用户手册及试验报告》等,以及与一次调频试验相关的技术资料。

4)试验仪器设备

本试验主要的试验仪器为水轮机调速器测试系统(以下简称"调速器现场测试仪"),它包含一台测试仪和一台装有测试系统软件的便携式计算机及相关的信号变送器。该仪器经专业计量单位检测,在(50 ±0.05)Hz 频率范围内,其精度为0.000 8 Hz(用于校验调速器的转速死区);在(50 ±0.25)Hz 频率范围内,其精度不低于0.005 Hz。

数字频率计数器一台,在45~55 Hz 范围内,准确度不低于 1.0×10^{-5} Hz。现场试验时,用其对输入调速器的频率信号进行精密监测。

一次调频试验中主要用到了"调速器现场测试仪"的信号发生器功能模块,测试仪可输出缓变和阶跃的频率信号,并能够对采集到的电网频率、机组有功功率、导叶开度(或接力器行程)等信号进行实时录波、保存,以进行试验后的分析、计算并评估机组的一次调频性能。

2. 试验条件

(1)机组各系统及设备工作正常,具备开机带额定负荷运行的条件,范围包括:引水系统、水轮机、调速系统、计算机监控系统、微机保护系统、水轮发电机、励磁系统、油气水系统、电气一次设备、电气二次系统及回路、消防系统及设备。

(2)调速器系统已按照试验方案的要求对相关程序、参数(人工死区设置初设为0.05 Hz或0.045 Hz,机组的永态转差率设定为4%)以及硬件设备修改完毕,并对原程序和参数进行了可靠备份。

(3)"调速器现场测试仪"已经过检定,并在有效期内。

(4)送到"调速器现场测试仪"的机组有功功率、导叶开度或接力器行程的模拟量输入采用4~20 mA 电流信号,信号准确可靠并满足精度要求。

(5)试验方案已经过各方认真讨论研究,已上报调度中心。

4.2.3.5 试验内容及步骤

1. 试验接线

停机状态下完成各接线,包括“调速器现场测试仪”输入信号(有功功率、导叶开度)及输出信号(频率)具体接线见“实施方案”,完成接线并经检查无误后,在PT与机频连通的状态下,自动开机至低负荷工况。在手动状态下断开PT与机频连接,连通“调速器现场测试仪”与机频开关,把“调速器现场测试仪”输出的频率信号整定为50 Hz并送入调速器,检查无误后,将调速器切至自动运行方式。

2. 试验零位和试验满度的率定

将80%额定负荷定位于试验时的录波坐标中心(特殊情况,可做一定偏移)对输入“调速器现场测试仪”的输入信号(有功功率、导叶开度)分别进行在真机60%负荷和满负荷下的试验零位和试验满度的率定。

3. 调速器测频回路校准

采用“调速器现场测试仪”经检定校验合格的精密信号源,对调速器测频回路进行校准,使其误差在0.005 Hz内。

4. 用阶跃频率信号法校验调速器的转速死区

把“调速器现场测试仪”输出的频率信号整定为50 Hz,于额定频率基础上每步0.01 Hz(或0.005 Hz)施加正(或负)的阶跃频率偏差信号,并逐一录波;直到接力器(或有功功率)开始产生与此信号对应的改变,此时的频率偏差信号减去设定的人工死区后代入后述计算公式即得到实际的调速系统综合固有死区。

5. 模拟网频信号试验

首先让机组带一定负荷(通常为80%额定负荷)运行,把“调速器现场测试仪”输出的额定频率信号接入调速器的机频信号输入端,分别在额定网频基础上施加正负阶跃偏差频率信号,即±0.1 Hz、±0.15 Hz、±0.2 Hz,每个模拟网频信号持续60 s,频率变化范围49.80~50.20 Hz;分别对模拟网频频率、有功功率和导叶开度信号进行录波并存盘。

6. 调速器负载PID参数优化

根据机组一次调频动作的响应指标进行分析计算,然后由调速器制造厂家修改调速器负载PID参数重新进行响应试验并进行优化,直至达到相关规定的要求。

7. 调速器一次调频负荷限制试验

将机组负荷调整到约80%额定负荷的工况,给调速器施加±0.25 Hz的阶跃频率偏差信号,并录制波形,观察机组负荷变化值是否超过额定负荷的±10%,以考验调速器一次调频时的负荷限制功能,当试验表明调速器不能满足上述要求时,由调速器厂家修改软件。

8. 跟踪电网频率试验

将调速器切至手动运行方式,拆掉“调速器现场测试仪”的频率输出线,恢复调速器机频信号,并将网频信号同时送入“调速器现场测试仪”输入端,检查无误后,将调速器恢复至自动运行方式。

将机组调速器的人工死区设定值修改为0.02 Hz(或0.03 Hz),由“调速器现场测试仪”跟踪当前电网频率,对电网频率、有功功率和导叶开度信号的实时变化情况进行录波并存盘,进行真正意义上的机组投入一次调频功能的试验。观察电网频率越过设定的一次调频的频率死区时,机组一次调频动作情况。试验完成后,将调速器的人工死区设定值恢复至试验前的参数。

9. 调速器参数恢复试验前状态

恢复机组一次调频试验前的相关调速器参数,停机拆除仪器设备接线并恢复调速器机频信号的接线,检查无误后将调速器恢复至自动运行方式。

10. 试验数据处理

(1)根据"调速器现场测试仪"要记录的试验曲线,选择4个以上较典型的频率、功率及导叶开度的变化过程,分别计算转速不等率、转速死区(迟缓率)、一次调频响应滞后时间、一次调频稳定时间,求其平均值。

(2)参数指标的定义。

调节系统调差率 e_p(转速不等率):在一个变化周期内,频率变化(减去一次调频的频率死区)与额定频率之比除以功率变化与额定功率之比为调节系统调差率。

$$e_p = \frac{\frac{\Delta f}{f_0}}{\frac{\Delta P}{P_0}} \times 100\% \tag{4-1}$$

调速器永态转差率 b_p:将上式中的功率用接力器行程或导叶开度代替,可得到实测的机组调速器永态转差率。

转速死区 i_x(迟缓率)计算公式:

$$i_x = \frac{\Delta f}{f_0} \times 100\% \tag{4-2}$$

4.2.3.6　试验组织与分工

试验由电厂、试验单位、调速器生产厂家(×××公司)等相关人员组成一次调频试验工作小组。各参试单位分工如下:

(1)机组一次调频试验由电厂全面负责,并由生产技术部门负责具体试验组织工作。

(2)电厂安全监察部门负责试验全过程安全监督并负责制定和实施现场安全措施。

(3)电厂检修维护部门负责试验现场配合及协调工作(工作票办理、采取安全措施、信号接线、设备定值调整及与运行和试验人员协调等)。

(4)电厂运行部门负责试验有关的操作、监视及与电网调度的联系和协调等。

(5)调速器生产厂家的相关技术人员参与并配合现场试验进行相关参数及流程修改、调试。

(6)试验单位负责编写试验大纲,负责现场试验的技术工作,即试验数据采集,为调速器制造厂家对调速器负载PID参数的优化提供技术咨询和建议,进行试验数据整理、计算分析和编写试验报告等,并提供必要的技术服务。

4.2.3.7　试验安全措施及安全注意事项

(1)试验过程中严格按照相关规定的要求进行试验并测试相关的数据和波形。

(2)试验过程中严格按照试验方案的程序进行,遇有机组异常时立即终止试验,待原因查清排除故障并确认无误后方可重新进行试验。

(3)试验过程中运行操作、参数调整等工作应服从指挥、密切配合,确保试验顺利进行。

(4)试验前应详细审核机组控制策略中有关一次调频部分控制逻辑,确保各项功能及参数设置完全满足试验及投入运行后的技术指标要求,必要时对调速器的功能进行完善。

(5)仪器接线和试验过程中要有安全措施,要求做到准确可靠,特别是防止干扰信号串入试验网频信号回路,并且要有防止频率信号随意波动的措施,保证模拟网频信号的变化在给定范围49.75~50.25 Hz之内;为安全起见,当机组负荷在10%额定负荷时,模拟机组PT断线,以检验调速器的保护功能,确认无误后方可进行下一步试验。

(6)试验时应随时与电网调度保持联系,听从调度命令。

(7)试验全部结束后,机组调速器恢复至试验前的相关参数值,待调度中心批准由试验单位提供的一次调频的频率死区等参数后,下达到电厂安排投入机组的一次调频功能。

(8)试验过程中,在机组调速器旁边安排运行人员监视。

(9)试验机组应尽量在带80%额定负荷的基础上,并避开机组的振动区或不稳定负荷区进行一次调频试验。

(10)试验的模拟网频变化范围为49.75~50.25 Hz。

(11)试验时将调速器开度限制不得超出当时水头下机组最大出力的导叶开度值,防止机组过负荷。

(12)试验完成后,检查试验机组调速器各个相关参数并做好备份、记录。

4.2.4 试验报告的编写

4.2.4.1 试验报告编写要求及格式

调速器试验完成后,应提交试验报告,试验报告包括电站及机组概况、试验结果汇总表、试验结论、试验人员、单项试验记录表等。其附图的图幅应与试验报告规格一致。其内容及格式大体如下:

(1)试验目的和依据。

(2)被试验设备基本信息(型号、制造厂、出厂编号及日期)。

(3)机组及被试验设备主要技术参数。

(4)试验项目(包括条件、方法、仪表原始数据等)。

(5)试验结果(包括数据、曲线、图表、照片等)。

(6)试验结论、验收意见。

(7)试验小组人员。

4.2.4.2 试验报告编写实例

1.静特性试验

(1)调速器处于“自动”工况,负载状态,参数设置为:$b_p=6\%$,$b_t=5\%$,$T_n=0$ s,$T_d=2.0$ s,开限$=100\%$,$Y_G=50\%$,$f_j=50.00$ Hz,$P_G=0$,$F_G=50.00$ Hz。

(2)将机频 f_j 从 50.00 Hz 开始,以 0.001 Hz 递增或递减,每间隔 0.30 Hz 记录一次,使接力器行程单调上升或下降一个来回,录波并记录机频 f_j 和相应导叶行程值,如表 4-4 所示。根据记录数据采用二次线性回归法计算调速器转速死区和非线性度是否符合标准。

表 4-4　静特性试验数据

接力器开方向		接力器关方向	
发频值(Hz)	接力器位置	发频值(Hz)	接力器位置
51.5	0.09/0.74	51.5	0.08/0.76
51.2	9.57/10.98	51.2	9.65/10.87
50.9	19.58/20.99	50.9	19.73/20.73
50.6	29.52/31.04	50.6	29.61/30.87
50.3	39.43/41.81	50.3	39.54/40.75
50.0	49.55/50.58	50.0	49.74/50.77
49.7	59.60/60.48	49.7	59.79/60.63
49.4	69.74/70.78	49.4	69.61/70.93
49.1	79.79/80.75	49.1	79.81/80.66
48.8	89.71/90.80	48.8	89.69/90.75
48.5	99.06/99.13	48.5	99.18/99.13

试验结果:转速死区:____________%(要求小于 4%)

快速工程计算方法:记录同一发频值的最大接力器开关位置偏差为 Δy_{max},接力器全行程为 y_{max},则试验最大转速死区为 $i_x = (\Delta y_{max}/y_{max}) \times b_p$。

2. 空载试验

1)空载扰动试验

(1)由中控室(LCU)发"开机"令,机组启动到空载状态。

(2)机组稳定运行于空载无异常现象。

(3)改变频率给定,使机组频率在 48～52 Hz 扰动。频率给定改变过程为:50 Hz→52 Hz→48 Hz→52 Hz→50 Hz。

(4)观察并记录空载扰动波形。分别置四组不同的 b_t、T_d、T_n 数值,记录空载扰动波形,取超调量和调整时间最优的一组参数作为运行参数。

机组参数:T_a = ________ s,T_w = ________ s,

当前最优参数:b_t = ________%,T_d = ________ s,T_n = ________ s

超调量:________%,调节时间:________ s(超调量 <1.2 Hz,调节时间 <$15T_w$)

2)空载摆动试验

(1)将 b_p、b_t、T_d、T_n 置扰动试验运行参数,f_G = 50.00 Hz。机组在空载自动状况下运

行。

(2)调速器处于“频率调节”模式,使调速器跟踪 50.00 Hz。

(3)记录机组频率在 3 min 的波形曲线,计算频率摆动值,连续测量 3 次,取三次平均值空载频率摆动合格(大型调速器 < ±0.15%,中小型调速器 < ±0.25%)。

记录 3 min 调速器自动频率摆动值:当前水头:____ m　空载开度:____%

①最大频率:____ Hz　最小频率:____ Hz　摆动值:____ Hz

②最大频率:____ Hz　最小频率:____ Hz　摆动值:____ Hz

③最大频率:____ Hz　最小频率:____ Hz　摆动值:____ Hz

三次平均值:____ Hz

3. 甩负荷试验

(1)机组并网带负荷稳定运行 30 min,无任何异常现象,密切注意分段关闭阀动作情况。

(2)按额定负荷的 25%、50%、75%、100% 分四次进行甩负荷试验。

(3)观察并记录每次甩负荷波形,分析每次的最高频率、调整时间和涡壳压力上升率,如有异常,应立即停止试验,重新核对调保计算值。

(4)试验数据。

(5)第一次增加到 100% 负荷时,稳定 10 min 后,将负荷减至 75% 负荷位置,然后增到 100% 负荷位置,以观察接力器或拐臂是否有卡阻现象。

试验水头________ m

①甩 25% 负荷实验;记录实验曲线。

最高频率:____ Hz,涡壳水压:____ MPa

接力器不动时间为:____ s(要求小于 0.2 s)

②甩 50% 负荷实验;记录实验曲线。

最高频率:____ Hz,涡壳水压:____ MPa,最低频率:____ Hz

转速调整时间为:____ s

(要求超过稳定转速 3% 额定值以上得波峰不超过两次;转速调整时间小于 40 s)

③甩 75% 负荷实验;记录实验曲线。

最高频率:____ Hz,涡壳水压:____ MPa,最低频率:____ Hz

转速调整时间为:____ s

(要求超过稳定转速 3% 额定值以上得波峰不超过两次;转速调整时间小于 40 s)

④甩 100% 负荷实验;记录实验曲线。

最高频率:____ Hz,涡壳水压:____ MPa,最低频率:____ Hz

转速调整时间为:____ s

(要求超过稳定转速 3% 额定值以上得波峰不超过两次;转速调整时间小于 40 s)

4. 一次调频试验

一次调频试验有关测试数据采集及计算办法如表 4-5 所示。

1)迟缓率转速差的数据采集及计算方法

以50.00 Hz为中心频率,分别测量模拟系统频率向上升高及向下降低中负荷开始作相应变化瞬间的机组频率(换算成转速),二者之差再减去人工死区即为迟缓率转速差。

表4-5　一次调频试验有关测试数据采集及计算

名称	转速差	频率差	功率差	调差率	迟缓率	响应滞后时间	完全响应时间	稳定时间
参数 (单位)	Δn (r/min)	Δf (Hz)	ΔP (MW)	e_p (%)	i_x (%)	T_1 (s)	T_2 (s)	T_3 (s)
1								
2								
3								
4								
5								
6								
平均								

2)速度不等率频率差及功率差的数据采集及计算方法

记录初始机组功率,调节模拟系统频率向上升高或向下降低超过50.05 Hz以上或49.95 Hz以下(50.10 Hz或49.90 Hz),待负荷稳定后记录相应频率及功率;再调节模拟系统频率向下降低或向上升高直到机组负荷回到初始值,待负荷稳定后记录相应频率,将记录下的频率相减再减去人工死区得到的数值即为速度不等率频率差;将记录下的功率相减即为速度不等率功率差;另外,可记录相应稳定点的对应导叶开度,计算速度变动率以校核调速器的永态转差系数。

3)调差率e_p(速度不等率)及转速死区i_x(迟缓率)的计算方法

(1)调差率e_p计算公式详见式(4-1)。

(2)转速死区i_x计算公式详见式(4-2)。

4)滞后时间的计算

在模拟系统频率向上升高及向下降低的试验中,记录系统频率变化达到一次调频动作值瞬间的时间和机组负荷开始变化瞬间的时间,二者之差为一次调频负荷响应滞后时间。

5)完全响应时间的计算

根据《华中电网发电机组一次调频运行管理规定(试行)》3.5.2中规定:当电网频率变化越过机组一次调频死区时,机组一次调频的负荷调整幅度应在15 s内达到理论计算的一次调频的最大负荷调整幅度的90%。

《华中电网发电机组一次调频运行管理规定(试行)》3.5.3中规定:在电网频率变化超过机组一次调频死区时开始的45 s内,机组的实际出力与机组响应目标偏差的平均值应在机组额定有功出力的±5%。

6) 稳定时间的计算

在模拟系统频率向上升高及向下降低的试验中，记录系统频率变化达到一次调频动作值瞬间的时间和机组负荷达到目标负荷且其波动小于机组额定功率的 ±5% 内的时间，二者之差为一次调频负荷响应滞后时间。

7) 电网频率在一次调频试验中的实际调整方法

网调针对各电站一次调频试验机组进行系统频率调整时，是待一次调频试验机组已经完成了一次调频模拟试验后，再由网调进行检验性的系统频率调整。

试验中需绘制的曲线如表 4-6 所示。

表 4-6　试验曲线列表

序号	曲线名称
1	静特性
2	自动空载频率摆动 1
3	自动空载频率摆动 2
4	自动空载频率摆动 3
5	空载频率扰动试验 52 ~ 48
6	空载频率扰动试验 48 ~ 52
7	甩负荷 25%
8	甩负荷 50%
9	甩负荷 75%
10	甩负荷 100%
11	一次调频曲线

4.2.5　试验中常见问题及处理

4.2.5.1　机组自动空载试验出现的问题及处理

机组空载试验过程中出现机组自动空载频率摆动值过大的现象、原因及处理方法如表 4-7 所示。

表 4-7　机组自动空载频率摆动值过大的现象、原因及处理方法

现象	原因	处理方法
机组手动空载频率摆动达 0.5 ~ 1.0 Hz，自动空载频率摆动为 0.3 ~ 0.6 Hz	机组手动空载频率摆动大	进一步选择 PID 调节参数（b_t、T_d、T_n 或 K_P、K_I、K_D），尽量减小机组自动空载频率摆动值
机组手动空载频率摆动 0.2 ~ 0.3 Hz，自动空载频率摆动小于上述值，但未达到国家标准要求	PID 调节参数 b_t、T_d、T_n 或 K_P、K_I、K_D 整定不合适	合理选择 PID 调节参数值，特别注意它们之间的配合。例如，取 b_t = 0.7、T_d = 4 s、T_n = 1.0 s 就会明显地搭配不当

续表 4-7

现象	原因	处理方法
机组手动空载频率摆动 0.2 ~ 0.3 Hz，自动空载频率摆动大于等于上述数值，调 PID 参数无明显改善	接力器至导水机构和/或导水机构机械/电气反馈有过大的死区	处理机械液压系统和反馈机构死区
PLC 微机调速器使被控机组频率跟踪于待并电网频率，后者摆动大而导致机组频率摆动大	被控机组待并入的电网是小电网，电网频率摆动大	调整 PLC 微机调速器的 PID 调节参数：b_t、T_d 向减小的方向改变，T_n 向稍大的方向改变

4.2.5.2　甩负荷试验出现问题及处理

甩负荷试验过程出现故障的现象、原因及处理方法如表 4-8 所示。

表 4-8　甩负荷故障现象、原因及处理方法

现象	原因	处理方法
甩 100% 负荷过程中，导叶接力器关闭到最小开度后，开启过快，使机组频率超过 3% 额定频率的波峰数过多、调节时间过长	PID 调节程序中负限幅过于靠近导叶接力器零值	使程序中负限幅 -3 750（-15%）减小，（例如，-5 000（-20%）），从而使导叶接力器关闭到最小开度后的停留时间加长
甩 100% 负荷过程中，导叶接力器关闭到最小开度后，开启过于迟缓，使机组频率低于额定值的负波峰过大，调节时间过长	PID 调节程序中负限幅过于离开导叶接力器零值	使程序中负限幅 -3 750（-15%）增大（例如，-2 500（-10%）），从而使导叶接力器关闭到最小开度后的停留时间缩短
甩 >75% 额定负荷过程中的水压上升值过大	导叶接力器关闭时间过短	按调节保证计算，加长导叶接力器关闭时间值
甩 >75% 额定负荷过程中的机组转速上升值过大	导叶接力器关闭时间过长	按调节保证计算，缩短导叶接力器关闭时间
甩 >75% 额定负荷过程中的水压上升和/或机组转速上升值过大	两段关闭特性不合要求	按调节保证计算，调整两段关机速度及拐点
甩 >25% 额定负荷时，导叶接力器的不动时间过长	调速器转速死区 i_x 偏大	①检查并减小机械液压系统死区 ②加大 T_n（加速度时间常数）或 K_D（微分系数）值
机组油开关未动作，仍在“合上”位置，但送给调速器的机组油开关接点断开，导致甩负荷/减负荷	机组油开关接点误动作（断开）	①完善机组二次回路电源接线，防止机组油开关辅助继电器误动作 ②PLC 微机调速器程序中对油开关辅助接点进行断开延时处理

【任务实施】

任务:调速器特性试验

试验内容可根据各校设备条件选择其中的一项或全部进行,并按以下步骤完成任务实施:

(1)进行水轮机调速器试验仿真软件的使用。

(2)进行测试仪与调速器的接线。

(3)使用仿真测试仪进行调速器静特性试验、扰动试验、甩负荷试验。

(4)按要求编写试验报告。

【效果评价】

任务:调速器特性试验

序号	任务内容	结果	评价结论
1	水轮机调速器试验仿真软件的使用		
2	进行测试仪与调速器的接线		
3	使用仿真测试仪进行调速器试验		
4	按要求编写试验报告		

【思考问题】

4-1 什么是一次调频试验? 与项目 1 中调频的概念有何联系?

4-2 什么是二次调频试验?

4-3 空载试验的判断依据是什么? 若其不满足要求,应如何处理?

4-4 甩负荷试验的判断依据是什么? 若其不满足要求,应如何处理?

项目5 调速器的参数调整

【工作任务】

1. 学会机械液压型调速器 b_t、T_d、b_p、α 等调节参数的调整方法。

2. 学会微机调速器人机操作界面的使用和调节参数的调整方法。

【学习任务】

1. 引水系统、水轮机、发电机等调节对象的特性对调节系统的影响,b_t、T_d、b_p、α 等调节参数对系统稳定的影响及参数调整的原理。

2. 调速系统典型环节的基本概念和典型调节规律的意义;微机调速器的原理框图及控制算法;微机调速器的调节原理和三种调节模式。

3. 调节保证计算的任务和标准;水击的概念、水击波传播的过程;水击的类型,间接水击计算的步骤和方法;改善调节保证参数的原理。

任务5.1 调节系统参数的调整

【教学目标】

1. 能力目标

学会机械液压型调速器 b_t、T_d、b_p、α 等调节参数的调整方法。

2. 知识目标

了解引水系统、水轮机、发电机等调节对象的特性对调节系统的影响,掌握 b_t、T_d、b_p、α 等调节参数对系统稳定的影响,并掌握这4个参数调整的原理。

【相关知识】

随着电网的规模越来越大,对整个电力系统稳定性要求也日益提高,因此仅仅跟踪转速给定是远远不够的,必须综合考虑压力引水系统、水轮机、发电机和输配电系统,才能较好地实现控制系统的最佳调节。本项目以调速器的参数调整为任务导向,通过参数调整原理和方法的传授,使读者了解引水系统、水轮机、水轮发电机组和电网负荷对调节系统的影响,较为全面地了解水轮机调节系统特性。

5.1.1 调节对象特性对调节系统的影响

水轮机调节系统由调速器和调节对象组成,如图5-1所示(调速器以机械液压型为例)。其中调节对象包括引水系统、水轮机和发电机等,其输入信号为接力器行程,输出信号为机组转速或频率。同时,调节对象的输出信号又反送给调速器并作为调速器的输入信号,调速器的输出信号为接力器行程,从而形成一个闭环系统。

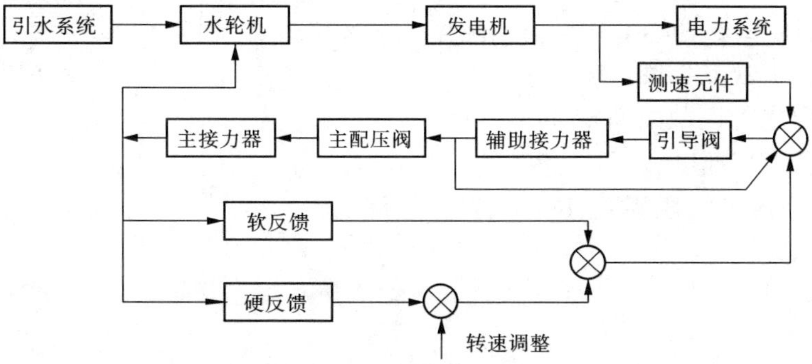

图 5-1　水轮机调节系统框图

水轮机调速器与调节对象是一个整体,调节对象的特性对调节系统品质有着重要影响。在研究水轮机调节过程时,不仅要掌握调速器及其内部元件的特性,还须了解调节对象的特性与参量,以便根据调节对象的不同特性,合理地选择调速器参数,实现水轮机的最佳调节。下面就来介绍调节对象对调节系统的影响。

5.1.1.1　引水系统的水流惯性对调节系统的影响

在水轮机调节过程中,当导叶开度变化时,流量和水轮机动力矩都将发生变化。因流量的变化,必定在引水系统中产生水击(后续章节介绍),而水击的产生,又将引起水轮机动力矩的变化,特别是当水击发生的初始,其作用与调节的作用相反。例如当负荷减小、转速升高、关小导叶、流量减少,其作用促使动力矩减小,但流量减少的瞬间引起的正水击使作用水头升高,反而增加了动力矩,在一定程度上破坏了导叶的调节作用,导致调节系统动态特性的恶化。

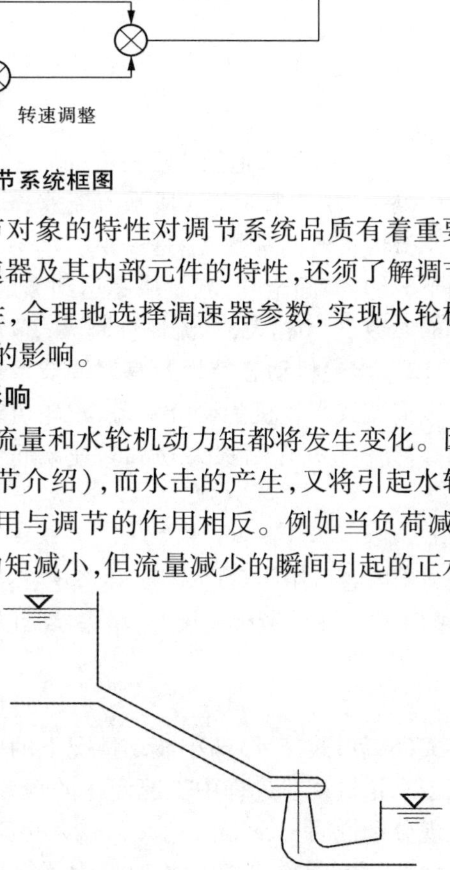

图 5-2　水轮机引水系统

为了简化分析,假定引水系统中的水和管壁均是刚性的,即发生的水击为刚性水击。在引水管道长度小于 600 ~ 800 m 时,这样的假定基本与实际相符。

单机单管引水系统如图 5-2 所示。在有压引水管道中,当导叶开度变化时,水体惯性在导叶上产生的水击可用水击基本方程式表示,根据水力学原理,可导出相对值形式的引水系统刚性水击基本方程式如下:

$$h = -T_w \frac{\mathrm{d}q}{\mathrm{d}t} \tag{5-1}$$

式中　h——压力管道中水压变化相对值;

q——流量相对值;

T_w——引水系统水流惯性时间常数,$T_w = \dfrac{LQ_r}{gAH_r} = \dfrac{Lv}{gH_r}$, s;

H_r——额定水头,m;

Q_r——额定流量,m^3/s;

v——水体流速,m/s;

L——引水管道长度,m;

A——引水管道截面面积,m^2;

g——重力加速度,9.81 m/s^2。

由于引水系统各管段蜗壳、座环、转轮室、尾水管的截面不一样,所以水流惯性时间常数 T_w 一般表示为

$$T_w = \frac{\sum L_i v_i}{gH_r} \tag{5-2}$$

式中　L_i——引水管道第 i 段长度,m;

v_i——引水管道第 i 段水流流速,m/s,$v_i = Q_r/A_i$。

水流惯性时间常数 T_w 是反映引水系统对调节系统影响的重要参数。它表示在额定水头下,导叶瞬间全开,流量从零达到额定流量时所需的时间,是反映引水系统水流惯性大小的参数。T_w 越大,水流惯性越大,调节系统的稳定性就越差,甚至使系统不能稳定。

5.1.1.2　水轮机动态特性及其对调节系统特性的影响

以混流式水轮机为研究对象,水轮机动态特性就是指在调节过程中水轮机动力矩、流量随导叶开度 a、作用水头 H 和转速 n 而变化的特性,即

$$M_t = M_t(a、H、n)$$

$$Q = Q(a、H、n)$$

将上式各量用相对量表示,并考虑在小波动工况下,即指将负荷变化在10%额定负荷以下的工况。用戴劳级数展开,略去二阶以上导数各项,并进行整理简化,则上两式变换为

$$m_t = e_y y + e_x x + e_h h \tag{5-3}$$

$$q = e_{qy} y + e_{qx} x + e_{qh} h \tag{5-4}$$

式(5-3)、式(5-4)即小波动情况下的单调节水轮机动力矩方程式和流量方程式,该式可用于水轮机调节过程中工况变化的频率 $\omega < 2$ rad/s 的分析。

现分别说明 e_y、e_x、e_h、e_{qy}、e_{qx}、e_{qh} 六个系数的意义。

(1)e_y 称为水轮机动力矩对接力器行程的传递系数,表示当作用水头和机组转速不变时,动力矩偏差相对量 m_t 与接力器行程相对量 y 关系曲线在所取导叶接力器行程点的斜率,即 $e_y = \frac{\partial m_t}{\partial y}$。通常在水轮机出力限制范围内 e_y 是大于零的,即动力矩相对值随着相对开度的增大而增大。图5-3表示了在转速和水头不变情况下的这一关系。

在小波动条件下,可以近似认为这种变化是呈线性的,图5-3中0点为对应某一负荷的稳定运行工况点,在0点附近取1点和2点,则 e_y 可按下面近似公式求取:

$$e_y \approx \frac{\Delta m_t}{\Delta y} = \frac{(M_2 - M_1)/M_r}{(a_2 - a_1)/a_m} \tag{5-5}$$

式中　a_m——导叶最大开度;

a_1、a_2——对应1、2点的导叶开度;

M_1、M_2——对应1、2点的动力矩。

(2)e_x 称为水轮机动力矩对机组转速的传递系数,也称为水轮机自调节系数。它表示当接力器行程和作用水头不变时,动力矩偏差相对量 m_t 与转速偏差相对量 x 的关系曲线在所取点的斜率,即 $e_x = \dfrac{\partial m_t}{\partial x}$。对于运行的水轮机来说,当导叶开度不变时,动力矩相对值随着相对转速的增加而减小。图5-4表示了接力器行程和水头不变情况下的这一关系。

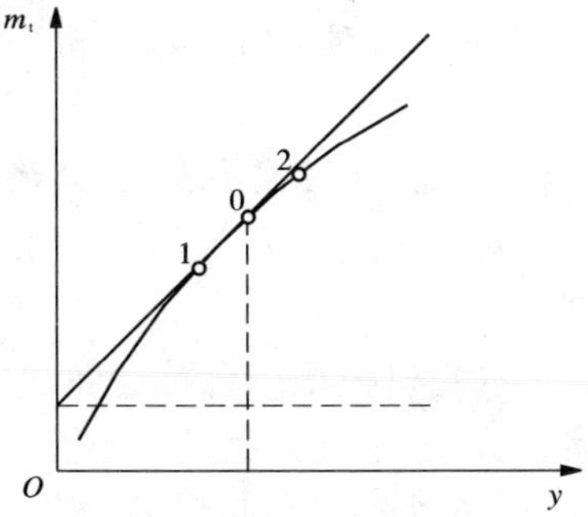

图5-3　求 e_y 曲线图

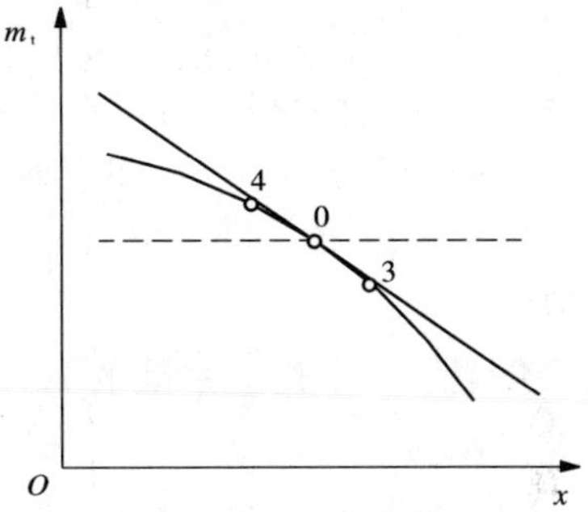

图5-4　求 e_x 曲线图

在小波动条件下,也可以认为上述变化呈线性关系,如图5-4所示,在0点左右取相邻的两点3点和4点,则 e_x 可按下式计算

$$e_x \approx \frac{\Delta m_t}{\Delta x} = \frac{(M_4 - M_3)/M_r}{(n_4 - n_3)/n_r} \tag{5-6}$$

e_x 是小于零的数,它表明当水轮机转速升高时,水轮机动力矩减小。从机组运动方程也可以看出,当转速升高时,水轮机动力矩减小,$M_t - M_g$ 的差值减小,从而抑制了转速的升高。也就是说,水轮机存在着自平衡或自调节的能力,因此 e_x 也称为水轮机自调节系数,e_x 绝对值愈大,自调节能力就越大。

(3)e_h 称为水轮机动力矩对水头的传递系数。表示当接力器行程和转速不变时,水轮机动力矩偏差相对值与水头偏差相对值关系曲线在所取水头点的斜率,即 $e_h = \dfrac{\partial m_t}{\partial h}$,它反映了水头变化的影响。

e_h 可按照图5-5所示的线性变化关系,根据式(5-7)计算 e_h。

$$e_h \approx \frac{\Delta m_t}{\Delta h} = \frac{(M_4 - M_3)/M_r}{(H_4 - H_3)/H_r} \tag{5-7}$$

需要注意的是当工况点发生改变时,e_h 值也发生相应改变,在调节过程中,引水系统产生水击,水轮机作用水头发生波动,动力矩也会发生相应波动,且 e_h 值越大引起的动力矩波动值也越大。

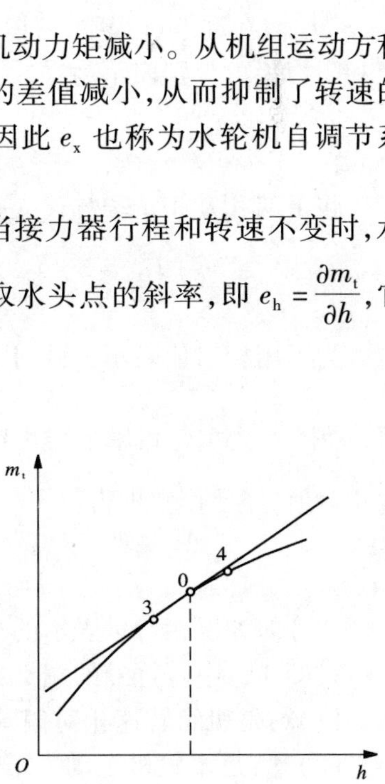

图5-5　求 e_h 曲线图

(4)e_{qy} 水轮机流量对导叶开度的传递系数,该系数表示当水头和转速不变时,水轮机流量对接力器行程的相对变化率。按下式近似计算

$$e_{qy} \approx \frac{\Delta q}{\Delta y} = \frac{(Q_2 - Q_1)/Q_r}{(a_2 - a_1)/a_m} \tag{5-8}$$

由于 H 和 n 不变,即相当于 $n_1' = \frac{nD_1}{\sqrt{H}} = C$,因此与求 e_y 值相似。对于混流式水轮机,e_{qy} 值大于零,在大开度时一般小于1。

(5)e_{qx} 水轮机流量对转速的传递系数,它表示当导叶开度和水头不变时,水轮机流量对转速的相对变化率。同样可以用作图法和近似计算求 e_{qx} 值,对混流式水轮机来说 e_{qx} 值一般为负,但其绝对值很小可以忽略不计。

(6)e_{qh} 水轮机流量对水头的传递系数,它表示当导叶开度和转速不变时,水轮机流量对水头的相对变化率。同样也可以用作图法和近似计算求 e_{qh} 值,对混流式水轮机来说 e_{qh} 值一般大于零。

上面介绍了6个传递系数的意义,其求取均借助于水轮机模型综合特性曲线的方法,也可以采用现场水轮机试验资料来求取。它们是以混流式水轮机为例且在小波动条件下导出的,因此,仅适用于小波动情况。随着工况点的变化,6个系数值也随着变化。

5.1.1.3　水轮发电机组的运动方程

由项目1可知,水轮发电机组的运动方程为:

$$J\frac{d\omega}{dt} = M_t - M_g \tag{5-9}$$

若以 M_{t0} 与 M_{g0} 分别表示稳定状态下水轮机的主动力矩和发电机的阻力矩,则有 $M_{t0} = M_{g0}$。在动态过程中,若以 ΔM_t 和 ΔM_g 代表主动力矩和阻力矩的变化值,则主动力矩和阻力矩可分别表示为:

$$M_t = M_{t0} + \Delta M_t$$
$$M_g = M_{g0} + \Delta M_g$$

将上两式及 $M_{t0} = M_{g0}$ 代入式(5-9),整理后得:

$$J\frac{d\omega}{dt} = \Delta M_t - \Delta M_g \tag{5-10}$$

为了用相对值表示上式,以额定工况下的水轮机主动力矩 $M_r = \frac{P_r}{\omega_r}$ 作为相对变换基值,式中 P_r 为水轮机轴的输出额定功率,ω_r 为机组额定角速度,以 $x = \frac{\Delta\omega}{\omega_r}$ 表示角速度变化相对值,经变换整理得:

$$x = \frac{1}{T_a}\int (M_t - M_g)\,dt \tag{5-11}$$

式(5-11)即为以相对量表示的水轮发电机组运动方程。

式(5-11)中各符号的意义如下:

(1)x:是机组转速相对偏差,是调节对象的输出信号。

(2)M_t:是水轮机主动力矩偏差相对值,是水轮机的输出信号,受导叶开度偏差相对值 y 的控制,也受引水系统压力和水轮机转速的影响。

(3)M_g:是发电机阻力矩偏差相对量,它反映了外部负荷的变化扰动,主要取决于负荷变化量的大小，同时其变化特性也与发电机转速及负荷性质有关。

(4) $T_a = \frac{J\omega}{M_r}$称为机组惯性时间常数，它表示机组在额定力矩 M_r 作用下，由零匀加速到额定角速度 ω_r 所需的时间。若额定功率 P_r 以 kW 计；转动惯量用机组飞轮力矩 GD^2 ($kN \cdot m^2$) 表示；角速度以转速 n_r(r/min) 表示，则 T_a 可用下式表示

$$T_a = \frac{GD^2 n_r^2}{3\ 578 P_r} \quad (s) \tag{5-12}$$

T_a 的大小代表了机组转动部分的惯性大小，T_a 值越大，机组稳定性越好，且 b_t 值可取较小值，反之则稳定性越差。

由上可看出，以相对值表示的机组运动方程式不仅表达了机组本身的特性，而且也表达了机组与引水系统、电力系统之间的相互关系。

5.1.1.4 发电机负载特性及其对调节过程的影响

1. 发电机负载方程式

根据任务1(1)的分析可知，当发电机阻力矩发生变化时，就会使机组转速发生改变，而发电机阻力矩的变化是由电网负荷变化所引起的。在电网中负荷的构成十分复杂，它们的特性各异，有些负荷的功率与频率无关，而有些与频率有关。因此，当电网频率改变时，即使电网负荷的组成不变，由于负荷功率的变化也会引起发电机阻力矩的改变。故发电机阻力矩 m_g 可用下式表达。

$$m_g = m_{g0} + e_g x \tag{5-13}$$

式中 m_{g0}——由于系统用户的投入或切除引起的阻力矩变化相对值；

$e_g x$——由于机组转速变化（频率变化）引起的阻力矩变化相对值；

e_g——发电机阻力矩对转速变化的传递系数，也称发电机负荷自调节系数，它表示在规定的电网负荷下，发电机负载转矩偏差相对值与转速偏差相对值关系曲线在所取点的斜率，即 $e_g = \frac{\partial m_g}{\partial x}$。

式(5-13)，即为发电机负载方程式。

由于电网中负载的组成十分复杂，一般认为发电机所带负载为综合性负载。e_g 值为大于零的数，与电网的负荷构成有关，且与电网中各机组是否装有电压校正器有关。

根据式(5-13)可知，当机组转速上升时，负载由于频率变化引起的阻力矩分量加大，而机组转速升高是发生在外负荷减少，动力距大于阻力距的时候。显然，机组转速升高引起 $e_g x$ 增大，而使 M_g 增大，从而减小了 $M_t - M_g$ 的差值，抑制了转速的升高。也就是说机组具有自调节能力，e_g 值越大，自调节作用越明显。

在调节系统中，水轮机自调节系数 e_x 和发电机负荷自调节系数 e_g 都是与转速有关的自调节系数，二者合称为水轮发电机组自调节系数，以 e_n 表示。

$$e_n = e_g - e_x$$

由于 e_x 为负值，所以

$$e_n = e_g + |e_x| \tag{5-14}$$

即 e_n 值实际为 e_g 与 e_x 绝对值之和。

2. 负荷的惯性时间常数

在电力系统中,具有转动部分的负荷与机组转动部分一样,存在一定的惯性,它们对调节过程起着与机组转动惯量相同的作用,可用负荷惯性时间常数 T_b 表示

$$T_b = \frac{\sum GD^2 n_m^2}{3\ 578 P_r} \tag{5-15}$$

式中,$\sum GD^2 n_m^2$ 代表电网中各电动机及其所拖动机械的飞轮力矩和转速平方乘积之和。

T_b 与 T_a 值的大小对调节过程的影响,具有同样的意义,通常

$$T_b = (0.24 \sim 0.30) T_a \tag{5-16}$$

5.1.2 调节参数对系统稳定性的影响

5.1.2.1 调节系统的稳定性

稳定性是指在外界负荷突变或人为地扰动下,调节系统偏离平衡状态,当扰动消失后,系统以自调节能力,经过一定时间的调节,恢复原来的平衡状态或达到新的平衡状态,这样的系统称为稳定系统,否则,调节过程是不稳定的。在不同的调速器和参数的配合情况下,调节系统动态过程的形式是多种多样的,一般可归结为 4 种基本形式,即非周期衰减过程、衰减振荡过程、等幅振荡过程和扩散振荡过程。图 5-6 表示了阻力矩在 $t = t_0$ 时由 M_0 跃变为 M_1(图 5-6(e))后的动态过程 4 种基本形式。

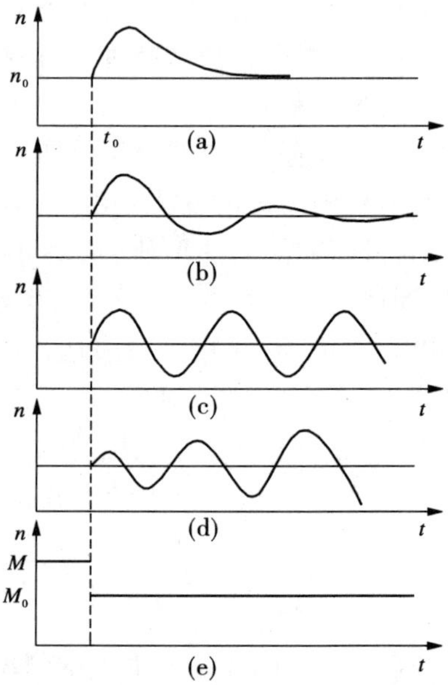

图 5-6　调节过程的基本形式

图 5-6(a)为非周期衰减过程。它表示当机组平衡状态受到破坏,转速偏离稳定值,经过调节以非周期衰减至原平衡转速。

图 5-6(b)为衰减振荡过程。它表示当机组平衡受到破坏,转速偏离额定值,经过调节转速以衰减振荡形式恢复到原平衡转速。

图 5-6(c)为等幅振荡过程。它表示当机组平衡受到破坏,转速偏离额定值,经过调节转速出现周期性的等幅振荡过程。

图 5-6(d)为扩散振荡过程。它表示当机组平衡受到破坏,转速偏离额定值,经过调节转速摆动的振幅逐渐增大。

从图 5-6 可知,前两种基本形式转速均能恢复至平衡转速,因而调节系统是稳定的,后两种形式调节系统则是不稳定的。不稳定的调节系统在调节后机组转速会长时间波动不息,同时波动幅度将远远大于系统允许的频率偏差,这不仅影响到供电质量,而且调速器也将无法长期工作下去。

5.1.2.2 调节对象特性对调节过程的影响

1. 水流惯性时间常数 T_w 的影响

T_w 是使调节过程动态品质恶化的主要因素,T_w 越大将使转速偏差加大、波动次数增

多,调节时间加长。其原因是引水系统的水击造成水轮机动力矩变化的滞后,当 T_w 较大时,应适当加大调速器的 b_t 和 T_d 参数。当 T_w 很大时,有可能使调节系统无法稳定下来。

2. 机组惯性时间常数 T_a 的影响

机组惯性时间常数 T_a 不仅包括发电机转动部分惯性,还应包括水轮机转动部分惯性,水轮机转轮区水体惯性和电网负荷惯性。对于中、高水头水轮发电机组,水轮机转动部分和转轮区水体惯性较小,可以忽略不计;对于低水头机组这两部分则不能忽略。一般来说,T_a 值增大对改善调节系统稳定性是有显著好处的。

3. 机组自调节系数 e_n 的影响

式(5-14)中 e_n 表示机组受到外界扰动后反抗转速变化的自平衡能力,e_n 越大,越有助于稳定和改善动态调节品质。因此,机组在大电网中并列运行时,由于负载的自动调节作用和负载惯性作用,T_a 及 e_n 将增大,其调节系统的稳定性必然优于单机运行时的工况。

上述3项调节对象的参数,对调节系统而言,一般是不能改变的,只能反映调节对象动态特性的优劣,以作为选择调速器参数的依据。

5.1.2.3 调速器参数对调节过程的影响

1. 暂态转差系数 b_t

b_t 值的大小表示软反馈的强弱,增加 b_t 值可使转速偏差及振荡次数减少,有利于改善调节系统的稳定性及动态品质,但 b_t 值过大,将使导叶动作速度减慢,速动性变差,调节时间及转速偏差增大。因此对不同调节对象的调速器,应具有最佳的 b_t 值。一般情况下 T_w 大时,应增加 b_t 以减小水击作用,T_a 小时,应增加 b_t,以减小转速变化。

2. 缓冲时间常数 T_d

T_d 值表示缓冲器从动活塞回复时间的长短,T_d 越大,软反馈衰减越慢,接力器关机速度越慢,使振荡次数减少,可提高调节过程的稳定性。但 T_d 值过大,则使调节速度减慢,调节时间增长,因此对一定调节对象的调速器应有一最佳 T_d 值。

3. 局部反馈系数 a

局部反馈系数 a 越大,使主配压阀开启的窗口开度减小,接力器动作速度变慢,将有利于稳定,有利于减小最大转速偏差。

4. 永态转差系数 b_p

调速器的永态反馈属于负反馈,因而加大 b_p 可增加调节的稳定性,但由于 b_p 的可调范围有限,故 b_p 对系统的动态品质影响并不显著。

5.1.3 调速器参数的调整

5.1.3.1 调速器参数整定的计算公式

上述调速器的几个重要参数对调节系统的稳定性和调节品质有显著的影响和作用,而且参数的选用受多方面因素制约,调整时必须慎重。b_p 为永态转差系数,对于担任基荷的机组,b_p 值一般调整在6%左右;承担调频的机组,b_p 值一般调整在2%~4%。

通常调节参数采用建议性公式和现场试验相结合的方式进行。下述公式是在一定条件下推导出来的,有一定适用的条件,且不十分准确,仅供调节参数的初步预选。

1. 空载工况下调节参数的计算

对缓冲式 PI 调节规律的电液调速器,吴应文推荐如下公式:

$$\left.\begin{aligned} b_t &= 1.3\sqrt{\frac{T_{y1}}{T_a}} \\ T_d &= 3.7\sqrt{T_a T_{y1}} \end{aligned}\right\} \tag{5-17}$$

式中 T_{y1}——小波动时接力器反应时间,s;

T_a——机组惯性时间常数,s。

公式使用条件为: $T_w < 2.6T_{y1}T_a$

对电子调速器和电液随动装置构成的 PID 调节规律的电液调节装置,横田浩推荐如下公式:

$$\left.\begin{aligned} K_P &= 0.8\frac{T_a}{T_w} \\ K_I &= 0.24\frac{T_a}{T_w^2} \\ K_D &= 0.27T_a \end{aligned}\right\} \tag{5-18}$$

2. 对单机负载工况下调节参数的计算

T. 斯坦因(Stein)推荐如下公式。

对 PI 调节规律的调节系统

$$\left.\begin{aligned} T_d &= 4T_w \\ b_t &= 1.8\frac{T_w}{T_a} \end{aligned}\right\} \tag{5-19}$$

对 PID 调节规律的调节系统

$$\left.\begin{aligned} T_n &= 0.5T_w \\ T_d &= 3T_w \\ b_t &= 1.5\frac{T_w}{T_a} \end{aligned}\right\} \tag{5-20}$$

当考虑 e_n 的作用时,上述 b_t 和 T_d 值还可减小。由于调节过程系多因素作用的结果,因而理论的计算仍需通过检验,最终才能确定最佳调节参数。

5.1.3.2 调速器参数调整方法

由上可知,对调速器调节过程影响较大的参数主要有 b_t、T_d、b_p、α 等。对于机械液压型调速器来说,主要通过调整缓冲装置、调差机构和局部反馈等来实现上述参数的调整。

1. b_t 与 T_d 值的调整

请参考“任务图 1-4”。机械液压型调速器的 b_t 与 T_d 值的调整,是用缓冲装置上的节流针塞和从动活塞之间的节流孔的开度大小,以及主动活塞的初始移动量来调整的。一般是缓冲装置整体组装后,在机械柜外作单件调试试验来进行。

1) 调整原理

为了便于理解,将“任务图 1-4”中的从动活塞与节流针塞组建单独画出来,如图 5-7 所示。其调整原理如图 5-8 所示。

由图 5-7(a)可看出,从动活塞 1 的上端有一横向油孔,而图 5-7(b)针塞 2 最下端有一个三角形开口,二者配合形成缓冲装置的节流孔,节流孔初始开度的大小取决于从动活

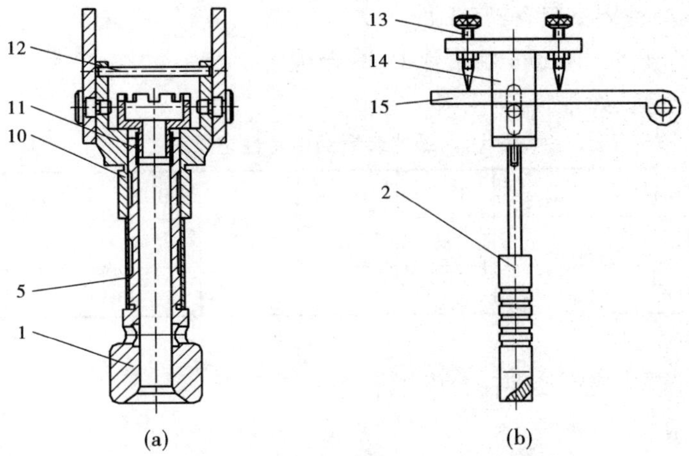

1—从动活塞;2—节流针塞;5—定距套;10—活塞吊架;11—螺套;
12—销子;13—调节螺钉;14—针塞吊架;15—托板

图5-7 从动活塞与节流针塞组件

塞横向油孔与针塞三角开口的相对高差,而该高差的调整是用调节螺钉13来完成的。即将调节螺钉顺时针旋转,螺钉向下移动,但是调节螺钉支撑在水平位置的托板15上不能向下移动,则只能迫使针塞向上移动,使节流孔初始开度增大;反之则使初始开度减小。

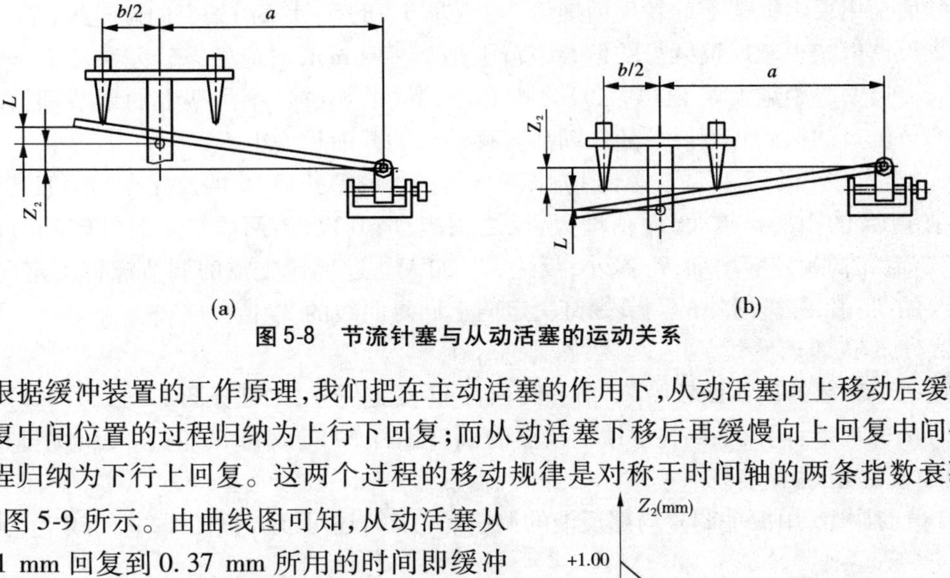

图5-8 节流针塞与从动活塞的运动关系

根据缓冲装置的工作原理,我们把在主动活塞的作用下,从动活塞向上移动后缓慢向下回复中间位置的过程归纳为上行下回复;而从动活塞下移后再缓慢向上回复中间位置的过程归纳为下行上回复。这两个过程的移动规律是对称于时间轴的两条指数衰减曲线,如图5-9所示。由曲线图可知,从动活塞从最后1 mm回复到0.37 mm所用的时间即缓冲时间常数T_d。一个性能良好的缓冲装置,应该满足上下回复特性的T_d值相等。另外,T_d值的大小决定了从动活塞回复中间位置的快慢,即T_d值越大回复时间越长,回复速度越慢;反之则回复时间越短,速度越快。

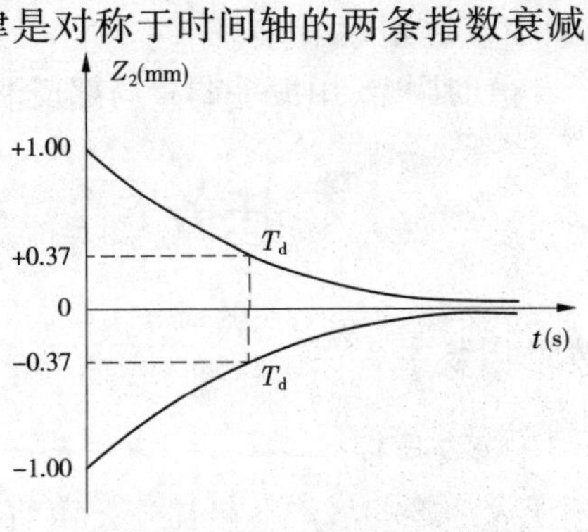

图5-9 缓冲回复特性曲线

2)准备工作

仪器仪表:准备量程为10 mm的百分表1

只,精度为 0.1 s 的秒表 1 只,塞尺 1 把。

工具:撬杠 1 根,5 ~ 10 mm 的垫片 1 块,台虎钳一台。

记录纸笔:记录表如表 5-1 所示。

表 5-1 缓冲装置回中特性记录表

回复方向行程(mm)	1.0	0.8	0.6	0.4	0.2	0.1	0.05	0.02
上行回复时间(s)								
下行回复时间(s)								

装夹方法:将缓冲装置装夹在台虎钳上。

3)试验及调整方法

试验最好三人配合完成,即一人用杠杆撬起主动活塞 5 ~ 10 mm,使从动活塞下移,随后释放杠杆,使从动活塞向中间位置回复,并监视百分表,当表针回复到表 5-1 中各行程值时发令;第二人按令压下秒表记时,待从动活塞回复中间位置停表,并报时;第三人将秒表时间和对应行程记录于表 5-1。

按照上述步骤依次完成各行程的测量。

b_t 与 T_d 值的调整:

b_t 值是用反馈框架上的软反馈螺母 21(见图 1-18)和针塞吊架上的调整螺钉 13 来调整的。反馈框架上软反馈螺母的偏心距范围是 0 ~ 30 mm,对应暂态转差系数 $b_t = 1\% \sim 100\%$,显然偏心距越大 b_t 值越大,反之则越小;其次,调整针塞吊架上的调节螺钉,而改变针塞节流口的初始开度以及随从动活塞移动时的截面积大小。

T_d 值是用托板 15 和调节螺钉 13 来调整的。当调整托板 15 的铰支点的手钮,使铰支点到销子 12 的距离 a 越大,T_d 值增大,反之则越小;其次,当两螺钉顺时针转动时,针塞上提,节流孔初始开度增加,T_d 减小;反之,T_d 加大。远离铰支点的调节螺钉决定向下回复曲线的 T_d 值,靠近滑块的调节螺钉决定向上回复曲线的 T_d 值。

2. b_p、α 值的调整

这两个参数的调整比较简单,请参阅项目 1【实施任务】中任务图 1-5。

b_p 值的调整:同扳手调整反馈框架上的调整螺杆 57 使螺母 58 偏心,偏心距越大,b_p 值越大,反之则越小。

α 值的调整:用扳手调整局部反馈的调整螺钉 28,还可以调整杠杆 29 的铰支点。

任务 5.2 微机调速器的参数调整

【教学目标】

1. 能力目标

学会微机调速器人机操作界面的使用和相关参数调整的方法。

2. 知识目标

掌握调速系统典型环节的基本概念和典型调节规律的意义；了解微机调速器的原理框图及控制算法；掌握微机调速器的调节原理和 3 种调节模式。

【相关知识】

5.2.1　调速系统的典型环节

由机械液压型调速器的组成可知，水轮机调速系统是由测量元件、放大元件、执行元件和反馈元件等组成的自动控制装置。由于研究的需要，调速器元件的输入与输出关系一般都用数学模型——运动方程来表达，并由这些元件组成不同调节规律的调速系统。我们可以用这些数学模型来分析调速系统的动态特性。本节将简要介绍几种典型环节（元件）的数学模型和典型的调节规律。

水轮机调速系统中常见的典型环节包括：比例环节、积分环节、理想微分环节、实际微分环节、惯性环节等。

1. 典型环节的定义

1）比例环节

比例环节是指输出量 y 与输入量 x 成比例的环节。调节杠杆、测频回路、硬反馈、电液转换器（近似比例环节）等都属于典型的比例环节。比例环节的特点是输出对输入无延缓作用，其输入输出关系如图 5-10 所示。

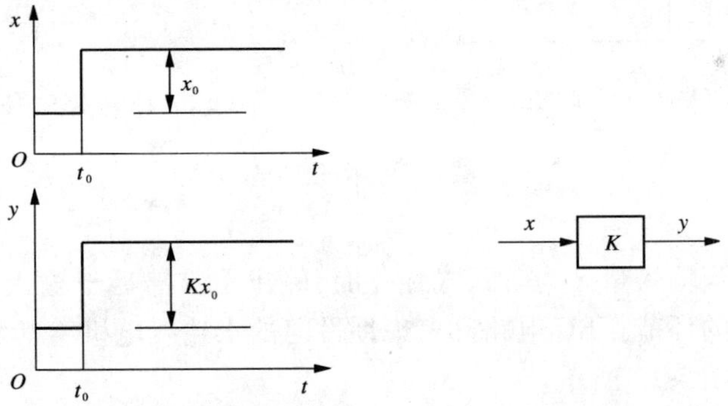

(a)比例环节的阶跃瞬态响应　(b)比例环节传递函数

图 5-10　比例环节

2）积分环节

积分环节是指输出量 y 与输入量 x 对时间的积分成比例的环节。引导阀和辅助接力器、主配压阀和接力器组成的放大元件都是典型的积分环节。若积分环节的输入量阶跃变化 x_0（$x_0 \neq 0$），则输出量 y 随时间直线增加，且 y 的变化有一定滞后，其输入输出关系如图 5-11 所示。

3）微分环节

微分环节是指输出量 y 与输入量 x 对时间的导数成比例的环节。微分环节的特点是输出量的变化反映了输入量的变化速度，若输入量以固定速率变化，即 x 为一斜坡函数，

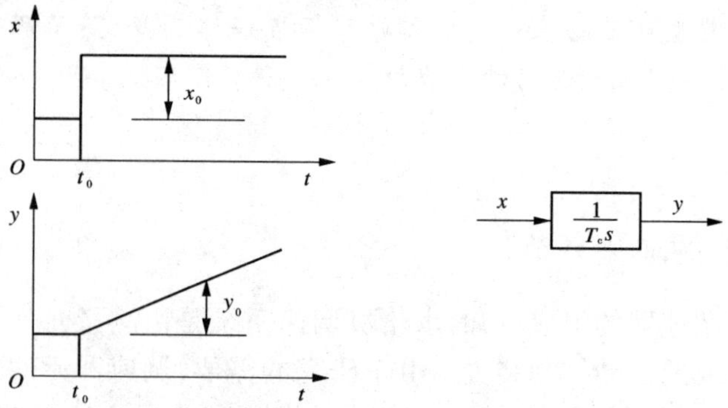

(A)积分环节的阶跃瞬态响应　　(b)比例环节传递函数

图 5-11　积分环节

则输出量 y 就成一阶跃变化,因此瞬态响应速度较快,其输入输出关系如图 5-12 所示。

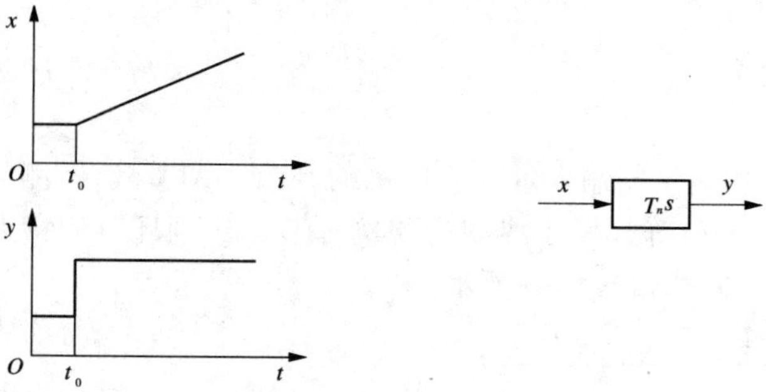

(A)微分环节的阶跃瞬态响应　　(b)微分环节传递函数

图 5-12　微分环节

4)惯性环节

惯性环节是指当输入量 x 为阶跃式变化时,输出量 y 滞后于输入量 x 并按照指数规律缓慢达到稳态值的环节。RC 电路和考虑惯性时的水轮发电机组都可以视为惯性环节,其输入输出关系如图 5-13 所示。

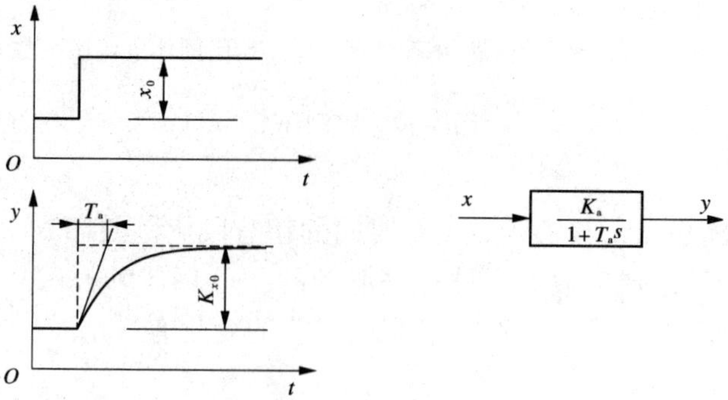

(a)惯性环节的阶跃瞬态响应　　(b)惯性环节传递函数

图 5-13　惯性环节

5）实际微分环节

实际微分环节是指当输入量 x 发生突变时，其输出在起始瞬间按比例跃变，而后以一指数函数规律缓慢衰减的环节。如图 5-14 所示。

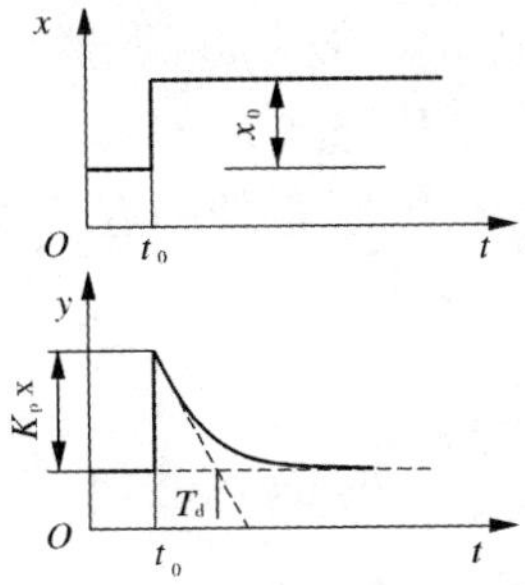

(a)实际微分环节的阶跃瞬态响应

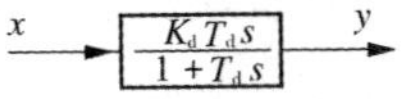

(b)实际微分环节传递函数

图 5-14　实际微分环节

2. 典型环节的表达式

上述各典型环节的运动方程如式(5-21)：

$$\left.\begin{aligned} &\text{比例环节} && y = Kx \\ &\text{积分环节} && y = \frac{1}{T_c}\int x\mathrm{d}t \\ &\text{微分环节} && y = T_n\frac{\mathrm{d}x}{\mathrm{d}t} \\ &\text{惯性环节} && T_a\frac{\mathrm{d}y}{\mathrm{d}x} + y = K_a x \\ &\text{实际微分环节} && T_d\frac{\mathrm{d}y}{\mathrm{d}x} + y = K_d T_d\frac{\mathrm{d}x}{\mathrm{d}t} \end{aligned}\right\} \tag{5-21}$$

式中　K——比例环节放大系数；

T_c——积分时间常数；

T_n——微分时间常数；

T_a——加速时间常数；

K_a——惯性环节放大系数；

T_d——缓冲时间常数；

K_d——缓冲装置比例系数。

3. 典型环节的传递函数

从前面的分析可知，调速器是由上面五种典型环节组合而成的。在分析研究调速系统的输出量 y 如何随输入量 x 变化时，最直接的方法就是求解上述方程的时间解，并绘出输出变量的响应曲线，但是多数情况下是比较麻烦的。在自动控制中常采用与微分方程有关的另一种数学模型——传递函数，间接的分析控制系统参数对响应的影响。所谓传递函数，即线性定常系统在零初始条件下，输出量的拉氏变换 $Y(s)$ 与输入量的拉氏变换 $X(s)$ 之比，用 $G(s)$ 表示。

拉普拉斯变换(简称拉氏变换)，可将微积分运算转化为代数运算，又能单独地表明初始条件的影响，对典型的运算可查变换表，其求出的解通过拉普拉斯反变换得到所求的原函数。因此，拉氏变换是一种较简便的工程数学方法。

拉普拉斯变换定义为：函数 $f(t)$，t 为实变量，如果存在线性积分 $F(s)=\int f(t)e^{-st}dt$，则称 $F(s)$ 为 $f(t)$ 的拉氏变换函数，变换后的函数是复变量 $s=\sigma+j\omega$ 的函数，$f(t)$ 称为 $F(s)$ 的原函数。另外，拉氏变换的逆运算为 $L^{-1}[F(s)]=f(t)$，称该式为 $F(s)$ 的拉氏反变换。

有关拉普拉斯变换和传递函数的知识请参阅自动控制原理的有关书籍，下面仅给出五种典型环节的传递函数式，供后续学习使用。

$$\left.\begin{array}{ll}\text{比例环节} & G(s)=\dfrac{Y(s)}{X(s)}=K \\ \text{积分环节} & G(s)=\dfrac{Y(s)}{X(s)}=\dfrac{1}{T_c s} \\ \text{微分环节} & G(s)=\dfrac{Y(s)}{X(s)}=T_n s \\ \text{惯性环节} & G(s)=\dfrac{Y(s)}{X(s)}=\dfrac{K_a}{1+T_a s} \\ \text{实际微分环节} & G(s)=\dfrac{Y(s)}{X(s)}=\dfrac{K_d T_d s}{1+T_d s}\end{array}\right\} \tag{5-22}$$

式中符号意义同上。

式(5-22)传递函数就是5种典型环节的用传递函数表示的数学模型，这些数学模型都是代数表达式，其求解比较容易。

5.2.2　调速系统的调节规律

5.2.2.1　结构方框图的基本形式

为了便于对自动控制系统进行分析研究，在自动控制理论中，广泛使用了结构方框图，即表示系统中每个元件的功能和信号流向的示意图，如图5-15所示。方框图单元内有表示一个典型环节的运动方程式或传递函数，并将这些方框图按照一定的关系用箭头和⊗连接起来，从而构成一个完整的自动控制系统，它具有形象和直观的特点。

方框图中箭头"→"表示信号和信号的流向，指向方框的箭头表示输入，从方框出来的箭头则表示输出。信号综合点"⊗"表示信号在此处汇合并进行综合，"+、-"号表示信号进行相加或相减。

环节的连接形式有以下几种：

1. 串联连接

将几个方框串联起来，前一个方框的输出为后一个方框的输入，这种连接即串联连接，如图5-16所示。引导阀、辅助接力器、主配压阀和主接力器就是串联连接。

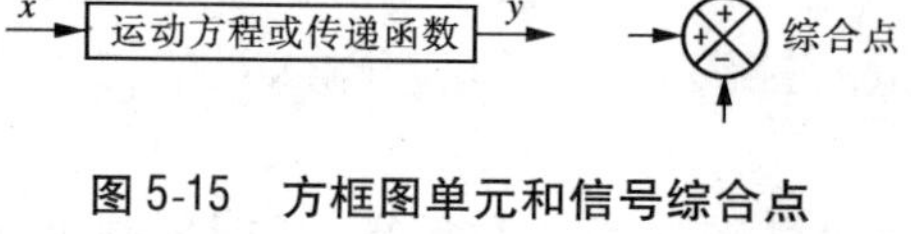

图5-15　方框图单元和信号综合点

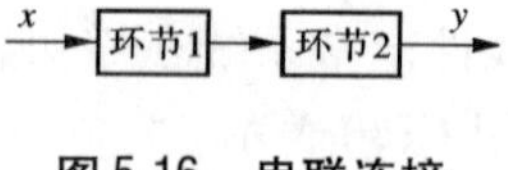

图5-16　串联连接

2. 并联连接

几个方框有同一个输入，各方框输出的代数和作为总输出，这种连接称为并联连接。如图 5-17 所示。在机械液压型调速器中，调差机构、缓冲装置两个环节就是并联连接。

3. 反馈连接

一个方框的输出，输入到另一个方框，得到的输出再返回作用于前一个方框的输入端，这种结构称为反馈连接，如图 5-18 所示。

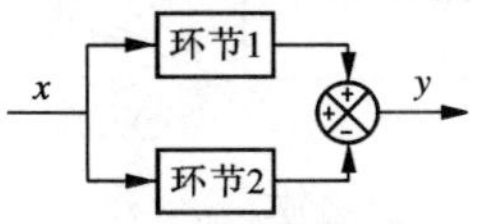

图 5-17　并联连接

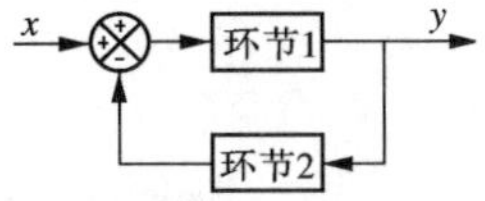

图 5-18　反馈连接

在机械液压型调速器中，局部反馈与引导阀、辅助接力器（第一级放大元件）的连接就是反馈连接。此外，调差机构、缓冲装置与串联的第一级放大元件和第二级放大元件（主配压阀、主接力器）形成的连接也是反馈连接。

5.2.2.2　调节规律

按照水轮机调速系统调节规律的方式不同，有三种基本形式，一是采用比例－积分调节规律的缓冲式调速系统；二是采用比例－积分－微分调节规律的加速度＋缓冲式调速系统；三是采用并联比例－积分－微分调节规律的电子调速器＋电液随动系统的调速系统。

1. 比例－积分调节规律

机械液压调速系统就是一种比例－积分调节规律的调速系统又被称为缓冲式调速系统，其主通道由引导阀、辅助接力器、主配压阀和接力器等液压放大元件组成，其调节规律由反馈元件暂态反馈（缓冲器）、硬反馈（调差机构）和主配压阀及接力器构成。缓冲式调速系统的结构框图如图 5-19 所示，当忽略时间常数和 b_p 值时，其输出与输入信号之间有以下关系：

$$y = K_P x + K_I \int x \mathrm{d}t \tag{5-23}$$

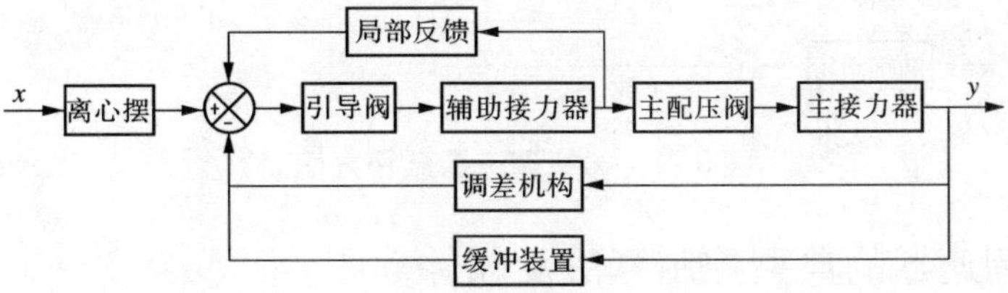

图 5-19　机械液压型调速器结构方框图

式(5-23)中，第一项为比例项，K_P 为比例项放大系数（或称比例项增益），第二项为积分项，K_I 为积分项增益，这种调节规律称为比例－积分调节规律，简称 *PI* 调节规律。其传递函数为

$$G_{PI}(s) = K_P + K_I/s$$

机械液压型调速器基本上都是 P－I 型调速器。

2. 比例－积分－微分型调节规律

电气液压调速器用电气回路代替了机械液压调速器中的机械液压元件，例如：测速元件、反馈元件等,并增加了测频微分回路或加速度回路,从而构成了加速度－缓冲式电液调速器,其结构方框图如图5-20所示。

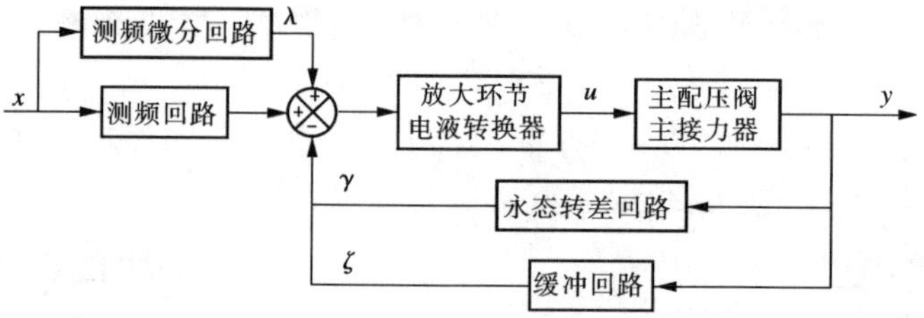

图5-20　加速度－缓冲式电液调速器结构方框图

当 $b_p=0$ 时,加速度－缓冲式电液调速器的输出与输入信号之间的关系为

$$y = K_P x + K_I\int x\mathrm{d}t + K_D\frac{\mathrm{d}x}{\mathrm{d}t} \tag{5-24}$$

式中第三项为微分项,K_D称为微分项增益。这种调节规律称为比例－积分－微分调节规律,简称为PID调节规律,其传递函数为

$$G_{PID}(s) = K_P + K_I/s + K_D s$$

3. 微机调速器的调节规律

微机调速器是用微机(数字调速器)代替模拟电子调速器,机械液压部分采用标准液压元件组成的调速器。虽然不同的微机调速器采用的调节规律各有差异,但其基本调节规律仍为PID调节规律,图5-21是微机调速器的基本结构方框图。

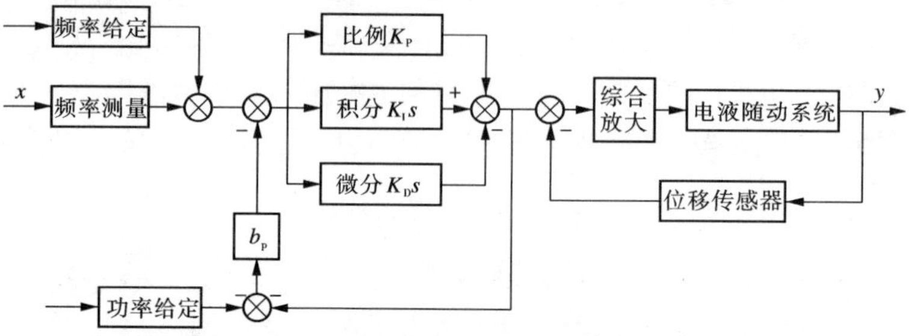

图5-21　微机调速器结构方框图

5.2.3　微机调速器的典型控制算法及软件框图

机械液压调速器的调节规律是由机械液压元件来实现的,模拟电调的调节规律是由电气回路来实现的;微机调速器的调节规律是由软件编程来实现的,下面对微机调速器的调节原理及典型控制算法等作简要介绍。

5.2.3.1　原理框图及控制算法

微机调速器的型式虽多种多样,但其基本调节规律按算法不同,可分为位置型、增量型和仿增量型3种。

1. 位置型数字PID微机调速器

位置型数字PID微机调速器控制算法与模拟式并列PID算式非常相似,模拟式并列PID算式如式(5-25)所示。

$$y(t) = K_p e(t) + K_i \int_0^t e(t)\mathrm{d}t + K_d \frac{\mathrm{d}e(t)}{\mathrm{d}t} \tag{5-25}$$

式(5-25)中,K_p、K_i、K_d分别为比例增益、积分增益和微分增益;$e(t)$为 PID 调速器的输入偏差,指输入量与反馈量之差;$y(t)$为 PID 的输出。

由于数字调速器的主要部件是计算机,计算机只能对二进制的数字量进行计算。因此,必须先对连续 PID 算式进行离散化处理,将式(5-25)连续方程变换为差分方程,即得到离散化的数字 PID 表达式(5-26)。

$$Y_{PID}(n) = K_P e(n) + K_I T \sum_{j=0}^{n} e(j) + \frac{K_D}{T}[e(n) - e(n-1)] \tag{5-26}$$

式(5-26)中,$e(n)$、$e(n-1)$为第 n 次和第 $n-1$ 次采样周期的输入偏差;$Y_{PID}(n)$为第 n 次采样周期 PID 调速器的输出量,T 为采样周期。

该式数字运算的比例作用可由比例增益 K_P 与偏差 $e(n)$ 的乘积运算得到;积分作用表示从运算开始到现在的各采样周期偏差累计面积,因此,它可以用偏差 $e(n)$ 和采样周期 T 相乘,计算出每一次采样的面积,然后再将它们相加得到总面积,如图 5-22 所示;微分作用可以表示为输入信号的斜率,所以可先求出当前采样时刻的偏差 $e(n)$ 与前一次采样时刻的偏差 $e(n-1)$ 的差值 $\Delta e(n)$,然后再用采样周期 T 去除,即可得到斜率值,如图 5-23所示。

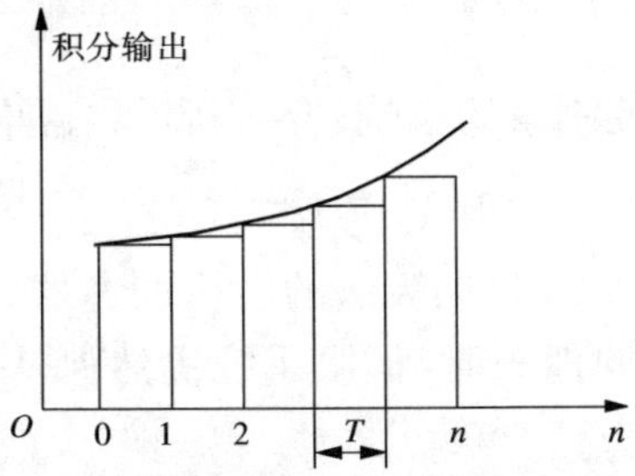

图 5-22 积分运算原理图

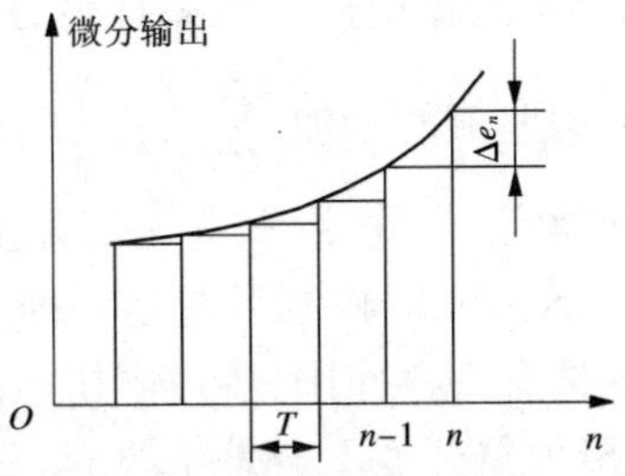

图 5-23 微分运算原理图

由式(5-26)运算所得到的输出量 $Y_{PID}(n)$ 表示第 n 时刻执行机构所应到达的位置,故式(5-26)称为位置型 PID 控制算法。另外,由于算式中含有过去偏差值的累加 $\sum_{j=0}^{n} e(j)$,当计算机电源消失时,会引起系统误动作,因此,这种系统必须考虑电源保护措施。

位置型数字 PID 微机调速器的原理框图如图 5-24 所示,其机组和电网频率测量一般采用单片机系统或专用计数模块,按照测量周期的方法实现,并用软件程序获得机组或电网频率的数字量。单机给定频率以数字量形式存于微机中,可通过键盘进行修改。PID 控制算法由软件程序实现,其运算结果 $Y_{PID}(n)$ 为对应导叶开度 Y 的数字量,$Y_{PID}(n)$ 经 D/A 转换变换为模拟电压后,送电液随动系统进行综合放大,使导叶接力器开到相应的开度 Y。另一方面,图 5-24 中的调差反馈信号:一种取自位置式 PID 运算结果,与功率给定信号相减,再经永态转差系数 b_p 衰减后与频差信号综合;另一种取自机组输出功率,经功率变送器后再经 A/D 转换为数字量。

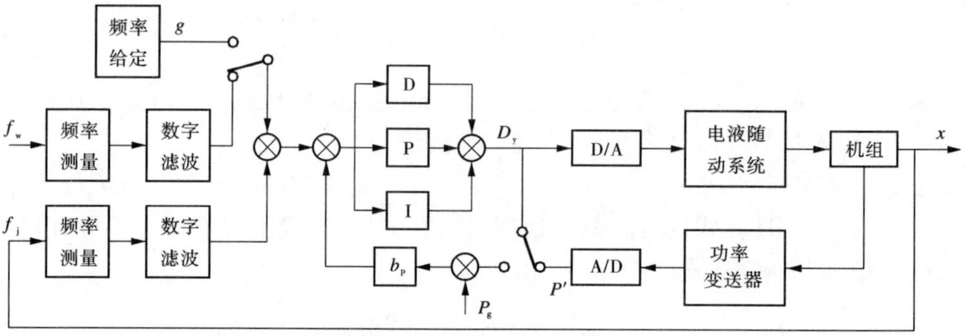

图 5-24　位置型数字 PID 微机调速器控制系统原理图

2. 增量型数字 PID 微机调速器

由于位置型 PID 控制算法存在的问题，人们提出了增量型 PID 控制算法。所谓增量型 PID 控制算法，就是根据位置型算法求得的第 n 时刻的输出量 $Y_{PID}(n)$ 与前一时刻的输出量 $Y_{PID}(n-1)$ 之差，可用式(5-27)来表示：

$$\begin{aligned}\Delta Y_{PID}(n) &= Y_{PID}(n) - Y_{PID}(n-1)\\ &= K_P[e(n)-e(n-1)] + K_I e(n) + K_D[e(n)-2e(n-1)+e(n-2)] \quad (5\text{-}27)\end{aligned}$$

由式(5-27)可知，当计算机控制系统采用稳定的采样周期 T 时，在确定了增益系数 K_P、K_I、K_D 后，根据前后三次采样值，按式(5-27)计算出 PID 调速器的输出的增量，算式中不含过去偏差值的累加 $\sum_{j=0}^{n} e(j)$，因此，计算误差对控制量的影响较小，所以，在实际控制中增量型数字 PID 控制算法比位置型数字 PID 控制算法应用的更为广泛。

图 5-25 所示的控制系统是一种采用增量型数字 PID 控制算法的微机调速器，其伺服系统本身具有寄存作用，步进电机按增量工作，当电源消失时，伺服系统仍然保持原来的位置，即接力器开度不会发生改变。

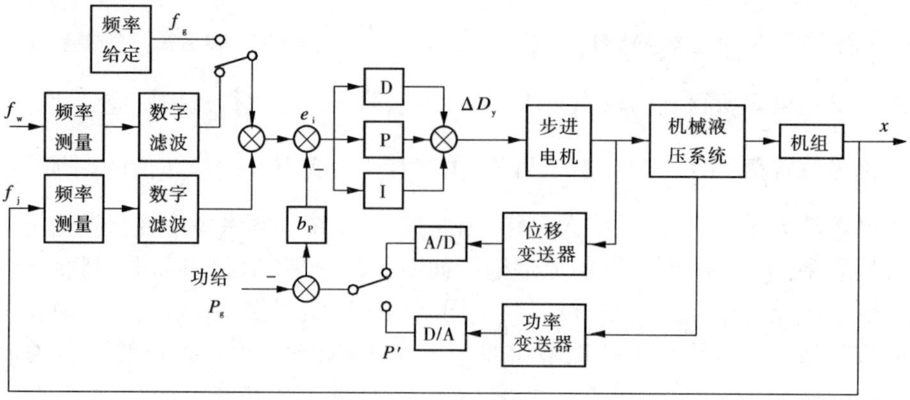

图 5-25　增量型数字 PID 微机调速器控制系统原理框图

3. 仿增量型数字 PID 微机调速器

仿增量型数字 PID 微机调速器控制系统原理框图如图 5-26 所示。

它与位置型 PID 控制算法的区别在于用数液伺服系统取代了原电液随动系统，而数

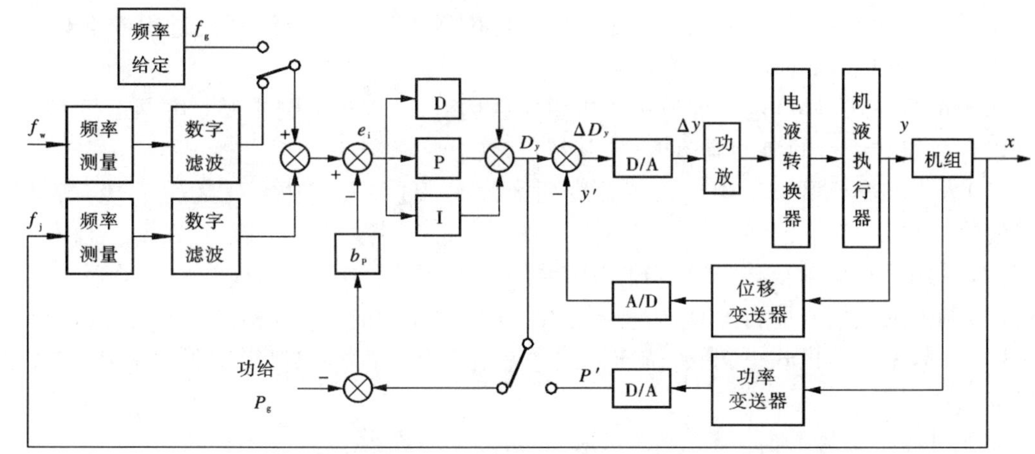

图5-26　仿增量型数字PID微机调速器控制系统原理框图

液伺服系统是根据位置型PID第n次采样周期的输出$Y_{PID}(n)$与第n次采用周期测得的导叶接力器反馈$Y'(n)$之差(即增量)来工作的。由于采样周期T通常较小,而且远小于数液伺服系统的时间常数,因此在第n次采样时刻测得的导叶接力器反馈$Y'(n)$可能还是PID的上次输出$Y_{PID}(n-1)$,甚至更前一次的输出$Y_{PID}(n-2)$,由于采样周期很短,前后两次接力器相对值变化量很小,当略去伺服系统误差,导叶接力器反馈$Y'(n)$与PID输出$Y_{PID}(n-1)$值近似相等。所以,第n次采样周期所算出的$\Delta Y_{PID}(n)$与增量型算法的$\Delta Y_{PID}(n)$在量值上是近似相等的,即

$$\begin{aligned}\Delta Y_{PID}(n) &= Y_{PID}(n) - Y'(n) \approx Y_{PID}(n) - Y_{PID}(n-1) \\ &= K_P[e(n) - e(n-1)] + K_I e(n) + K_D[e(n) - 2e(n-1) + e(n-2)]\end{aligned} \tag{5-28}$$

所以我们把式(5-28)的算法称为仿增量型。而微机算得的增量$\Delta Y_{PID}(n)$经D/A转换后输入数液伺服系统,当调节系统趋于平衡时,则增量$\Delta Y_{PID}(n)$也趋于零。

5.2.3.2　微机调速器的调节原理

微机调速器在不同运行工况下,采用不同的调节规律、控制结构、调节参数和调节模式,下面仅以开机过程和并网运行为例作介绍。

1. 开机控制

在整个开机过程中,频率信号始终接入微机调速器,并根据机组频率信号进行闭环调节。由于开机过程,水轮机在非最优工况下运行,转轮中水流十分紊乱,并且要求机组转速达到额定转速才能并网,这就需要调节系统具有稳定的运行参数。为此,在开机阶段微机调速器一般采用PID调节规律,微机调速器的这种运行模式称为频率调节模式。

在开机过程中或空载自动调节工况时,闭环调节系统的参考频率是给定频率$f_g=50$ Hz,即机组的实际频率受给定频率的控制,调速器对频给与机频的差值进行PID运算。在闭环开机过程中,微机调速器按照给定频率的方式不同有两种控制方式,第一种方式是将频率给定按照两段折线给定,以控制机组转速在初始阶段有较快的上升速度,而快接近额定转速时,又能比较平稳地趋近额定转速,不致产生过大的超调;第二种方式是把网频

作为微机调速器的给定频率,调速器始终跟踪电网频率以控制机组开机过程或空载自动调节。

频率调节模式(FM)是一种适用于机组空载运行、并入小电网或孤立电网运行和在大电网以调频方式运行的自动调节模式,其特点是:

(1)人工频率死区($E_f=0$)、人工开度死区($E_y=0$)和人工功率死区($E_p=0$)等环节均被切除;

(2)采用 PID 调节规律,即微分作用参数 $T_n \neq 0$ 或 $K_D \neq 0$;

(3)调差反馈信号取自 PID 调速器输出,即图 5-24 中的 D_y,并构成静态特性;

(4)在频率调节模式下,微机调速器的功率给定 P_g 实时跟踪机组实际功率 P_j,其本身不参加闭环调节。

2. 并网后的控制

若机组并入电网运行,微机调速器一般采用开度调节模式或功率调节模式进行控制,其调节规律为 PI 运算。为了实现有差调节,调速器永态转差系数 $b_p \neq 0$,用功率给定增减负荷,同时,为了提高接力器对功给信号的响应速度,微机调速器利用其本身软件的灵活、方便特点,一方面通过前馈把功给信号增量直接叠加在积分输出,以提高功率增减的响应速度;另一方面把功给信号与调速器输出信号或功率反馈信号得到的差值,经 b_p 衰减后再送积分环节运算,如图 5-27 所示。由于引入了功给增量前馈,使接力器对功给信号的响应明显加快,从而加快了负荷增减的调节速度。

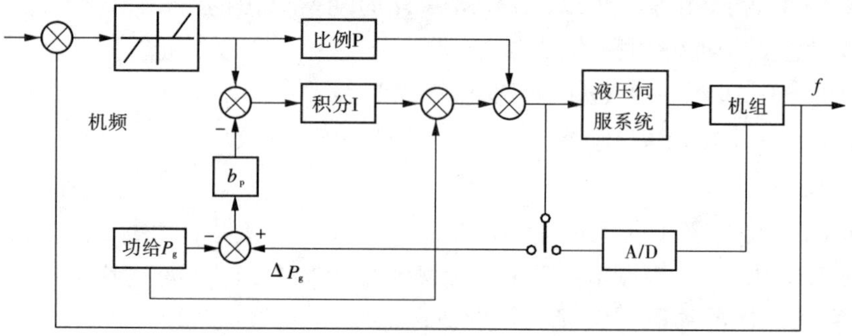

图 5-27 机组并网后调节系统控制原理图

开度调节模式(YM)的主要特点:

(1)开度调节模式主要适用于机组并网运行和带基荷的工况。

(2)人工失灵区,即频率死区($E_f \neq 0$)、开度死区($E_y \neq 0$)和功率死区($E_p \neq 0$)均投入。

(3)采用 PI 调节规律,即微分作用参数 $T_n=0$ 或 $K_D=0$。

(4)调差反馈信号取自 PID 调速器输出,并构成调速器静态特性。

(5)微机调速器通过给定开度 Y_g 改变机组负荷,在这种模式下,功率给定 P_g 不参与闭环自动调节,而是实时跟踪机组实际功率 P_j,实现从开度调节模式到功率调节模式的无扰动切换。

功率调节模式(PM)的主要特点:

(1)功率调节模式是机组并入大电网带基荷所优先采用的一种运行模式。

(2)人工失灵区,即频率死区、开度死区和功率死区均投入。

(3)采用 PI 调节规律,即微分作用参数 $T_n=0$ 或 $K_D=0$。

(4)调差反馈信号取自机组功率 P_j,并构成调节系统静态特性。

(5)在这种模式下,微机调速器给定开度 Y_g,实时跟踪实际导叶开度,实现从功率调节模式到开度调节模式的无扰动切换。

3. 调节模式之间的转换

如上所述,微机调速器一般有 3 种调节模式,即频率调节模式、开度调节模式、功率调节模式。3 种调节模式适用于不同的运行工况,其功能和相互间的转换都是由微机调速器自动完成,图 5-28 给出了 3 个模式之间的转换关系。

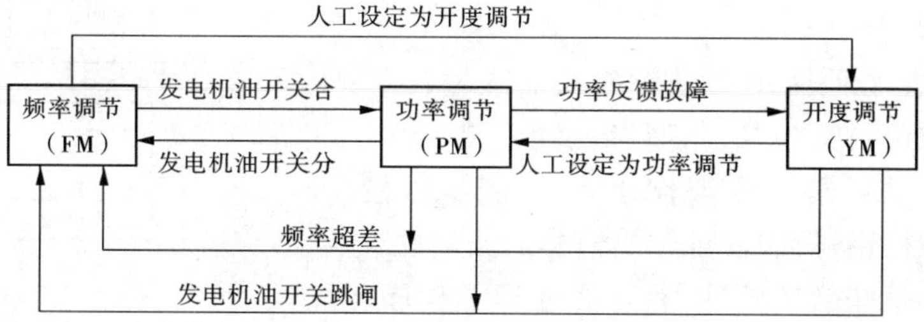

图 5-28 三种调节模式转换示意图

(1)机组开机进入“空载”运行工况,调速器处于频率调节模式下工作。

(2)发电机出口油开关合闸,机组并入电网运行,调速器自动进入功率调节模式工作。

(3)在机组并入电网运行情况下,也可以人为选择 3 种调节模式的任一种模式工作。

(4)在功率调节模式下工作时,若检测到机组功率反馈故障,则调速器自动切换至开度调节模式工作。

(5)当调速器在功率调节或开度调节模式下工作时,出现下述两种情况,则调速器自动切换至频率调节模式工作。一是电网频率偏离人工失灵区整定值,且持续时间较长(如:15 s);二是由于某种故障导致发电机出口开关跳闸,机组甩负荷。

5.2.3.3 微机调速器的主要软件框图

微机调速器的软件是按模块化结构设计的,也就是把有关工况控制和一些共用的控制功能先编制成一个个独立的子程序模块,再用主程序把所有主程序串接起来。

1. 主程序框图

基于 FX_{2N} 可编程控制器的微机调速器的主程序框图见图 5-29 所示。

当微机调速器通上电源后,将对整个调速器进行初始化处理,即对特殊模块,如模/数、数/模、定位模块等设置工作方式及有关参数;对辅助继电器 M 等设置初始状态;对数据寄存器 D 特定单元设置缺省值,即存放采样周期、调节参数(如 b_p、b_t、T_d、T_n等)。

频率测量子程序根据测量结果和所选择的转换系数 K_f,对机组频率、电网频率和频差进行计算。

A/D 转换子程序主要是控制把水头、功率反馈、导叶反馈等模拟信号转换为数字量,使其在程序控制下进行工作。

工况判断是根据机组运行工况及状态输入的开关信号,确定微机调速器按照何种工况进行处理,同时设置工况标志,如开机过程、空载、调相、甩负荷、停机过程等,并接通相应工况指示灯。

PID 调节程序主要是完成对各种工况下导叶开度的 PID 运算。

D/A 子程序仅用于控制伺服系统是电液随动系统的微机调速器,将其各种工况运算出的数字量转换为模拟电量,驱动电液随动系统。而对数字伺服系统则不需要 D/A 转换。

检错及处理子程序主要是对相关输入输出量及相关模块进行检错,包括:机频和网频检错、导叶开度反馈检错、桨叶开度反馈检错、水头测量值检错、功率测量值检错等,以保证输出信号的正确性。

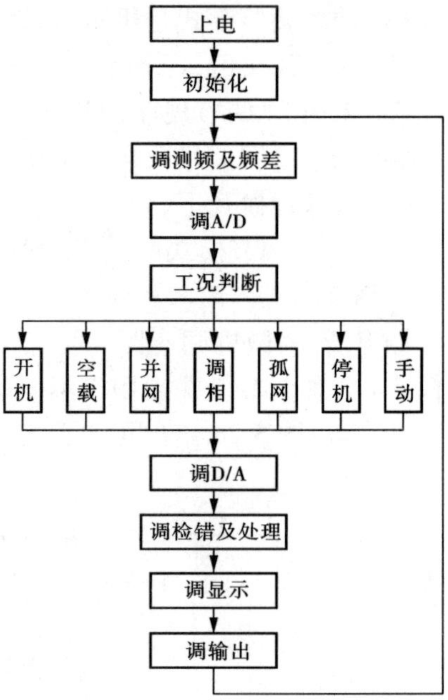

图 5-29　主程序框图

除此之外,某些微机调速器,还有通信子程序,用于实现与外部设备通信;中断服务程序,在满足中断条件时,PLC 立即中断正在执行的程序,转而执行相应的中断服务程序,完成设定的处理任务,执行完中断服务程序后,再返回被中断的执行程序。

2. 主要子程序框图

1) 开机子程序框图

开机子程序框图如图 5-30 所示。当调速器接到开机令,先判断是否满足开机条件,若满足,置开机标志,接通开机指示灯。接着检测机组频率,当频率达到并超过 45 Hz 时,将启动开度开至空载整定开度,并作 PID 运算,控制机组转速等于给定转速。当机组并网后,把开度限制自动放开到 100% 或按水头设定的开度值。开机过程结束,清除开机标志、灭开机指示灯。置发电指示,接通发电指示灯。

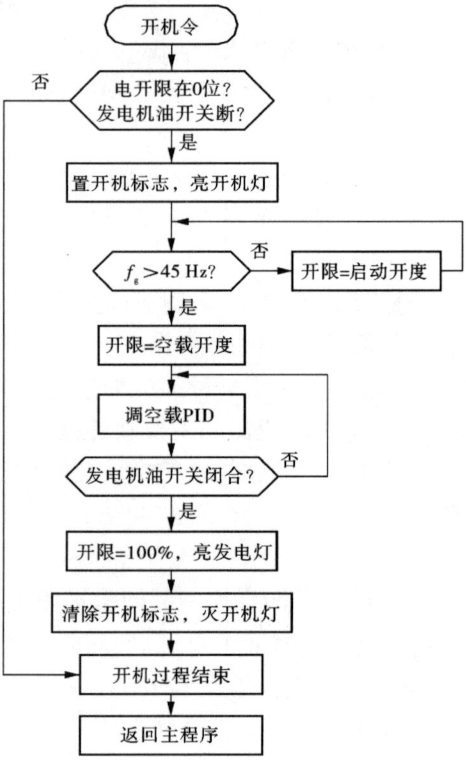

图 5-30　开机子程序框图

2) 空载 PID 子程序框图

空载 PID 子程序框图见图 5-31 所示。当机组开机后,频率上升至 45 Hz 时,机组进入空载工况或者机组甩负荷后回到空载工况时,如前所述,调速器主要是采用 PID 调节规律,使机组转速维持在空载额定值范围内。

根据调速器控制算法可知,空载工况 PID 子程序先调用频差计算,再分别进行比例、积分、微分运算,再求和得到 PID 值。在增量型控制算法中,则分别求出比例、积分、微分各项的增量,再求出各增量之和,然后与前一采样周期的 PID 值求代数和,得到本采样周期的 PID 值。

3)停机子程序框图

停机子程序框图如图 5-32 所示。当微机调速器接到停机命令时,先判断机组是否在调相状态,如果在调相工况,则停机子程序先转出,执行调相转发电,再由发电转停机程序。如果不在调相状态工况,则置停机标志,接通停机指示灯,然后判别功率给定值是否在零位。若不在零值,则自动减功率给定,一直到功率给定减为零。再把限制开度减至空载,等待发电机油开关跳闸,再把限制开度置于全关位置,延长 2 min,确保机组转速降至零,最后清除停机标志,灭停机指示灯。

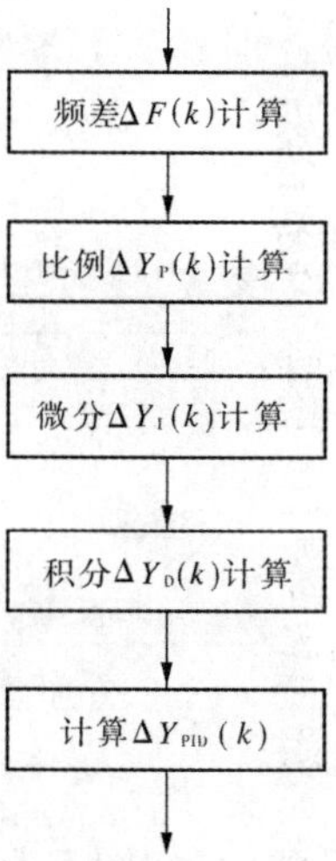

图 5-31　空载 PID 子程序框图

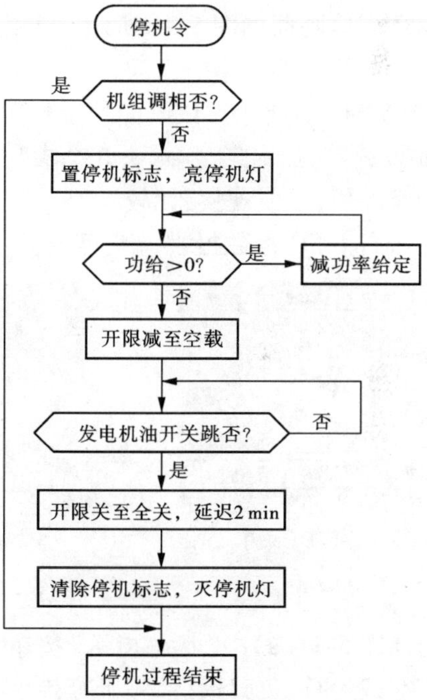

图 5-32　停机子程序框图

5.2.4　微机调速器人机操作界面的操作与调整

微机调速器的人机操作界面有主菜单画面、运行窗口画面、参数窗口画面、故障窗口画面、调试窗口画面等。下面仅以武汉事达公司的微机调速器的人机界面式样为例说明操作调整的主要内容。

5.2.4.1　主菜单画面操作

点击图 5-33(a)中,语言种类的“中文”按钮,可进入相应语言的主菜单画面,如图 5-33(b)所示。画面上 3 个圆形表计,分别显示机组频率、导叶开度、有功功率;画面下方可以观察到运行模式(频率模式、开度模式、功率模式等)、执行工况、手自动状态(手动状态、自动状态);画面上方有 4 个下拉窗口,点击每个窗口可进入相应子菜单画面。点击主页按钮可回到主页画面。

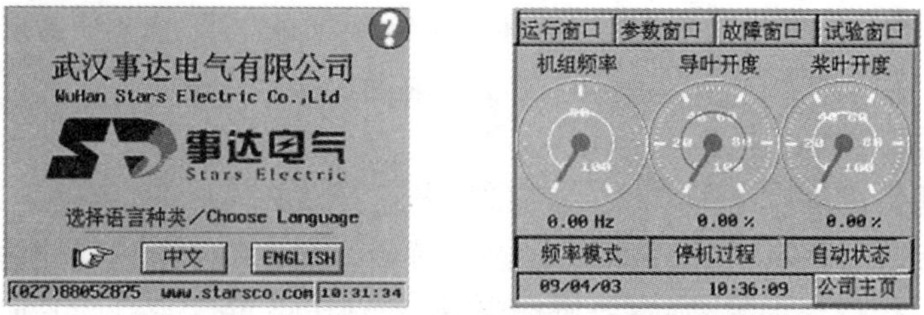

(a) (b)

图 5-33 主页操作画面及主菜单画面

5.2.4.2 运行窗口画面操作

运行窗口画面如图 5-34 所示。点击主菜单画面的“运行窗口”按钮,显示两个子菜单,“数据报表”“状态指示”,如图 5-34(a)所示。选择“数据报表”可进入“数据报表”画面,如图 5-34(b)所示。该画面显示的主要参数有机组频率、导叶开度、导叶开限、浆叶开度(双调)、有功功率、工作水头 6 个参数,在第二列和第三列分别显示了各参数对应的给定值和实际值,以便观察、比较。

点击右下角“参数报表”键,可返回主菜单画面。

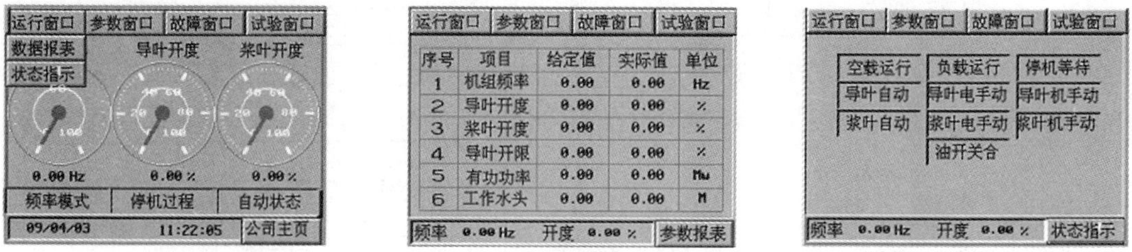

(a)运行窗口子菜单 (b)数据报表画面 (c)状态指示画面

图 5-34 运行窗口画面

选择图 5-34(a)中“状态指示”按钮,可进入“状态指示”画面,如图 5-34(c)所示,画面中有空载运行、负载运行、停机等待、导叶自动、并网、导叶手动 6 种状态指示,当前指示状态出现时,该状态指示框颜色变深,其余指示框变浅。

点击右下角“状态指示”键,可返回“主菜单”画面。

5.2.4.3 参数窗口画面操作

参数窗口子菜单包括“PID”“模式给定”“开度设置”“协联设置”(双调)等选项按钮。

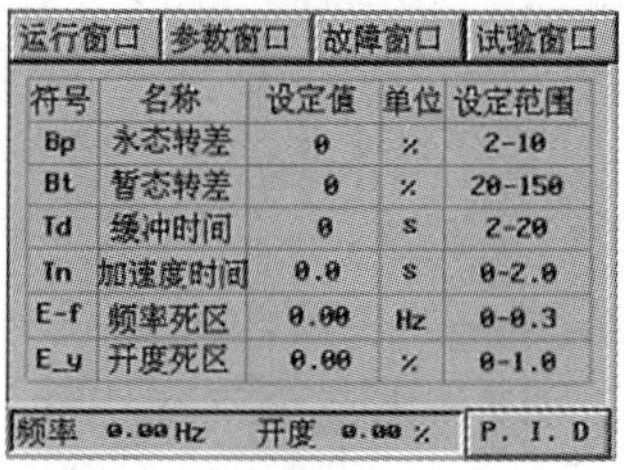

图 5-35 参数窗口内的 PID 画面

(1)PID 参数修改。点击“主菜单”画面的“参数窗口”键,在下拉菜单上选择“PID”进入“PID”画面,如图 5-35 所示。该画面内有永态转差 B_p、暂态转差 B_t、缓冲时间 T_d、加速度时间 T_n、频率死区 $E-f$、开度死区 $E-y$ 等影响 PID 运算的参数,每个参数给出了设定值和设定范围,其中,参数

B_p、B_t、T_d、T_n为调试过程中选定的较优参数；当机组频率变化超过频率死区 $\pm E - f$ 时，调速器自动根据 B_p值调整导叶开度和机组负荷。一般来说，调速器参数值不允许修改，只有具有操作权限的操作人员才能够修改画面中的参数值。

参数修改方法：触摸要修改参数（即“参数范围”）的数字，就会出现如图 5-36 所示的画面，通过该键盘输入所需要的数字，点击“←”键可删除输入错误的数据，点击“×”键可以关闭该键盘，点击“↔”键可以挪动键盘的位置，输入完毕点击“↵”键。当输入数据在允许范围内，触摸屏将弹出“Are you sure?”显示窗，确定输入数据无误后，点击“Yes”键确认；如果输入数据超过允许范围，显示窗会显示“Error”提示操作者，操作者可以重新输入。

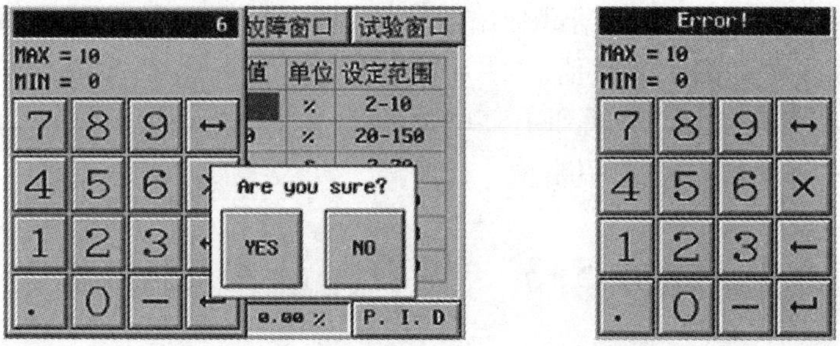

图 5-36　PID 参数值修改

点击右下角“PID”键，可返回“主菜单”画面。

（2）模式切换及给定参数修改。点击“参数窗口”选择“模式切换”，可进入“模式切换”画面，如图 5-37 所示。该画面设有“开限设定”“水头设定”“开度给定”“频率给定”等可调整参数。操作者可根据实际需要输入符合调速器运行的数值。

开限设定值修改：可触摸要修改参数的数字，同样会出现图 5-36 所示的数字键盘，触摸数据键输入数据，注意其最大值不能超过最大出力限制值。

水头设定值修改：水头信号没有自动输入时，可人工修改，以改变开机时的启动开度（包括启动开度、空载开度、最大限制开度），高水头对应低启动开度。手动输入水头应尽量符合当前实际水头，以便获得良好的运行工况。

调节模式切换：图 5-37 画面中有 3 种调节模式，即“频率调节”“功率模式”和“开度调节”。在可以切换的前提下，通过“频率调节”键（“开度调节”键或“功率给定”）+“修改确认”键组合，可在 3 种模式之间切换。在 3 种模式下，可以分别实现“频率给定”“开度给定”或“功率给定”的修改，通过触摸屏数字键盘输入数据。

点击右下角“模式切换”键，可返回主菜单画面。

（3）开度设置修改。点击“参数窗口”选择“开度设置”，可进入“开度设置”画面，如图 5-38 所示，该画面设有水头值、启动开度、空载开度、负载开限等参数。

图 5-38 中，序号 1～15 表示由低到高 15 条水头，每次显示 5 条水头及其对应参数组；点击画面右侧的上拉或下拉键，可以看到此画面所有数据。

每一列水头对应的启动开度、空载开度和负载开限都可以根据设计或者实际需要输入符合调速器运行的数值。

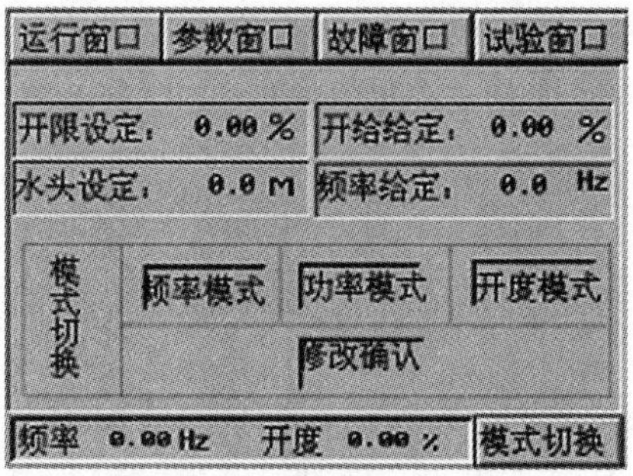

图 5-37 模式切换画面

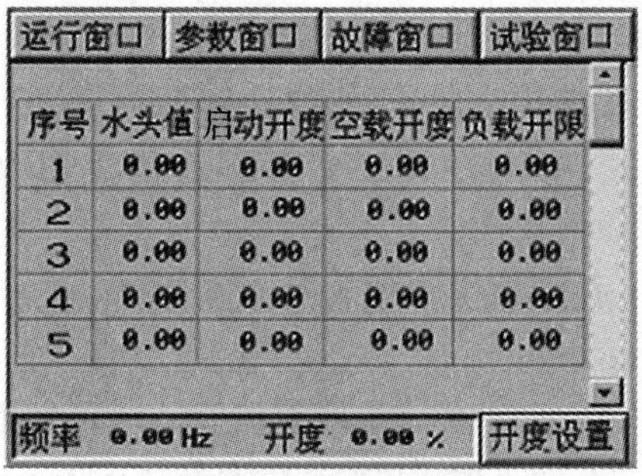

图 5-38 开度设置画面

当参数需要修改时,触摸数据键弹出数据键盘,可输入数据,只有具有操作权限的操作人员才能够修改此画面中参数值。

点击右下角"开度设置"可回到主菜单画面。

"故障窗口""试验窗口"介绍略。

任务 5.3 调节保证参数计算

【教学目标】

1. 能力目标

参观水电站,能应用直接水击计算方法估计水电站水击值的大小,所参观水电站采用的预防水击的措施。

2. 知识目标

掌握调节保证计算的任务和标准;了解水击的概念、水击波传播的过程;掌握水击的类型,了解间接水击计算的步骤和方法;了解改善调节保证参数的原理。

【相关知识】

5.3.1 调节保证计算的任务与标准

5.3.1.1 调节保证计算的任务

机组运行的稳定工况,是指机组的出力与负荷保持平衡的运行状态,这时机组的转速恒定不变而且压力水管中的水流处于恒定流状态。但是,机组所承担的负荷是不断变化的,而且机组经常会碰到较大的负荷变动。尤其是因事故而甩全负荷时,会出现水轮机动力矩与发电机负荷阻力矩极不平衡而使机组转速急剧变化,这时调速器将迅速调节水轮机流量使机组出力与变化后的负荷重新保持平衡,使机组进入一个新的稳定工况。在上述调节过程中,机组转速与压力管道中的水压力都会发生急剧变化,甚至可能产生危机机组、水电站引水系统及电网安全的严重事故,如较大的水击压力变化会使压力管道爆裂或被压扁以及水轮机遭到破坏;过高的转速变化会使机组强烈振动并损害机组的强度和寿命,甚至造成飞逸事故等。

在水电站压力引水系统和水轮发电机组特性确定的条件下，对水击压强变化和转速上升大小起控制作用的是导叶调节时间和调节规律。因此，在水电站设计时要计算调节过程中的最大水击压力变化值和最大转速上升值，并据此选择合理的导叶调节时间和调节规律，使水击压力变化和转速上升都在允许范围内，这在工程上被称为调节保证计算，简称调保计算。

调节保证计算的任务是：根据水电站压力引水系统和水轮发电机组特性，选择合理的导叶调节时间和调节规律，进行最大水击压力变化值和最大转速上升值的计算，使水击压力变化和转速上升都在允许范围内。

5.3.1.2　调节保证计算的标准

1. 机组甩全负荷

1）最大水击压力上升率为

$$\xi_{max} = \frac{H_{max} - H_0}{H_0} \tag{5-29}$$

式中　H_{max}——甩负荷过程中最大水压力（水柱高），m；

H_0——甩负荷前的水电站静水头，m。

在调保计算中，最大水击压力上升率的计算标准为：

水电站设计水头大于100 m时，$\xi_{max} < 0.3$；

水电站设计水头在40～100 m时，$\xi_{max} < 0.3 \sim 0.5$；

水电站设计水头小于40 m时，$\xi_{max} < 0.5 \sim 0.7$；

尾水管进口的真空值不大于8～9 m水柱高。

2）最大转速上升率为

$$\beta_{max} = \frac{n_{max} - n_0}{n_0} \tag{5-30}$$

式中　n_{max}——机组甩负荷过程中产生的最大转速，r/min；

n_0——机组的额定转速，r/min。

在调保计算中，最大转速上升率允许值的计算标准为：

当机组容量占系统总容量的比重较大且担负调频任务时，$\beta_{max} < 0.45$；

当机组容量占系统总容量的比重不大或担负基荷运行时，$\beta_{max} < 0.55$；

当机组为独立运行机组时，$\beta_{max} \leqslant 0.3$；

当机组为冲击式水轮机时，$\beta_{max} < 0.3$。

注意，上述调保计算标准是在一定的技术条件下制定的。随着系统容量的增大和水轮发电机组制造技术的提高，调保计算标准也有逐渐放宽的趋势。国内不少大型水轮发电机组转速上升允许值已超过0.50，达到0.58，美国为0.6，而苏联则达到0.65。一般当选择标准超出规定的标准值时，应作特殊的论证。

2. 机组突增全负荷

机组突增全负荷时的计算主要是为了求压力管道中的最大水击压力降低值，并以此校验压力水管布置的合理性及运行安全性，如图5-39所示。计算标准为压力引水系统任一断面不允许出现负压且有2 m水柱高的压强余度。

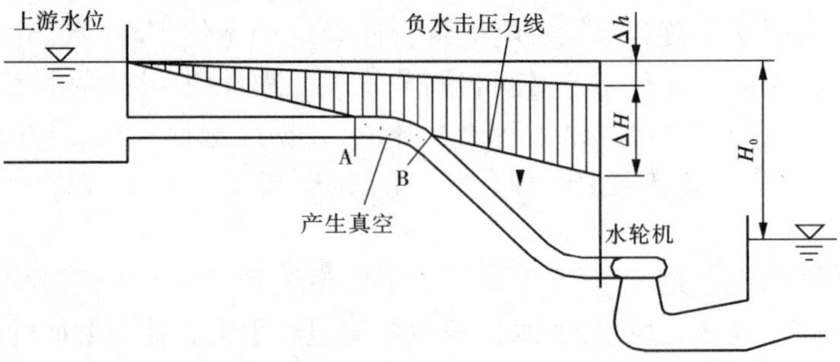

图 5-39　不合理的管线布置

5.3.2　水击的概念

5.3.2.1　水击波传播过程

水轮机调节过程中突然开、闭导叶时,压力管道内水流量、流速会急剧变化,内水压力也将急剧降低或升高。在水流的惯性作用和水体与管壁弹性的影响下,这种降低或升高的压力,以压力波的形式和一定的波速在压力管道中往复传播,形成压力交替升降的波动现象,同时伴有如锤击的声响和振动,这种水力现象称为水击(或水锤),压力波称为水击波。

由水击引起的压力升降数值往往很大,在这种压力作用下,应考虑水体的压缩性和膨胀性。引起水击的根本原因就在于压力管道中水流的惯性和弹性的相互作用。

下面来研究当压力管道材料、管壁厚度 δ、管道直径 D 沿管长不变的简单管,其初始平均流速为 v_0,压力管道末端阀门处水头为 H_0,假设不计水头损失,当阀门突然关闭(关闭时间 $T_s=0$)后的水击波传播过程如图 5-40 所示。

1. 第一状态

在紧急情况下,压力管道末端的阀门在 $t=0$ 时瞬时关闭,靠近阀门处的一段长度为 ΔL 微小水体首先停止流动(流速由 v_0变为 0)。但因为水流的惯性作用,上游水体仍然以流速 v_0流向阀门处,在水流作用力与阀门反作用力的作用下,使 ΔL 段水体被压缩,水体密度增大,内水压力由 P_0升高至 $P_0+\Delta P$,其中 ΔP 称为水击压力(若 P_0与 ΔP 以水头表示,则分别为 H_0和 ΔH)。在 ΔH 的作用下管壁膨胀,同时沿管轴向形成一微小空间,当后来的水体充满此空间后,第二段微小水体受阻也停止流动,且同前段微小水体一样被压缩、水体密度增大、内水压力升高、管壁膨胀。如此进行下去,形成一个从阀门 A 处向上游传播的水流速度减小为零、内水压力升高的运动,这种现象称为水击波的传播,其波速为 a,此过程时段为 $t=0\sim L/a$,水击所到之处水头升高 ΔH,而水击波的传播方向与管中恒定流的流动方向相反,水击波为升压逆行波。

2. 第二状态

当 $t=L/a$ 时刻,水击波到达压力管道进口端面 B,此时管中水体全部停止流动,整个压力水管中,水体的密度增大,管壁膨胀,水头升高 ΔH。由于进口端 B 与水库衔接,库水位可认为保持不变,故 B 断面上游侧的水头仍为 H_0,而 B 断面下游侧压力管道中的水头为 $H_0+\Delta H$,两侧水压力和水的密度不能均衡,致使紧靠进口的一段微小长度的水体首先

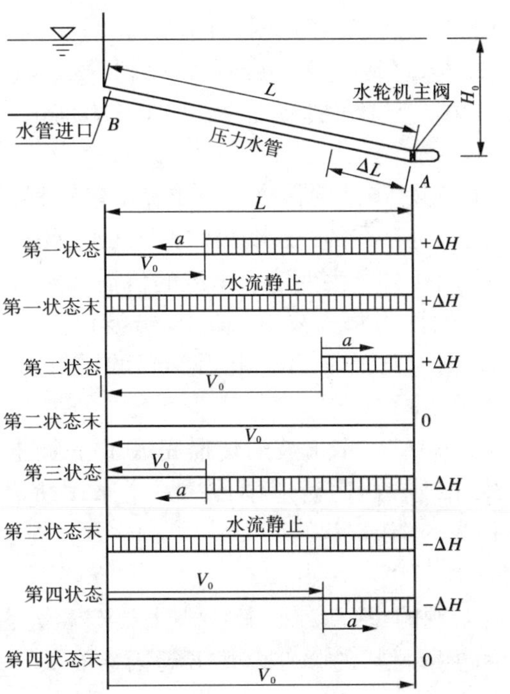

图5-40 阀门瞬时($T_s=0$)全关时压力管道中水击波的传播过程

由静止状态改变为以流速 v_0 反向流向水库，同时压力由 $H_0+\Delta H$ 降为原来的 H_0，也即水头降低 ΔH，水体的密度和管径也恢复到起始状态。随后，自管道进口端 B 至末端阀门处 A，一段微小水体的压力、密度和管径也相继恢复原状，并形成一个以降压为特征的水击波由 B 向 A 传播，称为降压顺行波，它是升压逆行波在水库端的反射波。由于水体和管壁的弹性不变，故反射波的波速也为 a，水击压力仍为 ΔH，但符号相反，即由升压波反射成为降压波，其绝对值相等，故水库端 B 处水击波的反射规律为“异号等值”。直到 $t=2L/a$ 的瞬间反射波到达阀门 A 处，此时整个压力水管的水体压力、密度和管径均恢复至起始状态，但全管水流都以流速 v_0 流向水库。此过程时段为 $t=L/a\sim 2L/a$。

3. 第三状态

在 $t=2L/a$ 时，全管水流以流速 v_0 向水库流动，但由于阀门是完全关闭的，靠近阀门的一小段水体停止流动，在水流惯性的作用下，该段水体被“拉长”，水体膨胀，压力减小 ΔH，密度减小，管壁收缩。这种水体被“拉长”，水体膨胀，压力减小 ΔH，密度减小，管壁收缩现象仍以波速 a 自 A 至 B 逐段传播，形成降压逆行波，此时是水库反射回来的降压顺行波在阀门处的再一次反射。直到 $t=3L/a$ 时，此降压逆行波传至水管进口端 B，此时整个水管中的流速均为零，压强由 H_0 减至 $H_0-\Delta H$，同时处于水体膨胀、管壁收缩状态。此过程时段 $t=2L/a\sim 3L/a$。

4. 第四状态

在 $t=3L/a$ 时刻，管道进口断面 B 的下游侧比上游侧的压力低 ΔH，在两侧压力差和水体密度差的作用下，B 端的水流又以流速 v_0 向阀门 A 的方向流动，使膨胀的水体恢复到起始时刻的密度，压力也恢复到 H_0，接着自 B 至 A 逐段水体相继发生同样的变化，并以波

速 a 向阀门方向传播,即水库端又将阀门反射回来的降压逆行波“异号相等”地反射成升压顺行波,压强增值仍为 ΔH。直到 $t=4L/a$ 时,此时升压顺行波又到达阀门 A 处,此时整个管道中的水体流速、压力、密度和管径都恢复到关闭前的起始状态。此过程时段 $t=3L/a \sim 4L/a$。

此后,若不计摩阻作用,则水击波的传播又将重复上述过程,并将不断循环进行下去。但是,实际管壁的摩阻作用总是存在的,故水击现象会逐渐衰减,并最终消失。

阀门瞬时全部开启时,同样会产生上述水击波的传播现象,其物理本质并无不同。主要差别是在开始时,阀门处的压力将先降低 ΔH,水击波以降压逆行波的形状传向水库端,而水库的第一次反射波则为升压顺行波,此后阀门的反射规律和水击波的传播现象,均与阀门瞬时全部关闭情况相同。

如上所述,从时间 $t=0 \sim 4L/a$,水击波的传播完成了一个过程,所以将时段 $T=4L/a$ 称为水击波的“周期”。水击波在压力管道中传播一个来回所需要的时间 $t_{相}=2L/a$,称 $t_{相}$ 为水击波的“相”。两相为一个周期。

5.3.2.2 水击波的传播速度

水击波速是分析水击问题的重要参数,其大小主要与压力管道的直径 D、管壁厚度 δ、水的体积弹性模量 E_0 和管壁材料的弹性模量 E 等因素有关。水击波速的计算公式如下。

(1)均质管水击波速计算公式:

$$a=\frac{1\,435}{\sqrt{1+\dfrac{E_0 D}{E\delta}}} \quad (\text{m/s}) \tag{5-31}$$

式中 1 435——声波在水中的传播速度,m/s;

E_0——水的体积弹性模量,一般取 $E_w=2.06\times10^6$ kPa;

E——管壁材料的弹性模量,对钢材料 $E=206\times10^6$ kPa,对铸铁 $E=98\times10^6$ kPa;

D——管道直径,m;

δ——管壁厚度,m。

通常水击波速 $a=800 \sim 1\,200$ m/s,对于金属管道,a 值可直接取为 1 000 m/s。

(2)如管道各段的直径、材料或其他参数不同时,a 可取平均值,计算公式为

$$a=\frac{L}{\sum \dfrac{L_i}{a_i}} \quad (\text{m/s}) \tag{5-32}$$

式中 L——管道总长,m;

L_i——管道中第 i 段的长度,m;

a_i——管道中第 i 段的水击波速,m/s。

5.3.2.3 水击的类型

上述水击现象是假定压力水管阀门瞬时启闭时发生的,阀门处的水击压力 ΔH 也是瞬时产生的,故只考虑了一个水击波在水管中的来回传播。实际上,启闭压力水管末端的阀门总有一段历时(如反击式水轮机导叶的关闭时间 $T_s=3 \sim 8$ s)。设关闭阀门的总历时

为 T_s。可将其看作由许多连续突然关闭的微小时段组成,每一微小时段的突然关闭,都将在阀门处产生一个水击升压值 ΔH,使该处压力不断升高。而每个 ΔH 都有一升压逆行波的形状向水库方向传播。按照阀门关闭时间的大小可以分为直接水击和间接水击。

所谓直接水击,即阀门关闭时间 $T_s \leqslant 2L/a$,当第一个由水库反射回来的降压顺行波尚未到阀门处时,阀门已全部关闭,这样,阀门处的最大水击压强不会受到降压顺行波的影响,故其大小与阀门瞬时关闭的情况相同,这种水击称为直接水击。由于其数值很大,在水电站工程中一定要避免。

间接水击是指 $T_s > 2L/a$,当阀门尚未完全关闭时,从水库反射回来的第一个降压顺行波已到达阀门处,从而使阀门处的水击压强在尚未达到最大值时就受到降压顺行波的影响而减小,这种水击称为间接水击。其值小于直接水击,是水电站经常发生的水击现象。

间接水击产生最大水压升高有两种情况:一是最大水击值发生在第一相末,即水击波在管路中第一次往返就达到峰值,称为首相水击,如图5-41(a)所示;二是水击波经过多次往返,水击值逐相增加,在阀门关闭末达到最大值,则称为末相水击,如图5-41(b)所示。

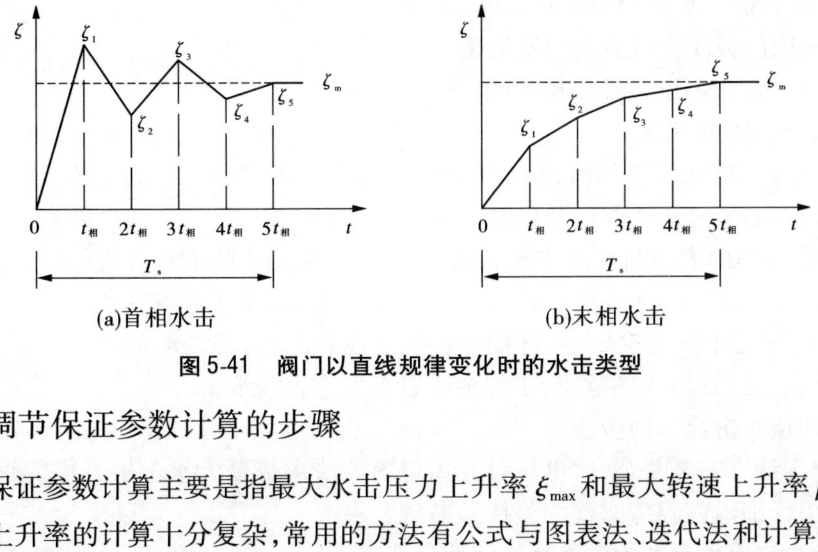

图5-41 阀门以直线规律变化时的水击类型

5.3.3 调节保证参数计算的步骤

调节保证参数计算主要是指最大水击压力上升率 ξ_{max} 和最大转速上升率 β_{max}。最大水击压力上升率的计算十分复杂,常用的方法有公式与图表法、迭代法和计算机电算法;最大转速上升率计算为近似计算公式,需要用修正系数修正,使其比较符合实际。鉴于本书的定位,仅对公式与图表法作简要介绍。

5.3.3.1 直接水击的计算

在发生水击时,水电站压力引水系统中任一断面的压强和流速都是随时间而变化的,为了求解管道任一断面的水击压力与流速之间的关系,取图5-42所示压力管道1至2段的水体为研究对象,根据动量定理可推导出直接水击计算公式如下:

$$\Delta H = \frac{a}{g}(v_0 - v) \tag{5-33}$$

或

$$\xi = \frac{\Delta H}{H_0} = \frac{a}{gH_0}(v_0 - v) \tag{5-34}$$

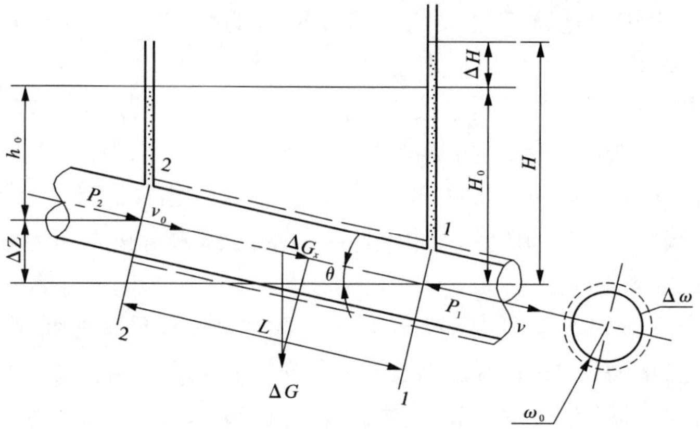

图 5-42　直接水击计算简图

式中　a——水击波速,m/s;

g——重力加速度,9.81 m/s^2;

v_0——管道中水流起始平均流速,m/s;

v——阀门关闭完成后阀门处流速,m/s;

ξ——直接水击压力升高相对值。

从式(5-33)中可以看出:

(1)若 $v_0 > v$,即阀门关闭时,起始流速 v_0 大于终了流速 v,ΔH 为正值,压力水管中产生正水击;反之若 $v_0 < v$,即阀门开启时,产生负水击。

(2)水击压力的大小与水击波速 a 成正比,与流速变化的绝对值成正比。

(3)只要 $T_s < 2L/a$,直接水击的大小与关闭时间长短及关闭规律无关,只要流速变化值相同,则水击压力的最终值是一样的。特别要注意的是,直接水击的数值很大(可达净水头的数倍),会造成极大的危害,工程中应避免发生直接水击。

5.3.3.2　间接水击计算的步骤

间接水击计算非常复杂,这里仅对公式与图表法求解最大水击上升率的计算步骤做简要介绍,更详细地内容请阅读相关技术书籍。

1. 收集工程图纸和水轮发电机组技术参数

(1)引水管或引水隧洞的管线布置图、结构图和钢筋混凝土管道配筋图。

(2)蜗壳、尾水管的骨线图。

(3)水电站厂房纵横剖面图。

(4)水轮机型号及主要参数,特别是水轮机本体 GD^2、主阀型号和关闭时间。

(5)发电机型号及主要参数,特别是转子 GD^2。

(6)调速器型号及主要参数,特别是紧急停机时间 T_s、接力器行程。

2. 查阅各管段技术数据,列表计算各管段 $\sum Lv$ 值

(1)计算管段包括:压力水管、蜗壳、尾水管。

(2)查阅、记录各管段编号、长度 L_i、直径 D_i、流量 Q_i 等。

(3)计算内容包括:断面面积 F_i、流速 v_i 和 $\sum Lv$。

3. 计算管道特性系数

(1) 压力水管特性系数，$\rho = av_{max}/2gH$，无量纲。

(2) 水管特征系数，$\sigma = \sum Lv_{max}/gHT_s$，无量纲。

(3) 水击波传播速度，a，单位 m/s。

(4) 水击相长，$t_r = 2L/a$，s。

(5) 水击波传播次数，$N = T_s/t_r$，次。

(6) 水轮机起始相对开度，$\tau_0 = A_0/A_{max}$，无量纲。

(7) 水流惯性时间常数，$T_w = \sum Lv/gH$，s。

4. 判别水击类型，计算最大水击压力上升率

(1) 若导叶关闭时间 T_s 小于水击相长 t_r 时为直接水击，则按式(5-33)或式(5-34)计算。

(2) 若导叶关闭时间 T_s 大于水击相长 t_r 时为间接水击，需计算 $\rho\tau_0$ 值，若 $\rho\tau_0 < 1$ 为首相水击；若 $\rho\tau_0 > 1$ 为末相水击。

(3) 计算间接水击压力上升率。

首相水击压力上升率计算公式：$\xi_1 = \dfrac{2\sigma}{1 + \rho\tau_0 - \sigma}$　(5-35)

末相水击压力上升率计算公式：$\xi_m = \dfrac{2\sigma}{2 - \sigma}$　(5-36)

5. 分别计算出压力管道、蜗壳和尾水管的水压上升值

(1) 压力管道压力升高值

$$\xi_T = \frac{\sum L_T v_T}{\sum Lv}\xi_{max} \tag{5-37}$$

$$\Delta H_T = \xi_T H_0 \tag{5-38}$$

(2) 蜗壳内压力升高值

$$\xi_C = \frac{\sum L_T v_T + \sum L_C v_C}{\sum Lv}\xi_{max} \tag{5-39}$$

$$\Delta H_C = \xi_C H_0 \tag{5-40}$$

(3) 尾水管内的压力降低值

在导叶突然关闭时，在压力管道和蜗壳内产生正水击，尾水管内则出现负水击。

尾水管内的压力降低值为

$$\eta_B = \frac{\sum L_B v_B}{\sum Lv}\xi_{max} \tag{5-41}$$

$$\Delta H = \eta_B H_0 \tag{5-42}$$

出现压力降低时尾水管的真空值为

$$H_B = H_s + \frac{v_2^2}{2g} + \Delta H_B \tag{5-43}$$

式中　H_s——水轮机吸出高度，m；

v_2——尾水管进口流速,m/s。

需注意的是,中、高水头水电站的压力水管一般较长,蜗壳和尾水管的影响较小,可以忽略不计。对低水头水电站,则必须考虑二者的影响。

5.3.3.3 转速上升计算公式

水轮发电机组甩负荷的过程可用图 5-43 来说明。图中 $n=f(t)$ 是转速随时间变化过程线,$a=f(t)$ 是导叶开度随时间按直线过程变化,$P=f(t)$ 是水轮机出力随时间变化过程线,T_n 为升速时间,T_s' 为直线关闭时间,T_c 为调节系统滞后时间。由图可知,当机组甩负荷时,水轮机动力矩大于发电机阻力矩,机组转速按照 $n=f(t)$ 曲线前半段上升,调速器按 $a=f(t)$ 关闭导叶,当导叶关至某一值时机组转速上升到最大值(A 点),这时水轮机力矩降为 0,随后机组转速下降。在 A 点之前称为水轮机工况,之后称为制动及反水泵工况。

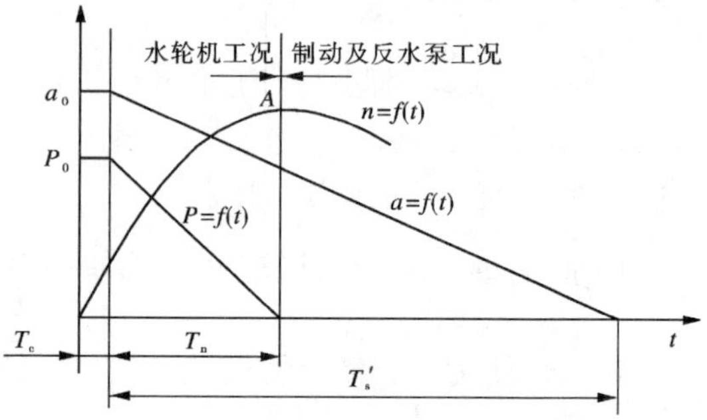

图 5-43 机组甩负荷过渡过程示意图

估算甩负荷时机组最大转速上升率的公式不少,均是以机组运动方程式为依据推导出来的,不同的是采用了不同的假定和修正系数。机组运动方程式在前面的章节已经提到过,这里直接给出转速上升计算公式的两个基本形式。

$$\beta = \frac{2T_c + T_n f}{2T_a} \tag{5-44}$$

$$\beta = \sqrt{\frac{2T_c + T_n f}{2T_a} + 1} - 1 \tag{5-45}$$

两式中 T_c 为调节系统滞后时间,T_n 为升速时间,T_a 为机组惯性时间常数,f 为修正系数。

式(5-44)是假定甩负荷后,导叶开始动作到最大转速时刻之间水轮机力矩随时间呈直线减至零导出的基本公式;式(5-45)为假定甩负荷后,导叶开始动作到最大转速时刻之间水轮机出力随调节时间按直线规律减少至零导出的基本公式。由于实际上水轮机力矩 M 与出力 P 都是随时间而非线性的变化,所以两式均为近似公式,需要进行修正,即两式中都有修正系数 f。

β 值的计算十分复杂,需要对 T_n、f、T_c、T_a 分别计算来确定,请参阅沈祖诒主编的《水轮机调节》(第 3 版)。

5.3.4 改善调节保证参数的措施

对压力管道较短的低水头水电站,通过设置合理的导叶关闭时间,可以满足压力上升率和转速上升率的要求。但是对于压力管道较长的高、中水头水电站,当水流的惯性时间常数较大时(T_w 超过 2 ~3.5 s),调保计算的结果很难同时满足压力上升率和转速上升率的要求。为了保证机组安全运行,一般要采用技术措施来降低水击压力或限制转速上升。压力管道的长度受地形和水电站总体布置的限制,一般较难缩短,加大管径可以降低水击压力,但会增加投资。通常采用的技术措施有以下几个方面。

5.3.4.1 改变导叶关闭规律

调节元件的运动规律,对水击压力和转速变化起着决定性的影响。图5-44(a)是在相同时间内给出的三种导叶关闭规律,图5-44(b)是对应3种关闭规律的水击压力变化曲线。从图中可以看出,关闭规律Ⅰ的关闭速度均匀,其水击压力有一稳定值;关闭规律Ⅱ的关闭速度先快后慢,因此水击压力先升后降,有一极限值;关闭规律Ⅲ的关闭速度先慢后快,因此水击压力先小后大,此种情况相当于缩短了关闭时间,所以这种规律对水击压力变化最不利。因此,确定合理的导叶关闭规律对降低水击压力和转速的上升有着重要的意义。

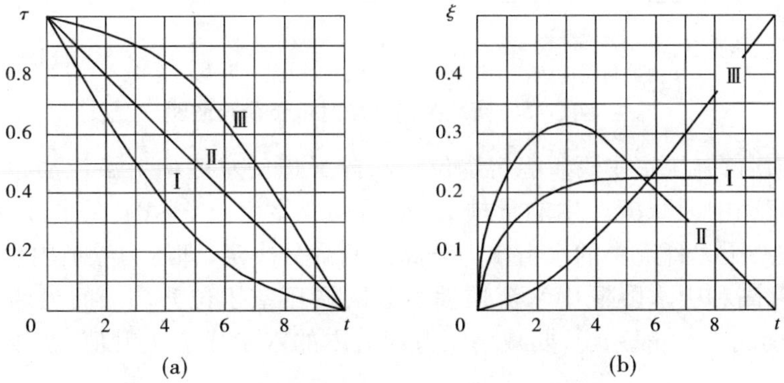

图5-44 导叶关闭规律对水击压力上升的影响

比较3种关闭规律可知,规律Ⅱ有利于在开始阶段迅速减小水轮机动力矩,即导叶关闭采用先快后慢的关闭规律较好,这种关闭规律可有效地降低水击压力和转速上升值。目前常采用导叶两段关闭的规律,即在调速器中采取一定的措施,使接力器关闭速度先快后慢。图5-45所示为某水电站采用两段关闭时的示波图,由图可知,在甩负荷开始阶段导叶关闭速度快,有利于迅速降低转速上升值。当压力上升到规定数值时,导叶关闭速度减缓,使随后发生的压力上升值不会比折点处的压力上升值高,所以甩负荷过程中最大压力上升值发生在折点处。因此,只要适当选择折点的位置和第一、二段的关闭速度,就可以达到降低水击压力和机组转速上升的目的。

分段关闭装置在前面章节已经进行了介绍,这里不再赘述。

5.3.4.2 设置调压室

从调节过程特性对调节过程的影响可知,要减小水击压力升高值,可采用缩短管道长度L或增大管径的方法来减小T_w值。但是管道长度取决于地形地质条件,而增大管径会造成投资的增加,因此采用增大管径或直接缩短管道长度L的方法来减小T_w值并不是可取的方法。一般采用设置调压室(相当于间接缩短引水管道长度)的方法。

调压室是一种修建在水电站压力引水隧洞与压力管道之间,具有自由水面和一定容积的调节性水工建筑物,如图5-46所示。调压室将连续的压力引水道分成上游引水道和下游引水管道(即压力管道)两个部分,它能有效地减小压力管道中的水击压力上升值。当甩负荷时,水击压力波由导叶处开始,沿压力管道传播至调压室时,水击波被调压室反射。而引水隧洞中水流由于压力波的阻止,其动能被暂时以调压室水位升高形成的位能

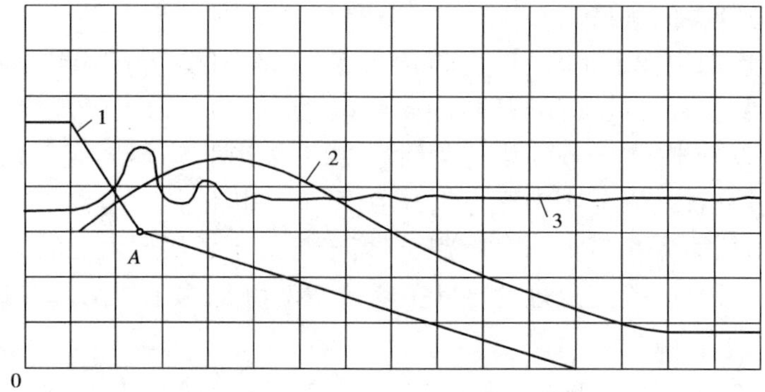

1—接力器行程曲线;2—转速变化曲线;3—蜗壳压力变化曲线;A—折点

图5-45　两段关闭规律时甩负荷示波图

储存起来。随后,调压室中高于稳定水位的水体又迫使水流向上游流动,水位形成波动,由于水流在流动中因摩擦产生能量损失,最后调压室水位将稳定在水位发生前的水位。在上述过程中,压力管道中的水击压力升高由两部分决定,即压力管道内水流惯性引起的调压室水位升高和引水隧洞中水流惯性引起的调压室水位升高。而当调压室断面越大时,后者影响越小。一般来说,要减小压力管道内的水击压力上升值,调压室的位置要尽量靠近厂房。

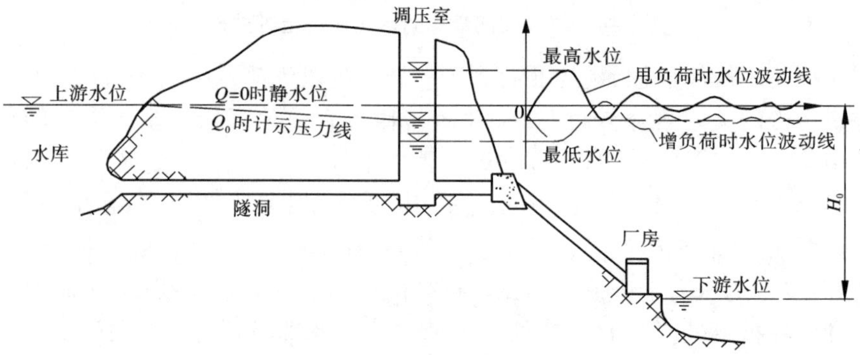

图5-46　调压室布置及其内部水位波动

当水电站增加负荷时,水轮机引用水量加大,如果 T_w 较大而未设调压室,水流可能会出现断流,设置调压室则可暂时补充不足水量以保证水流的连续性。此时,调压室中的水位将有所降低,则压力管道内由于增负荷引起的压力降低也会减小,这对保证管道结构的安全和调节系统的稳定性都会带来好处。

调压室建造投资大、工期长,在实际工程中是否采用调压室,应根据水电站在电网中的作用、机组运行条件、电站枢纽布置以及地形、地质条件等进行综合技术经济比较后确定。在初步分析时,设不设置调压室可用整个引水管道中的水流惯性时间常数 T_w 值进行判断,当 $T_w \leqslant 3.0$ s时,可以不设调压室,T_w 超过此值应设置调压室。

5.3.4.3　装设调压阀

由于受到地质、地形条件限制兴建调压室有困难的中、小型水电站($T_w \leqslant 12$ s),可考虑以调压阀代替调压室,一般其投资为建造调压室的 20% 。

调压阀设置在蜗壳或压力水管引出的排水管上,如图 5-47 所示。在甩负荷后导叶关闭的同时,调压阀打开,部分流量(一般为管道流量的 50% ~80%)经调压阀泄出,使压力管道中的流量变化减缓,压力升高也减小。为了节省水量,在导叶关闭后,调压阀能自动慢慢关闭。采用调压阀装置,即使导叶以较快的速度关闭,由于压力管道中总流量变化不大,故水击压力增加不大。这样,提高了导叶的关闭速度,也会相应地减少机组的速率上升值。增负荷时,调压阀无作用。

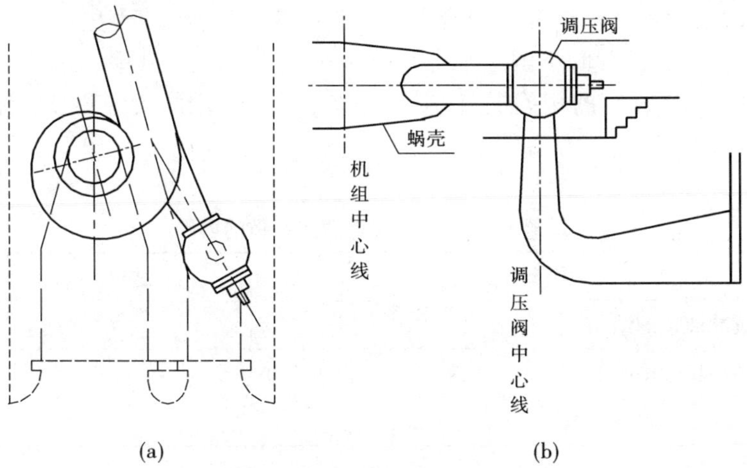

图 5-47　调压阀设置示意图

目前认为,在系统中不担任主调频机组的水电站,特别是单机容量占电力系统比重不大的中小型水电站,或者对供电质量没有特别严格要求的农村地区性电力系统中的水电站,在(2 ~2. 5 s) $< T_w <$ 12 s 时,用调压阀代替调压井可以节省投资,缩短建设工期,亦可满足调保计算的要求。但调压阀不能解决调节系统小波动的稳定问题,当 T_w 较大时,这个问题就更为突出,所以,不是任何情况下都可以用它来代替调压室。

5. 3. 4. 4　增大机组 GD^2

从速率上升计算公式可知,增加机组 GD^2 值,可以降低速率上升值。

机组转动惯量 GD^2 一般以发电机转动部分为主,而水轮机转轮相对直径较小、重量较轻,通常其 GD^2 只占机组总 GD^2 值的 10% 左右。一般情况下,大、中型反击式水轮发电机组按照常规设计的 GD^2 已基本满足调节保证计算的要求;如不能满足时,应与发电机制造部门协商解决。中、小型机组,特别是转速较高的小型机组,由于其本身的 GD^2 较小,常用加装飞轮的方法来增加 GD^2。

此外,加大 GD^2 意味着加大了机组惯性时间常数,这会给调节系统稳定性带来有利的影响。

【任务实施】

任务 1:机械液压型调速器参数的调整

实施步骤:

(1)弄清缓冲装置的结构、调整 b_t 与 T_d 的零部件。

(2)分组进行缓冲特性试验,完成 b_t 与 T_d 的值调整。

任务2:微机调速器人机操作界面的操作与参数调整(根据学校实习设备的条件选做)

(1)微机调速器人机操作界面的组成。

(2)分组完成微机调速器人机操作界面的操作。

任务3:按照以下步骤完成了解电站调节保证参数及措施的任务

(1)有条件的学校可组织学生观看水击过程的演示试验。

(2)在水电站实习期间,了解该水电站的机组水击压力上升率和转速上升率等参数,如果超过了国家标准规定的相关规定,应了解该电站所采用的改善调节保证参数的措施。

【效果评价】

任务1:机械液压型调速器参数的调整

序号	任务内容	结果	评价结论
1	缓冲装置的结构		
2	缓冲特性试验		
3	b_t 与 T_d 的调整方法		

任务2:微机调速器人机操作界面的操作与参数调整

序号	任务内容	结果	评价结论
1	人机操作界面组成		
2	运行参数的识读与说明		
3	调节参数的调整		

任务3:完成了解电站调节保证参数及措施

序号	任务内容	结果	评价结论
1	收集水电站的相关参数		
2	收集水电站改善调保参数措施		

【思考问题】

5-1　水流惯性时间常数的意义是什么?其值对调节系统有何影响?

5-2　反映水轮机动态特性对调节系统特性影响的参数有哪些?

5-3　水轮机自调节系数 e_x 对水轮机力矩特效有何影响?

5-4　水轮发电机组运动方程式表达的意义是什么?(提示:从动力矩与阻力矩的变化对转速的影响来说明)

5-5　机组惯性时间常数 T_a 的意义是什么？对机组运行稳定性有何影响？

5-6　发电机阻力矩 m_g 的变化与哪些因素有关？为什么自调节系数 e_g 越大发电机自调节作用越明显？

5-7　什么样的系统叫作稳定系统？请画出调节过程曲线。

5-8　反应调节对象特性的参数有哪些？它们对调节过程有哪些影响？

5-9　反应机械液压型调速器的参数有哪些？它们对调节过程有哪些影响？

5-10　根据图5-7和"任务图4"弄清从动活塞组件和节流针塞组件的结构和动作关系。

5-11　调速器的典型环节有哪些？它们的输出与输入关系是什么？

5-12　熟悉调节规律的3种基本形式，绘制一种调节规律的方框图。

5-13　熟悉PID控制算法的3种基本形式，说明三者的区别，并绘制一种控制系统原理图。

5-14　以开机控制为例，说明微机调速器的工作原理。微机调速器有几种工作模式，通常在机组哪种工况下使用？

5-15　调节保证计算的任务是什么？标准是什么？

5-16　水击在机组运行的什么工况下会发生？它发生时伴随着哪些现象？

5-17　能否用概括的文字表述水击发生的4个阶段。（压力变化和波速方向）

5-18　水击波的类型有哪些？

5-19　间接水击的计算步骤有哪些？

5-20　常见的防止水击的措施有哪些？

项目6 双调节微机调速器

【工作任务】

识读ZZ式、冲击式(C)水轮机等双调节微机调速器的电气系统图、接线端子图和液压系统图。

【学习任务】

学习和理解双调节微机调速器的工作原理,分析比较与单调节微机调速器的区别。

任务6.1 ZZ式水轮机微机调速器

【教学目标】

1. 能力目标

能识读ZZ式水轮机微机调速器的电气接线图,具备油压装置系统安装接线与初步调试的基本能力,能进行油压装置简单故障的排查。

2. 知识目标

熟悉ZZ式水轮机微机调速器电气控制图,掌握开关量输入输出、模拟量输入输出、测频回路、指示回路、信号输出回路、电源回路、显示模块的连接关系。了解ZZ式水轮机微机调速器油压装置类型、作用,掌握油压装置系统的组成,系统中各元件的作用,掌握油压装置典型故障的分析与处理。

【相关知识】

6.1.1 双调节水轮机概述

1. 双调节水轮机的协联关系

双调节水轮机包括轴流转桨式水轮机和贯流式水轮机。它们在调节其水力矩时,两个有协联关系的机构受到水轮机调速器的控制。

对于设有桨叶调节机构的转桨式水轮机,当轮叶角度一定时,水轮机效率曲线的高效率区较窄;转桨式水轮机的桨叶角度可调,每种桨叶角度都有与之相配合的、较窄的效率曲线高效率区;而且每种轮叶角度的高效率区,都有对应的导叶开度,即桨叶角度跟随导叶开度进行;在不同水头下,导叶开度与桨叶角度之间存在着不同的协调关系。反映不同水头下导叶开度与桨叶角度之间协调关系的组合。

2. 双调节水轮机的协联分类及构成

1)机械协联

在机械液压型双调节调速器中,协联调节部分由机械协联装置和机械液压随动系统两部分组成。

2)电气协联

在电气液压型双调节调速器中,协联调节部分由协联函数发生器、电气液压随动系统和水头自动装置等三部分组成。

3)数字协联

在微机液压型双调节调速器中,协联调节部分由微处理器及其控制回路(包括相应的软件程序,在不同水头和不同导叶开度下通过计算以获得对应的桨叶转角)和机械液压随动系统两部分组成。

3. 数字协联控制

随着机械凸轮式协联装置的淘汰,机械协联已成为历史,进而转向采用电气协联。虽然模拟电气协联函数发生器的协联准确度要比机械协联高,便于水头信号的自动引入,还可按机组的实际协联关系进行调整,提高了协联精度和机组效率,但也存在因电路复杂,调试麻烦,封锁二极管受温度影响较大,导致协联曲线变化等缺点。随着微机技术的应用,开发出了数字协联,它无需现场调试、具有工作精度高、稳定性好、电路简单、通用性强等优点,是一种新的有效的协联方式。

6.1.2 BWST 系列步进式微机调速器概述

武汉聚能电气有限公司(JN)生产的 BWST 系列步进式可编程微机调速器,采用了高可靠性的可编程微机调速器作为硬件平台,并采用步进式电位移转换装置和数字式设计;整个调速器机械液压系统采用配压阀进行流量放大,主要部件全部采用锻钢制造,运用集成化设计,无明管路,无杆件。

BWST 系列步进式可编程微机调速器型号说明如下:

(1)B:步进式无油电位移转换装置。

(2)WST:微机双调节调速器,所采用硬件平台有两种型式,即可编程控制器 PLC 或可编程计算机控制器 PCC,本书主要针对可编程控制器 PLC。单调节与双调节的工作原理和结构基本相同。双调节的导叶和桨叶调整采用电气协联,机械部分不设协联装置,其中导叶调整部分设置紧急停机装置,并可根据用户要求提供分段关闭装置,而桨叶调整部分没有紧急停机装置和分段关闭装置。

(3)主配压阀直径有三种供选择,即 80 mm、100 mm、150 mm。

(4)油压等级有三种供选择,即 2.5 MPa、4.0 MPa、6.3 MPa。

BWST 系列步进式微机调速器由微机调速器、机械液压系统二大部分构成,实现对水轮机的调节控制功能。微机调速器以可编程控制器 PLC 作为调节控制核心部件,外围配以进口元器件,置于电气柜内。机械液压系统作为调速器的执行机构,接受微机调速器发出的控制信号,控制接力器的开、关机,并接受上位机控制信号实现紧急停机,置于机械柜内。

6.1.3　BWST 系列步进式微机调速器系统构成

6.1.3.1　微机调速器

1. 调速器系统组成、功能和特点

微机调速器由显示操作终端(HMI)和可编程控制器构成,选用可编程控制器作为调节控制核心部件,其硬件构成如图 6-1 所示。

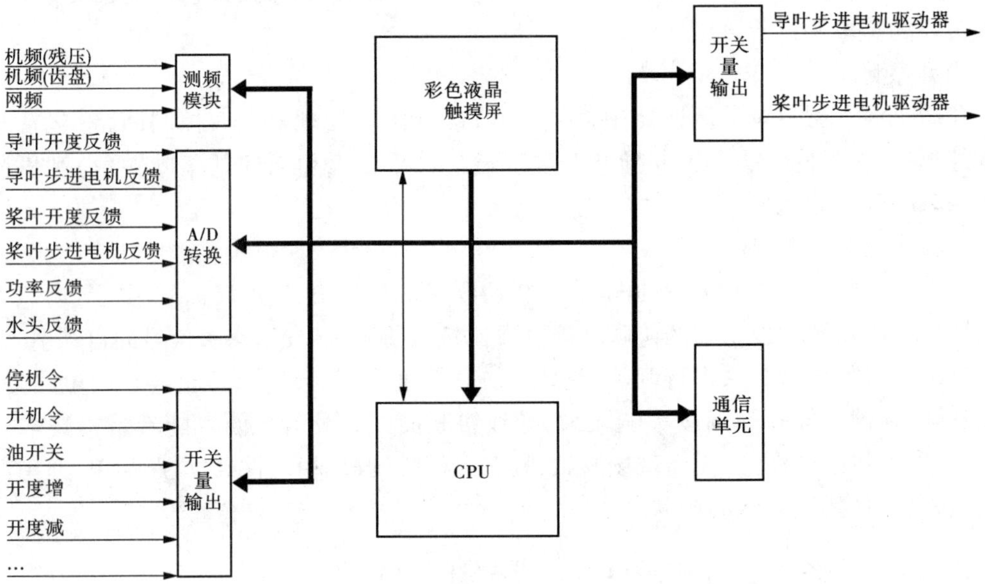

图 6-1　调速器硬件构成图

整个调速器采用多模块结构,每个模块完成不同的任务,即结构上采用“积木”式模块结构,将复杂任务分成多个任务分开处理的方式,大大提高了系统的可维护性和可靠性,不但有利于单个模块“软升级”,也便于实现整个调速器系统的“升级”,并保持了良好的兼容性。

1)BWST 型微机调速器的功能

(1)测频模块由高性能 CPU 构成,仅完成频率的测量任务,能实现“软升级”。

(2)由导叶反馈装置的导叶位置传感器(电位器)或直线位移变送器,将导叶位置电信号送至 A/D 模块,经 A/D 模块转换环节取得导叶位置信号。

(3)由开关量输入模块采集开机、停机、开度增、开度减等外部输入命令。

(4)以上所有输入信号送至 CPU 模块,由 CPU 按调节规律分析计算出相应的导叶控制信号及状态信号(包括故障等),控制开关量输出模块完成控制输出和状态输出。

(5)开关量输出模块按计算控制值输出等宽脉冲的开或关信号,通过驱动器控制步进电机带动接力器动作,使导叶按照调节规律的要求动作,并在调速器故障时,送相应故障报警信号。

(6)通信单元负责与上位机通信,发送或接受上位机的命令。

(7)显示操作终端作为人机交互界面,完成调速器的现场操作命令、状态数据及实时动态曲线显示等功能。

2)BWST型微机调速器的特点

从以上功能可知该调速器与一般可编程调速器相比,具有以下特点:

(1)测频模块与可编程控制器是通过总线直接连接,区别于通过一个并行口与可编程控制器的连接。

(2)控制输出为数字式方式,无D/A转换环节,实现直接数字控制。

2. 调速器主要功能模块

1)测频模块

A. 频率测量的原理

测频模块采用先进的数字式脉冲测频方式,设计为三路测频,两路机频,一路网频。两路机频其中一路为机组TV残压信号,另一路为齿盘信号。

测频模块硬件构成如图6-2所示。

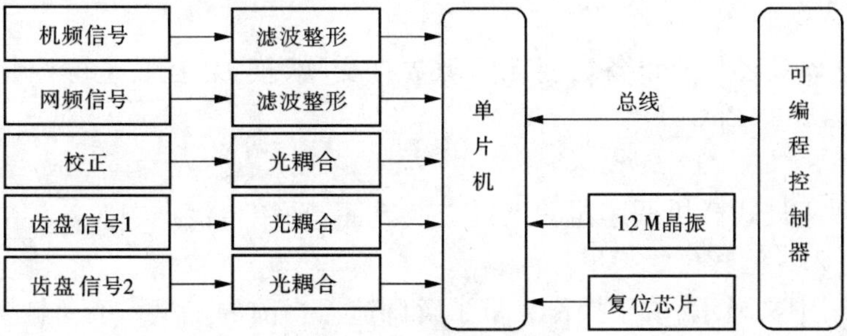

图6-2　测频原理图

B. 残压测频

残压信号经隔离、整形成同频率的方波信号后,直接送至单片机的引脚,由单片机记录两个上升沿之间经过的基准脉冲个数,即可测得方波信号的周期,从而得到频率。测得的频率通过总线送至可编程控制器。由测频原理可知:数字式脉冲测频方式的精度取决于基准脉冲的频率,基准脉冲的频率越高,对同一频率测的数据精度就越高。残压测频电压范围为:0.3~300 V,残压测频精度:0.000 9 Hz。

齿盘信号输入接口为测频模块预留的接口,一般中小型调速器不采用,大型调速器按电站需要接入。通常接入工作的为机组残压TV信号和网频TV信号。若采用齿盘测频时,残压测频经与齿盘测频进行比较验证无误后,供调速器程序计算使用。当残压测频故障或比较结果超出范围时,齿盘测频信号供调速器程序计算使用。调速器在并网后,网频仍可作为调速器的测频后备。

C. 测频模块特点

数据方式独特:采用一个单片机完成机、网频的测量,以16 bit带符号数据的形式,通过一个数字量输入模块供CPU采集后换算得到机组频率和系统频率。

测量精度高:基准脉冲由单片机晶振产生,基准脉冲为12 MHz,对于50 Hz的频率信号测量精度为1/60 000,远远超出标准要求,这是任何一种PLC利用高速计数方式实现本体测频所达不到的。

集成度高、抗干扰性能强:该单片机电路板设计采用PROTEL DXP优化布线,使整个测频模块结构紧凑、体积小。芯片选用进口原装产品,采用超大规模的 CHMOS 工艺制造,内部集成 Watch Dog,抗干扰性能极强,且内部集成了 Flash Ram,进一步减少了外部硬件构成,增强了可靠性和抗干扰能力,并具有"软升级"能力,测频模块程序软件内部设有严格的抗干扰措施,从而在软件上保证了测频模块运行的可靠性和抗干扰性。

运算速度快:测频模块采用最新型高档单片机,集成了时钟倍频电路,采用 6 时钟周期时频率可高达 20 MHz,采用 12 时钟周期时频率可高达 33 MHz,是同类型单片机中运算速度最快的单片机。

2)PLC 控制模块

微机调速器以可编程控制器 PLC 作为硬件平台,由 CPU 模块、输入模块、输出模块、A/D 转换模块、通信模块等组成。此外,还有测频模块、彩色触摸屏等。

BWST 系列调速器采用日本欧姆龙或三菱公司高性能 PLC 或奥地利 B&R 公司 PCC。这里仅以欧姆龙公司的 CJ1M 系列为例介绍。欧姆龙 CJ1M 能满足处理速度、尺寸、信息传送等性能的高要求。

此外,该型 PLC 还具有设备之间无间隙数据交换、模拟控制、定位控制等功能,是一套满足多样化需要的 PLC。

3)触摸屏

BWST 系列步进式微机调速器的人机交换界面,采用台湾产"EView 品牌 10.4"触摸屏,该触摸屏为 256 色彩色触摸屏。

触摸屏选用中文显示,便于操作人员了解调速器当前的工况。手动触摸操作,使操作变得简单生动,并且可以减少操作上的失误,即使是新手也可以很轻松的操作整个设备。EView 彩色中文触摸屏作为 BWST 系列步进式微机调速器的人机操作界面,具有以下几个特点:

(1)显示调速器数据和当前状态,可进行设备的多种操作,比如增减开度、开限及试验功能、设置参数。

(2)显示实时动态曲线和报警,显示各种图表。

(3)主要操作画面有:主画面、密码设置、系统设置、参数设置、动态试验过程、静特性参数设定、空载频率摆动试验、空载频率扰动试验、甩 25% 负荷试验、甩 100% 负荷试验等。

4)微机调速器通信接口

电厂监控组网的结构决定了微机调速器通信接口的方式。

从电厂通信组网的结构来看,电厂在实际组建中一般为分层分布式和对等网式,其大致结构如图 6-3 所示。

该分层分布网由第一层信息网、第二层控制网和第三层设备网组成。三层之间可互相独立、使用不同的通信协议。第一层与第三层的通信,必须由第二层作为中间"翻译"使之连接。所谓"翻译"是指通过一定的技术手段、找到双方的共同点,达到不同的协议进行通信的工作。在硬件上第二层与第三层采用标准的串行通信口,如 RS232、RS485 和 RS422 等,在通信协议上第三层可以使用不同的协议(有 Profibus、Modibus 等)来跟第二层进行通信。

调速器串行通信口通信的主要内容有调速器向上位机传送运行数据、状态和故障信

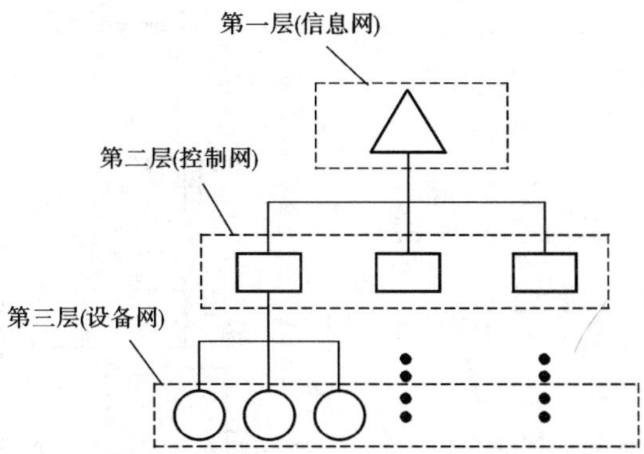

图6-3 分层分布图

号,并接受上位机下发的各种操作指令。

6.1.3.2 机械液压系统

1. 概述

BWST系列调速器的机械液压控制系统具有三级放大,第一级是由步进电机、滚珠丝杆副、定位复中弹簧组成的步进式电位移转换器;第二级是由引导阀和辅助接力器组成的液压放大器;第三级是主配压阀和主接力器组成的执行机构。

2. 工作原理

机械液压控制系统组成如图6-4所示。

其工作原理是:机械液压系统将微机调速器输出的电气信号,通过电-机转换,由液压放大机构形成巨大的操作力,用以控制水轮机的导叶开度和桨叶转角,从而实现水轮发电机组的调速和负荷控制。

具体说,就是通过PID计算的输出值与接力器的位置反馈值进行比较,得到的差值使电位移转换器产生与其成比例的位移输出电量。由于引导阀始终与电位移转换器接触,因此引导阀同时也产生相应位移,并通过辅助接力器使主配压阀活塞产生随动位移,主配压阀向主接力器配油并使之移动,直到主接力器位置信号与微机信号数值相等为止。

同理,在电手动操作时,对于综合开度信号,即电-机-液随动系统的输入信号,电液随动系统同样可将此电信号线性地转换成主接力器的位移。

机械液压系统的主要特点:

(1)采用无油步进式电位移转换器,该转换装置具有独特的自动复中功能,能够精确定位且无需调整。

(2)在步进电机故障退出工作时,能保证引导阀、辅助接力器、主配压阀迅速回复中位,从而使主接力器保持在故障前开度。

(3)电位移转换器根本不用油,因此抗油污能力大大增强,具有无油耗、性能稳定、频率响应快、灵敏度高、线性度好、输出力矩大等特点。

3. 主要零部件

1)电位移转换器

由步进电机、滚珠丝杆副、定位复中弹簧等组成的步进式电位移转换器构成第一级放

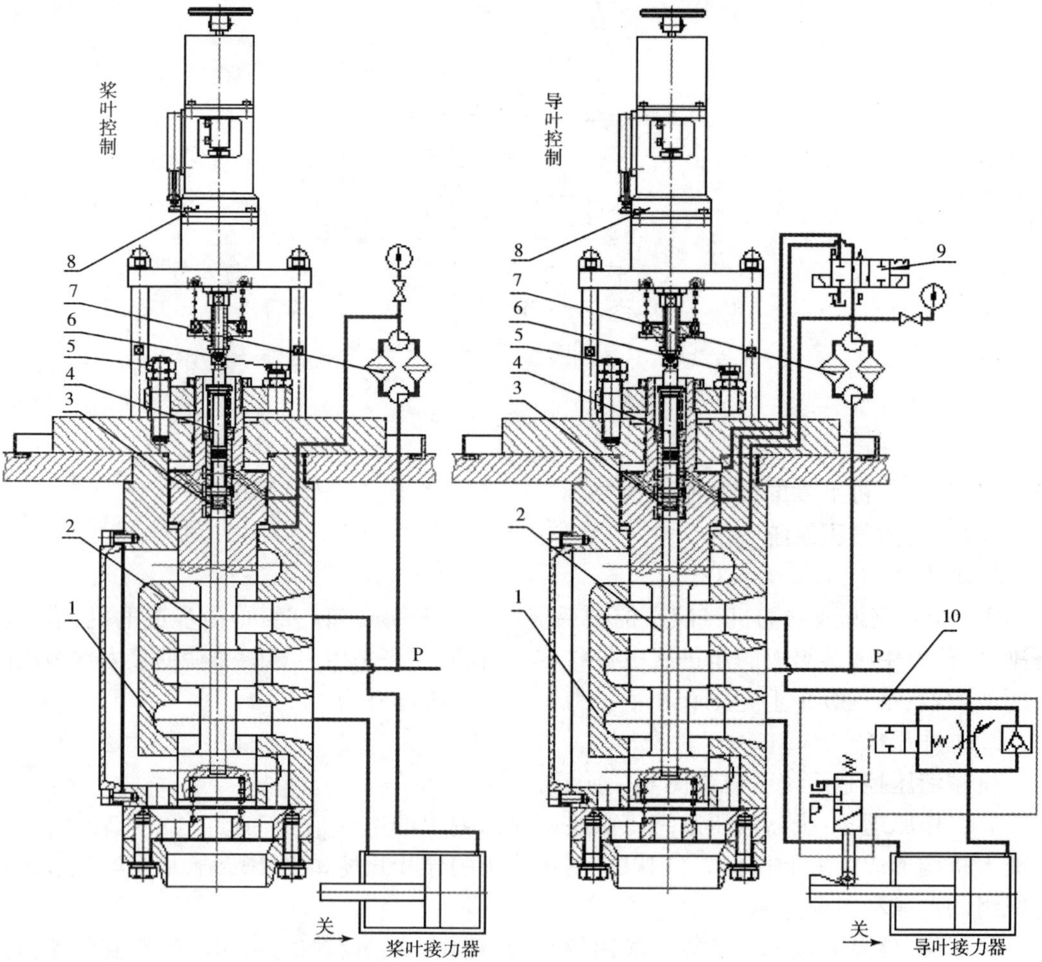

1—主配压阀阀体;2—主配压阀活塞;3—引导阀衬套;4—引导阀活塞;5—关机时间调整螺栓;6—开机时间调整螺栓;7—双联滤油器;8—步进式电-位移转换器;9—紧急停机电磁阀;10—分段关闭装置

图6-4 BWST型调速器机械液压控制系统组成及原理

大。自动复中无油步进式电位移转换器,是采用步进电机和高精度大导程滚珠丝杆副来完成电机转换任务的。该转换器用一根压缩弹簧和两个环垫来执行在异常情况下,当供电电源消失或控制信号消失时,转换器自动准确地回到中间位置,并带动引导阀活塞复中,从而使水轮机微机调速器的长期、安全、稳定运行得到充分保证。

2)主配压阀

主配压阀用于直接控制和操作导叶接力器或桨叶接力器。常用主配压阀直径为80mm、100mm、150 mm三种;如果是双重调节,桨叶的主配压阀直径可小于或等于导叶主配压阀直径。主配压阀采用新式流道和锻钢加工结构,它由阀体、活塞、引导阀及开、关机时间调整螺栓等组成。其中辅助接力器活塞和主配压阀活塞为一体结构。

引导阀和辅助接力器构成第二级液压放大:引导阀活塞上升时,辅助接力器上腔的控制窗口接通排油，辅助接力器差压活塞在下腔油压作用下随之上升，直到控制窗口被引导阀活塞下阀盘重新封闭，辅助接力器差压活塞便稳定在一个新的平衡位置；引导阀活塞下降时，辅助接力器上腔控制窗口接通压力油，由于辅助接力器差压活塞上部面积大于下部面积，所以差压活塞在油压作用下下降，直到控制窗口被引导阀活塞下阀盘重新封闭为止，即差压活塞稳定在另一新的平衡位置。可见差压活塞始终随动与引导阀活塞。由于经过液压放大后的操作力有 8 000 ~ 20 000 N（相应油压为 2.5 MPa）。故能可靠地带动和它做成一体的主配压阀活塞上下运动。

主配压阀和主接力器构成第三级液压放大：当主配压阀活塞自中间位置上升时，接力器关机侧油腔便与压力油接通，接力器活塞向关机方向运动；反之，接力器活塞向开机方向运动。

开关机时间调整：采用在主配压阀上部用调整螺栓限制主配压阀活塞行程的方式。

3）紧急停机装置

紧急停机装置由电磁换向阀和液动换向阀组合而成，其组合机能如系统图所示，控制辅助接力器上腔处于截止状态或直接通排油。

机组正常运行时，电磁换向阀及液动换向阀活塞处于复归位置。辅助接力器上腔处于截止状态而不通排油，紧急停机装置向引导阀活塞供压力油。引导阀活塞始终与电位移转换器伸出杆直接接触，达到电位移转换器直接操作引导阀目的。当紧急停机装置接受紧急停机指令时，电磁换向阀活塞换向到紧停位置，同时控制液动换向阀也换向到紧停位置；供给引导阀活塞的压力油瞬时截止，辅助接力器上腔接通排油，在下腔压力油作用下（此力大于 1 200 kg），主配压阀活塞迅速上升以实现紧急停机。必要时，也可手按紧急停机电磁阀的按钮实现紧急停机。

区别于常规紧急停机方式的是：常规方法是向大腔通压力油实现紧急停机，紧停动作时压力油迅速渗出而产生积油。而采用排油法实现紧急停机方法的显著优点是：紧急停机操作力大小仍保持不变，但紧急停机时由于采用大腔排油方法，集成阀盖上绝对没有油渗漏。

紧急停机电磁阀为双电磁铁脉冲式阀，该阀有两个工作位置，两个电磁铁和一个定位器。因为两个工作位置均可固定，所以电磁铁不需要长期通电，该阀可远方控制或现场手按，型号均为 4WE6。电磁铁的工作电压一般为 DC 220 V。

4）电气反馈机构

采用输出电压为直流 0 ~ 10 V 的精密电位器，构成有效行程为 0 ~ 200 mm 的电气反馈机构。该装置通过钢丝绳与接力器伸出杆直接相连，调整极其方便，电气反馈机构的有效行程可按要求配置。

5）双联滤油器

该滤油器有两个滤网，运行时可快速切换，滤油器上装有滤后压力表，可观测滤后油压。滤油器滤芯可以在线卸下清洗，滤油精度高。经过滤后的压力油供引导阀、辅助接力器和紧急停机装置。

6）分段关闭装置

当电站引水管道较长且未设置调压井，压力钢管的允许压力又不能满足调保计算的压力上升时，调速器应设置分段关闭装置。分段关闭装置由分段阀、先导行程阀和分段凸轮装置等部件组成。分段凸轮固定在接力器传动机构回复轴上。在分段之前，先导行程阀下部滚轮不和凸轮接触。当接力器关闭到回复轴上的凸轮顶住滚轮并上升时,先导行程阀换向,分段阀控制腔压力油瞬时截断,腔内积油通排油,分段阀节流活塞迅速上升至其上方调整螺钉整定的位置,于是接力器在关闭过程中开始分段实行慢关机。调整分段阀上方的调整螺钉,可以改变节流活塞与阀体之间的节流面积,从而可以改变分段后的慢关机速度。转动凸轮,改变它和回复轴的相对位置,就可以改变分段关闭的拐点位置。

4. 机械基本参数

(1)额定油压:2.5 MPa、4.0 MPa、6.3 MPa。

(2)主配压阀活塞双向最大行程:17 mm。

(3)步进式电位移转换器行程:±10 mm。

(4)主配压阀活塞单边搭叠量:0.35 mm。

(5)引导阀活塞单边搭叠量:0.15 mm。

6.1.3.3 控制原理

1. 运行工况

水轮发电机组运行工况复杂,各工况转换全部由水轮机调速器实现,图6-5是水轮发电机组工作的主要工况,其中停机备用循环、空载循环、负载循环、调相循环是水轮发电机组的四个稳态循环,其他皆为暂态过程。

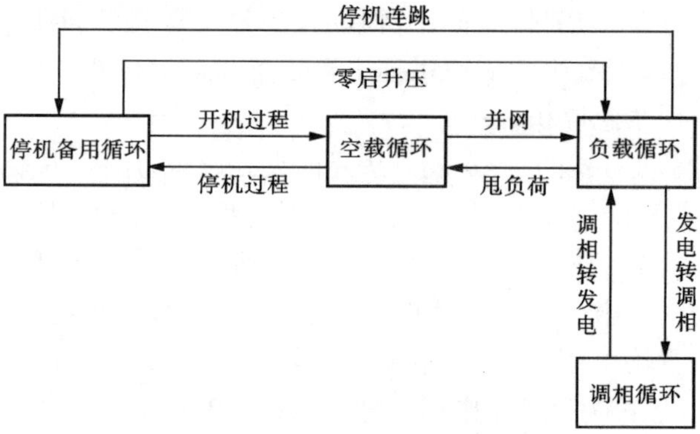

图6-5 运行工况图

1)停机备用

该工况下,机组处于停机备用状态,机组转速为零、导叶接力器全关,桨叶接力器为启动角开度。若导叶向开方向漂移大于2%开度时,将驱动步进电位移转换器动作,使导叶关闭。在有些地区小网需要先合上油开关,使机组直接开机并网,从机组零转速把负荷带起来,直接进入负载循环,这个过程就叫零启升压。反过来,当机组已经进入负载循环,断开油开关而且不进行并网,机组转速降为零,这个过程被称为停机连跳。

2)自动开机过程及空载循环

机组处于停机备用工况,由中控室发开机令,调速器自动按照开机规律将水轮发电机组开启,导叶接力器开启,桨叶接力器关回,机组转速上升到90%以上,进入空载循环,自动跟踪电网频率。若在开机过程中,机频断线,调速器自动将导叶关至最低空载开度位置,若此时解除开机令,调速器自动将导叶全关。

3)负载循环

当水轮发电机组满足同期条件,同期屏发出同期命令,机组同期并网,机组进入负载循环。调速器自动打开电气开度限制,并根据调速器的调节设定及电网情况,自动选择负载调节模式:功率调节(若有)、开度调节或频率调节。

(1)开度调节模式。机组并网后,电网频率在 $50 \pm E$(E 为调速器设定的转速死区)范围内,且调速器不具备功率调节条件,可判断机组运行在大电网,调速器处于开度调节模式;若电网频率超出 $50 \pm E$ 范围,调速器自动由开度调节转换为频率调节模式。开度调节的实质就是电网频率在 $50 \pm E$ 范围内波动时,导叶接力器开度不随频率变化而变化,稳定于某一开度运行,同时接收上位机开度增、减命令增或减机组有功,桨叶随导叶开度协联。

(2)功率调节模式。该工况仅适用于已实现 AGC(自动功率调节)的电站。已实现 AGC 的电站机组在并网后,通过计算机网络通信方式给调速器下达有功设定给定值,调速器自动采集有功功率反馈值,与中控室下发的机组有功设定给定值比较,根据比较结果进行 PI 调节,自动调整导叶开度,是机组有功功率与设定功率一致。这种以有功功率作为闭环调节的模式称为功率调节模式。若在该调节模式下,若电网频率超出 $50 \pm E$ 范围,调速器自动由功率调节转换为频率调节。

(3)频率调节模式。频率调节即无差调节,其实质是指根据电网频率情况,不断对导叶开度做无差调节:即不论机组频率与给定频率(50 Hz)差值多小,调速器始终通过调节导叶开或关,使机组频率趋于 50 Hz。

4)调相运行

当机组并网后,中控室发调相令,调速器将接力器关闭,机组由发电机转变为电动机运行,从电网吸收有功,机组处于调相运行状态。如调相令解除,则自动将导叶开度开启至空载位置。

5)停机过程

停机令为优先级最高的指令,在任何工况下,只要调速器接到停机令,就会迅速关闭导叶。停机过程分两段,先快速将接力器关回 15%,然后慢关到零,桨叶开至启动角度,置停机联锁,调速器进入停机备用状态。

BWST 型微机调速器电气系统接线图,如图 6-6 所示。

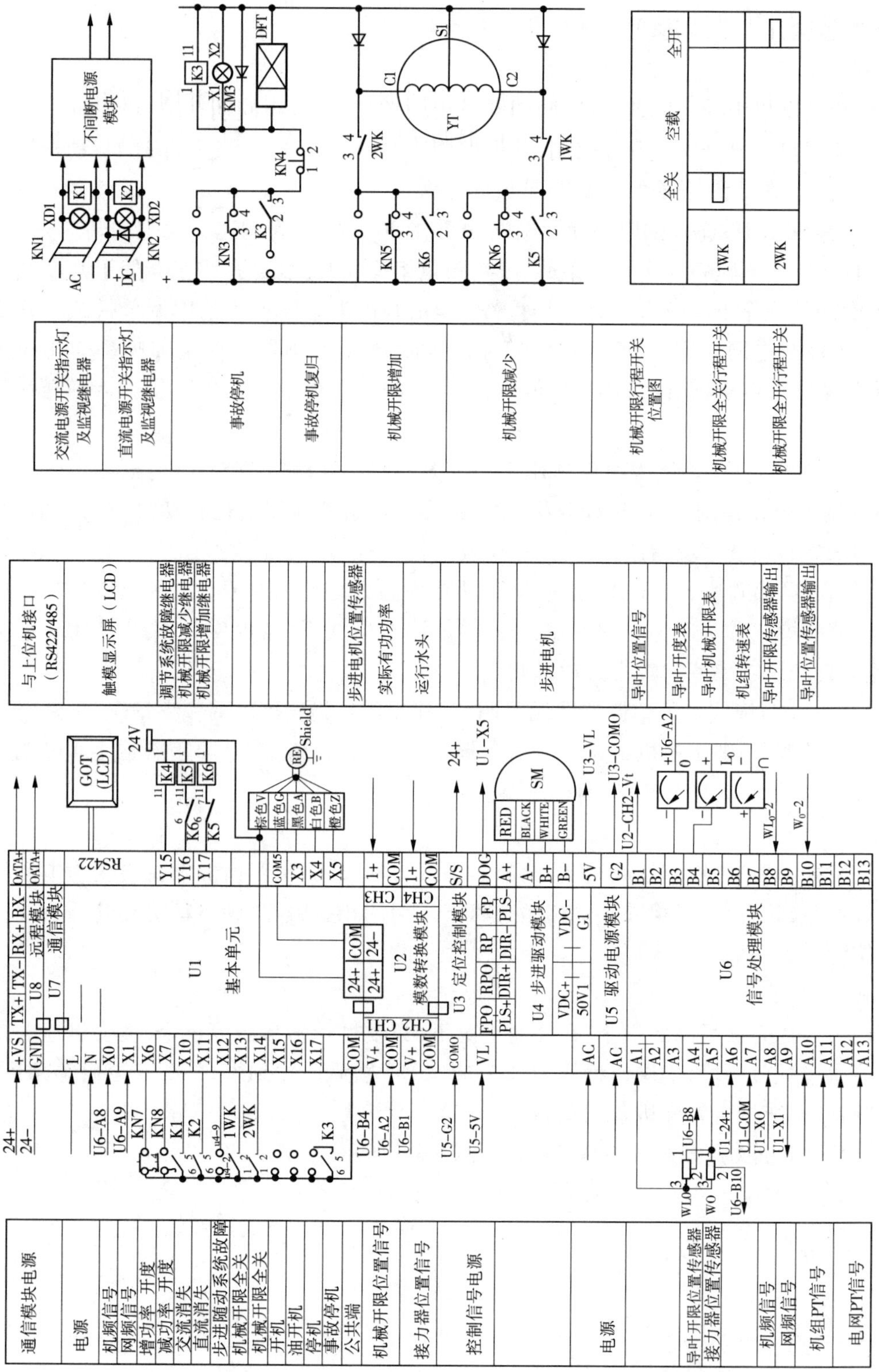

图6-6 BWST型微机调速器电气系统接线图

任务6.2 CJ式水轮机微机调速器

【教学目标】

1. 技能目标

能识读CJ式水轮机微机调速器的电气接线图,具备油压装置系统安装接线与初步调试的基本能力,能进行油压装置简单故障的排查。

2. 知识目标

了解CJ式水轮机微机调速器油压装置类型、作用,掌握油压装置系统的组成、系统中各元件的作用,掌握油压装置典型故障的分析与处理。了解CJ式水轮机微机调速器电气控制图,掌握开关量输入输出、模拟量输入输出、测频回路、指示回路、信号输出回路、电源回路、显示模块的连接关系。

【相关知识】

6.2.1 WCT-PLC-4/4系列冲击式微机调速器概述

WCT-PLC-N/N系列冲击式可编程微机调速器,是武汉四创自动控制技术有限责任公司将大中型调速器中取得的丰富经验移植、优化而开发出来的新一代调速器,适用于冲击式水轮发电机组的调节与控制。与传统的机型相比,它在结构形式、控制原理上都有重大突破,在总体结构上,电气部分与机械液压系统和油压装置组合为一体。折向器接力器和每个喷针接力器各采用一套全数字式机械液压系统独立控制。两者之间采用微机自动协联。因集成度和标准化程度高,使结构更简化,从而使整机的可靠性和调节控制性能都大幅度提高。

型号WCT-PLC-N/N中的W—微机;C—冲击式;T—调速器;PLC——可编程控制器;N/N—喷嘴/折向器个数;所以型号WCT-PLC-4/4表示该微机调速器为冲击式微机调速器,喷嘴数和折向器数各为4。

WCT-PLC-4/4系列冲击式可编程微机调速器在控制原理上与BWST-PLC型调速器基本一样,只是这里要控制多个折向器和喷针接力器,电液转换环节采用叠加式数字阀电液转换,每个液压控制单元采用完全相同的结构,相互叠加即可构成多喷嘴液压系统,液压元件均采用标准化产品,提高其互换性、可维修性。数字阀具有抗油污能力强、耐高压、无渗漏、动作可靠等特点。

6.2.2 主要技术参数和性能特点

6.2.2.1 主要技术数据

(1)喷针数字阀公称直径:6~10 mm。

(2)折向器数字阀公称直径:16 mm、25 mm、32 mm。

(3)数字阀最大脉冲电流:2 A。

(4)数字阀工作电压:DC 24 V。

(5)额定油压(MPa):2.5、4.0、6.3。

(6)供电电源:交直流电源同时供电,其中交流电源为:50(60) Hz AC 220 V (110 V) ±15%;直流电源为:DC 220 V(110 V) ±15%。

(7)机组频率测量指标:①测频方式:残压测频或齿盘测频;②输入电压:残压0.2~150 V、齿盘24 V脉冲信号;③测量范围:5~100 Hz;④测频分辨率:0.001 Hz。

(8)可编程控制器配置及性能和主要调节参数与BWST-PLC型无油电转可编程微机调速器相同。

6.2.2.2 主要性能指标

主要性能指标同BWST-PLC型无油电转可编程微机调速器。

6.2.2.3 主要特点

WCT-N/N系列冲击式可编程微机调速器的主要特点如下:

(1)采用了叠加式数字阀电液转换,使用标准化液压元件,互换性好、可维修性强。

(2)采用独立的机械液压控制回路分别控制折向器和喷针,取消了传统的机械协联、凸轮及复杂的连杆机构,使机械结构大幅简化。

(3)采用全数字液压技术,抗油污能力强、耐高压、无渗漏、动作可靠。

(4)采用不断流双芯滤油器:不锈钢折叠式滤网,寿命长,易保养。

(5)机械液压系统零点自保持,免调校、免维护。

(6)对数字阀的控制采用棒式数字模糊控制策略,不仅提高了其定位精度,也提高了其控制的稳定性,使调速器的可靠性和抗干扰能力更强。

(7)采用基本型逻辑控制器(俗称九点控制器),使调速器能适应水轮机的不同工况,特别是孤网控制。

(8)采用工业平板PC机(或智能液晶触摸屏)作为操作终端,充分应用其丰富的硬件资源,全面强化了调速器的测试性、维修性和可用性,给用户带来了方便。

6.2.3 结构组成及电气接线

图6-7为WCT-PLC-4/4系列冲击式水轮机微机调速器系统原理图,图6-8为外部接线端子图,图6-9为液压系统图。

由图6-7可看出,WCT-PLC-4/4系列冲击式水轮机微机调速器由四组完全相同的控制回路独立控制四个喷针接力器,每一个喷针接力器都有独立的电气反馈装置,由微机进行协联控制。折向器由四组完全相同的控制回路分别独立控制四个折向器,每个折向器都有独立的电气反馈装置,由微机进行协联控制。

增负荷工作原理分析如下:当微机调速器发出增负荷控制信号时,开关量输出模块的开电磁阀端子输出开喷嘴信号,作用于喷针开机球阀10,其阀芯在左位工作,压力油推动喷针液压阀9的阀芯向右移,使其阀芯在左位工作,压力油经喷针大小波动液动阀11、喷针液压阀9、液压锁14进入喷针接力器13的开启腔,使喷针开度增大。同时,通过微机调速器进行协联运算,发出相应的控制信号给折向器开机球阀5,控制折向器向对应的方向运动。减负荷、紧急停机、甩负荷分析与上面类似。

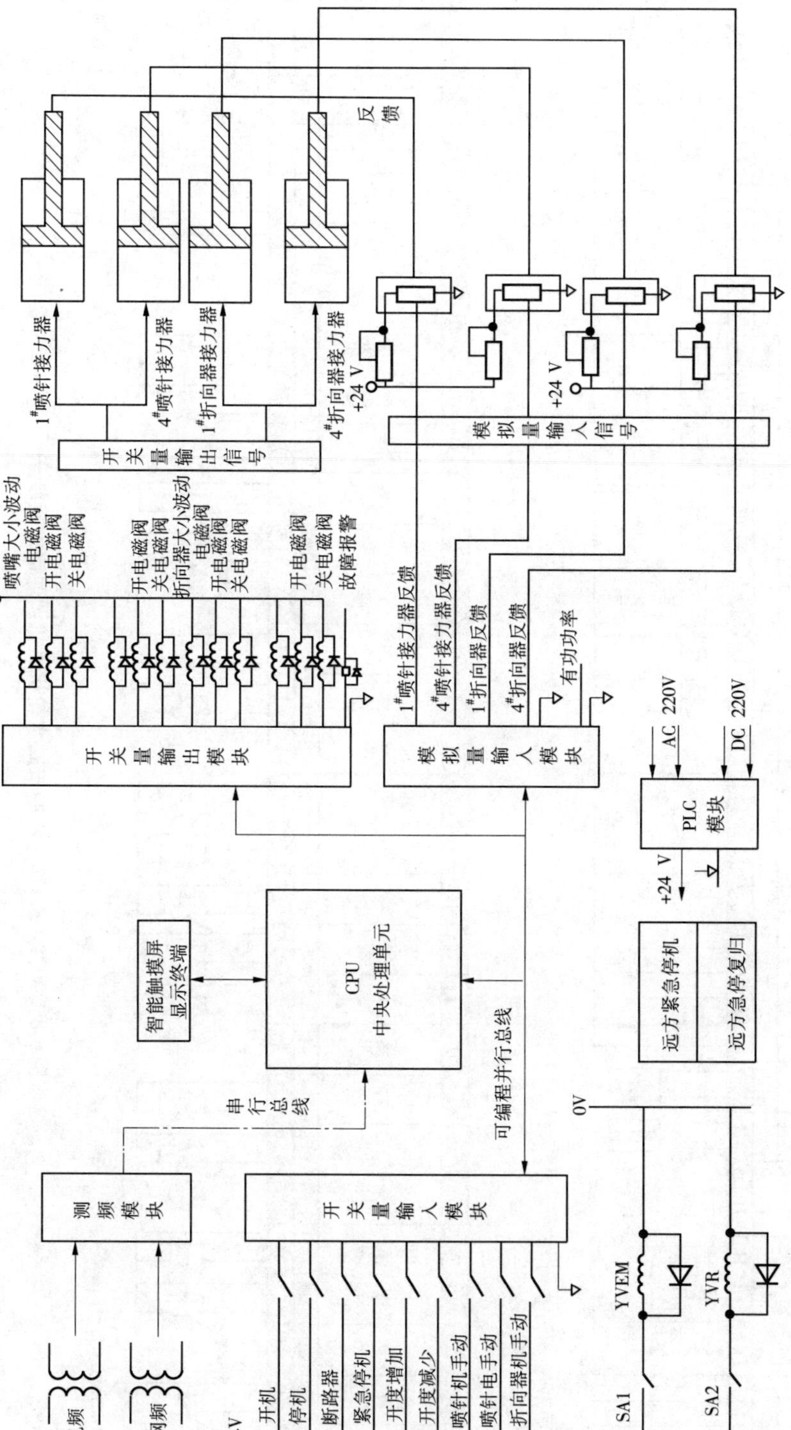

注：SA1、SA2为远方紧急停机和急停复归接点。

图6-7 WCT-PLC-4/4型冲击式水轮机微机调速器系统原理图

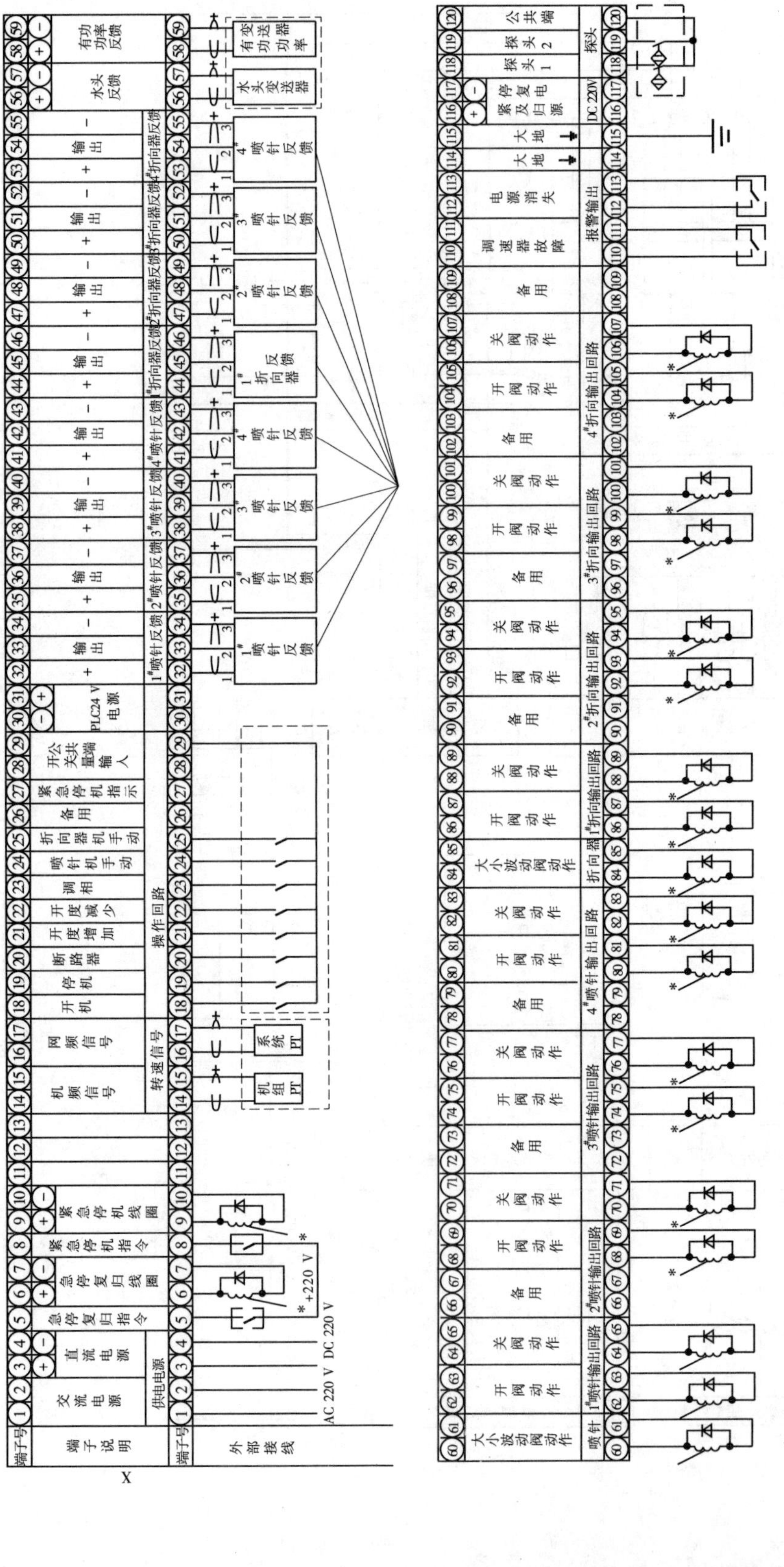

图 6-8 WCT－PLC－4/4 冲击式水轮机微机调速器外接端子

注：标有*的元件来自机柜。

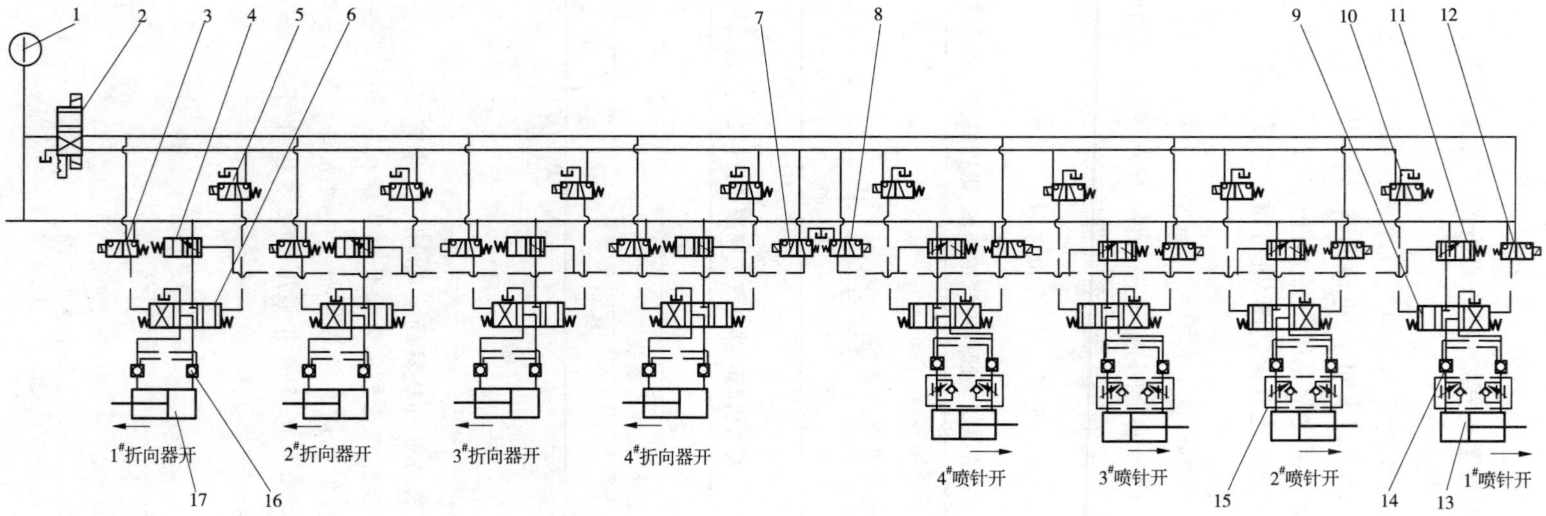

1—压力表;2—紧急停机电磁阀;3—折向器关机球阀;4—折向器大小波动液动阀;5—折向器开机球阀;6—折向器液动阀;
7—折向器大小波动切换球阀;8—喷针大小波动切换球阀;9—喷针液动阀;10—喷针开机球阀;11—喷针大小波动液动阀;
12—喷针关机球阀;13—喷针接力器;14—喷针接力器液压锁;15—叠加式双单向节流阀;16—折向器接力器液压锁;17—折向器接力器

图 6-9　CT - PLC - 4/4 冲击式水轮机微机调速器液压系统组成

【任务实施】

任务 1:识读 ZZ 式微机调速器电气控制图,进行维护方法训练

按照以下步骤组织任务实施:

(1)对照图纸和实际 ZZ 式微机调速器电气控制图,弄清开关量输入输出、模拟量输入输出、测频回路、指示回路、信号输出回路、电源回路、显示模块的连接关系。

(2)对照图纸和实际设备弄清电气系统图各元件连接关系及维护方法。

任务 2:识读 CJ 式微机调速器电气控制图,进行维护方法训练

按照以下步骤组织任务实施:

(1)对照图纸和实际 CJ 式微机调速器电气控制图,弄清开关量输入输出、模拟量输入输出、测频回路、指示回路、信号输出回路、电源回路、显示模块的连接关系。

(2)对照图纸和实际设备弄清电气系统图各元件连接关系及维护方法。

【效果评价】

任务 1:识读 ZZ 式微机调速器电气控制图,进行维护方法训练

序号	任务内容	结果	评价结论
1	识读电气原理图、接线图、液压系统图		
2	训练调速器维护		

任务 2:识读 CJ 式微机调速器电气控制图,进行维护方法训练

序号	任务内容	结果	评价结论
1	识读电气原理图、接线图、液压系统图		
2	训练调速器维护		

【思考问题】

6-1　BWST 型微机调速器与外部连接的主要电气信号有哪些?

6-2　BWST 型微机调速器有哪几个地方操作可实现机组导叶开度的增/减?

6-3　WCT－PLC－4/4 型微机调速器与外部连接的主要电气信号有哪些?

6-4　WCT－PLC－4/4 型微机调速器有哪几个地方操作可实现机组导叶开度的增/减?

参考文献

[1] 蔡燕生.水轮机调节[M].2版.郑州:黄河水利出版社,2009.

[2] 中华人民共和国国家质量监督检验检疫总局,中国国家标准化管理委员会.GB/T 9652.1—2007 水轮机控制系统技术条件[S].北京:中国标准出版社,2007.

[3] 中华人民共和国国家质量监督检验检疫总局,中国国家标准化管理委员会.GB/T 9652.2—2007 水轮机控制系统试验[S].北京:中国标准出版社,2007.

[4] 水轮机调节系统及装置运行与检修规程 DL/T 792—2013[S].北京:中国电力出版社,2013.

[5] 沈祖诒.水轮机调节[M].3版.北京:中国水利水电出版社,1998.

[6] 蔡维由.中小型水轮机调速器的原理调试与故障分析处理[M].北京:中国电力出版社,2006.

[7] 蔡燕生,王剑锋,孟宪影.现代水轮机调速器及其调整与试验[S].北京:中国电力出版社,2012.

[8] 郭建业.高油压水轮机调速器技术及应用[M].武汉:长江出版社,2007.

[9] 魏守平.水轮机调速器与电网负荷频率控制[J].水电厂自动化与大坝监测,2006,30(1).

[10] 张建明.水电机组一次调频若干问题的探讨[J].水电厂自动化,2007(3).